PERFEKTE ILLUSION

Ein Psycho-Thriller, der bis zum Ende spannend bleibt

COLE BAXTER

Cover-Design von NATASHA SNOW

Herausgegeben von VALORIE CLIFTON

Herausgegeben von ELIZABETH A LANCE

Übersetzt von DANA CULPEPPER

Cole Baxter

Cover-Design von Natasha Snow

Herausgegeben von Valorie Clifton, Elizabeth A Lance

Übersetzt von Dana Culpepper

Inhalt

Vorschau von Vermisst

Registrieren Sie sich in meinem VIP Reader Club und erfahren Sie mehr über meine neuesten Veröffentlichungen, Giveaways und vieles mehr. Hier klicken!

Liken Sie mich und folgen Sie mir auf Facebook!

Blurbs

Ihr Leben war ein wahr gewordener Traum – bis es das plötzlich nicht mehr war...

Als Ani Julian Wade kennenlernt, denkt sie, er sei die Antwort auf all ihre Probleme.

Er hat Geld, eine Penthouse-Wohnung und stellt nicht viele Fragen.

Oder besser gesagt, gar keine Fragen.

Wer ist Ani und wie sieht ihre Vergangenheit aus?

Sie denkt sich, dass ihn das, was er nicht weiß, nicht verletzen kann.

Oder kann es das doch?

Sie ist bereit, die Rolle der perfekten Ehefrau zu spielen.

Aber Julian hat auf den perfekten Moment gewartet.

Er weiß, wer sie ist.

Er weiß, was sie getan hat.

Wenn die Geheimnisse aufgedeckt werden, muss sie den Konsequenzen ins Auge sehen...

Ein spannender Psycho-Thriller, den Sie nicht weglegen können werden!

Kapitel Eins

2019

„Ich habe einen großen, extraheißen Vanille-Latte mit Sojamilch und zweimal Haselnuss für Ashley?"

Ich spürte, wie sich meine Grübchen in meine Wangen bohrten, denn mein Lächeln dauerte viel länger als gewöhnlich. Ich wiederholte die Bestellung zweimal, bevor ich sah, wie die junge Frau sich dem Tresen näherte, das Handy immer noch in der Hand, so wie bei ihrer Bestellung. Ich beobachtete sie genau, als sie nach dem Getränk in meiner ausgestreckten Hand griff, wobei ihre Augen, obwohl sie hinter ihrer großen Sonnenbrille verborgen waren, nie von dem Foto aufblickten, das sie mit Sicherheit in der Vormittagssonne von sich gemacht hatte. Tatsächlich breitete sich ein langsames, kleines Lächeln auf ihrem Gesicht aus, als sie den absichtlich falsch geschriebenen Namen auf der Seite des Bechers sah. Ich hatte mich bereits abgewandt, als ich das nur allzu bekannte leise Kichern und das Klicken der Kamera ihres Handys hörte.

Es spielte keine Rolle, dass *Ash-Leigh* wahrscheinlich dachte, ich sei ein bisschen blöd oder dass dies die dritte oder vierte Variation ihres Namens war, seit sie hierhergekommen war. Was zählte, war, dass das Unternehmen sich über mein Werk und die Aufmerksamkeit in den sozialen Medien freuen würde, die es mit sich bringen würde. Es war ein kleiner Sieg, aber einer, auf den ich stolz sein konnte, und ich schätze, in gewisser Weise war ich das auch. Ich brauchte etwas, um den Tag zu überstehen, und wenn es das war, dann bitte sehr. Ich teilte ein kleines Lächeln mit Sam, während ich mich auf den Weg zurück zur Warteschlange für die Getränke machte. Die Schlange begann langsam zu wachsen, und ich seufzte, als ich die nächste Bestellung in Angriff nahm. Meine Schicht hatte vor etwa zwei Stunden begonnen, aber ich spürte bereits die Last des Tages auf mir. Ich würde mich auf viele kleine Siege verlassen müssen, um den Tag zu überstehen, etwas, das ich mir in diesem Monat so gut wie jeden Tag gesagt hatte.

Es war nicht so, dass mir die Arbeit keinen Spaß machte. Das tat sie ... nun, zumindest teilweise. Sam war das Highlight. Sie war die Erfahrenere von uns beiden, auch wenn sie erst ein paar Wochen vor meiner Einstellung hier bei *Thanks a Latte!* angefangen hatte zu arbeiten. Anfangs war ich in ihrer Nähe nervös gewesen, weil ich ihr Selbstvertrauen einschüchternd fand, aber sie war immer sehr nett zu mir gewesen und hatte mir sogar nach meiner ersten Schicht angeboten, mich nach Hause zu fahren. Nachdem ich die erste Woche ausschließlich mit ihr gearbeitet hatte, waren wir uns schnell näher gekommen und ich betrachtete sie als meine beste Freundin. Es war immer noch leicht, sie einschüchternd zu finden, und ich verglich mich öfter mit ihr, als ich wahrscheinlich sollte, aber ich war froh, eine Freundin zu haben, auf die ich zählen konnte und die ich so oft sehen konnte.

Natürlich gab es noch andere Vorzüge, aber keine, die den Job so erfüllend machten wie Sam. Die großzügigen Rabatte auf Getränke und Backwaren waren nicht gerade gut für meine Linie, aber sie waren weitere kleine Siege, die ich nach einem langen Tag zu schätzen wusste. Lange Tage wurden hier allmählich zur Norm, und ich würde mir die acht Stunden, die ich hier verbringen würde, so angenehm wie möglich machen. Sam und ich hatten schon viel zu oft mit dem Chef, Mark, darüber diskutiert, dass wir morgens Unterstützung brauchten. Wir waren morgens immer nur zu zweit, und die Belastung machte sich bei uns beiden langsam bemerkbar. Sam leistete tolle Arbeit, und ich würde sagen, dass ich auch gut war, aber jeden Tag hatten wir mehr Kunden, und die schiere Länge der Warteschlange an manchen Morgen begann, uns beiden zuzusetzen.

Ich ließ es mir nie vor den Kunden anmerken, aber ich konnte sehen, dass Sam immer frustrierter wurde. Bei dem Selbstbewusstsein, das sie an den Tag legte, war das natürlich nicht zu vermeiden. Sie war von Mark schon mehr als einmal für ihr Verhalten zurechtgewiesen worden, auch wenn wir uns darüber stritten, dass die Kunden es insgeheim genossen. Das war etwas, was mich immer wieder verblüffte – Sams Fähigkeit, verärgerte Kunden offen zu beleidigen und es dabei als normalen Kundenservice zu tarnen.

„Ihr *Gewicht* tut mir leid, Sir!"

Ich lächelte und lauschte halb der Bestellung des Kunden, während ich mich mit der Zubereitung der Getränke beschäftigte. So sehr ich mir auch wünschte, dass jemand anderes am Morgen mit uns arbeiten würde, wusste ich doch, dass, wen auch immer sie reinbringen würden, nur das bisschen Vergnügen ruinieren würde, das wir zwei uns gegenseitig bereiten konnten. Unsere Liste von Codewörtern war lang, und sie wurde immer länger. Wir würden nicht in der Lage sein, jemand anderen ganz bei uns aufzunehmen - nicht ohne umfangreiches Training.

„Ani, hinter dir ist *heißer Tee*."

Ich sah instinktiv auf, als Sam meinen Lieblings-Geheimsatz sagte. Es war einer, den wir schon früh perfektioniert hatten und der, wie wir uns oft einig waren, der größte Vorteil der Arbeit hier war. Sicher, am Anfang waren wir ein wenig nachlässig gewesen, aber jetzt war es eine gut geölte Maschine. Auf dem Tresen hinter uns stand auf einer Kochplatte fertig gebrühter Tee. Es war Betriebsvorschrift, ihn alle halbe Stunde oder so zu wechseln, also hatten wir natürlich einen Grund, zu rufen, wenn es Zeit war, ihn zu wechseln. Was die Kunden nicht wissen konnten, war, dass es auch der perfekte Satz war, um zu rufen, wenn wir jemanden Attraktives hereinkommen sahen.

Nun, Sam und ich hatten einen sehr unterschiedlichen Geschmack, was Männer betraf. Für sie war es wohl der Himmel. Da *Thanks a Latte!* noch ziemlich klein und regional war, sahen wir ein ziemlich breites Spektrum an Leuten reinkommen, aber bei weitem die größte Bevölkerungsgruppe waren Hipster. Sam war ein großer Fan von langen Bärten und fragwürdigen Modetrends, was sie mit ihrem eigenen Geschmack für dicke Springerstiefel und gefärbten Haaren ziemlich deutlich machte, und so verstand sie sich natürlich mit vielen der Männer, die hereinkamen. Ich würde lügen, wenn ich sagen würde, dass es kein Vorteil war, dass Sams Trinkgeld immer höher war als meines. Sie mochte die Männer und sie mochten sie, und meistens hatte sie jede Woche jemanden für eine Verabredung an der Angel.

Ich fand nicht, dass Sam einfach zu haben war oder sowas. Sie mochte es einfach, Spaß zu haben und war gut darin. Ich denke, das war ein Teil des Grundes, warum ich sie immer noch einschüchternd fand, obwohl ich gerne mit ihr befreundet war. Ich wusste nicht, wie sie sich so wohl mit sich selbst und mit anderen Menschen fühlen konnte. Vielleicht lag es daran, dass ich nicht viel Vertrauen in mich selbst hatte. Ich meine, wie sollte ich auch? Hier war ich, arbeitete in einem aussichtslosen Job, hatte keine höhere Schulbildung und kaum eine Familie, die mich unterstützte. Es war kein Wunder, dass ich mich auf so kleine Siege verließ, um jeden Tag zu überstehen, aber trotzdem war Sam immer erfolgreicher als ich. Sie sagte mir immer, dass ich offener zu den Menschen sein sollte, und sie kritisierte die Ansprüche, die ich an mich selbst stellte.

Vielleicht sollte ich es nicht so ausdrücken. Was ich meinte, war, dass Sam wusste, wie sehr ich heiraten und eine liebevolle Familie haben wollte. Sie wusste, dass mir das wichtig war und unterstützte mich bei diesem Ziel. Was sie aktiv nicht unterstützte, war, wie oft ich mich über mein Leben und meine Beziehungen aufregte. Ich hatte nicht viele Freunde, und Sam sagte mir immer, wenn ich jemals den Richtigen treffen wollte, müsste ich losziehen und ihn finden. Sie war nicht kritisch gegenüber dem von mir angestrebten Traumleben, aber sie wollte, dass ich das Glück beim Schopfe packte.

Ich hätte auf sie hören und mehr für mein eigenes Glück tun sollen, aber zu sehen, wie sie mit dem Mann an der Kasse flirtete, verdarb mir nur die Laune. Er war der Typ Mann, den wir oft hier sahen, wenn auch ein bisschen besser aussehend. Er trug Karomuster (natürlich) und hatte einen langen, geflochtenen Bart (doppelt, natürlich). Ich lächelte trocken vor mich hin, als ich die wenigen verbliebenen Leute in der Schlange überflog und sah, wie ihre Frustration wuchs, während sie auf Sam warteten. Sie wussten nicht, dass ich zwar nicht ganz auf Sams Seite war, aber ich war bei weitem nicht auf ihrer. Sie konnten von mir aus warten. Der Kaffee und ich würden nirgendwo hingehen.

Sam hatte es geschafft, die Nummer des Mannes zu bekommen. Sein Name war Greg, und er schrieb einen Online-Blog über die besten Lokale in der Stadt. Das war noch etwas, was ich an Sam bewunderte. In den wenigen Minuten, die sie mit diesem Kunden hatte, war es ihr nicht nur gelungen, seine Nummer zu bekommen, sondern auch genug über ihn herauszufinden, um ihr Interesse weiter zu wecken. Die wenigen Male, die ich es geschafft hatte, mit jemandem an der Kasse zu flirten, waren ziemlich unbeholfen gewesen, und ich hatte nicht viel mehr als ihre Namen erfahren, was dumm war, weil ich sowieso nach ihren Namen fragen musste, um sie auf ihre Becher zu schreiben. Ich hörte ihr nur halb zu, als wir den Tresen abwischten und sie von ihrem Erfolg und ihrem geplanten Date später am Abend erzählte.

Ich musste mir immer wieder sagen, dass Sam es gut meinte, aber ich wurde im Laufe des Tages immer deprimierter. Nach dem üblichen morgendlichen Ansturm verlangsamte sich der Betrieb im Laden dramatisch, und meistens waren Sam und ich für eine gute Stunde vor dem Mittagstrubel ganz allein, um nach Herzenslust zu tratschen. Das war die Zeit des Tages, nach der ich mich normalerweise sehnte, aber heute war ich still und verunsichert. Sam wusste natürlich, dass etwas nicht stimmte, und verlor keine Zeit dabei, der Sache auf den Grund zu gehen.

„Was ist los, Ani? Wolltest du dich mit dem Kerl verabreden? Ich dachte nicht, dass er dein Typ ist."

„Das ist er auch nicht, Sam. Und nichts. Es ist alles in Ordnung."

Sam warf ihr Handtuch zum Waschbecken hinüber und stellte sich direkt neben mich. Ihre Hand auf meinem Rücken war tröstlich, und ich wusste, dass es dumm von mir war, mich über sie aufzuregen. Sam hatte immer nur mein Bestes im Sinn, und ich wusste, dass sie nicht aufhören würde, bis sie herausgefunden hatte, was los war.

„Du weißt, wie es ist, Sam. Ich fühle mich einfach festgefahren. Ich bin froh, dass du heute Abend ein Date hast. Das bin ich wirklich. Ich bin nur ... Ich weiß auch nicht. Ich habe mich nur schon so lange nicht mehr mit jemandem getroffen, und du bist so viel besser darin als ich, und …"

„Hey, komm schon. Sag nicht so was. Du wirst jemanden finden, Ani. Ich weiß, dass du das wirst. Hast du überhaupt schon mal gesucht? Du hast mir gar nicht gesagt, ob du schon jemanden online kennengelernt hast!"

Sam hatte mich bei der neuesten Dating-App angemeldet, und ein paar Tage lang war ich zufrieden damit gewesen, mir die Leute anzuschauen, die dort angemeldet waren. Ich hatte sogar ein paar von ihnen ein Like gegeben, aber nur mit einem hatte ich mich getroffen. Er schien ein guter Kerl zu sein, aber unsere Unterhaltung hatte nicht wirklich zu etwas geführt, und ich fand es nicht so toll, dass er keinen Job hatte. Ich wusste, es war falsch von mir, so wählerisch zu sein, und ich wusste, dass Sam mir dasselbe gesagt hätte, aber ich konnte nicht anders. Ich wusste, was ich wollte, und ich wollte mich nicht mit weniger zufriedengeben. Ich beschloss, ihr nicht von dem Einen zu erzählen und erwähnte stattdessen, dass nichts dabei herausgekommen war.

„Das ist ein Haufen Mist, Ani."

Ich hätte wissen müssen, dass sie meine Lügen durchschauen würde.

„Wir wissen beide, dass du nur wählerisch bist. Ich weiß, dass du jemanden willst, der dich umhaut, damit du heiraten und einen Haufen Kinder haben kannst."

„Ich will nur eine Tochter!", unterbrach ich sie lachend. Ich kannte den Vortrag, der jetzt kam, fast auswendig.

„Ein Kind ist ein Kind, ob man nun eins hat oder zwölf! Wie auch immer, du weißt, was ich dir sagen werde, aber ich sage es trotzdem. Du bist jung, Ani, auch wenn du älter bist als ich, und du hast noch viel Zeit, jemanden zu finden. Denkst du, ich werde Greg heiraten? Wer weiß! Du musst da rausgehen und dich mit Leuten treffen. Du musst dich verabreden und ein Gefühl dafür bekommen, was du wirklich willst. Du hast nur eine *Vorstellung* davon, wonach du suchst. Du wirst es nicht wissen, bis du ein bisschen experimentierst!"

Ich schüttelte nur den Kopf und lächelte. Vielleicht hatte Sam recht und vielleicht auch nicht. Bei ihr klang die ganze Sache nur so *einfach*. Ich wusste, dass es für mich nie so einfach sein konnte, wie sie es klingen ließ. Sam sagte immer, dass ich so viel Zeit hätte, mich niederzulassen und herauszufinden, wohin mich mein Leben führen würde, aber für mich fühlte es sich nicht so an. Ich war vierundzwanzig Jahre alt und fühlte mich bereits festgefahren. Wie würde ich mich fühlen, wenn ich dreißig wäre? Würde ich immer noch hier arbeiten und Männer abchecken, die mehr und mehr aus meiner Liga herauswuchsen?

„Ich weiß, Sam, ich weiß. Ich will nur ... Ich will doch nur ein einfaches Leben, verstehst du? Ich will nur das, was ich nie hatte, als ich klein war. Du denkst nie ans Heiraten, oder?"

Sam lachte, aber nicht boshaft. Ihr Lachen passte nicht wirklich zu ihr, dachte ich. Es war hoch und *mädchenhaft*, etwas, das ich nie mit Sam in Verbindung gebracht hätte.

„Schon, aber nicht ernsthaft. Ich habe alle Zeit der Welt für sowas, Ani. Das haben wir beide."

Sie wischte weiter den Tresen ab, und ich nickte und begann mit dem Geschirrspülen. Der Mittagsansturm würde in etwa einer halben Stunde beginnen, und was ich jetzt brauchte, war etwas Zeit für mich allein, um einfach nachzudenken. Sam und ich hatten diese Diskussion jetzt immer öfter, und ich konnte sehen, dass es ihr langsam auf die Nerven ging. Ich konnte ihr das nicht verübeln, und ich fühlte mich schlecht, weil ich so viele unserer ruhigen Momente allein im Laden mit meinen eigenen Problemen verschwendete. Vielleicht hatte sie recht. Vielleicht würde ich es noch einmal mit der App versuchen, wenn ich Feierabend hatte.

Das plötzliche Klingeln an der Eingangstür überraschte mich, und fast wäre mir eine Tasse auf den Boden gefallen, als ich sie auf dem Trockengestell absetzte. Ich konnte mich nicht daran erinnern, wann das letzte Mal um diese Uhrzeit ein Kunde hereingekommen war. Wer auch immer es war, es musste ein Tourist sein oder jemand, der neu in der Gegend war. Sam konnte sich aber darum kümmern, denn sie stand immer noch vorne.

„Heißer Tee!", rief Sam und ging auf die Teemaschine zu, die auf dem hinteren Tresen neben mir stand. Ich sah sie an, bevor ich mich umdrehte, und wusste sofort, dass ich mich auf etwas gefasst machen sollte. An der Art, wie Sam das Codewort gesagt hatte, war etwas anders gewesen. Etwas, das mir sofort sagte, dass da draußen nicht noch ein Greg war. Ich drehte mich so

langsam und natürlich wie möglich um und krächzte fast, als ich den Kunden begrüßte.

Vor mir stand ein unglaublich gut aussehender Mann. Nicht nur attraktiv, sondern gut aussehend. Er hatte schwarzes Haar und dunkle Augen. Augen, die es schafften, fast so gut zu lächeln wie sein eigentliches Lächeln, das über einem markanten Kinn prangte und nicht durch einen geflochtenen Bart verdeckt wurde. Das Einzige, was meine Aufmerksamkeit von dem perfekten Gesicht dieses Mannes ablenkte, war der perfekt sitzende Anzug, den er trug, und die glänzende, zweifellos Designer-Uhr, die er am Handgelenk trug. Sam und ich hatten schon viele Leute in das *Thanks a Latte!* kommen sehen, aber noch nie jemanden wie ihn.

Ein Teil von mir zögerte, als ich mich der Kasse näherte. Beim Anblick des Mannes rechnete ich damit, dass Sam und ich uns darum streiten würden, wer das Vergnügen haben würde, ihn zu bedienen, aber zu meiner Überraschung tauschte Sam tatsächlich den aufgegossenen Tee aus. Ich sagte mir wieder, was für eine gute Freundin sie war, und versprach mir, dass ich ihr etwas als Dankeschön besorgen musste. Ich ging zur Kasse und fragte, so verführerisch ich konnte, was der Mann bestellen wollte.

Ich ignorierte das kleinste Kichern von Sam, während sie sich weiter beschäftigte, und spürte, wie mein Gesicht rot wurde, als die Worte herauskamen, aber zu meiner Überraschung lächelte der Mann und bestellte einen großen schwarzen Kaffee mit einem extra Schuss Espresso. Ich lächelte so stark wie wohl noch nie in meinem Leben, als ich die Bestellung eintippte und verlegen nach dem Geld fragte. Der Mann reichte es mir und sein Lächeln wich nicht von seinem Gesicht, als er mir sagte, ich solle das Wechselgeld behalten. Ich nickte und lachte und spürte sofort, wie mein Gesicht wieder rot wurde. Als ich begann, seine Bestellung zuzubereiten, fragte er, ob ich seinen Namen für den Becher bräuchte.

„Ich heiße Julian", sagte er. Seine Stimme hatte eine Kraft, die mich sofort schwach werden ließ, aber ich sammelte mich und schrieb den Namen auf, und zwar so richtig, wie ich es konnte.

Julian ging von der Theke weg und machte es sich an einem der hinteren Tische gemütlich. Sam verschwendete keine Zeit und eilte herbei und ermutigte mich, mit ihm zu flirten und ihn um ein Date zu bitten. Ich brauchte keine Ermutigung von ihr, aber es war mir nur recht, und ich nutzte es als den letzten Anstoß, den ich brauchte, um es zu versuchen. Ich spürte einen Adrenalinschub, wie ich ihn noch nie zuvor gespürt hatte, und ich versuchte, mein Gesicht vor dem Mann zu verbergen, der mich von seinem Tisch aus beobachtete. Mit zitternder Hand schrieb ich meine Nummer unter seinen Namen und schaltete die Espressomaschine ein.

Damit war mein Schicksal besiegelt. Auf Biegen und Brechen, ich suchte mein Glück.

Kapitel Zwei

2011

Die Sonne kroch durch einen Spalt in meinen Schlafzimmervorhängen und blendete mich. Ein Gefühl, das nur noch durch das Dröhnen meines Weckers übertroffen wurde, als ich zum vierten Mal die Schlummertaste drücken wollte. Ich wusste, dass ich aufstehen und mich für den Tag fertig machen musste. Nicht, weil ich nicht zu spät zur Schule kommen wollte, sondern weil ich wusste, dass Mom mich zur Schnecke machen würde, wenn ich den Wecker weiter klingeln ließe.

Trotz meiner besten Bemühungen hatte ich mich nie wirklich daran gewöhnt, morgens ruhig zu sein. Sicher, Mom hatte angefangen, nachts zu arbeiten, als ich kaum alt genug war, um alleine aufzustehen, aber das hatte mich nie davon abgehalten, ausschlafen zu wollen. Ich hatte nicht wirklich einen Grund dafür, dass ich immer schlafen wollte. Ich wollte einfach nichts anderes tun.

Mom hatte mich immer faul genannt, und das war schon viel, wenn es von ihr kam. Ich meine, ja, sie arbeitete nachts und das schon, so lange ich mich erinnern konnte, aber sie tat nie wirklich etwas anderes. Sie schlief immer, wenn ich aufwachte, um zur Schule zu gehen und wenn ich nach Hause kam. Wenn sie das nicht tat, war sie draußen auf der hinteren Veranda und rauchte eine Zigarette oder war mit ihren Freunden unterwegs.

Ich wusste, dass ich mich davon nicht beeindrucken lassen sollte und dass sie wahrscheinlich recht hatte. Ich hatte nicht viele Freunde, und ich hatte nie wirklich Lust, irgendetwas zu unternehmen, aber sie musste nicht so mit mir reden.

Ich wusste, dass an diesem Morgen keine Zeit war, darüber nachzudenken, also steckte ich den Wecker aus (nur für den Fall, dass er beschloss, wieder loszugehen) und schlüpfte aus dem Bett und in ein Paar alte Hausschuhe meiner Mutter. Das Haus war um diese Tageszeit immer kalt. Das hatte etwas mit der Luft zu tun oder so, ich weiß es nicht. Es war eigentlich auch egal. Aber jedes Geräusch, das ich auf meinem Weg nach unten machte, war wichtig.

Es war der tägliche Ablauf und einer, an den ich mich schon längst gewöhnt hatte. Die Hausschuhe halfen. Moms Zimmer lag den Flur hinunter von meinem, und die Treppe zum Erdgeschoss befand sich etwa auf halber Strecke zwischen den beiden. Es gab gleichmäßig über den Flur verteilt ein paar besonders knarrende Dielen, die ich instinktiv zu meiden wusste. So alt war das Haus gar nicht, dachte ich. Es war nur zugig und sah langsam ein wenig heruntergekommen aus und fühlte sich auch so an.

Das Erdgeschoss war nicht viel besser, aber wenigstens konnten mir die Geräusche, die ich machte, ein bisschen gleichgültiger sein. Es war lustig. Als ich noch sehr jung war, stellte ich mir meine Mutter immer als schlafendes Monster vor, das sich in seiner Höhle versteckt. Wenn man zu viel Lärm machte, zog man ihren Zorn auf sich. Normalerweise nur ein kurzer Schrei aus ihrem engen Zimmer. Gott bewahre, dass sie tatsächlich aufstehen und einem eine Strafe erteilen musste. Das war eines der wenigen Dinge, für die ich dankbar war. Ich hatte diese Lektion einmal gelernt.

Das hatte gereicht.

Auf einen schnellen Sprung unter die Dusche folgten immer die Cornflakes, die wir gerade herumliegen hatten. Ich wusste, ich hätte darüber nachdenken sollen, mich gesünder zu ernähren, aber es war ein Trost am Morgen, selbst nachdem ich mich beim Blick in den Spiegel vor dem Baden schrecklich gefühlt hatte. Ich wusste, ich war nicht fettleibig oder so. Ich war nur, nun ja, unglücklich. Mit mir selbst, damit, wie ich aussah.

Vielleicht ein bisschen von allem.

Obwohl es keinerlei Anzeichen dafür gab, dass er überhaupt hier gewesen war, wanderten meine Gedanken morgens oft zu meinem Vater. Vielleicht lag es daran, wie ich mich wegen Mom fühlte, oder vielleicht war es einfach nur so, dass der Morgen die Neugier in mir weckte. Ich weiß es nicht. Ich weiß nur, dass ich noch nie ein Foto von ihm gesehen hatte und dass Mom nur selten seinen Namen nannte.

Jamie.

Mom sagte mir immer, dass er der Segen in ihrem

Leben gewesen sei und dass sie alles verloren habe, als er ging. Alles, so scheint es, außer mir. Ich verstehe nicht ganz, warum er gegangen ist, aber er muss seine Gründe gehabt haben, oder? Es muss viel dazugehören, dass jemand seine Familie verlässt. Oder vielleicht braucht es gar nicht so viel. Es spielte keine Rolle. Wichtig war nur, dass er weg war, wer weiß wohin, und ich war hier bei Mom. Wir beide mussten zusammenhalten. Durch dick und dünn! Zusammen würden wir es schaffen. Das hatte sie mir in manchen Nächten gesagt, als ich klein war. Sie hatte es schon lange nicht mehr gesagt, aber ich wusste, dass die Arbeit sie immer mehr in Anspruch nahm. Und wenn sie die meiste Zeit schlief, wenn ich auf war? Wen kümmerte es, wenn sie draußen sitzen und rauchen wollte? Es war mir egal.

Das einzig Gute daran, einer der einzigen Älteren in meinem Bus zu sein, war, dass ich einen der hinteren Plätze ganz für mich allein hatte. Die meisten Kinder auf meinem Weg zur Schule waren genau das, Kinder. Ich weiß, ich weiß, ich war vor zwei Jahren erst einer dieser schrecklichen Schulanfänger, aber diese Kinder waren einfach die schlimmsten. Stinkend, laut und unausstehlich. Ich war froh, ganz hinten zu sitzen. Die Fahrt war nicht lang, aber ich erinnere mich an das furchtbare Gefühl, mich unterhalten zu müssen, wenn ich vorne saß. Die ersten paar Male wollte ich sogar direkt hinter dem Busfahrer sitzen, nur damit ich mit ihm reden konnte und nicht mit den anderen Kindern.

Nein, so ist es viel besser.

Die Schule hatte erst vor ein paar Wochen begonnen, und ich war schon überfordert. Meine Mutter sagte mir, es läge an meiner Faulheit, aber ehrlich gesagt, dachte ich eine Zeit lang, dass mit mir etwas nicht stimmt. Ich war einfach an nichts übermäßig interessiert. Die Schule und meine Lehrer hatten sich alle redlich bemüht, mich zu ermutigen, aber das stieß alles irgendwie auf taube Ohren.

„Hast du schon mal an Schauspielerei gedacht, BethAni? Ich habe das Gefühl, das könnte genau dein Ding sein."

Meine Beratungslehrerin, Mrs. Wilhelm, war eine nette Frau, soweit ich das beurteilen konnte, und ich wusste, dass sie mein Bestes im Sinn hatte. Ich wusste aber auch, dass sie jeden Schüler in Richtung Schauspiel oder Musik drängte. Es war eine Art Scherz unter den Schülern.

„Wisst ihr, eine unserer eigenen Ehemaligen von der Everett High ist eine berühmte Schauspielerin geworden. Nancy Coleman! Hast du schon mal einen ihrer Filme gesehen?"

„Nein, Mrs. Wilhelm. Habe ich nicht." Es war schwer, mein Lachen zu unterdrücken. Nachdem ich von dieser Rede schon so oft gehört hatte, konnte ich kaum glauben, dass ich sie tatsächlich erlebte. Ich konnte fast vorhersagen, was sie als Nächstes sagen würde.

Kenny Loggins.

„Du solltest mal nach ihr suchen. Und was ist mit Musik? Hast du darüber nachgedacht, der Musikgruppe beizutreten? Weißt du, eine der berühmtesten Persönlichkeiten von Everett ist niemand anders als –"

Ich war froh, dass die Pausenglocke ertönte, bevor

Mrs. Wilhelm ausreden konnte. Ich wusste von so vielen Schülern, denen sie das erzählt hatte, aber ich wusste auch, dass ich mich durch sie besser fühlte. Ich wusste nicht, ob das, was sie mir erzählte, hilfreich war oder ob ich wirklich verstand, was sie mir immer erzählte, aber ich wusste, dass ich mich nach unseren Gesprächen besser fühlte. Seit Ende letzten Jahres traf ich mich während eines Teils meiner Mittagspause mit ihr, und ich war dadurch zufriedener. Ich meine, ich hatte in dieser Zeit nicht wirklich etwas anderes zu tun, und vor allem war ich nicht mit anderen Leuten zusammen.

Ich war froh zu wissen, dass ich an diesem Tag nur noch zwei Unterrichtsstunden hatte. Irgendetwas an dem heutigen Tag hatte mich gereizt, aber ich konnte es nicht erklären. Ich hatte das Gefühl, dass ich ganz durcheinander war, aber ich konnte nicht genau sagen, warum. Eigentlich war alles an diesem Tag völlig normal gewesen. Es war überhaupt nichts Ungewöhnliches passiert. Mathe würde zweifellos genauso laufen. Das war immer so. Englisch konnte immerhin interessant sein. Ich war zufrieden mit einem Gedicht, das ich letzte Woche geschrieben hatte und war gespannt, was Mr. Milton dazu sagen würde.

Um die Wahrheit zu sagen, hatte ich mir ziemliche Sorgen um das Gedicht gemacht, seit ich es am Freitag abgegeben hatte. Ich hatte den größten Teil der Woche damit zugebracht, und es fiel mir schwer, es abzugeben, sogar dem netten Mr. Milton. Tief in mir drin wusste ich, dass er mich nicht dafür verurteilen würde oder so etwas, aber es fühlte sich einfach ein wenig unangenehm an, etwas so Persönliches abzugeben. Ich hatte auch das

Gefühl, dass ich dafür am meisten Zeit aufgewendet hatte. Ich erkannte viele der anderen Schüler in meiner Klasse und wusste, dass sie nicht so scharf darauf gewesen wären wie ich, etwas zu schreiben, das, wie Mr. Milton es ausdrückte, „von Herzen kommt“.

Ich war überrascht, wie schnell Mathe vorbeiging. An den letzten drei Montagen hatte Ms. Hewitt uns zu Beginn des Unterrichts ein kleines Quiz gemacht, um zu sehen, ob wir etwas aus den Hausaufgaben gelernt hatten. Sie nannte es „Gedächtnistheorie“, aber ich hielt das für Blödsinn. Heute jedoch beschloss sie, richtigen Unterricht mit uns zu machen. Irgendwas über ganze Zahlen und positive und negative Zahlen. Ich gebe zu, dass ich nicht besonders gut aufpasste, aber es war eine ungewohnte Abwechslung in der Routine, und das ließ die Zeit schnell vergehen. Irgendwann muss sie aber meine Träumerei bemerkt haben, denn sie rief nach mir, und wie immer hatte ich nicht die Antwort, die sie wollte.

„Ich hoffe, Ihre Hausaufgaben spiegeln Ihr Wissen ein bisschen besser wider, Miss Gray.“

Was auch immer.

Als die Glocke zur letzten Stunde läutete, machte ich fast einen Luftsprung vor Freude. Obwohl ich es noch nie jemandem erzählt hatte, nicht einmal Mrs. Wilhelm, war Englisch mit Abstand mein Lieblingsfach in der Schule. Ich dachte sogar darüber nach, es nach der Highschool weiter zu studieren. Ich hatte immer tolle Dinge über Seattle gehört, und wenn ich meine Noten halten konnte, hatte ich vielleicht eine Chance, dort auf die Uni zu gehen.

Es war einfach, sich dafür zu begeistern. Everett zu verlassen würde schwierig werden, aber je mehr ich darüber nachdachte, desto sicherer war ich mir. Ich war hier nicht mehr willkommen. Wenn ich nach der Schule hier bliebe, würde ich einfach denselben Weg weitergehen, den ich schon so lange gegangen war, wie ich mich erinnern konnte. Ich meine, sicher, vielleicht könnte ich einen Job bei Boeing ergattern, aber wenn ich es realistisch betrachtete, würde ich genauso enden wie Mom.

Und so möchte ich definitiv nicht enden.

„Ihr kennt die Regeln! Wenn der Lehrer nicht in fünfzehn Minuten hier ist, können wir ganz offiziell gehen!"

Das plötzliche Lachen ließ mich aus meinem letzten Tagtraum aufschrecken. Ich hatte aus dem Fenster des Klassenzimmers im zweiten Stock geschaut, wo meine Englischstunde mit Mr. Milton stattfand. Ich hatte gar nicht bemerkt, dass er nicht da war. In den drei Jahren, in denen ich ihn als Lehrer hatte, konnte ich mich vielleicht an ein einziges Mal erinnern, wo er nur dreißig Sekunden zu spät zum Unterricht kam. Irgendetwas stimmte da eindeutig nicht.

Den anderen Schülern schien es nichts auszumachen, und ich spürte, wie mein Blut in Wallung geriet, als sie darüber scherzten, dass er krank sein könnte oder sich vielleicht verlaufen hatte. Mr. Miltons übermäßig dicke Brille war immer das beliebteste Ziel der Schülerwitze, und obwohl ich zugeben würde, dass sie nicht die modischste Wahl für einen Mann mittleren Alters war, fand ich es nicht angemessen, so offen über den Mann zu scherzen. Ich wollte aufstehen und etwas sagen, aber ich konnte nicht. Es war ein Gefühl, das ich schon viel zu oft gehabt hatte und mit dem ich meinen Frieden gemacht hatte.

Ich schaute wieder aus dem Fenster und begann an all die schrecklichen Dinge zu denken, die Mr. Milton zugestoßen sein könnten. Der Mann hatte einen Sinn für Kreativität in mir geweckt, und jetzt benutzte ich dieselbe Kreativität, um mir schreckliche Möglichkeiten vorzustellen, wie er gestorben sein könnte. Es war schrecklich, darüber nachzudenken, aber während die Uhr langsam vor sich hin tickte, raste mein Verstand mehr und mehr. Es war lächerlich und egoistisch von mir, so zu denken, aber ich konnte es nicht ändern.

Was ist mit meinem Gedicht?

Weißt du, wie es ist, sich zu verlieben? Ich wusste es bis zu diesem Moment nicht. Das Chaos im Klassenzimmer, als die Schüler lachten und sich gegenseitig anschrien, wurde durch das Geräusch der sich öffnenden Tür unterbrochen. Wir drehten uns alle um, ich eingeschlossen, in der Erwartung, den verräterischen Glanz von Mr. Miltons Glatze zu sehen, als er sich in den Raum schlich. Stattdessen wurde es still, als ein Mann, den keiner von uns je zuvor gesehen hatte, in den Raum spazierte.

Er muss Ende dreißig gewesen sein und hatte silberne Sprenkel in seinem dunklen Haar. Seine Augen passten fast zu diesen verräterischen Zeichen des Alters und strahlten wild aber gleichzeitig unglaublich angenehm. Er trug einen gut sitzenden Anzug, der für seine Tätigkeit nicht übertrieben schick war, und hatte eine Aktentasche dabei. Was mir jedoch am meisten auffiel, war sein Lächeln. Es war in jeder Hinsicht perfekt. Es war nichts Vorgetäuschtes daran. Alles an diesem Mann verströmte ein Gefühl von Freundlichkeit und Einfühlungsvermögen. Ich war verzaubert.

„Guten Tag, liebe Schüler. Es tut mir leid, dass ich mich etwas verspätet habe. Mr. Milton hatte einen Unfall und wird leider für den Rest des Jahres nicht mehr in die Schule kommen können. Bitte beten Sie für ihn."

Und er ist Christ!

„In der Zwischenzeit ist es mir eine große Freude, für die nächsten Monate Ihr Lehrer zu sein. Mein Name ist Mr. Irving."

Er sagte nicht viel über sein Privatleben, sondern erzählte stattdessen, was für eine Achterbahnfahrt seine Karriere gewesen war. Er hatte viele Jahre in der Fabrik in der Stadt gearbeitet, sich dann aber entschlossen, das alles aufzugeben und sich dem Lehrerberuf zu widmen, nachdem die Ausbildung neuer Arbeitskräfte die Liebe zu diesem Beruf in ihm geweckt hatte. Er erzählte uns, dass Englisch schon immer eines seiner Lieblingsfächer gewesen sei und dass er lange Zeit damit verbracht habe, Literatur nachzuholen, die er verpasst hatte, als er so beschäftigt mit der Arbeit in der Fabrik gewesen war.

Ich konnte sehen, dass ich nicht die einzige Schülerin war, die von Mr. Irving völlig hingerissen war. Ein kurzer Blick in den Raum bestätigte meine Gedanken (und auch einige meiner Befürchtungen). Fast alle Mädchen sahen ihn mit denselben Kulleraugen an, von denen ich wusste, dass ich sie auch zeigte. Sogar die Jungs schienen dem Charme verfallen zu sein, den er scheinbar mühelos ausstrahlte. Ich spürte, wie ich eifersüchtig auf die Aufmerksamkeit wurde, die all die anderen Schüler unserem neuen Lehrer schenkten, aber ich versuchte mein Bestes, diese negativen Gedanken zu vertreiben und mich auf das Positive zu konzentrieren.

Ich weiß, es war dumm von mir, wirklich, aber ich konnte einfach nicht anders. Da war etwas - nein, alles - an Mr. Irving, das mich tief im Inneren berührte. Jedes Mal, wenn er sprach, fühlte ich mein Herz flattern. Jedes Mal, wenn seine Augen durch den Raum wanderten, betete ich, dass sie nur für den Bruchteil eines Augenblicks länger auf mir verweilen würden. Es war ein Gefühl, das ich noch nie zuvor erlebt hatte, und eines, mit dem ich nicht umzugehen wusste. Ich meine, ich wusste nichts über diesen Mann, außer dem, was er uns erzählte, und ich hatte auch nicht die geringste Chance, etwas daraus zu entwickeln. Wie sollte ich auch?

Sich zu konzentrieren, wird dieses Jahr schwierig!

Mr. Irving erzählte uns, dass er einen kurzen Blick auf einige unserer Gedichte geworfen hatte, die wir für Mr. Milton eingereicht hatten. Er betonte, dass er sein Bestes tun würde, den Kurs so nah wie möglich an Mr. Miltons ursprünglichem Lehrplan zu unterrichten, um uns den Übergang so einfach wie möglich zu machen. Ich wusste, dass ich dafür dankbar sein sollte, aber ich war etwas enttäuscht, weil es bedeutete, dass wir technisch gesehen nicht alles von Mr. Irving bekämen. Diese Enttäuschung war jedoch nur von kurzer Dauer, als ich anfing, darüber nachzudenken, was er gesagt hatte.

Mein Herz begann zu rasen, als er weiter über die

Gedichte sprach. Ich spürte, wie mein Gesicht vor Verlegenheit errötete, als ich über mein Gedicht nachdachte und darüber, wie ein Fremder, noch dazu ein gutaussehender, Einblick in meine persönlichen Gedanken bekommen hatte. Es war schon schwer genug gewesen, es Mr. Milton zu geben, aber zu denken, dass dieser Mann, *Mr. Irving*, es möglicherweise gelesen hatte, war fast zu viel für mich. Ich spürte, wie sich mein Magen zu drehen begann und meine Handflächen schwitzig wurden. Ich wurde sofort wieder unsicher und es wunderte mich, dass ich dieses Gefühl nicht schon in den letzten paar Minuten gehabt hatte.

Ich stellte mir vor, wie Mr. Irving mein Gedicht aus seinem Schreibtisch holte und es der Klasse laut vorlas. Ich dachte an das Gelächter und den Spott meiner Klassenkameraden, wenn die Worte ankamen. Ich konnte sehen, wie der freundliche Gesichtsausdruck von Mr. Irving in einen von Grausamkeit und Bosheit überging. Diese perfekten weißen Zähne, die aus einem fiesen Grinsen hervorblitzten, und seine grauen Augen, die sich verhärteten, als er mich beobachtete, wie ich tiefer und tiefer in meinen Stuhl sank. Ich hörte die Stimme meiner Mutter in meinem Kopf widerhallen, als die Tränen anfingen, über mein Gesicht zu fließen. Ich spannte mich an und wartete auf den Moment, in dem alle meine Ängste auf einmal auf mich einprasseln würden.

Aber es passierte nicht.

Stattdessen erzählte Herr Irving ein bisschen mehr über sein Berufsleben und forderte uns dann auf, uns alle vorzustellen. Ich war froh, dass er einleitend sagte, dass wir nicht viel zu sagen brauchten, nur unseren Namen und etwas, das wir gerne tun, aber ich war unglaublich nervös darüber, was ich sagen sollte. Ich wusste, dass meine Klassenkameraden kein Problem damit haben würden, etwas zu sagen, und allein das machte mich noch nervöser. Sie würden wahrscheinlich nicht einmal zweimal darüber nachdenken, was sie sagen sollten. Sie konnten unmöglich verstehen, was ich fühlte, auch wenn viele von ihnen die gleiche Reaktion auf Mr. Irving zu haben schienen.

Nein. Es war niemand anderes im Raum, der hätte verstehen können, was ich durchmachte. Niemand sonst, der möglicherweise die gleiche Flut von Emotionen hätte erleben können.

Ehe ich mich versah, rief er mich auf. Ich hatte gehofft, dass Mr. Irving durch die Reihen der Schüler vor mir gehen würde, aber er entschied sich, einfach alphabetisch durch die Liste zu gehen. Ich war nicht vorbereitet. Ich wusste nicht, was ich sagen sollte. Ich spürte, wie mein Gesicht rot wurde, als er meinen Namen aufrief, und fühlte sofort, wie sich meine Hände verkrampften, als mir klar wurde, dass er mein gerötetes Gesicht bemerkt haben musste. Ich schluckte schwer, ein Geräusch, von dem ich sicher war, dass es jeder in meiner Nähe hören konnte, und versuchte mein Bestes, ihn anzulächeln.

„Hi, ich bin BethAni. Ich schätze, ich mag Gedichte."

Der schärfste Mann, den ich je gesehen habe, und ich habe schon alles ruiniert.

Ich konnte es nicht glauben. Warum hatte ich das

gesagt? Wenn er mein Gedicht noch nicht gelesen hatte, würde er es jetzt ganz sicher lesen. Ich weiß nicht, warum ich es tat. Die Worte sprudelten nur so aus mir heraus, bevor ich sie stoppen konnte.

Zumindest habe ich nicht gesagt, dass ich ihn mag.

Ich drehte mich sofort weg und sah aus dem Fenster. Ich spürte, wie mein Gesicht immer mehr errötete, während mein Verstand all die verschiedenen Urteile durchspielte, die Mr. Irving und alle anderen haben mussten. Ich versuchte, meine Gedanken woanders hinzulenken. Auf das Auto, das die Straße entlangfuhr. Auf meine Mutter. Es spielte keine Rolle. Ich wollte nur noch da raus.

„Ich wusste sofort, als ich dein Gedicht las, dass du eine Vorliebe für das Metier haben musst, BethAni. Absolut wunderschön. Du solltest stolz sein."

Hat er …? Hat er wirklich gerade das gesagt, was ich glaube, dass er gesagt hat?

Ich drehte mich wieder zu ihm und spürte sofort, wie meine Ängste verschwanden. Wo ich einen harten Blick und ein bedrohliches Grinsen erwartet hatte, sah ich nur Freundlichkeit und Einfühlungsvermögen. Da war diese echte Menschlichkeit, die ich gesehen hatte, als ich ihn zum ersten Mal sah. Ich tat mein Bestes, um mich zu bedanken, und spürte, wie die Worte unbeholfen herauspurzelten, aber es war mir egal. Dieser Mann, dieser wunderschöne Mann, hatte genau das gesagt, was ich von ihm hören wollte. Was mich betraf, so hätte er mir genauso gut auf der Stelle sagen können, dass er mich liebt. Das war alles, was ich hören wollte.

Ich liebe Sie auch, Mr. Irving.

Kapitel Drei

2019

Ich spürte das Zittern meiner Stimme, als ich den Namen des gutaussehenden Mannes rief, um ihn wissen zu lassen, dass seine Bestellung fertig war. Dabei hielt ich die Tasse etwas fester, als ich es wahrscheinlich hätte tun sollen, aber er sollte auf keinen Fall sehen, dass ich meine Nummer darauf geschrieben hatte, bis er nicht wieder Platz genommen hatte. Ich wusste, dass es albern war, aber als er sich dem Tresen näherte, spürte ich, wie mein Herz schnell schlug und das Adrenalin durch meine Adern rauschte. Es war mir schon jetzt peinlich und ich überlegte einen Moment lang, ob ich die Tasse austauschen sollte.

Ein kurzer Blick auf Sam gab mir die nötige Zuversicht – ich wandte mich ihm zu, als er sich dem Tresen näherte und reichte ihm sein Getränk. Ich lächelte so aufrichtig, wie es mir möglich war und bemühte mich, nicht daran zu denken, wie müde der Tag mich bereits gemacht hatte. Ich wusste, ich hätte etwas Nettes oder Kluges sagen sollen, aber das Beste, was mir einfiel, war, dass ich hoffte, das Getränk würde ihm schmecken. Julian, wenn das sein richtiger Name war, lächelte mich an und versicherte mir, das würde es. Er zögerte einen Moment und ich dachte, ich würde in Ohnmacht fallen, bevor er zweimal auf den Tresen klopfte und zurück zu seinem Platz ging.

Warum hatte ich nicht etwas Schlaues gesagt? Ich hätte wenigstens „Bitte sehr, Süßer" sagen können. Egal, irgendwas!

Ich fand mich damit ab, weiter zu arbeiten. Es gab keine Schlange und nur ein paar Leute, die im Café verstreut saßen. Ich wusste, dass ich diese Zeit gut nutzen musste. Außerdem würde mir das die Gelegenheit geben, mit Sam ein wenig mehr über den geheimnisvollen Mann zu plaudern. Als ich mich umdrehte und den Mund öffnen wollte, um etwas zu sagen, griff Sam um die Ecke ins Hinterzimmer, holte einen Besen und eine Kehrschaufel heraus und warf sie mir zu. Ich brauchte nur einen Blick in ihr Gesicht zu werfen, um zu verstehen, was sie andeuten wollte, und ich nickte mit dem Kopf und schluckte.

Es war ein guter Plan und einer, auf den ich definitiv selbst hätte kommen sollen, aber ich war froh, dass Sam mitdachte. Ich hatte mich so daran gewöhnt, dass sie immer diejenige war, die die heißen Typen abschleppte, die ins Café kamen. Es war höchste Zeit, dass ich auch mal dran kam. Ich hatte in der Vergangenheit nicht viel Glück mit Männern gehabt und hatte oft die Beziehungen schon beendet bevor sie richtig anfingen. Ich wusste nicht warum, aber es kam mir immer so vor, als würden mich die Männer, mit denen ich ausging, wie Scheiße behandeln. Ich hatte mich daran gewöhnt.

Aber so konnte ich jetzt nicht denken. Ich hatte einen Plan und ich würde mein Bestes geben, damit er klappte. Es war die altbewährte Methode der Verführung, zumindest sagte Sam das immer. Wenn man keine Chance hatte, mit einem Kunden an der Theke richtig anzubandeln, ging man einfach raus und fegte den Boden in der Nähe des Kunden und fing ein Gespräch an. Es hörte sich einfach an, aber ich war mir absolut im Klaren darüber, wie sehr ich schwitzte, als ich zu dem Bereich hinüberging, in dem der Mann saß.

Er sah zu mir auf und lächelte, als ich anfing, den Boden zu fegen. Ich überlegte, was ich sagen sollte und warf einen kurzen Blick auf die Kaffeetasse. Ich konnte meine Nummer deutlich sehen und wusste, dass er sie noch nicht gesehen hatte. Er kam mir nicht wie ein Mensch vor, der sofort nachsah, wie ich seinen Namen geschrieben hatte, wenn er seine Bestellung erhielt. Ich versuchte, mir einen Witz oder ein Kompliment auszudenken, aber die Worte blieben mir immer wieder im Hals stecken. Ich wusste, dass ich bald etwas sagen musste, sonst würde mir der Boden zum Fegen ausgehen.

„Es schmeckt, nur damit Sie es wissen."

Ich sah auf und spürte, wie sich mein Gesicht rot färbte.

„Gut", sagte ich unbeholfen. „Es freut mich, das zu hören."

„Sie haben gute Arbeit gemacht, Ani? Ist das richtig?"

„J-ja! Ja, das ist korrekt. Das ist mein Name."

Zu unbeholfen. Nicht süß genug.

„Es freut mich, dich kennenzulernen, Ani. Ich bin Julian Wade.“

Er streckte seine Hand aus, um meine zu schütteln und ich nahm sie freudig entgegen. So sehr ich mich über seine Freundlichkeit freute, so dachte ein Teil von mir immer wieder, dass das Ganze sehr seltsam war. Er spielte so weit außerhalb meiner Liga, dass ich genauso gut nicht in demselben Spiel mitspielen konnte.

„Es ist auch schön, Sie kennenzulernen, Mr. Wade.“

„Bitte. Nenn mich Julian. Weißt du, Ani, der Besitzer kann sich glücklich schätzen, dich zu haben. Dieser Fleck auf dem Boden muss in deiner Gegenwart immer absolut makellos sein.“

Ich spürte, wie mein Gesicht erneut errötete, als ich realisierte, dass ich immer wieder dieselbe Stelle gekehrt hatte, während wir sprachen. Julian lachte liebenswürdig und ich konnte nicht anders, als mit einzustimmen. Wir lächelten uns gegenseitig breit an, bevor ich ihm noch einmal sagte, er solle sich den Kaffee schmecken lassen und zurück zu Sam ging.

„Und? Hast du überhaupt mit ihm gesprochen? Wie ist sein Name?“

„Julian Wade. Ich habe versucht, mit ihm zu reden und irgendwie haben wir das auch. Oh, Gott, Sam. Warum bin ich so? Warum bin ich die ganze Zeit so unbeholfen?“

„Hey, du bist nicht so schlimm. Es sah zumindest so aus, als würdet ihr beide zusammen lachen. Ist es okay, wenn du ein paar Minuten hier die Stellung hältst, während ich auf die Toilette gehe?“

Ich nickte und drückte die Daumen, dass keine

anderen Kunden hereinkommen würden, während Sam eine kurze Pause machte. Natürlich konnte ich damit umgehen, aber ich wollte einfach nicht zu beschäftigt sein, falls Julian sich entschloss, noch einmal vorbeizukommen und zu plaudern. Ich tat mein Bestes, um ihn nicht anzustarren, aber es war fast unmöglich. Er war so unglaublich gutaussehend. Auch wenn nichts dabei herauskam, war ich stolz auf mich, dass ich den Mut gehabt hatte, ihm meine Nummer zu geben.

Sam kam mit einem breiten Lächeln auf dem Gesicht zurück und zog mich schnell zur Seite, außerhalb der möglichen Hörweite von Julian. Verwirrt sah ich sie an, aber sie lächelte nur noch breiter und bedeutete mir, auf ihr Handy zu schauen. Ich brauchte eine Sekunde, um zu realisieren, was ich da sah, doch dann fiel mir fast die Kinnlade herunter.

Der Selfmade-Millionär Julian Wade drückt Seattle seinen Stempel auf.

Ich konnte es kaum glauben. Dieser Mann. Dieser Mann, der sich gerade mit mir unterhalten hatte, war ein Selfmade-Millionär? Ich meine, es war offensichtlich, dass er Geld hatte, aber so viel? Warum um alles in der Welt sollte er seine Zeit damit verschwenden, mit mir zu reden? Dieser Artikel bestätigte nicht nur, dass er nicht in meiner Liga spielte, er bestätigte auch, dass er die Art von Typ war, die man nur einmal im Leben trifft. Ich überflog den Artikel schnell und erfuhr, wie er eine neue App entwickelt hatte, die schon jetzt zu den meist heruntergeladenen des Jahres gehören sollte. Er war eindeutig intelligent, und ich musste einfach wieder zu ihm rüberschauen.

Sam erzählte mir, dass sie ein paar verschiedene Artikel über Julian Wade gefunden und in allen die gleichen Informationen gelesen hatte. Sie bestand darauf, dass ich den Mann nicht gehen ließ, ohne entweder wegen meiner Nummer mit ihm zu sprechen, oder zumindest noch einmal allgemein das Gespräch mit ihm zu suchen. Ich warf einen weiteren Blick auf den Tisch und stellte enttäuscht fest, dass er telefonierte und noch immer aus dem Fenster auf die belebte Straße blickte. Ich fragte mich, was für ein wichtiges Gespräch er wohl gerade führte und mit wem er sprach.

War es jemand anderes berühmtes?

Ich ging und holte mein eigenes Handy, damit Sam und ich Julian weiter stalken konnten, bis er seinen Anruf beendet hatte. Je mehr ich über ihn herausfand, desto mehr verliebte ich mich in ihn. Er hatte mit einem Teil der Gewinne, die er mit seiner App gemacht hatte, Wohltätigkeitsarbeit geleistet. Er klang in seinen Interviews unglaublich bescheiden und lobte sein Team, so oft er konnte. Alles an Julian Wade schrie, dass er ein guter Mensch war und ich spürte die Spannung in meiner Brust wachsen, als ich darüber nachdachte, was ich zu ihm sagen würde.

Wie sich herausstellte, bekam ich nie die Gelegenheit dazu.

Mein Handy vibrierte, während Sam und ich vor uns hin kicherten und ich stellte erstaunt fest, dass es eine Benachrichtigung von einer unbekannten Nummer war. Mein Herz explodierte fast in meiner Brust, als ich meinen Finger darüber gleiten ließ, um die Nachricht zu lesen. Sam hatte die Arme um meine Schultern gelegt und ich kam mir fast wie Rocky Balboa vor, als sie sie sanft massierte und mich anspornte. Ich kämpfte damit, die Nachricht zu öffnen, als meine Finger zu zittern begannen, aber ich schaffte es und schrie fast auf, als ich sie las.

Hey, Ani, ich bin es, Julian Wade.

Mein Blick schnellte hoch und quer durch das Café und landete auf dem perfekten Mann. Er lächelte, winkte, stand langsam auf und kam auf den Tresen zu. Ich hatte keine Ahnung, was ich sagen oder wie ich reagieren sollte, aber ich tat mein Bestes, um mein Pokerface aufzusetzen und den Schweiß zu ignorieren, der mir das Gesicht hinuntertropfte. So schwer es mir auch fiel, ich musste mich konzentrieren und das Ziel im Auge behalten.

„Das war ziemlich süß, Ani."

„Oh? Ja, also, du bist ziemlich süß."

In diesem Augenblick wollte ich mich selbst ohrfeigen und ich wusste, dass meine Augen meine Verlegenheit verrieten, also wandte ich schnell den Blick ab. Julian lachte wieder auf die gleiche freundliche Art wie zuvor. Es reichte aus, um mich nicht das letzte Quäntchen Selbstvertrauen verlieren zu lassen. Ich kicherte ebenfalls und ehe ich mich versah, fragte er mich, ob ich mit ihm essen gehen wolle. Auf diese und jede weitere Frage von ihm nickte ich stumm und als Julian Wade zur Tür hinausging, wurde mir mit einem Ruck klar, dass ich auf ein Date ging. Zum Glück für mich hatte Sam mitbekommen, was er gesagt hatte und wir beide kreischten fast vor Aufregung, als er sich umdrehte und zur Tür hinausging.

Der Rest meiner Schicht hätte nicht langsamer verstreichen können, aber ich ignorierte diese Strafe, die mir die Zeitgötter auferlegt hatten, und trotzte dem Rest des Tages mit strahlendem Gesicht. Ich konnte mich nicht erinnern, wann ich das letzte Mal so glücklich und aufgeregt gewesen war und es fiel mir schwer, mich auf etwas anderes zu konzentrieren. Ich vermasselte an diesem Nachmittag mehr als ein paar Getränke, aber weder Sam noch ich hatten damit ein Problem. Wir lachten es einfach weg, entschuldigten uns bei den Kunden und machten weiter.

Julian hatte mich gebeten, ihn in dem Restaurant zu treffen, das er ausgesucht hatte und ich war dankbar, dass ich mir keine Gedanken über die peinliche Unterhaltung machen musste, die wir vielleicht in seinem Auto geführt hätten. Es war schön, sich einfach in Schale zu werfen und ein Taxi zu nehmen, auch wenn es teuer war. Ich hatte einen kurzen Blick auf die Speisekarte geworfen und war beim Anblick beinahe in Ohnmacht gefallen. Das Essen dort war unglaublich teuer und fast hätte ich Julian eine SMS geschrieben und gefragt, ob wir uns nicht woanders verabreden könnten. Doch ich wusste, dass ich einen wesentlich besseren ersten Eindruck machen musste, als ich es bereits getan hatte, also hielt ich meinen Mund und meine Finger still.

Als ich in dem Restaurant ankam, war es fast wie in einem Märchen. Seit ich in Seattle lebte, war ich schon viele Male dort vorbeigegangen, hatte aber nie davon zu träumen gewagt, hineinzugehen. Es war ein spanisches Restaurant im Art-Déco-Stil, das für seine Cocktails und

Vorspeisen bekannt war. Ich musste mich damit begnügen, eine Kleinigkeit zu bestellen und kämpfte gegen den Drang an, etwas zu essen, bevor ich das Haus verließ.

Julian war schon da und hatte uns einen Tisch reserviert. Ich atmete erleichtert auf, als ich ihn an dem für uns reservierten Tisch sitzen sah. Es war nicht so, dass ich erwartet hatte, dass er nicht auftauchen würde, aber es ist verständlich, wie ich mich zu diesem Zeitpunkt fühlte. Ich war nervös und hatte nicht gerade viel Selbstvertrauen. Ich hätte es besser wissen müssen. Ein Mann wie Julian würde mich nicht einfach so vorführen!

Ich war den Tränen nahe, als er aufstand, um mich zu begrüßen und mir sofort ein Kompliment über mein gutes Aussehen machte. Ich konnte mich nicht daran erinnern, wann ein Mann das letzte Mal etwas so Nettes zu mir gesagt hatte. Ich wusste, dass er nur höflich war und dass ich nicht so viel Wert darauf legen sollte, aber ich konnte nicht anders. Julian tat alles, was in seiner Macht stand, um mir genau das zu erschweren. Er flirtete ununterbrochen mit mir, berührte meine Hände und einmal sogar mein Bein. Er sagte mir, dass er froh war, dass ich den ersten Schritt gemacht hatte, indem ich meine Nummer auf den Becher schrieb, da er nicht das Selbstvertrauen gehabt hätte, es zu tun.

Ehe ich mich versah, war der Abend schon vorbei. Ich betete, dass er noch ein paar Minuten länger andauern würde, aber es war vergebens. Der Kellner kam herüber und reichte Julian die Rechnung und ehe ich protestieren konnte, bezahlte er und fragte mich, was ich für den Rest des Abends geplant hatte.

„Nichts. Ich mache mich wahrscheinlich auf den Weg nach Hause. Ich arbeite morgen ziemlich früh, also sollte ich nicht so lange unterwegs sein."

Wieder schlug ich mir fast gegen die Stirn, aber Julian lächelte spielerisch und fragte, ob ich gehen wolle. Ich lächelte und nickte schüchtern und ließ zu, dass er meine Hand nahm, als er aus der Nische trat. Wir beide verließen das Restaurant und gingen zu seinem Auto und ich fühlte, wie jede Sorge und jeder Kummer der Welt von mir abfiel.

Hast du darauf gewartet? Ist das Liebe?

Kapitel Vier

2019

Ich stellte es nicht infrage, nicht ein einziges Mal. Ich konnte nicht anders. Alles an Julian fühlte sich einfach richtig an. Ich war in seinen Armen und in seinem Bett nur wenige Minuten nachdem ich seine Wohnung betreten hatte. Ich wusste, dass ich etwas zurückhaltender hätte sein sollen und hinterfragen sollte, wie schnell es ging, aber ich war hingerissen! Ich konnte mich nicht zurückhalten. Ich wusste genau, was ich tat und genoss jeden einzelnen Moment. Es war das Schönste, was ich je in einer Nacht mit einem Mann empfunden hatte. Julian war unbeschreiblich und kümmerte sich um meine Bedürfnisse, bevor er mir unglaubliche Erlebnisse bescherte.

Es war also kein Wunder, dass in meinen Träumen glückliche Erinnerungen und Andeutungen über eine Zukunft, die sprichwörtlich vor der Tür stand, auftauchten. Mit einem Seufzer driftete ich dann schnell in den Schlaf und drückte mich so nah an Julians warmen und geschmeidigen Körper, wie ich nur konnte. Ich hatte noch nie etwas so Tröstliches und Reines gespürt. Beim Einschlafen wusste ich, dass dies der Ort war, für den ich bestimmt war. Hier würde ich mein Glück finden.

Als ich von meinem Wecker geweckt wurde, fühlte ich sofort einen Ansturm der Gefühle und nahm rasch so viel von dem Raum auf, in dem ich war, wie ich konnte. Es fiel mir schwer zu glauben, dass ich nicht immer noch träumte, besonders als der Geruch von Speck ins Schlafzimmer zog. Ich drehte mich um, in der Erwartung, Julians warmen Körper neben meinem zu spüren, aber da war niemand. Ich schälte mich aus dem Bett und rieb mir die Augen, ging zur Tür und betrat den Hauptraum der Wohnung.

Zuerst war ich überrascht, aber ich erkannte sofort, dass ein solches Gefühl töricht war. Julian Wade war ein Selfmade-Millionär. Er hatte einen Haufen Geld. Da lag es nahe, dass er eine absolut umwerfend schöne Wohnung hatte und hier stand ich nun, inmitten genau dieser Wohnung. Es schrie nach Luxus, ohne dass es übertrieben schien und dafür war ich dankbar. Es zeugte von Julians Bescheidenheit und Intelligenz, denn der Großteil seiner Wohnung war mit Büchern und Kunstwerken gefüllt und nicht mit irgendetwas, das zu knallig oder vornehm war. Als ich gestern Abend in der Wohnung gelandet war, hatte ich gar nicht bemerkt, wie schön die Wohnung war.

Schließlich war ich ziemlich abgelenkt gewesen.

Mittendrin stand Julian. Er trug nur ein Badetuch um die Taille und sonst nichts und ich spürte, wie ich zum x-ten Mal errötete, als ich seinen muskulösen

Rücken betrachtete. Er war nicht übermäßig breit oder so. Es gab nichts Einschüchterndes an ihm, außer dass er absolut perfekt aussah, wie er so dastand. Wieder konnte ich mein Glück kaum fassen. Wie um alles in der Welt hatte ich es geschafft, mir so einen Mann zu schnappen?

Er lächelte, als ich ihm einen guten Morgen wünschte und kam langsam auf mich zu und drückte mir einen langen Kuss auf die Lippen. Er hielt mich einen Moment lang fest, bevor er sich wieder um das bereits vorbereitete Frühstück kümmerte. Er erklärte mir, dass ich, wenn ich wollte unter die Dusche springen könnte und dass er mich nach dem Essen gerne zur Arbeit bringen würde. Wie sich herausstellte, traf sich Julian heute mit Mitgliedern seines Entwicklerteams und würde sich dorthin begeben, nachdem er mich zur Arbeit gefahren hatte.

Es wird einfach immer besser und besser.

Die Versuchung war groß, im Bad viel Zeit zu verschwenden, vor allem, nachdem ich die Ausmaße des Bades gesehen hatte, aber ich entschied mich dagegen. Ich wollte an diesem Morgen so viel Zeit wie möglich mit Julian verbringen und war insgeheim enttäuscht, dass er schon ohne mich geduscht hatte. Meine Enttäuschung war jedoch nur von kurzer Dauer, als ich herauskam und einen vollen Frühstücksteller auf dem Holztisch des Balkons mit Blick auf die Straßen von Seattle unter mir erblickte. Ich bedankte mich bei Julian und gab ihm noch einen Kuss, bevor ich mich zum Essen setzte.

„Du bist unglaublich. Danke für letzte Nacht."

„Du brauchst mir nicht zu danken, Ani. Ich habe alles daran geliebt. Ich kann froh sein, dich heute Morgen hier bei mir zu haben. Danke, dass du zugestimmt hast, dass ich dich zum Abendessen ausführen darf."

„Machst du Witze? Natürlich habe ich ja gesagt. Diese ganze Sache fühlt sich einfach wie ein Märchen oder so an. Du bist reingekommen und hast mich vom Hocker gehauen."

Ich stoppte mich so schnell ich konnte. Ich erinnerte mich an Sams Abschiedsworte an mich, als ich gestern das Café verließ.

Wirke nicht zu übereifrig. Kerle hassen das.

Ich lächelte und bat ihn, sich keine Gedanken darüber zu machen, was ich gerade gesagt hatte, aber Julian überraschte mich erneut, indem er zu meiner Seite des Tisches herüberkam und mich auf den Kopf küsste.

„Macht mich das zum Märchenprinzen?", fragte er mit einem verspielten Schmollmund.

„Verdammt richtig, das tut es!"

Es fiel mir schwer, aus dem Auto auszusteigen, als er mich an diesem Morgen bei *Thanks A Latte!* absetzte. Ich wünschte mir, dass dieser Morgen noch ewig so weitergehen würde, doch schließlich gab ich mich mit ein paar weiteren Küssen zufrieden und stieg aus. Julian sagte mir, dass er mir später eine SMS schicken würde und dass wir vielleicht an diesem Abend noch einmal ausgehen könnten. Ich lächelte, als ich ihn wegfahren sah und fühlte, wie mein Herz abermals flatterte. Natürlich hatte ich keine Lust zu arbeiten, aber meine Laune war gut genug, um mich durch den Tag zu bringen.

Sam war begierig darauf zu hören, wie das Date gelaufen war und um ehrlich zu sein, war ich ebenso begierig es ihr zu erzählen. Ich konnte mich immer auf Sams besonnenes Urteilsvermögen verlassen, was allerdings nicht bedeutete, dass sie nicht genauso aufgeregt war wie ich. Sie war eine gute Freundin und sorgte immer dafür, dass sie sich meiner Stimmung anpasste oder sie sogar übertraf, ohne sie jemals zu senken. Das war ein Charakterzug, für den ich immer wieder dankbar war. Heute war es nicht anders.

„Also ... wie war es?"

„Es war unglaublich, Sam. Fantastisch. Er ist perfekt."

„Hast du herausgefunden, wie sein, du weißt schon, aussieht?"

Ich gab Sam eine spielerische Ohrfeige und wir lachten beide, als wären wir wieder in der Highschool. Ich spürte ein leichtes Stechen, als ich an meine Highschool-Zeit zurückdachte und wie viel ich damals für eine Freundin wie Sam gegeben hätte, aber ich vertrieb diese Gedanken genauso schnell, wie sie auftauchten.

Nicht heute. Heute ist ein guter Tag.

In der Tat war es ein ziemlich guter Tag. Die meisten der Kunden waren tatsächlich ausnahmsweise mal nett und ich stellte fest, dass sich meine Freude in ihren Gesichtern widerzuspiegeln schien. Meine Laune wurde noch besser, als ich in meiner Pause auf mein Handy schaute und sah, dass ich eine Sprachnachricht von Julian hatte. Ich seufzte zum zweiten Mal an diesem Tag auf und dankte Gott, dass Julian sein Wort hielt.

„Hi, Ani! Ich bin‘s, Julian. Ich wollte dir nur noch sagen, dass ich gestern Abend und heute Morgen eine schöne Zeit mit dir hatte und dass ich es, wenn du Interesse hast, gerne wiederholen würde. Ich habe mir gedacht, dass wir heute Abend nach dem Essen zur Space Needle gehen könnten. Gib mir Bescheid!“

Ich rief ihn zurück, sobald die Nachricht zu Ende abgespielt war (na gut, ich lüge nicht, ich spielte sie zweimal ab!) und war verzückt, als er sofort abnahm. Ich ließ ihn wissen, dass ich auf jeden Fall Lust auf ein weiteres Date heute Abend hätte, aber unter der Bedingung, dass ich für das Abendessen bezahlen würde. Er sagte mir, dass es ein Deal sei und dass er mich abholen würde, wenn meine Schicht am Nachmittag zu Ende sei.

Ich grinste von einem Ohr zum anderen, als ich zurückging, um meine Schicht zu beenden und ignorierte Sams spielerische Neckerei, während ich weiter ein Getränk nach dem anderen für die nun stetig wachsende Schlange von Kunden vor uns zubereitete. Es war mir immer noch egal und ich gab mich meiner guten Stimmung hin, bis es Zeit für Julian war, mich abzuholen.

Ich verabschiedete mich von Sam, als sie in ihr Auto stieg und ging zurück ins Café, um auf Julians Ankunft zu warten. Der klassische Teil von mir wollte sich verschiedene Szenarien ausdenken, warum er sich ein paar Minuten verspätete und nichts davon entsprach meinem Interesse, also beschloss ich, solche Zweifel zu verdrängen. Wie aufs Stichwort klingelte mein Handy und Julian entschuldigte sich für die Verspätung und sagte, dass er in ein paar Minuten da sein würde.

Wie aufs Stichwort trat ich nach ein paar Minuten aus dem Café und gleichzeitig fuhr Julian am Bordstein vor. Bevor ich auch nur ans Einsteigen denken konnte, glitt Julian aus dem Wagen und eilte zu mir, um mir die Tür zu öffnen. Ich spürte, wie mein Gesicht schon wieder rot wurde und ich verbarg mein Lächeln.

Er ist wirklich perfekt.

Während der Fahrt unterhielten wir uns über unseren Tag und darüber, wo wir etwas essen gehen wollten. Julian hatte eine ganze Reihe von Restaurants im Kopf, aber er gestattete mir, ein weniger ausgefallenes zu wählen als das, in dem wir am Abend zuvor gewesen waren. Ich war froh darüber, denn ich wusste, dass ich nicht in der Lage sein würde, mit der Art und Weise, wie Julian sein Geld auszugeben bereit war, mitzuhalten. Immerhin war ich kein Selfmade-Millionär.

Wir entschieden uns für einen Taco-Laden, in dem ich schon allzu oft gegessen hatte und blieben ein paar Stunden dort, bevor wir uns auf den Weg zur Space Needle machten. Ich war schon einmal dort gewesen, als ich nach Seattle gezogen war, aber es fühlte sich neu und frisch an, jetzt wo ich es mit jemand anderem als mir selbst erlebte. Das Restaurant an der Spitze war geschlossen und ich wusste, wenn es das nicht gewesen wäre, hätte Julian uns einen Cocktail an der Bar holen wollen.

Ich brauchte die Hilfe allerdings nicht. Die Nacht verlief bisher perfekt und ich war froh, keinen Alkohol im Körper zu haben. Ich wollte heute Abend ganz ich selbst sein, als ob mein Verstand einen Weg brauchte, um die Fantasie zu bestätigen, die ich in der Nacht zuvor erlebt hatte. Auch Julian schien sich in dieser Nacht damit zufriedenzugeben, nüchtern zu bleiben und ich freute mich, dass er mich nicht dazu drängte, etwas zu tun, was ich nicht tun wollte.

Wir beendeten unser Date am Riesenrad. Im Gegensatz zum Aussichtsturm war ich noch nie auf dem enormen Riesenrad gewesen und es wäre gelogen, wenn ich sagen würde, dass ich keine Bedenken hatte, einzusteigen. Höhen waren nicht so mein Ding und schon der Anblick verursachte bei mir ein mulmiges Gefühl. Ich glaube, es war die Tatsache, dass sich das ganze Ding bewegte, sobald man drin war. Zugegeben, das tat der Boden der Space Needle auch, aber das hier war anders. Ich weiß nicht, warum. Ich fühlte mich einfach ein bisschen ungeschützter.

Julian war tröstlich und freundlich. Er nahm meine Hand und sagte mir, dass wir es einfach vergessen und etwas anderes ausprobieren könnten. Ich wusste, dass er es ernst meinte und wieder einmal war ich überwältigt von der Freundlichkeit, die dieser Mann mir entgegenbrachte. Ich schüttelte jedoch den Kopf und sagte ihm, dass ich es mit seiner Hilfe schaffen würde.

Zu meiner Verteidigung: Ich schaffte es. Aber so kam es, dass ich von schaudernd am Boden stehend und auf das Riesenrad schauend zu fast gelähmt vor Angst nach unten blickend wechselte. Die Fahrt war angenehm, das gebe ich zu, zumindest als ich den Mut hatte, die Augen zu öffnen und mich ein wenig umzusehen. Julian lachte, aber es war ohne Wertung. Er hielt meine Hand so fest er konnte und küsste mich sogar ein paar Mal, während das Riesenrad sich weiterdrehte.

Er gibt mir das Gefühl, dass ich alles tun kann. Was für ein tolles Gefühl.

Wir lachten noch eine ganze Weile, nachdem wir aus dem Wagen ausgestiegen waren. Wir spazierten umher und teilten uns sogar ein Eis. Schließlich saßen wir am Meer und genossen die kühle Abendbrise. Wir scherzten über alles Mögliche und sprachen sogar darüber, wie wir morgen unser Date gestalten wollten. Irgendwann hielt ich es nicht mehr aus und drehte mich zu dem perfekten Mann, der neben mir saß, um und küsste ihn innig. Ich konnte nicht glauben, wie gut es lief. Wir beide lächelten uns lange an und ich hätte für immer dort bleiben können.

Als eine Familie vorbeilief, wurde Julians Lächeln noch breiter. Er wies mich auf die Mutter hin und fragte mich, ob ich glaube, dass sie schwanger sei. Wir scherzten darüber, dass sie schon drei Kinder hätten und ein viertes vielleicht ein Fehler wäre, aber es war nicht böse gemeint. Ich hatte natürlich immer davon geträumt, Kinder zu haben und zum ersten Mal seit langer Zeit war ich nicht traurig, als ich eine so glückliche Familie vorbeigehen sah.

Vielleicht hatte ich jetzt tatsächlich eine Chance dazu.

„Ich wollte schon immer eine Familie", sagte Julian, als hätte er meine Gedanken gelesen. „Ich weiß nicht, was für ein Vater ich sein würde, aber ich wollte schon immer einer sein."

„Oh, Julian, du wärst der perfekte Vater. Alle wären glücklich, dich in ihrem Leben zu haben."

Julian lächelte mich an und umarmte mich.

„Weißt du, was komisch ist? Ich hatte gerade einen komischen Gedanken. Bitte verurteile mich nicht dafür. Ich dachte nur, wie gut du schwanger aussehen würdest. Ich weiß, ich weiß. Das ist eine seltsame Aussage. Ich weiß auch nicht. Du strahlst einfach so sehr, dass ich mir nicht vorstellen kann, wie schön du aussehen würdest, wenn du auch noch schwanger wärst."

Wieder wurde ich rot und sagte ihm, er solle nicht daran denken. Ich verachtete ihn definitiv nicht für eine solche Aussage. Wenn überhaupt, dann geriet mein Herz wieder in Verzückung und ich spürte, wie es immer schneller zu schlagen begann, wenn ich ihn küsste. Ehe ich mich versah, waren wir wieder in Julians Wohnung und bereits unter der Bettdecke. Seine Hände fühlten sich unglaublich auf meinem Körper an und bei jedem Mal, wenn seine Lippen meine berührten, erschauderte ich.

Als wir fertig waren, rollte er sich auf den Rücken und erzählte mir, wie unglaublich er sich fühlte. Er wäre so glücklich, dass ich mich auf ein Date mit ihm eingelassen hätte und er freue sich auf viele weitere. Ich lächelte zurück und wünschte ihm, nachdem ich viel zu lange davon geschwärmt hatte, wie toll er war, eine gute Nacht. Ich ließ sogar durchblicken, dass ich mir auch eines Tages eine Familie wünschte. Und er versüßte mir den Abend, als er mir ins Ohr flüsterte, dass wir das vielleicht eines Tages verwirklichen könnten. Ich schlief schnell ein. Ich glaube, mein Geist war begierig darauf, zu den wunderbaren Träumen zurückzukehren, die ich in der Nacht zuvor gehabt hatte. Zunächst war ich mir jedoch nicht ganz sicher, wie sie sein würden, da meine Mutter in ihnen auftauchte. Ich musste mir bewusst sagen, dass sie nicht bei mir war und dass es, selbst wenn sie da wäre, keine Rolle spielte. Sie hatte sich geirrt. Ich hatte Liebe gefunden.

Und sein Name war Julian Wade.

Kapitel Fünf

AUSZUG AUS EINEM UNBEKANNTEN TAGEBUCH: 2011

Ich habe immer eine Vorstellung davon gehabt, was für ein Mann mein Vater gewesen sein muss. Lange Zeit habe ich ihn mir als eine heldenhafte Figur vorgestellt. Als jemanden, zu dem ich aufschauen und den ich bewundern konnte. Jemand, den ich im Alter verkörpern wollte. Lange habe ich auf ein Treffen mit ihm gewartet. Ich habe in meinem Kopf minutiös geplant, was ich sagen würde. Wie ich ihn um seine Rückkehr anflehen würde, damit er der Mann sein würde, den ich in meinem Leben brauchte. Ich hatte mir die Zeit vorgestellt, die wir damit verbringen würden, die Jahre nachzuholen, die wir verpasst hatten. Die Unternehmungen, die wir zusammen machen würden. Er und ich würden zusammen sein und ich würde umso besser dran sein.

Aber dieser Tag kam nie.

Stattdessen setzte sich meine Mutter, als ich zwanzig Jahre alt war, mit mir zusammen und eröffnete mir, dass sie mich mein ganzes Leben lang belogen hatte. Ich würde gerne sagen, dass es ein Schock gewesen sei und dass ich nie erwartet hätte, dass sie so etwas enthüllen würde, aber ich würde lügen, wenn ich das täte.

Ich hatte schon lange den Verdacht, dass Barbara mehr wusste, als sie bisher zugegeben hatte und ich hatte eine ganze Weile nach Beweisen gesucht, um sie damit zu konfrontieren.

Aber wieder war mir verwehrt worden, was mir zustand.

Sie saß mir in meinem Elternhaus gegenüber und bot mir einen Drink an, bevor sie mit der lange vermuteten Wahrheit herausrückte. Ich hatte höflich abgelehnt, da ich das Gefühl hatte, dass ich bei allem, was sie sagen wollte, absolut klar sein musste. Offensichtlich hatte sie erwartet, dass ich anders auf die Neuigkeit reagieren würde als ich es tat, denn sie sah unbehaglich aus, als ich einfach schweigend dasaß.

Hatte sie gedacht, ich würde überrascht sein?

„Also … ?", fragte ich so beiläufig, wie es mir möglich war. „Worüber hast du gelogen?"

Barbara, meine Mutter, nickte langsam und sah mich an. War das Angst, die ich in ihrem Gesicht erkennen konnte? Die Angst war berechtigt. Sie hatte sich das selbst eingebrockt.

„Du musst verstehen, warum ich das getan habe. Du hast ihn nicht gekannt, okay? Ich weiß, du hattest diese Vorstellung im Kopf, was für ein Mensch er war, aber du hast ihn nicht gekannt. Ich kannte ihn. Und ich habe getan, was nötig war, um euch beide vor ihm zu schützen. Er war ein böser Mann, mein Sohn. Ein böser Mann. Du hättest ihn nicht als deinen Vater gewollt."

„Ich denke, das kann ich besser beurteilen."

Barbara schüttelte den Kopf und wischte sich eine Träne weg. Für mich war klar, dass sie der Meinung war, mit diesem Gespräch nicht weiterzukommen. Ich überlegte, wie lange sie mit sich gerungen haben musste, bevor sie sich zu diesem Gespräch bewegt hatte. Aber das war mir egal. Ich hatte auf diesen Moment gewartet, so lange ich mich erinnern konnte.

Meine Mutter war nicht grausam, zumindest nicht im herkömmlichen Sinne. Sie hatte nie Hand an mich gelegt oder etwas Ähnliches. Wenn überhaupt, war sie zu anhänglich. Seit ich klein war, machte sie sich Sorgen, dass ich mich auf die Suche nach meinem Vater machen würde. Als meine Schwester auf die Uni ging, verlangte sie noch verzweifelter nach meiner Aufmerksamkeit. Ich hasste die Tage, an denen wir beide allein zu Hause waren. Sie wollte immer etwas mit mir unternehmen, rausgehen und Zeit miteinander verbringen.

Aber ich hatte schon immer gewusst, dass sie etwas kompensieren wollte.

Jetzt war es für mich bestätigt. Meine Mutter hatte gewusst, wer mein Vater war, obwohl sie mir jahrelang erzählt hatte, dass es sich dabei um ein Rätsel handelte. Es war ihr wohl angenehmer gewesen, dass ich sie für eine Hure hielt, als dass ich etwas über meinen Vater herausfand. Ich wusste, dass ihre Behauptungen, er sei „böse", Blödsinn waren. Das mussten sie sein. Ich hatte immer das Gefühl gehabt, dass sie diejenige gewesen war, die mich ihm weggenommen hatte. Jetzt wusste ich es mit Sicherheit.

„Ich weiß, dass es falsch von mir war, dich all die Jahre anzulügen, aber bitte versuche zu verstehen, dass ich das zu deinem Besten getan habe. Ich habe es getan, um dich zu beschützen. Dein Vater würde dich nicht lieben. Er hätte dich ebenso leicht verstoßen, als hätte er dich nie angeschaut. Versteh doch bitte. Ich hatte keine andere Wahl."

„Wo ist er? Hm? Sag mir, wo er ist, und ich gehe zu ihm. Wenn er so schlimm ist, wie du sagst, werde ich es ziemlich schnell herausfinden, oder? Also, wo ist er?"

Meine Mutter sah mich an und ich las Ungläubigkeit in ihrem Gesicht. Ich wusste nicht, warum sie das überraschte. Ich hatte meinen Vater immer kennenlernen wollen. Warum sollte ich das nicht? Glaubte sie wirklich, wenn sie sich mit mir hinsetzte und mir sagte, dass mein ganzes Leben Schwachsinn gewesen sei und dass er ein schlechter Mensch sei, dass ich sie und dieses Wissen irgendwie einfach akzeptieren würde? Dass es mir dann irgendwie gut gehen würde und ich mich besser fühle?

Nein. Ich muss es selbst wissen. Ich muss ihn sehen.

Ich stand von der Couch auf, bevor meine Mutter mich mit niedergeschlagener Stimme aufforderte, mich wieder hinzusetzen. Ich schaute von ihr zu meiner Schwester, die immer noch in der Ecke stand und schüttelte den Kopf.

„Nein. Ich gehe jetzt. Du sagst mir, wo er ist, oder ich werde es selbst herausfinden. Ich werde nicht hier sitzen und mir diesen Mist anhören."

„Da ist noch mehr, Sohn. Da ist noch mehr."

Ich blieb auf halbem Weg aus der Wohnzimmertür stehen und drehte mich langsam zu meiner Mutter und meiner Schwester um. Ich ging langsam zu meinem Platz zurück und nahm ihn ein, ohne den Blickkontakt zu meiner Mutter zu unterbrechen, die jetzt spürbar vor Angst zitterte.

„Was ist los?"

„Es tut mir leid, dass ich dir das alles auf einmal sagen muss, mein Sohn. Es tut mir wirklich leid. Bitte glaube mir, dass es mir wirklich leidtut. Ich habe erst heute Morgen erfahren, dass etwas passiert ist. Etwas Schreckliches. Dein Vater … er ist tot, mein Sohn. Er ist letzte Nacht gestorben."

Ich saß einen Moment lang fassungslos schweigend da, bevor ich anfing, hysterisch zu lachen. Was war das für ein Scheiß? Glaubte meine Mutter wirklich, dass sie mich so leicht auf die falsche Fährte bringen konnte? Glaubte sie wirklich, dass ich mich mit dieser Geschichte zufriedengeben würde, nachdem sie mich jahrelang belogen hatte? Ich stand erneut auf, um zu gehen, selbst als meine Schwester zu mir herübereilte und meinen Arm nahm. Ich sah sie mit einem flüchtigen Blick an und sah, wie ihr Tränen über das Gesicht liefen. Sie schaute zwischen Barbara und mir hin und her und ich meinte, echtes Mitleid erkennen zu können.

„Ihr wollt mich doch wohl verarschen! Tot? Glaubst du, ich falle darauf herein? Wie praktisch für dich, dass deine Lügen durch einen so rechtzeitigen Tod so schön zurechtgebogen werden. Wo ist er, Barbara? Oder muss ich mir noch mehr Lügen anhören?“

„Sohn, bitte. Es ist keine Lüge. Du kannst dich selbst an die Polizei wenden, wenn du dich dann besser fühlst. Sie haben mich heute Morgen aus dem Westen angerufen. Es hat eine Weile gedauert, bis sie die Leiche identifiziert hatten und sie hätten gerne jemanden geschickt, um persönlich mit mir zu sprechen, aber sie dachten, wegen unserer Beziehung würde ein Telefonanruf genügen. Ein Polizist wird später vorbeikommen, um mit uns zu sprechen.“

Ich schüttelte den Kopf und sagte ihr, sie solle es gut sein lassen. Ich fiel nicht darauf herein und wollte die Wahrheit wissen. Sie sah mich mit traurigen Augen an und schüttelte ihrerseits den Kopf. Ich wusste sofort, dass dies keine Lüge war. Ich war nach jahrelanger Erfahrung so daran gewöhnt, sie zu durchschauen, dass ich erkennen konnte, dass es die Wahrheit war. Meine Mutter sagte die Wahrheit und das konnte nur eines bedeuten.

Mein Vater war tot.

„Wie ist es passiert?“, fragte ich schließlich, als mir die Tränen über das Gesicht liefen und ich zurück auf die Couch sank, während meine Schwester mich festhielt. „Wie ist er gestorben?“

„Ein Feuer. Die Polizei vermutet, dass es Brandstiftung war, weil sie einige Gaskanister am Tatort gefunden haben. Warum jemand so etwas tun würde, weiß ich nicht. Ich weiß nicht, wie

sein Leben dort aussah. Es tut mir leid. Euch beiden gegenüber. Es tut mir leid."

Ich schnappte mir das leere Glas, das vor mir auf dem Tisch stand und schleuderte es gegen die Wand hinter meiner Mutter. Sofort war meine Schwester zur Stelle und sagte mir, ich solle mich beruhigen, aber ich wollte nichts davon hören. Ich war in Rage und schubste sie zurück auf die Couch, schrie meine Mutter an und stieß einen der Beistelltische um.

„Ermordet? Du Stück Scheiße. Nach all der Zeit, nach allem, was ich durchgemacht habe, sagst du mir das jetzt? Du wusstest, wo er war und wie man ihn kontaktieren konnte und hast bis jetzt nie darüber nachgedacht, diese Information zu teilen? Bis es zu spät war? Du wusstest, wie sehr ich ihn kennenlernen wollte. Wie wichtig es für mich war, ihn zu treffen! Die ganze Zeit wusstest du es und hast nichts gesagt!"

Ich weiß nicht, was ich meiner Mutter angetan hätte, wenn meine Schwester nicht eingeschritten wäre, aber sie tat es und hielt mich zurück, als ich mich auf sie stürzte. Ich war wütend und völlig blind vor Zorn. Hannah versuchte, mich zu beruhigen, aber es war sinnlos. Ich war bereits zu wütend. Ich verstand nicht, warum meine Schwester mit meiner Mutter sympathisierte. Sie hatte uns beide belogen! Das schrie ich Hannah zu, die mich herumdrehte, damit ich ihr direkt gegenüberstand.

„Wenn du auf jemanden wütend sein willst, sei auf mich wütend. Glaubst du, ich wüsste nicht, wer Dad war? Ich bin wie viele Jahre älter als du? Die ganze Zeit hast du einfach geglaubt, dass ich mich an nichts von ihm erinnere? Ich kannte ihn. Ich wusste, was für ein Mann er war."

„Du wusstest es? Du wusstest es die ganze Zeit und hast mir nichts gesagt?"

Ich beobachtete, wie sich Hannahs Gesicht aus einer Mischung aus Angst und Verzweiflung verzerrte. Sie nickte mit dem Kopf und hielt mich weiter fest.

„Ja. Ich wusste es."

„Und du! Du hast entschieden, dass sie es verdient hat, es zu erfahren, aber ich nicht? Was habt ihr beide mir sonst noch vorenthalten?"

„Nichts, mein Sohn! Nichts."

Ich spürte, wie ich langsam ruhiger wurde, zumindest äußerlich. Mein Herz schlug immer schneller und ich spürte, wie mein Blut kochte, aber ich wusste, dass ich mich davon nicht überwältigen lassen durfte. Für all das würde später noch Zeit sein. Jetzt musste ich nachdenken. Ich musste das Geschehene verarbeiten. Ich nahm auf der Couch Platz und Hannah ging wieder in ihre Ecke hinüber. Wir saßen eine Weile schweigend da, bevor meine Mutter sie mit einem leisen Schluchzen unterbrach.

„Ich liebe dich, mein Sohn. Das weißt du doch, oder?"

Ich sah von meinem Platz auf und blickte meiner Mutter in die Augen. Es war erstaunlich zu sehen, wie sehr sie ihre eigenen Lügen glaubte. Ich schätze, nachdem man sie ein Leben lang gelebt hat, fängt man einfach an, sie als wahr anzusehen. Ich schüttelte den Kopf, stand auf und verließ den Raum, aber drehte mich noch einmal um, bevor ich nach oben ging.

„Ich wünschte, du wärst gestorben."

Ich verließ das Zimmer, als sie in Tränen ausbrach und völlig hysterisch wurde. Meine Schwester eilte an die Seite meiner Mutter und versuchte, sie zu trösten. Ich spürte, wie mich eine tiefe Ruhe überkam, als ich die Treppe hinaufging. Ich wusste, was ich tun musste. All die Jahre hatte ich gehofft, dass mein Vater in mein Leben zurückkommen und mir zeigen würde, was für ein Mensch ich sein sollte, aber jetzt wusste ich mit Sicherheit, wer ich werden musste. Ich konnte die gedämpften Geräusche meiner Schwester und meiner Mutter hören, die weinten, als ich die Tür zu meinem Schlafzimmer schloss und ich lächelte, als ich es tat.

„Mom! Ist schon gut. Ich bin sicher, er hat es nicht so gemeint."

Aber das hatte ich.

Jedes einzelne Wort.

Kapitel Sechs

2019

Fast auf den Tag genau zwei Monate war es her, dass ich Julian kennengelernt hatte und mein Leben war nie besser gewesen. Seit wir angefangen hatten, uns zu treffen, waren wir selten getrennt und wenn, dann wünschten wir uns beide nur, wieder in den Armen des anderen zu liegen. Ich hatte mich noch nie so gefühlt, oder zumindest hatte ich noch nie jemanden, der das gleiche Gefühl für mich zu haben schien.

Julian war in jeder Hinsicht unglaublich. So hatte ich mir den Mann, in den ich mich verlieben würde, immer vorgestellt. Er war nicht nur gut aussehend und reich, was sicherlich nicht schadete, sondern er war auch intelligent und freundlich. Wir konnten lange und nachdenkliche Gespräche miteinander führen oder einfach in völliger Stille die Gesellschaft des anderen genießen. Nie zuvor hatte ich gedacht, dass so etwas möglich sein könnte. Natürlich war ich früher schon verknallt gewesen, aber ich hatte nie gedacht, dass mir so etwas passieren könnte.

Ich war so glücklich wie noch nie, was natürlich bedeutete, dass ich einen Weg finden würde, alles zu vermasseln.

Daran zu denken war einfach. Ich kannte meine Erfolgsbilanz. Früher oder später würde ich entweder etwas sagen oder tun, was Julian dazu bringen würde, mich in einem anderen Licht zu sehen. Im richtigen Licht. Ich wusste, dass diese märchenhafte Romanze nicht ewig andauern konnte. Nichts Gutes in meinem Leben hatte je gehalten. So sehr ich auch versuchte, daran festzuhalten, ich wusste, dass ich es irgendwann für uns beide ruinieren würde.

Ich meine, wie auch nicht? Hatte Julian mich in den letzten Monaten überhaupt auch nur einmal angeschaut? Hatte er nicht gesehen, wie andere Frauen ihn ansahen, wenn wir unterwegs waren? Ich weiß, dass ich es tat. Immer wieder ertappte ich sie dabei, wie sie ihm Blicke zuwarfen und ich spürte, wie mich die üblichen Selbstzweifel überkamen. Ich ging nach einem wunderbaren Abend mit ihm nach Hause und weinte mich in den Schlaf, wohl wissend, dass dies nicht länger real sein konnte.

Du solltest dir selbst zuhören. Wenn irgendwas das hier ruinieren wird, dann sind es solche Gedanken.

Ich musste mich auf das Positive konzentrieren, womit ich in diesem Moment absolut keine Probleme hatte. Wenn Julian und ich allein in seinem Bett oder beim Abendessen waren, schien alles andere einfach zu verblassen. In diesen Momenten fühlte ich mich am wohlsten mit mir selbst und der Person, die ich sein wollte. Das waren die Zeiten, in denen ich echtes Glück empfand. Nur wenn wir getrennt waren, schlichen sich diese Zweifel in meine Gedanken oder wenn ich jemanden bemerkte, der Julian sehnsüchtig ansah.

Es war mir peinlich, es zuzugeben, aber ein Teil von mir erwog in diesen Momenten sogar, die Sache zu beenden. Mir war klar, dass es töricht war, so etwas zu denken, zu glauben, dass ich am besten alles aufgeben sollte, was mir Glück und Sinn im Leben gab. Aber ich konnte es nicht verhindern. In den Nächten, in denen ich mit mir allein war, war der Schmerz manchmal größer, als ich es ertragen konnte und ich fing an zu glauben, dass es besser wäre, wenn ich diejenige wäre, die es beendet, bevor Julian die Chance dazu hatte. Ich glaubte nicht, dass ich in der Lage wäre, mit mir selbst zu leben, wenn er jemals die Wahrheit darüber herausfinden würde, wer ich war.

Du bist erbärmlich.

Ich weiß, ich weiß. Wahrscheinlich klinge ich verrückt. Warum drehte ich mich in meinem Kopf immer wieder im Kreis? Das Glück sah mir direkt ins Gesicht und ich entschied mich, es nur gelegentlich zu sehen. Ich war auf das Schlimmste gefasst. Mein ganzes Leben war eine Art Worst-Case-Szenario gewesen. Ich war das Schlimmste gewohnt, aber das bedeutete nicht, dass ich es noch einmal erleben wollte. Ich komme wohl rüber wie eine dumme Person, die das Glück nicht verdient hat. Dazu kann ich nur sagen, dass es nicht das erste Mal wäre, dass so über mich gedacht wird und ich könnte es verstehen.

Ich war kurz davor, die Sache mit Julian zu beenden, als er mich eines Nachmittags einlud. Ich hatte mich natürlich darauf gefreut, ihn zu sehen, denn seit unserem letzten Date waren schon ein paar Tage vergangen. Er war fesselnd, Julian, und in seiner Abwesenheit sehnte ich mich nach ihm, wann immer wir länger als ein paar Tage getrennt waren. Er hatte mich gefragt, ob ich mit ihm essen gehen wollte und natürlich sagte ich zu.

Während des Dates war ich nervös wegen meines vorherigen Gemütszustandes. Wenn ich die Sache mit Julian beenden wollte, musste ich es bald tun. Ich wusste, dass es mit der Zeit nur noch schwieriger werden würde. Ich wusste aber auch, dass ich es nicht während des Essens tun konnte, also wartete ich, bis wir fertig waren und Julian mich nach Hause begleitete. Ich war froh, dass wir ein Lokal in der Nähe meiner Wohnung gewählt hatten, denn normalerweise entschieden wir uns für etwas, das etwas zentraler lag und nahmen dann ein Taxi zu Julian oder er fuhr.

Ich spürte, wie sich meine Hände verkrampften als Julian sie in seinen hielt und mich zur Tür begleitete. Ich wusste, dass dies der Moment war, in dem ich das aussprechen musste, was ich sagen wollte, doch jedes Quäntchen meines Wesens kämpfte dagegen an. Ich hatte keine Ahnung, was ich tun sollte, aber ich war mir sicher, dass ich ziemlich dumm ausgesehen haben musste, als ich da vor diesem wunderschönen Mann stand und einen inneren Kampf führte.

Julian hatte wohl gemerkt, dass etwas nicht stimmte,

denn er hob meine Hand zu seinem Mund und küsste sie sanft.

„Ani, was ist los? Ist alles in Ordnung?“

Trotz meiner Bemühungen konnte ich spüren, wie die Tränen zu fließen begannen.

Warum bin ich immer so emotional?

Ich schluckte das letzte bisschen Stolz herunter, das ich noch besaß und entschied das Unvermeidliche zu akzeptieren. Diese letzten paar Monate waren die glücklichsten, die ich je erlebt hatte, aber ich verdiente sie nicht. Ich hatte das Glück nicht verdient. Ich schaute in Julians geheimnisvolle, dunkle Augen und nickte langsam mit dem Kopf.

„Julian, ich ... ich ... Ich weiß nicht, was ich sagen soll. Du warst in den letzten Monaten so fantastisch, aber ich bin ...“

Bevor ich zu Ende sprechen konnte, unterbrach mich Julian mit einem Kuss. Der Kuss war leidenschaftlich und warm und ich fühlte sofort die Schmetterlinge im Bauch, die immer auftauchten, wenn er genau das tat. Für einen kurzen Moment fühlte ich mich, als wäre ich irgendwo anders, weit weg von dort, an einem Ort, an dem ich wirklich mit mir selbst im Reinen war. Genauso plötzlich schien mein Verstand mir zu zeigen, wie wir beide ausgesehen haben mussten, als wir dort vor der Tür standen. Ich sah die Perfektion von Julian gepaart mit meiner eigenen Mittelmäßigkeit, aber ich wollte mich nicht aus seiner Umarmung lösen.

Ich liebe diesen Mann mehr als alles andere.

Als Julian mich endlich losließ, schaute er auf mich

herab. Seine dunklen Augen funkelten voller Freundlichkeit, in die ich mich verliebt hatte. Er lächelte breit, bevor er mir einen weiteren Kuss auf die Stirn drückte und sich vorbeugte, um mir ins Ohr zu flüstern: „Ich liebe dich, Ani Gray."

Mein Herz schlug höher und ich sprang sofort wieder auf Julian zu, um seinen Kuss zu erwidern.

„Ich liebe dich auch, Julian Wade. So. Sehr."

Wir kicherten miteinander wie Schulkinder, bevor ich ihn hereinbat.

Wie hatte ich nur so dumm sein können?

Da war ich nun, fühlte mich, wie ich mich noch nie zuvor gefühlt hatte und wollte das alles wegwerfen. Was machte mich so schwach, dass ich jedem möglichen Schmerz zuvorkommen wollte? Julian liebte mich. Er hatte es gesagt und ich liebte ihn. Wir beide waren wahnsinnig ineinander verliebt. Das musste doch etwas bedeuten. Diese Art von Liebe war stark genug, um meine eigenen persönlichen Zweifel zu überleben. Sie war stark genug, um die abfälligen Blicke zu überleben, die die Leute uns zuwarfen. Vielleicht war Julian eine Nummer zu groß für mich, aber das spielte keine Rolle. Er hatte sich für mich entschieden! Wir waren füreinander bestimmt.

Ich versprach mir, dass ich Julian Wade von diesem Tag an nie mehr den schlechten Dienst erweisen würde, aus unserer Beziehung aussteigen zu wollen. Seine Freundlichkeit bedeutete mir die Welt und die Beziehung zu ihm hatte mein Leben auf eine Weise geprägt, die ich nie für möglich gehalten hätte. Er machte mich jeden einzelnen Tag zu einem besseren Menschen. Zum ersten Mal in meinem Leben erlaubte ich mir, das Gefühl der Wärme zu genießen, das mir diese Vollkommenheit gab.

Es war schwer, zu verbergen, wie gut ich mich fühlte, als ich am nächsten Morgen zur Arbeit ging. Normalerweise war ein schlechter Tag vorprogrammiert, wenn ich so früh am Morgen zur Arbeit musste, aber ich spürte, wie ich mit einer Energie aus dem Bett rollte, die ich selten erlebt hatte. Ich war doppelt überrascht, als ich zur Arbeit kam und mich angesichts der Länge der Schlange vor Sam sehr gut fühlte.

Sam erkannte sofort, dass meine gute Laune heute keine Grenzen kannte und zu ihrer Anerkennung muss man sagen, dass sie mit allen Wassern gewaschen war. Ich wusste, dass Sam und ich darauf angewiesen waren, uns hier im Café gegenseitig den Rücken freizuhalten, also war ich froh, dass ich ihren Tag verschönern konnte, indem ich mich selbst so gut fühlte. Sie lächelte, als ich mir die Schürze umlegte und mich einstempelte und wir verfielen schnell in unsere morgendliche Routine, während wir uns an die Arbeit machten.

Sam wollte sich an die Getränke machen, als ich hereinkam und ich nahm gerne ihren Platz an der Kasse ein. Aus welchem Grund auch immer, ich war an diesem Morgen besonders gesprächig und wünschte jedem Kunden, den ich sah, aufrichtig einen guten Tag. Mir war immer wieder gesagt worden (nicht von meiner Mutter, wohlgemerkt), dass die Energie, die man jemandem entgegenbrachte, ansteckend war. Sie konnte den Unterschied zwischen einem guten und einem schlechten Tag ausmachen. Nun, ich hatte mich nach der fantastischen Nacht, die ich gehabt hatte, für einen guten Tag entschieden und wollte nicht zulassen, dass etwas so Triviales wie die Arbeit dem in die Quere kam.

Sam und ich unterhielten uns immer dann kurz, wenn Kunden große Bestellungen hatten und wieder einmal war ich überrascht, wie wenig ich mich heute über diese üblichen Ärgernisse aufregte. Ich war dankbar für jede Gelegenheit, mit Sam zu plaudern, denn ich brannte darauf, ihr anzuvertrauen, dass Julian und ich einander unsere Liebe gestanden hatten. Sie würde sich natürlich über mich lustig machen, aber auf eine liebevolle Art und Weise. Ich wollte es nur nicht erwähnen, wenn Kunden in der Nähe waren. Es war wichtig, dass Sam alles wusste, was in meinem Leben passierte. Es war weniger wichtig, dass irgendein Hipster, der zufällig mithört, davon erfuhr.

Es dauerte fast eine ganze Stunde, bis sich die Schlange vor uns auflöste und ich endlich einen freien Moment hatte, um tatsächlich mit Sam zu reden. Ich konnte es kaum erwarten, zu sehen, wie sie reagieren würde, aber ich wusste, dass es eine ehrliche Reaktion sein würde. Sam hatte immer nur das Beste für mich im Sinn. Mit ihr und Julian hatte ich endlich das Gefühl, dass ich für das geliebt wurde, was ich war.

„Sieh an, sieh an! Da wird wohl jemand noch vor Ende des Jahres Mrs. Wade!“

Ich lag richtig mit den Sticheleien!

„Wir werden sehen, Sam! Ich weiß es nicht. Julian ist wirklich ein moderner Gentleman. Ich weiß nicht, ob er über so etwas nachdenkt.“

„Du wärst überrascht, worüber Männer nachdenken, Ani. Es geht nicht nur um, na ja, du weißt schon. Wo wir gerade dabei sind –"

„Sam!"

„Hey! Ich will nur, dass du vorsichtig bist, das ist alles. Wenn nicht, könntest du eines Morgens mit einem Baby aufwachen!"

Darüber lachten wir beide, aber ich hoffte insgeheim, dass Sam das nervöse Aufblitzen in meinen Augen nicht bemerkte. Ich hatte Sam nicht erzählt, dass Julian und ich über das Schwangerwerden ‚gescherzt' hatten oder dass ich seit dem ersten Mal, das wir miteinander geschlafen hatten, die Pille nicht mehr genommen hatte.

Ich weiß, ich weiß. Ich hätte verantwortungsbewusster sein sollen, aber kann man mir das verübeln? Ich war mit der Liebe meines Lebens zusammen. Wenn ich ein Baby bekommen würde, würde ich es mit Julian haben wollen. Er wäre der perfekte Vater und mit etwas Übung würde ich die perfekte Mutter sein.

Wie auch immer, es war irgendwie schön, darüber nachzudenken.

Der Rest des Tages verlief ziemlich normal, mit der merkwürdigen Ausnahme, dass meine Stimmung während des gesamten Tages unverändert blieb. Die Stammkunden schienen heute sogar netter zu mir zu sein und ich fand, dass der Tag schnell vorbeiging. Daran konnte ich mich gewöhnen und ich gelobte, dass ich von nun an jeden Tag mit demselben Elan und derselben Begeisterung angehen würde wie heute.

Ich war gerade dabei, mir einen extragroßen Mandelmilch-Latte zu machen, als mir plötzlich unglaublich schwindelig wurde. Es war nicht das erste

Mal, dass ich dieses Gefühl hatte, aber irgendetwas fühlte sich komisch an. Nach ein paar Augenblicken und nachdem Sam mir zurief, ob die Bestellung fertig sei, schüttelte ich den Kopf und versuchte, mich zu beruhigen.

Was hatte das alles zu bedeuten?

Als ich mich mit dem Getränk in der Hand umdrehte, verspürte ich den plötzlichen Drang, mich auf der Stelle zu übergeben. Es kostete mich eine Menge Willenskraft, mein Frühstück hinunterzuschlucken und die aufkommende Übelkeit, gemischt mit meiner Verwirrung, verursachte, dass ich mich wieder schwindelig fühlte. Ich stützte mich an der Theke ab und hörte nur aus der Ferne, wie das Getränk auf den Boden klatschte und Sams Stimme erneut nach mir rief. Ich war mir vage bewusst, dass die Kunden mich besorgt ansahen, während ich erneut versuchte, mich zu beruhigen.

Diesmal gelang es mir nicht und ich konnte mich nur an einen kurzen, stechenden Schmerz erinnern, als ich zu Boden fiel.

Ich war wohl noch nicht sehr lange bewusstlos, denn es kam mir vor, als sei kaum Zeit vergangen. Offensichtlich war aber genug Zeit vergangen, dass sich eine große Kundenschar um mich herum gebildet hatte. Ich glaubte zu hören, wie einer erwähnte, dass sie einen Krankenwagen gerufen hatten und ich spürte eine warme Hand auf meinem Rücken, die mich sanft massierte, während ich mich aufrichtete.

„Bist du in Ordnung, Ani?“

Es war Sam.

„Ja, Sam. Alles okay. Ich weiß nicht, was mit mir los war."

„Du bist hingefallen, das ist passiert. Bist nicht mal auf dem verschütteten Drink ausgerutscht. Davey hier hat dir einen Krankenwagen gerufen. Er sollte bald hier sein."

„Oh, nein, nein. Es ist alles in Ordnung. Mir geht's total gut. Mir ist nur ein bisschen schwindelig. Danke, dass Sie sich Sorgen machen, aber es geht mir wirklich gut. Ich brauche nur ein bisschen Wasser, dann bin ich wieder fit."

Während ich mich mithilfe der Leute um mich herum auf die Beine kämpfte, spürte ich, wie sich die Übelkeit erneut bemerkbar machte. Ich entschuldigte mich und eilte schnell zur Toilette, wobei ich Sam noch einmal nach mir rufen hörte, als ich rannte. Ich war froh, dass mich dort niemand sehen konnte, denn ich muss wie eine absolute Katastrophe ausgesehen haben. Das Erbrochene brannte in meiner Kehle und stach mir mit seinem schrecklichen Geruch in die Nase. Sam kam und klopfte an die Tür, um mir ein Glas Wasser anzubieten. Ich nahm es dankend an und sie merkte, dass ich nicht wirklich in Gesprächslaune war, also ließ sie mich allein, um sich um die Kunden zu kümmern.

Ich weiß, dass ich mir Sorgen hätte machen müssen. Ich weiß, dass ich darüber hätte nachdenken sollen, was ich an diesem Morgen und am Tag zuvor gegessen hatte. War es dort gewesen, wo Julian und ich zu Abend gegessen hatten? Ich hätte über all die verschiedenen Möglichkeiten nachdenken sollen, warum mir am Morgen schlecht sein könnte.

Aber das tat ich nicht.

Ich dachte nur an eine. Die, die wahrscheinlich am weitesten hergeholt war, aber von der ich mir tief im Inneren wünschte, dass sie wahr wäre.

Ist es das? Werde ich Mutter?

Kapitel Sieben

2019

So sehr ich mich auch dagegen sträubte, hatte ich mich mit dem Krankenhausaufenthalt abgefunden. Ich musste genau wissen, was bei mir los war. Mein letzter Arztbesuch war schon lange her und nach meinem letzten schrecklichen Erlebnis hatte ich mir vorgenommen, ihn um jeden Preis zu vermeiden. Diesmal hatte ich jedoch keine Wahl und wollte gerne hören, was sie zu sagen hatten.

Bitte sei wahr. Bitte.

Ich erinnere mich nicht mehr an allzu viel von der Fahrt zum oder vom Krankenhaus. Der Krankenwagen brachte mich in die Notaufnahme und ich musste eine Weile warten, bis ein Arzt mich untersuchte. Er war recht freundlich, obwohl er mich tadelte, als ich ihm mitteilte, dass meine letzte Untersuchung schon einige Jahre her war. Er stellte mir die üblichen Fragen, wie mein Leben aussah und ob ich Drogen nahm oder exzessiv trank. Ich verneinte beides und war zufrieden mit dieser Antwort.

Es schien mir, als würde er sich mit der eigentlichen Untersuchung Zeit lassen und ich fing an, stark zu schwitzen. Der Arzt redete jetzt davon, dass ich mich gesund ernähren und vielleicht ein bisschen abnehmen sollte, aber ich hörte nur teilweise zu. Erst als er anfing, über meinen Besuch heute zu reden, begann ich aktiv zu erzählen. Ich beschrieb, was passiert war und wie es sich angefühlt hatte und der Arzt nickte zustimmend mit dem Kopf. Er unterbrach mich an einer Stelle, um eine Krankenschwester zu rufen und als ich geendet hatte, fragte er, ob es in Ordnung wäre, wenn er mich untersuchen würde.

Endlich.

Die Routineuntersuchung war einfach nur Routine, aber ich fühlte mich dadurch besser. Der Arzt nahm natürlich einige Proben und schickte sie wer weiß wohin und einen Moment lang hatte ich das Gefühl, dass ich in nächster Zeit keine Ergebnisse bekommen würde. Nachdem die Krankenschwester mir einen schönen Tag gewünscht hatte und gegangen war, setzte sich der Arzt wieder mir gegenüber und sagte mir, dass er Neuigkeiten für mich hätte.

Und …?

„Ani, wie es aussieht, sind Sie schwanger. Sie werden in der nächsten Zeit mit Schwindelanfällen und morgendlicher Übelkeit zu kämpfen haben, deshalb gebe ich Ihnen einige Broschüren mit, die Ihnen verschiedene Möglichkeiten aufzeigen, die Ihnen zur Verfügung stehen. Ich weiß, dass dies für jeden eine schwierige Zeit sein kann, also lassen Sie mich bitte wissen, wenn Sie irgendwelche Fragen haben.“

Ich war überglücklich! Ich meine, wie hätte ich das nicht sein können? Das war der Moment, auf den ich gewartet hatte! Nach all der Zeit würde ich endlich die Mutter sein können, die ich nie gehabt hatte. Ich würde in der Lage sein, meinem eigenen Kind meine ganze Liebe zu geben. Ich würde der Fels in der Brandung sein, auf den es sich verlassen kann. Ich würde die beste Mutter sein, die man sich nur wünschen kann.

Ich bedankte mich ausgiebig bei dem Arzt für seine Zeit und nahm all die verschiedenen Broschüren entgegen, die er mir gab. In den meisten ging es um die Gefahren von Alkohol, Rauchen und anderen Chemikalien, denen man während der Schwangerschaft ausgesetzt ist und ich begann sofort, sie zu lesen, als ich hinten im Taxi saß, das mich nach Hause bringen sollte. Ich würde alles in meiner Macht Stehende tun, um das Leben dieses Kindes so gut wie möglich zu gestalten. Gemeinsam würden sie und ich das Traumleben haben, das ich mir immer gewünscht hatte. Wir würden zusammen sein. Wir beide!

Und Julian!

Wie hatte ich Julian nur vergessen können? Was sollte ich zu ihm sagen? In all meiner Aufregung hatte ich nicht daran gedacht, dass wir beide nicht verheiratet waren und erst seit ein paar Monaten zusammen waren. Man trennte sich wegen viel kleinerer Probleme, als einem Kind. Wie würde er darüber denken? Würde er genauso begeistert sein wie ich? Oder würde er verlangen, dass ich es loswerde?

Der Gedanke ließ mir das Blut in den Adern gefrieren und instinktiv fasste ich mir an den Bauch. Ich wusste, dass, egal was mit Julian oder in meinem Leben passierte, ich auf keinen Fall in Erwägung ziehen würde, mein Baby abzugeben. Es gehörte mir und ich gehörte ihm. Ich würde das bis zum Ende durchziehen. Egal was passiert, es war mein Kind, mein kostbares und schönes Baby. Ich würde es bis zum Ende meines Lebens lieben und sicherstellen, dass es immer das Gefühl hatte, zu wissen, wie sehr ich es liebte.

Ich fühlte mich überwältigt bei dem Gedanken, Julian nicht von dem Baby zu erzählen, aber ich wusste, dass ich es tun musste. Vielleicht ergab sich sogar die Chance, dass die bloße Existenz des Babys ausreichen würde, um Julian davon zu überzeugen, bei mir zu bleiben. Ich wollte sein Leben nicht als Druckmittel benutzen, aber alles an Julian sagte mir, dass er ein Mensch war, der immer das Richtige tun würde. Er war ein netter Mann, ein perfekter Mann und perfekte Männer lassen ihre Freundinnen nicht im Stich, wenn plötzlich ein Baby auftaucht.

Oder tun sie das?

Ich dachte an meinen eigenen Vater und warum er meine Mutter und mich verlassen hatte, als ich noch so jung war. War ihm die Vorstellung, ein Kind großzuziehen, zu überwältigend gewesen? Hatte er gedacht, dass er nicht in der Lage sein würde diese Aufgabe zu bewältigen? Dass er nicht in der Lage sein würde, mich bedingungslos zu lieben? Es war ein Gedanke, der mir nicht allzu fremd war, aber ich versuchte mein Bestes, ihn zu ignorieren. Ich wusste nicht, was für ein Mensch mein Vater war, aber ich kannte Julian.

Trotzdem brauchte ich einen guten Rat und

beschloss, Sam auf dem Heimweg anzurufen und das Taxi zu ihr fahren zu lassen, damit wir beide uns treffen und reden konnten. Ich wusste nicht, wie Sam auf die Nachricht reagieren würde, dass ich schwanger war. Sie hatte natürlich gewusst, dass ich immer davon geträumt hatte Mutter zu werden. Sie hat mich auch immer unglaublich unterstützt, trotz ihrer Neckereien, also hoffte ich, dass sie in der Lage sein würde, über ihre eigenen Vorurteile hinwegzusehen und zu sehen, wie glücklich mich die Nachricht gemacht hatte.

Sams Wohnung war genau so, wie man es von jemandem wie ihr erwarten würde. Kitschig ist das beste Wort dafür. Sie war in einem zusammengewürfelten Stil eingerichtet, der ihren persönlichen Modegeschmack widerspiegelte. In einer Ecke des Zimmers stand ein antiker Schreibtisch, den sie im Internet gefunden hatte und in der anderen ein seltsames, unbeschreibliches Gemälde, das sie entweder selbst gemalt hatte oder das einer ihrer anderen Freunde in einem Drogenrausch gemalt hatte.

Nicht falsch verstehen, ich verurteilte Sam nicht wegen solcher Dinge. Sie waren ein wesentlicher Bestandteil dessen, wer sie war und wie sie sich selbst sah. Ich hatte den allergrößten Respekt vor jedem, der wirklich er selbst war und Sam war ohne den geringsten Zweifel die am meisten zu sich selbst stehende Person, die ich je getroffen hatte. Ich war immer glücklich über ihre Freundschaft und die Liebe, die sie mir schenkte, da ich so viel Zeit meines Lebens allein verbracht hatte. Sie war neben Julian der einzige andere Fels in meinem Leben, auf den ich zählen konnte und das tat ich auch.

Wir bestellten in einem chinesischen Restaurant, von dem ich noch nie gehört hatte, das aber offenbar Sams Lieblingsrestaurant war. Es war schon eine Weile her, dass wir beide so zusammen abgehangen hatten und ich fühlte mich ein wenig schuldig deswegen. Seit Julian und ich zusammen waren, hatte er mehr und mehr meiner Zeit in Anspruch genommen. Wann immer ich einen freien Abend hatte, versuchte ich, etwas mit ihm zu unternehmen, was bedeutete, dass Sams und meine Verabredungen auf der Strecke geblieben waren.

Zu Sams Verteidigung sei gesagt, dass sie nicht übermäßig davon beeindruckt zu sein schien. Sie hatte mir auf der Arbeit immer wieder gesagt, wie glücklich sie sei, dass ich jemanden gefunden hatte, der mich anständig behandelt. Sie hatte einige Kommentare über das schnelle Voranschreiten unserer Beziehung gemacht, aber sie war niemand der verurteilt. Ich wusste, dass sie mir einen neutralen Rat geben würde, unabhängig davon, wie sie persönlich zu der Situation stand. Das war etwas, auf das ich mich in den letzten Jahren oft verlassen hatte.

Sam war eine gute Freundin und genau das brauchte ich jetzt.

Sobald wir unsere Bestellung aufgegeben und uns hingesetzt hatten, erzählte ich die Neuigkeiten. Ich tat mein Bestes, um zu verbergen, wie aufgeregt ich war und damit Sam die Möglichkeit zu geben mir neutral zu antworten. Aber ich wusste, dass es mir nicht gelingen würde. Sam würde meine Gedanken lesen können, egal was ich sagte, aber ich hatte das Gefühl, dass es wichtig war, ihr so viel Freiraum wie möglich zu geben, damit sie sich selbst eine Meinung bilden und über ihr Gefühl nachdenken konnte. Sie saß schweigend da, als ich ihr von meinem Besuch im Krankenhaus erzählte und wie ich mich dabei fühlte, es Julian zu sagen. Zuerst war ich nervös, denn ich hatte gedacht, dass sie mir zumindest gratulieren würde, aber ich vermutete, dass sie darauf wartete, dass ich endlich eine Pause machte, damit sie reden konnte.

Und tatsächlich, als ich meine Geschichte beendet hatte und ein paar Momente vergangen waren, sah Sam mich auf eine Art an, wie nur sie es konnte. Ihre Augen zeigten eine tiefe Empathie und Liebe. Sie waren voller Güte und keinerlei Urteilsvermögen. In gewisser Weise, so wurde mir klar, war es der Art ähnlich, wie Julian mich ansah. Es fühlte sich länger an, als ich dachte, bis Sam endlich etwas sagte. Ihre Stimme war voller Mitgefühl, als sie zu mir kam und mich umarmte.

„Als Erstes, Ani, herzlichen Glückwunsch! Ich weiß, dass du schon lange von diesem Moment geträumt hast. Ich weiß, dass das für dich wie ein wahr gewordener Traum ist. Ich glaube, dass du eine wunderbare Mutter für dieses Kind sein wirst und dass du dein Bestes geben wirst, damit es geliebt und umsorgt wird. Daran habe ich keinen Zweifel. Ich kann es in deinem Gesicht sehen.

Aber Ani, allein die Tatsache, dass du zögerst, es Julian zu sagen, macht mich ein bisschen nervös. Ich dachte, zwischen euch beiden liefe es wirklich gut. Habt ihr zwei euch nicht erst neulich eure Liebe gestanden? Warum zögerst du jetzt? Denkst du, er wird wütend sein? Hast du ihm gesagt, dass du die Pille abgesetzt hast?“

„Ja, er wusste es und nein, ich glaube nicht, dass er wütend sein wird. Nur schockiert. Ich glaube nicht, dass es für ihn Grund genug sein wird, mich zu verlassen. Aber du weißt, dass ich das Baby so oder so behalten werde. Selbst wenn er entscheidet, dass es zu viel für ihn ist, werde ich es behalten. Du hast recht damit, dass dies mein Traum ist. Ich habe so lange auf diesen Moment gewartet."

„Na, wenn du denkst, dass es kein Problem sein wird, warum sagst du es ihm nicht einfach? Wenn du das Baby sowieso behalten willst, wirst du es früher oder später tun müssen. Du kannst dich nicht ewig vor ihm verstecken! Ich denke, du solltest es ihm sagen. Je früher, desto besser. Wenn Julian dich wirklich so sehr liebt, wie du es denkst, dann habe ich keine Zweifel, dass er sehen wird, wie wichtig das für dich ist. Wenn er das nicht tut, dann klingt es so, als hättest du dich bereits entschieden, was du tun wirst."

Sam hatte recht. Ich wusste, dass sie recht hatte. Es war nicht unbedingt die Antwort oder der Ratschlag, auf den ich gehofft hatte, aber ich wusste tief im Inneren, dass es das war, was ich hören musste. Ein Teil von mir hatte gehofft, dass sie darauf eingehen würde, dass Julian ein guter Kerl ist und sie keine Zweifel an seinen Gefühlen hatte. Aber Sam kannte Männer besser als ich und war einfach nur realistisch. Sie verstand, dass ich meine eigene Beziehung am besten beurteilen konnte und nur ich selbst mit Sicherheit einschätzen konnte, wie Julian über die ganze Sache denken würde. Sie wollte mich nur auf die Möglichkeit vorbereiten, dass mir vielleicht nicht gefiel, was er sagen würde.

Ich hatte darüber nachgedacht, dass Julian das Baby möglicherweise nicht haben wollte und meine Gedanken hatten sich daraufhin wieder zurück in die Richtung von früher geschlichen, von der ich mir versprochen hatte, dass ich nicht mehr daran denken würde. Wenn er unerbittlich gegen ein Baby war, wusste ich, dass ich gehen musste. Es gab nichts, was mich davon abhalten würde, dieses Kind zu bekommen und es mit Liebe aufzuziehen. Nichts. Nicht einmal Julian. Wenn das bedeutete, dass mein Kind ohne Vater aufwuchs, dann sollte es so sein.

Aber dazu kommt es nicht. Er wird es verstehen. Er liebt mich und ich liebe ihn.

Ich rief Julian an und fragte ihn, ob er zu mir nach Hause kommen wolle. Am Telefon hörte er sich freudig an und ich war froh, dass ich ihn an einem freien Abend erwischt hatte. Ich verabschiedete mich von Sam und machte mich auf den Weg nach Hause. Mein Magen rumorte sowohl von dem chinesischen Essen, das mir wie ein Stein im Magen lag, als auch vor Angst vor dem bevorstehenden Gespräch.

Von Sams Wohnung war es nicht weit zu mir und ich räumte schnell noch ein wenig auf. Ich fühlte mich immer ein wenig unwohl, wenn Julian in meine Wohnung kam, vor allem, weil sie so anders war als seine eigene Junggesellenwohnung. Meine Wohnung war winzig und fast leer. Ich war froh, dass ich nie viel angesammelt hatte, aber manchmal wünschte ich mir, ich hätte ein oder zwei Dinge mehr aufbewahrt. Meine Wohnung fühlte sich nicht ganz bewohnt an, obwohl ich vor Julian ständig zu Hause gewesen war. Das war etwas, worüber ich immer ein wenig unzufrieden war, aber ich konnte mich jetzt nicht zu sehr damit aufhalten.

Julian kam kurze Zeit später mit einer Flasche Wein vorbei. Ich musste mich davon abhalten, mir sofort ein Glas einzuschenken. Kurz bevor ich die Flasche öffnete, erinnerte ich mich daran, dass ich wirklich nicht trinken sollte. Das war eine kleine Enttäuschung, denn ich wusste, dass der Alkohol die Unterhaltung ein bisschen einfacher gemacht hätte, als sie ohne ihn sein würde. Stattdessen schnappte ich mir ein Glas Wasser und stellte den Wein in den Kühlschrank. Julian begann zu sagen, dass der Wein bereits gekühlt war, aber ich schnitt ihm mit einem Kuss das Wort ab, als ich mich neben ihn auf meinen Futon setzte.

Es gab kein Entkommen, das wurde mir klar. Ich musste einfach anfangen und es sagen.

Als wir mit Knutschen fertig waren, lehnte ich mich zurück und stieß einen langen Seufzer aus. Ich sah Julian in die Augen und konnte die Verwirrung sehen, die sich dort abzeichnete.

„Julian, liebst du mich?“

Ich wusste, dass es eine dumme Frage war, aber ich brauchte einfach eine Bestätigung von ihm.

„Was? Natürlich tue ich das! Das weißt du doch, Ani. Ich liebe dich mehr als alles andere auf dieser Welt.“

Ich nickte langsam mit dem Kopf und mein Herz pochte. Ich spürte, wie sich Tränen in meinen Augenwinkeln bildeten und wusste, dass ich es einfach aussprechen musste.

„Ich weiß, dass du das tust und ich liebe dich. Julian,

ich muss dir etwas sagen. Ich weiß nicht, wie ich gut dazu überleiten kann. Ich weiß nicht, wie du dich dabei fühlen wirst oder was du tun willst, aber ich muss es dir sagen. Ich war heute im Krankenhaus, nachdem ich bei der Arbeit zusammengebrochen bin. Ich … ich bin schwanger."

Julians Kinnlade klappte auf und seine Augen wurden groß. Er saß für den Bruchteil einer Sekunde fassungslos schweigend da, bevor ihm selbst die Tränen in die Augen stiegen und er fast über den Futon sprang, um mich zu umarmen. Seine Arme waren warm und tröstlich und ich kam sofort zur Ruhe als er mir ins Ohr flüsterte, wie sehr er mich liebte und wie glücklich er war.

„Wir werden die besten Eltern sein, die sich dieses Kind je vorstellen kann. Ani, ich liebe dich so sehr. So sehr."

Wir umarmten uns noch lange auf dem Futon, bevor wir ins Bett gingen. Ich war überglücklich! Wieder und wieder trotzte Julian all meinen Zweifeln. Als wir mit verschlungenen Körpern zusammen ins Bett sanken, dankte ich Gott oder was auch immer da draußen war, dafür, dass sich mein Leben so gewendet hatte. Julian war der perfekte Mann. Er würde ein perfekter Vater sein.

Und ich würde die bestmögliche Mutter sein. Ich verspreche es, Kleines.

Ich verspreche es.

Kapitel Acht

2019

Am nächsten Morgen beschlossen Julian und ich, dass es das Beste wäre, wenn wir zusammenziehen würden. Ich konnte mein Glück kaum fassen. Ich willigte ein, denn insgeheim hatte ich schon seit einer Weile gehofft, dass Julian mich fragen würde, aber ich hätte mir nie träumen lassen, dass es zur Realität werden würde. Alles fügte sich auf eine Art und Weise zusammen, die ich mir noch vor ein paar Monaten nicht hätte vorstellen können.

Es war unglaublich, wie sehr sich mein Leben verändert hatte und dafür war ich jeden Tag dankbar. Ich erwartete ein Baby, war dabei, mit der Liebe meines Lebens zusammenzuziehen und hatte in Sam eine fantastische Freundin. Ich wusste, was für ein Glück ich hatte und schätzte es umso mehr, weil mir in meiner Jugend so viel widerfahren war. Ich hatte das Gefühl, als würde mir das Leben endlich zurückgeben, was ich verdient hatte. Ich war durch die Hölle gegangen. Ich werde nicht lügen. Es war schön, endlich ein Stückchen vom Paradies zu besitzen.

Wir verbrachten nicht viel Zeit mit der Suche nach einem Haus. Julian hatte schon eine ganze Weile nach einem gesucht. Er hatte ein wunderschönes zweistöckiges Haus nur wenige Minuten von der Stadt entfernt gefunden, das auf einem eigenen Grundstück stand. Als er mir Fotos davon zeigte, konnte ich fast nicht glauben, dass es echt war und versuchte ihm zu vermitteln, dass ich keine Anzahlung für ein solches Haus leisten konnte. Er sagte mir, dass das nichts zur Sache täte und dass alles auf seinen Namen laufen würde und ich mir um nichts Sorgen machen müsste.

Wie konnte ich nur so viel Glück haben?

Es dauerte einige Tage, bis wir das Haus zum ersten Mal besichtigen konnten und weitere Wochen, bis wir einziehen konnten. Als Julian mich zur Besichtigung mitnahm, war ich nervös. Ich hatte immer in einer kleinen Wohnung gelebt, sogar noch mit meiner Mutter zusammen und wusste nicht, wie ich mich fühlen würde, wenn ich ein riesiges Haus mein Zuhause nennen könnte. Wie es sich herausstellte, fühlte es sich toll an! Das Haus war wunderschön und ideal aufgeteilt. Es fühlte sich rustikal und modern zugleich an. Ich hatte noch nie das Gefühl gehabt, durch ein neues Haus zu gehen und über die verschiedenen Veränderungen nachzudenken, die ich gerne machen würde, aber genau das passierte bei diesem Haus. Ich verliebte mich in das Haus und plante im Geiste schon, welchen Raum wir als Kinderzimmer und Büro nutzen könnten. Julian mochte es genau aus diesem Grund. Er hatte sich einen Ort gewünscht, der sich abgelegen und privat anfühlt, aber dennoch nahe genug an der Stadt ist, um bei Bedarf seinen Geschäften nachgehen zu können.

Ich dachte an unser Kind, das hier aufwachsen würde, mit verschiedenen Räumen zum Spielen und einem riesigen Garten, den es nutzen könnte. Es gab ein schönes Stück Wald, das das Anwesen umgab und an einen kleinen Bach grenzte. Die nächsten Nachbarn waren etwa fünf Minuten die Straße hinunter. Ich hatte keine Ahnung, wie Julian es geschafft hatte, ein solches Haus zu finden und eigentlich war es mir auch egal. Alles, was zählte, war, dass wir zusammen unter einem Dach leben würden. Die einsamen Nächte, die ich getrennt von ihm zugebracht hatte, würden der Vergangenheit angehören.

Sam freute sich für mich, als ich ihr davon erzählte. Allerdings war sie nicht gerade begeistert von der Idee, dass ich irgendwo im Wald leben würde. Ich versuchte ihr zu erklären, dass es nicht allzu weit entfernt war und dass ich sie, nachdem wir uns eingerichtet hatten, gerne zu uns einladen würde, damit sie sehen konnte, wie schön es war, doch sie schien der ganzen Sache merkwürdig reserviert gegenüberzustehen. Ich hatte gewusst, dass Sam nie wirklich darüber nachgedacht hatte, sich eine eigene Wohnung zu kaufen. Sie mochte ihre kitschige Wohnung und hatte kein Problem damit, bei jemand anderem zur Miete zu wohnen. Sie hatte gesagt, dass es ihr viel mehr Freiheit gab, da sie technisch nicht für die Immobilie verantwortlich war, wenn es ein Problem gab.

Ich dachte nicht allzu viel über Sams Reaktion auf

meine guten Neuigkeiten nach und beschloss stattdessen, so viel Zeit wie möglich in der Freizeit damit zu verbringen, auszupacken und das Haus wohnfertig zu machen. Ich hatte nicht allzu viele Sachen und es überraschte mich, dass Julian ebenfalls nicht so viel mitbrachte. Mir kam es ein wenig seltsam vor, dass so viel von dem, was ich in seiner Junggesellenwohnung gesehen hatte, es nicht in das neue Haus schaffte, aber er erklärte mir, dass er sich über die Möglichkeit gefreut hatte, seinen Besitz zu verkleinern.

„Schließlich", so hatte er gesagt, „sind es ja nur Dinge."

Wieder einmal war ich überrascht, wie sehr ich alles an Julian liebte. Jeden Tag offenbarte er eine neue Eigenschaft an sich, die mich umso dankbarer für seine Anwesenheit in meinem Leben machte. Immer wieder ertappte ich mich dabei, wie ich daran dachte, was für ein guter Vater er für unser Kind sein würde. Unser Mangel an Dingen würde sie nur Demut lehren und Dankbarkeit für das, was wir hatten. Es würde perfekt sein.

Selbst mit so wenigen Besitztümern benötigten Julian und ich fast einen Monat zum Auspacken. Er hatte viel mehr Arbeit und das führte dazu, dass er die meisten Nächte in der Stadt oder im Büro verbrachte. Einer meiner Kollegen war eine Weile krank, sodass ich mich freiwillig zur Übernahme vieler Abendstunden meldete, da Julian sowieso nicht da war. Dadurch hatten wir beide nicht viel Zeit zum Abarbeiten der Dinge, die weggeräumt werden mussten. Am Anfang war es frustrierend, da ich unbedingt mit diesem neuen Kapitel meines Lebens beginnen wollte, aber schließlich verfielen wir in eine Routine.

Als wir dann endlich die letzte Kiste auspackten und uns zum Entspannen auf unsere neue Couch setzten, fühlte sich alles so an, als ob nun alles so war, wie es sein sollte. Das war unser neues Zuhause. Ich war offiziell aus meiner alten Wohnung ausgezogen und lebte jetzt dauerhaft hier und dasselbe galt auch für Julian. Es gab immer noch einige Dinge zu tun, die ich gerne bereits erledigt gehabt hätte. Ich hatte vor, ein paar Malerarbeiten im Haus zu erledigen, aber das konnte noch eine Weile warten. Wir hatten uns die Ruhe verdient und wollten sie genießen.

Keiner von uns beiden hatte in dieser Woche Lebensmittel eingekauft, also waren wir uns schnell einig, dass wir zur Feier des Tages auswärts essen gehen sollten. Julian wollte dieses neue koreanische Restaurant ausprobieren, das auf der anderen Straßenseite seiner Wohnung eröffnet hatte, also entschieden wir uns dafür. Ich hatte noch nie koreanisch gegessen, war aber am Verhungern und bereit, alles zu probieren. Ich war auch dankbar, dass wir endlich mal wieder die Gelegenheit hatten, einfach nur auszugehen und die Gesellschaft des anderen zu genießen. Es fühlte sich wie eine Ewigkeit an, seit wir das letzte Mal ein Date gehabt hatten und es wäre schön, wenn wir am Ende nicht völlig erschöpft wären.

Binnen weniger Minuten, nachdem wir uns dazu entschlossen hatten, wohin wir gehen wollten, verließen wir das Haus. Julian hatte natürlich einen schicken Anzug angezogen, also trug ich eines der neuen Kleider, die er mir gekauft hatte. Es war mir immer noch unangenehm, dass Julian so viel Geld für mich ausgab, vor allem jetzt, da er ein Haus für uns gekauft hatte. Er sagte mir immer, ich solle mir keine Gedanken darüber machen und ich versuchte es auch, aber es war schwer. Wir hatten eine kurze und freundliche Debatte im Auto darüber, dass ich das Essen bezahlen würde und er ließ sich schließlich darauf ein.

Das war ein Anfang.

Wir warteten eine ganze Weile am Tisch, bevor der Kellner kam, um unsere Bestellung aufzunehmen. Das Lokal war voll und ich bekam ein wenig Klaustrophobie. Das sei ein gutes Zeichen, hatte Julian gesagt, als wir ankamen. Es bedeutete, dass das Essen ein Hit sein musste. Ich entschied mich, ihm zu glauben, auch wenn ich langsam genervt war. Ich hätte nicht so frustriert sein dürfen, wie ich es war, aber ich glaube, es lag vor allem daran, wie hungrig ich war. Ich hatte mich natürlich bemüht, gesünder zu essen, seit ich die Nachricht von dem Baby erhalten hatte und das bedeutete, dass ich oft nicht so satt war, wie ich es gerne gewesen wäre. Das, gepaart mit der Tatsache, dass ich jetzt für zwei Personen aß, gab mir das Gefühl, als hätte ich seit Tagen nichts mehr gegessen.

Julian sagte mir, ich solle für ihn bestellen, wenn der Kellner käme, während er auf die Toilette ginge. Er entschuldigte sich und verschwand um die Ecke, um die Toilette zu benutzen. Ich blieb unbeholfen allein zurück und drehte sozusagen Däumchen. Der Akku meines Handys war fast leer, weshalb ich es nicht herausholen wollte. Ich begnügte mich also damit, mich im Lokal umzusehen. Das Restaurant war wunderschön und sehr einzigartig. Ich hätte mir gewünscht, dass wir zu einer weniger geschäftigen Zeit gekommen wären.

Ein plötzliches, wenn auch leises, Summen lenkte meine Aufmerksamkeit wieder auf meinen Platz. Julian hatte sein Handy auf dem Tisch liegen lassen, was er sehr selten tat, wenn er auf die Toilette musste. Ich hatte absolut kein Recht, auf Julians Handy zu schauen. Er und ich waren in einer festen und glücklichen Beziehung. Ich hätte die Nachricht ganz einfach ignorieren und weiter Däumchen drehen können, während ich darauf wartete, dass er zurückkam.

Aber ich tat es nicht.

Im Nachhinein würde ich gerne meinen Hunger und meine Stimmungsschwankungen dafür verantwortlich machen, warum ich nachgesehen habe, aber in Wahrheit war ich einfach nur neugierig. Ich glaubte nicht, dass Julian etwas vor mir verbergen würde, besonders nach allem, was er getan hatte. Warum auch immer, ich wollte es mir einfach mal ansehen. Vielleicht dachte ich, dass ihn die Realität von allem endlich eingeholt hatte und dass Julian plötzlich erkannt hatte, was für ein Mensch ich war. Vielleicht war das Summen die erste SMS von einem neuen Mädchen gewesen, dem er seine Nummer gegeben hatte. Ich meine, es war fast einen Monat her, dass wir ausgegangen waren und er war super lange auf der Arbeit geblieben und ...

Es war eine Nachricht von der Arbeit.

Natürlich war es das. Warum tat ich mir so etwas immer wieder selbst an? Warum zweifelte ich ständig nicht nur an mir, sondern auch an den Menschen in meinem Leben, die mich liebten? Warum sollte Julian sich ein neues Mädchen suchen, wenn er doch buchstäblich gerade erst mit mir zusammengezogen war? Es machte keinen Sinn und ich kam mir dumm vor und schämte mich für diese Gefühle. Ich sollte mehr Vertrauen und Zuversicht in mein Leben und die Menschen darin haben.

Trotzdem war ich neugierig und da Julian noch nicht aus dem Waschraum zurückgekehrt war, dachte ich, ich könnte genauso gut ein wenig nachforschen. Ich versuchte nur, etwas von der Angst zu lindern, die ich selbst in meinen Gedanken erzeugt hatte. Ich wusste, dass Julian nichts zu verbergen hatte, aber indem ich sein Handy überprüfte, konnte ich mich vergewissern. Zu dem Zeitpunkt erschien mir das alles logisch.

Julians Handy enthielt nicht viele Nachrichten in seinem Verlauf, alle waren entweder von mir oder von seinen Arbeitskollegen. Ich schaute kurz in ein paar der letzteren, nur um sicherzugehen und tatsächlich waren sie genau das, was sie sein sollten. Ich scrollte durch einige der anderen Apps, die er hatte und konnte nichts Interessantes finden. Ich fand es ein wenig seltsam, dass er keine speziellen Apps heruntergeladen hatte, aber dann dachte ich mir, dass es nicht wirklich zu Julians bescheidenem Auftreten passte.

Das Einzige, was mir ins Auge fiel, war ein x-beliebiger Ordner, der tief unter den anderen vergraben war und einfach mit „V“ beschriftet war. Natürlich kamen mir sofort alle möglichen Wörter in den Sinn, für die „V“ stehen könnte.

Victoria? Vicky? Valerie?

Ich war enttäuscht von mir selbst, dass ich so etwas dachte, aber dieser Gedanke hinderte meine Hände nicht daran, unkontrolliert zu zittern, als ich den Ordner öffnete.

Was zur Hölle?

Von all den Dingen, die ich erwartet hatte, wäre ich nicht ein einziges Mal auf die Idee gekommen, dass die Realität so aussehen würde. Es war einfach gewesen, sich Bilder über Bilder von nackten Frauen oder skandalöse SMS vorzustellen. Das hätte ich zumindest nachvollziehen können. Was ich jedoch nicht verstehen konnte, war, warum jedes einzelne Foto in diesem Ordner von mir war. Zuerst war ich natürlich erleichtert, denn die ersten paar Fotos stammten aus den letzten Tagen. Er hatte sie heimlich aufgenommen, als ich nicht hingesehen hatte und ich wurde rot angesichts dieser Tatsache.

Als ich den Ordner jedoch durchging, wich mein Gefühl der Schmeichelei schnell der Verwirrung. Die allerersten Fotos in der Mappe waren auch von mir, aber sie stammten aus der Zeit, bevor Julian und ich angefangen hatten, miteinander auszugehen. Es waren eigenartige Aufnahmen, die vor dem Café, in dem ich arbeitete, gemacht und als Landschafts- und Szenefotos getarnt worden waren. Jedes einzelne war jedoch auf mich gezoomt und das aus ganz unterschiedlichen Blickwinkeln.

Einen Moment lang glaubte ich, dass ich einfach nur verwirrt war und dass Julian eine Collage von mir für irgendein geheimes Projekt gemacht haben musste, an dem er gearbeitet hatte. Es war möglich, dachte ich, dass diese Fotos aus der Zeit stammten, nachdem wir angefangen hatten, miteinander auszugehen und er mich einfach irgendwann damit überraschen wollte. Die Realität war jedoch schwer zu schlucken, denn ich erkannte meine Haare von vor ein paar Monaten wieder. Ich hatte experimentiert und mir einen ähnlichen Pixie-Schnitt verpassen lassen, wie ihn Sam immer hatte. Damals sah es furchtbar aus und auch jetzt sah es auf diesen Fotos furchtbar aus, aber es bedeutete, dass Julian sie lange vor meiner ersten Begegnung mit ihm gemacht hatte.

Ich spürte, wie ein kalter Schauer über meinen Körper lief und meine Gedanken überschlugen sich sofort. Warum sollte Julian diese Fotos auf seinem Handy haben? Hat er sie selbst aufgenommen oder hat sie ihm jemand geschickt? Hatte er mich schon seit einer Weile gestalkt? Aber warum? Warum sollte jemand, der so gut aussehend ist wie Julian, mir seit Monaten folgen? Was hatte er vor, wenn nicht mich um eine Verabredung zu bitten?

Das Geräusch von jemandem, der sich räusperte, brachte mich fast dazu, das Handy wegzuschmeißen. Ich blickte schnell auf und sah, dass der Kellner schon seit ein paar Augenblicken auf meine Bestellung wartete. Ich entschuldigte mich und gab meine und Julians Bestellung auf, wobei ich schnell einen Blick hinter den Kellner warf, um zu sehen, ob Julian auf dem Rückweg von den Toiletten war. Zum Glück war keine Spur von ihm zu sehen, und als der Kellner weg war, scrollte ich noch einmal schnell durch die Fotos, schloss dann den Ordner und legte das Handy an seinen Platz zurück.

Julian kam zurück und schüttelte den Kopf in meine Richtung, während er seinen Platz in der Nische einnahm.

„Hier ist überall was los. Hast du schon bestellt?"

Ich nickte nur mit dem Kopf und er nahm lächelnd meine Hand in seine. Er gab mir einen Kuss und bedankte sich, bevor er darüber sprach, wie schlimm die Schlange auf der Herrentoilette gewesen war. Ich hörte nur halb zu, während er mir davon erzählte, bevor ich mich meinerseits entschuldigte, um die Damentoilette zu benutzen. Er lachte und wünschte mir Glück und ich lief schnell in den hinteren Teil des Restaurants.

Was war hier los? Was hatte Julian vor mir verheimlicht? Hatte er mich seit Monaten beschattet, wie die Fotos vermuten ließen, oder gab es da ein schräges Missverständnis? Sollte ich ihn darauf ansprechen oder es ignorieren? Zum ersten Mal ertappte ich mich dabei, wie ich an alles zurückdachte, was Julian getan hatte. Sein Beharren darauf, alles zu bezahlen, sein Eifer, mir immer mehr und mehr zu geben. Ich hatte das nie wirklich als Kompensation für irgendetwas gesehen, aber jetzt war ich mir nicht mehr sicher. Weshalb war er so verunsichert?

Plötzlich fiel es mir ein und ich musste mir ein Lachen verkneifen, als ich daran dachte.

Er muss in mich verknallt gewesen sein!

Es war die einfachste Erklärung und eine, die alles in Einklang brachte. Julian musste irgendwann in das Café gekommen sein, bevor wir uns kennengelernt hatten und mich dort arbeiten gesehen haben. Aus welchem Grund auch immer, er hatte sich in mich verknallt und die letzten Monate damit verbracht, den Mut aufzubringen, mich um ein Date zu bitten.

Wie hatte ich ihn vorher nicht bemerkt?

Ich dachte einen Moment darüber nach und erinnerte mich daran, wie Julian gesagt hatte, dass seine App erst vor Kurzem Erfolge erzielt hatte. War es möglich, dass Julian ins Café gekommen war, bevor er Designeranzüge getragen hatte und wohlhabend geworden war? Das würde erklären, warum ich ihm keine Aufmerksamkeit geschenkt hatte. Wenn er wie neunzig Prozent der anderen Kunden, die Sam und ich sahen, ausgesehen hätte, wäre es für mich ein Leichtes gewesen, ihn zu übersehen.

Ich saß im Bad und atmete erleichtert auf. Wie dumm war ich eigentlich? Er war der Mann meiner Träume und auf irgendeine Art und Weise hatte er dasselbe über mich gedacht. Es war schwer für mich zu glauben, dass jemand, irgendjemand, sich jemals in mich verknallt haben könnte. Noch schwieriger war es, sich Julian als diese Person vorzustellen. Doch es war die einzige Möglichkeit, die auch nur einen Hauch von Sinn ergab.

Ja. Das ist es. Das muss es sein.

Ich lächelte, als ich in die Sitzecke zurückkehrte und drückte Julian einen dicken Kuss auf die Wange, als ich an ihm vorbeiging. Es mag lange gedauert haben, bis wir uns gefunden hatten, aber jetzt waren wir hier, zusammen.

Nichts sollte unserer Liebe in die Quere kommen.

Kapitel Neun

2011

Ich wusste, dass ich es langsam angehen musste, auch wenn ich in Gedanken all die verschiedenen Möglichkeiten durchspielte, wie ich Mr. Irving dazu bringen konnte, sich in mich zu verlieben. Er war solche Dinge gewöhnt, da war ich mir sicher. An wie vielen verschiedenen Schulen hatte er schon gearbeitet und wie viele Mädchen hatten sich, genau wie ich, in ihn verliebt?

So durfte ich nicht denken. Ich musste das Wesentliche im Auge behalten.

Das war schwierig, besonders am Anfang. Jeden Tag wachte ich auf und sah in den Badezimmerspiegel, bevor ich duschte. Jeden Tag sah ich mein erbärmliches Gesicht, das mich ansah. Es war leicht, in den Selbstzweifeln zu versinken, besonders in den ersten paar Wochen. Aus lauter Angst schwänzte ich ein paar Mal den Englischunterricht, aber dadurch fühlte ich mich nicht besser. Ich wusste, was ich zu tun hatte und dafür musste ich in den Unterricht gehen.

Die ersten paar Begegnungen mit Mr. Irving waren unangenehm, vor allem, wenn ich spürte, wie mir der Schweiß vom Gesicht tropfte. Jedes Mal, wenn ich versuchte, ein Gespräch mit ihm zu führen, wurde ich nervös, geriet aus dem Konzept und machte mich am Ende lächerlich. Das Einzige, was noch schlimmer als diese Bemühungen war, war das Gefühl der Nutzlosigkeit, das ich hatte, wenn ich nur hinten saß und seinen Vorträgen zuhörte. Es fühlte sich wie verschwendete Zeit an, auch wenn ich wusste, dass ich wenig tun konnte, um ihn für mich zu gewinnen, während er arbeitete.

Eines Tages jedoch hatte ich ein wenig Glück. Mr. Irving hatte mir ein Gedichtprojekt zugeteilt, welches in den nächsten Tagen fällig war. Normalerweise hätte ich mich deswegen sehr gestresst und viel zu viel Zeit damit verbracht, darüber nachzudenken, welche Art von Gefühlen ich vermitteln wollte. Poesie war natürlich etwas, das mir sehr am Herzen lag, aber das Wissen, dass Mr. Irving alles lesen würde, was ich schrieb, machte mich noch nervöser, als ich eigentlich hätte sein sollen. Zum Teil deshalb, zum Teil aus Verzweiflung, kam ich schließlich zu einer Entscheidung darüber, was ich tun sollte.

An diesem Tag nach dem Unterricht fragte ich Mr. Irving, ob er noch ein paar Minuten bleiben und mir bei der Aufgabe helfen könnte. Es war nicht so, dass ich diesbezüglich noch irgendwelche Fragen hatte, aber ich sah es als eine einmalige Gelegenheit an. Zu meiner Überraschung war er mehr als glücklich, nach dem Unterricht noch zu bleiben und er lud auch andere

Schüler ein zu bleiben, wenn sie Hilfe brauchten. Ich verfluchte mich selbst, als er das tat, betete aber, dass niemand sonst bereit sein würde, eine Busfahrt nach Hause zu opfern.

Wie sich herausstellte, hatte ich recht!

Mr. Irving und ich waren allein im Klassenzimmer und ich spürte, wie mein Herz schneller schlug und ich zu schwitzen begann. Ich wollte ihm so verzweifelt sagen, was ich für ihn empfand. Dass ich ständig von ihm träumte und wie sehr ich mir wünschte, dass wir zusammen wären. Ich wusste, dass er zumindest meine Gedichte mochte, also hatte ich am Abend zuvor ein paar Zeilen aufgeschrieben, von denen ich hoffte, dass sie ihm gefallen würden. Ich ging zu seinem Schreibtisch hinüber, reichte ihm das Papier und fragte ihn, ob ich auf dem richtigen Weg sei.

Er las sich meine paar Zeilen ein paar Mal durch, bevor er mit dem Kopf nickte und mich anlächelte.

„BethAni, das ist großartig! Du bist eindeutig sehr begabt bei so etwas. Ich glaube nicht, dass du viel Hilfe brauchst. Es hört sich so an, als ob du in diesem Gedicht von Liebe sprichst, ist das richtig?“

Ich lehnte mich so nah heran, wie ich mich traute und fühlte, wie mein Herz schneller und schneller schlug. Ich hatte absichtlich einen BH gewählt, der meiner Meinung nach am besten zu meiner Figur passte und lehnte mich so weit wie möglich zu Mr. Irving hinunter, damit er einen guten Blick darauf hatte.

„Ja, das ist richtig. Ich bin froh, dass es Ihnen gefällt.“

Mr. Irving behielt seine Augen auf meine gerichtet und nickte mit dem Kopf.

„Weiter so! Hast du noch irgendwelche Fragen an mich, BethAni?“

Seine Augen verrieten nichts und mir war klar, dass ich mehr tun musste, um ihn zu beeindrucken. Ich lächelte und schüttelte den Kopf, bevor ich zurück zu meinem Schreibtisch ging. Ich versuchte mein Bestes, so verführerisch wie möglich zu sein, während ich das tat und täuschte vor, auf dem Weg einen Bleistift fallen zu lassen und beugte mich langsam vor, um ihn aufzuheben. Ich schaute zurück, so gut ich konnte, aber Mr. Irvings Blick war woanders, während er begann, seine eigenen Sachen zusammenzupacken.

Verdammt. Damit komme ich in nächster Zeit nicht weiter.

Ich beschloss, Mr. Irving in dieser Nacht zu folgen. Ich musste wissen, was für Dinge er gerne tat und zu welcher Art von Frauen er sich hingezogen fühlte. Ich dachte, wenn ich ein wenig mehr über ihn erfahren könnte, könnte ich ihn effektiver verführen.

Er spielt den Unnahbaren, das ist alles.

Ich war an diesem Tag mit dem Fahrrad zur Schule gefahren, weil ich wusste, dass ich noch ein bisschen länger bleiben würde. Ich schloss es auf und fuhr damit über die Straße zu dem kleinen Park direkt neben der Schule. Ich wusste, dass es riskant war, aber ich hoffte, dass ich Mr. Irving von meinem kleinen Versteck im Gebüsch aus beobachten konnte. Wenn ich ihn die Schule verlassen sah, würde ich ihm ein kurzes Stück auf meinem Fahrrad folgen und sehen, wo er letztendlich hinging.

In Gedanken ging ich all die verschiedenen Möglichkeiten durch, was Mr. Irving machen würde und überlegte mir, was ich bei meiner Beschattungsmission alles erfahren würde. Vielleicht hatte Mr. Irving eine Vorliebe für Leute mit dunkleren Haaren als ich, oder vielleicht ging er in bestimmte Bars oder Buchläden. Es gab so viel, das ich nicht wusste und eine Menge, das ich herausfinden wollte. Eines wusste ich mit Sicherheit: Mr. Irving war nicht verheiratet, denn er hatte nie einen Ring am Finger. Das war natürlich eines der ersten Dinge gewesen, die ich bemerkt hatte.

Als Mr. Irving die Schule verließ, wurde ich zunehmend hungriger und hatte schon fast aufgegeben. Er war wohl damit beschäftigt, einige Benotungen zu erledigen oder den Unterricht für den nächsten Tag vorzubereiten und ich notierte im Geiste, wie effizient er gearbeitet haben musste.

Diese Eigenschaft sollte ein Mann unbedingt haben!

Er stieg in sein Auto, ein nettes Ding, das zwar nicht von Reichtum zeugte, aber ziemlich gut gepflegt aussah. Ich wartete, bis er ein Stück die Straße hinuntergefahren war, bevor ich die Verfolgung aufnahm. Ich wusste, dass ich vorsichtig sein musste und es schauderte mich bei dem Gedanken, was passieren würde, wenn Mr. Irving mich dabei erwischte, wie ich ihm folgte. Ich wusste, dass er verärgert sein würde und das wäre das Letzte, was ich mir im Moment leisten konnte.

Wie sich herausstellte, schien Mr. Irving an diesem Abend nicht allzu viel zu tun zu haben. Er fuhr zuerst in die örtliche Bibliothek und holte dort ein paar Bücher ab, bevor er in ein kleines Café in der Innenstadt ging, wo er ein paar Stunden verbrachte. Ich positionierte mich in einem Schnellrestaurant auf der anderen Straßenseite und stellte sicher, dass ich mein Fahrrad in einer der Hintergassen versteckte. Ich begnügte mich damit, ihn aus der Sicherheit des Restaurants, in dem ich mich befand, zu beobachten.

Als ich beschloss den Abend zu beenden, hatte ich noch nicht viel in Erfahrung gebracht, außer der Tatsache, dass Mr. Irving offensichtlich sehr belesen war und dass er Kaffee mochte. Ich überlegte, ob er hineinging und mit den Baristas flirtete, aber so ein Mensch schien er nicht zu sein. Ich stellte mir vor, dass sie wahrscheinlich diejenigen waren, die mit ihm flirteten und ich dachte an das Selbstvertrauen, das sie haben mussten, um so etwas zu tun. Als ich nach Hause fuhr, dachte ich über meine nächsten Schritte nach. Ich schien in einer Sackgasse zu stecken und wusste nicht, was ich noch tun konnte, um Mr. Irving für mich zu gewinnen.

Ich war froh, dass meine Mutter nicht zu Hause war, als ich eintraf, denn ich wollte ihr nicht erklären müssen, wo ich den ganzen Abend gewesen war. Ich wusste, dass sie mich deswegen kräftig unter Druck gesetzt hätte, auch wenn es sie nicht wirklich zu interessieren schien. Es war daher schön, nach Hause zu kommen und ein leeres und ruhiges Haus vorzufinden. Ich machte mir etwas zu essen und schlug dann meine Schulbücher auf, um schnell ein paar Hausaufgaben zu machen.

Als ich anfing, das Gedicht weiterzuschreiben, das ich am Abend zuvor angefangen hatte, begann sich in meinem Kopf eine Idee zu formen. Es war eine gewagte Idee und etwas, von dem ich wusste, dass es mich in

Schwierigkeiten bringen könnte, doch es war die beste Idee, die ich den ganzen Tag gehabt hatte. Ich dachte darüber nach, wie ich es anstellen würde und dass es relativ subtil und versteckt sein sollte. Ich legte das Gedicht beiseite und zog ein weiteres Blatt Papier hervor. Ich wusste nicht genau, was ich schreiben wollte, aber ich ließ meine Hand und meinen Verstand einfach ihr Ding machen, in der Hoffnung, dass es genug sein würde.

Ein Liebesbrief.

Mr. Irving mochte meinen Schreibstil. So viel war klar. Was war also besser geeignet, ihn zu verführen, als ihm einen Brief zu schreiben? Das wäre perfekt. Er könnte ihn lesen und würde wissen, dass er von mir war, auch wenn ich ihn nicht unterschreiben würde. Ich wusste, dass ich vorsichtig sein musste, denn solche Dinge konnten zurückverfolgt werden und das würde zu Schwierigkeiten führen, aber es fühlte sich einfach richtig an. Als ich Seite für Seite all die Gefühle niederschrieb, die ich für Mr. Irving hatte, spürte ich, wie mein Selbstvertrauen wuchs. Es war richtig. Ich wusste, dass er sich für mich interessierte und er würde in der Lage sein, zwischen den Zeilen zu lesen und zu verstehen, dass ich dieselben Gefühle hegte. Mein Lächeln wurde breiter und breiter, als die Worte aus mir heraussprudelten. Es war perfekt.

Als ich mich bettfertig machen wollte, ging ich wieder nach unten ins Bad und putzte mir die Zähne. Die Stimmung ließ mich schweben und ich fühlte mich, als wäre ich nicht mehr aufzuhalten. Wie lange hatte ich auf ein Gefühl wie dieses gewartet? Wie lange hatte ich mich schon verzweifelt nach dieser Art von Liebe gesehnt? Es fiel mir leicht, mich zu fühlen, als ob mir nichts im Weg stehen könnte. Ich wünschte mir mehr, als ich bereits hatte. Ich wollte, dass meine Zukunft genau in diesem Raum begann.

Ich betrachtete mich selbst im Spiegel und lächelte. Ich konnte das schaffen. Das würde ihm gefallen. Es wäre das Sahnehäubchen auf dem Kuchen. Das letzte Teil des Puzzles, mit dem ich Mr. Irving verführen wollte. Ich nickte mir selbst zu, bevor ich nach oben eilte, um meine Polaroidkamera zu holen. Ich wusste, was ich zu tun hatte.

Man könnte denken, dass es schrecklich von mir war, so etwas überhaupt in Betracht zu ziehen, und vielleicht stimmt das auch. Alles, was ich wusste, war, dass ich mich gut fühlte, als ich nackt dastand und ein Foto nach dem anderen von mir machte. Ich fühlte mich so sexy wie noch nie zuvor. Ich wusste, dass Mr. Irving das Gleiche fühlen würde.

Ich lächelte, als ich den Umschlag mit den Fotos und dem Liebesbrief darin verschloss. Ich wusste es besser, als Mr. Irvings Namen direkt darauf zu schreiben, und begann zu planen, wie ich ihn ihm zustecken würde. Das Beste war, ihn zusammen mit meiner Gedichtaufgabe abzugeben. Es gab einen kleinen Briefkasten im Englischraum und ich war überzeugt, dass ich ihn zwischen den Papieren der anderen verstecken konnte.

Das wird klappen. Es muss klappen. Er wird wissen, wie ich mich fühle und sehen, was er haben könnte.

Es ist perfekt. Es wird perfekt sein.

Kapitel Zehn

2019

Es war mir schon früher aufgefallen, dass ich noch niemanden aus Julians Familie kennengelernt hatte und dass ich das Gespräch darüber mit ihm nicht wirklich forciert hatte. Ich wusste, dass Julian irgendwo auf der Welt eine Schwester hatte und vor Kurzem seine Mutter verloren hatte. Nun, seltsame Familiendynamiken waren mir nicht fremd und hatte seine Entscheidung, sie selten zu erwähnen, immer respektiert.

Es war also verständlich, dass er anfangs zögerlich auf meine Bitten reagierte, seine Schwester zu kontaktieren und ihr von dem Baby zu erzählen. Ich wollte nicht, dass Julian sich unwohl fühlte, aber ich wollte gleichzeitig, dass er sich wohl dabei fühlte, es dem einzigen Familienmitglied zu sagen, das er mir gegenüber erwähnt hatte. Ein Teil von mir glaubte auch, dass ich mich besser fühlen würde, wenn ich ein Gespür dafür bekommen würde, woher Julian kam und wie seine Familie war.

Ich erwartete nicht, dass Hannah, seine Schwester, sofort anfangen würde, über Julian zu plaudern und von seiner langen Suche nach jemandem für die Liebe zu erzählen. Ich dachte nur, dass sie vielleicht etwas Licht darauf werfen könnte, was für ein Mensch er gewesen war, bevor er mich getroffen hatte. Außerdem hielt ich es für wichtig, dass sie und ich anfingen miteinander zu kommunizieren, besonders da ein Baby unterwegs war. Ich hatte natürlich noch nie eine Schwester oder einen Bruder gehabt und hatte Angst davor, was sie von mir denken würde.

Aus diesem Grund und weil ich Julian nicht in Verlegenheit bringen wollte, brauchte ich einige Wochen, bis ich den Mut aufbrachte, ihn zu fragen, ob wir Kontakt aufnehmen könnten. Ich sagte ihm die Wahrheit, dass ich die Familie, die ihm wichtig war, kennenlernen wollte. Er lehnte zunächst ab und begründete es damit, dass seine Schwester für ein Jahr in Singapur lebte und für einige Zeit nicht nach Hause kommen würde. Ich versuchte, ihn zu überreden, sie per Facetime oder so zu kontaktieren, damit wir uns unterhalten könnten, aber er sagte einfach, dass sie dort sehr beschäftigt sei und dass er schon vor langer Zeit gelernt habe, darauf zu warten, dass sie sich meldet, wenn sie Zeit zum Reden hat.

„Sie hilft dort drüben den Opfern von Missbrauch, Ani. Das Gleiche, was sie in den Staaten gemacht hat. Wenn sie arbeitet, ist sie ganz bei der Sache und mag es nicht, wenn man sie stört. Ich schätze, in dieser Hinsicht sind sie und ich uns ziemlich ähnlich. Wir sind beide sehr in unsere Arbeit vertieft. Bis zu einem gewissen Grad, natürlich, aber du verstehst schon."

Ich verstand es und eine Zeitlang beließ ich es dabei. Ich hätte mich damit zufriedengegeben, wenn ich nicht das gesehen hätte, was ich in Julians Handy gefunden hatte und die neuen Zweifel nicht gewesen wären, die es in meinem Kopf auslöste. Ich redete mir immer wieder ein, dass die Fotos nur die Folge von Julians Verliebtheit in mich waren und dass er einfach lange gebraucht hatte, um den Mut aufzubringen, mich um ein Date zu bitten. Es war schmeichelhaft und ließ mich innerlich ein wenig schwindlig werden und ich glaube, das war ein Teil des Grundes, warum ich es nicht ganz glauben wollte.

Ich wusste, was für ein Mensch ich war und welche Art von Menschen ich anziehend fand. Sie waren ziemlich selten und weit entfernt. Dass jemand wie Julian von dem Moment an, als er mich gesehen hatte, an mir interessiert gewesen war, war fast zu schön um wahr zu sein. Ich wusste, dass ich mir selbst mehr zutrauen musste und ich glaubte, wenn ich Hannahs Stimme hören und ihre Zustimmung gewinnen konnte, hätte ich einen weiteren Grund, auf die Echtheit von Julians Zuneigung zu vertrauen.

Ich will nicht sagen, dass ich nicht geglaubt habe, dass Hannah existiert. Ich hatte nur, naja, meine Zweifel. So weit hergeholt sie mir auch vorkamen, ich konnte nicht anders und verbrachte viele Nächte damit, still dazuliegen, während Julian schnarchte und darüber nachzudenken, aus welchen Gründen er diese Fotos gehabt haben könnte. Es wäre ein Leichtes gewesen, ihn zu fragen, aber ich wollte nicht verraten, dass ich herumgeschnüffelt hatte. Ich wusste, wenn mir jemand gesagt hätte, dass er sich etwas ohne meine Erlaubnis angeschaut hatte, hätte ich sofort bezweifelt, dass er es nur das eine Mal getan hatte.

Nein. Das ist die einzige Möglichkeit.

Es war diese Art von verkehrter Logik, die mich schon früher in Schwierigkeiten gebracht hatte, aber ich glaubte wirklich, dass die einzige Möglichkeit, das Gesehene zu vergessen und weiterzumachen, darin bestand, Hannah zu hören. Julian teilte seine Freude über unsere Beziehung jeden Tag mit mir und er erzählte mir, dass er selten aufhören konnte, über mich zu reden, während er auf der Arbeit war. Ich hatte keinen von Julians Arbeitskollegen kennengelernt, aber das lag eher daran, dass er Arbeit und Privates gerne getrennt hielt, was ich durchaus verstehen konnte. Ich glaubte, wenn ich hörte, wie er seiner eigenen Schwester von all dem erzählte, was passiert war und von der Zukunft, auf die wir uns freuten, würde ich wieder glauben, dass er der perfekte und aufrichtige Mann war, als den ich ihn kannte.

Zu Julians Ehrenrettung sei gesagt, dass er sich nach ein paar weiteren Bitten meinerseits damit einverstanden erklärte, Hannah zu kontaktieren. Ich erklärte ihm, dass es für mich wichtig war, die Zustimmung seiner Schwester zu bekommen, da ich nie Geschwister gehabt hatte, mit denen ich eine Beziehung eingehen konnte. Er schien meine Worte schließlich nachzuvollziehen und nachdem er zugestimmt hatte, sie zu kontaktieren, vereinbarte er am nächsten Morgen einen Tag, an dem wir über Facetime telefonieren konnten.

Als der Tag endlich kam, war ich mehr als nervös. Ich hatte eine Vorstellung davon, wie Julians Schwester aussehen und klingen würde, aber ich wusste nicht, was ich erwarten sollte. Ich wusste, dass sie attraktiv sein würde, denn wie könnte sie es nicht sein? Genau dieses Wissen weckte neue Zweifel in mir und ich verspürte dieses vertraute Gefühl der Unsicherheit in mir. Julian war ein schöner Mann und es machte in meinen Augen Sinn, dass seine Schwester genauso, wenn nicht sogar noch schöner war als er selbst. Wenn das der Fall war, würde sie mich einschüchtern.

In Wahrheit war ich bereits eingeschüchtert. Wie könnte ich das nicht sein? Sie war diese schöne Frau, die auf der anderen Seite der Welt war und anderen Frauen in schrecklichen Situationen half. Sie hätte genauso gut eine Heilige sein können! Sie sah jeden Tag Dinge, die ich mir nie vorstellen konnte und hatte dennoch die Kraft, ihr eigenes Leben beizubehalten und den größten Teil davon damit zu verbringen, sich völlig fremden Menschen zu widmen. Ich dachte darüber nach, wie einfach es für sie sein musste, mit Menschen zu reden und dass ihre eigene Kindheit so anders ausgesehen haben musste als meine.

War ich eifersüchtig auf Hannah Wade?

Und ob ich das war.

Sie war ein viel besserer Mensch, als ich es je sein könnte. Sie war sogar noch perfekter, zumindest in meiner Vorstellung, als Julian es war. Wie könnte ich jemals hoffen, den verrückten Standards gerecht zu werden, die sie für ihren Bruder haben würde? Sie würde das Beste für ihn wollen, wie es alle Geschwister tun würden und ich wusste, dass ich noch weit vom bestmöglichen Mädchen für ihn entfernt war.

Konzentriere dich, Ani. Du willst ihre Zustimmung bekommen und deine Zweifel an Julian lindern. Konzentriere dich auf das Positive.

Das war natürlich leichter gesagt als getan, aber ich versuchte, meine eigenen Bedenken in den Hintergrund zu schieben, während wir auf der Couch saßen und auf Hannahs Rückmeldung warteten. Die App öffnete und schloss sich ein paar Mal und einen Augenblick lang dachte ich, dass wir vielleicht das Handtuch werfen müssten. Wir konnten uns selbst gut auf dem Bildschirm sehen, aber es schien schwer zu sein, eine Verbindung zu Hannahs Gerät herzustellen. Ich merkte, dass Julian frustriert war und hasste es, ihn so zu sehen, also wollte ich ihm gerade sagen, dass er die ganze Sache vergessen sollte, als Hannah endlich abnahm.

„Hallo? Julian?"

Ihre Stimme klang etwas weicher, als ich es mir vorgestellt hatte und ich spürte, wie ich ohne Grund erstarrte. Ungeachtet dessen atmete ich erleichtert auf, als sie mir schnell erklärte, dass sie die Videofunktion in der App nicht zum Laufen bringen konnte. Eine Sache war sicher. Hannah war ein echter Mensch und so offensichtlich das für mich hätte sein müssen, so froh war ich, es trotzdem bestätigt zu bekommen.

„Hannah, ich habe Ani hier bei mir. Sag hallo, Ani!"

„Hi, Hannah! Es tut mir leid, dass es so lange gedauert hat, bis wir uns, ähm, von Angesicht zu Angesicht unterhalten konnten, sozusagen?"

„Ha-ha, ja, das ist schade. Ich hatte hier wirklich viel

zu tun und ich hörte, ihr zwei habt das auch. Julian hat gesagt, ihr seid zusammengezogen?"

Und so kam es, dass wir uns lange über alles Mögliche unterhielten. Es war schön zu sehen, dass Julian mit seiner Schwester auf eine Weise sprach, die mir sagte, dass sie sich gut verstanden. Er hatte angedeutet, dass es in der Vergangenheit Zeiten gegeben hatte, in denen die beiden nicht immer miteinander ausgekommen waren, also war ich froh zu sehen, dass das nicht mehr der Fall zu sein schien. Wir sprachen über unsere Beziehung, wie wir uns kennengelernt hatten und dass wir erst kürzlich zusammengezogen waren. Ich musste mir fast die Tränen verkneifen, als Julian seiner Schwester erzählte, dass er schon lange vor diesem schicksalhaften Tag im Café überlegt hatte, mich um ein Date zu bitten.

Ich wusste es! Ich wusste es. Ah, tut mir leid, dass ich an dir gezweifelt habe, Baby.

„Das ist so süß! Ich bin froh, dass mein Bruder endlich jemand Gutes in seinem Leben hat, Ani. Es klingt, als würdet ihr beide gut zusammenpassen."

Julian und ich lächelten einander an und ich drückte meine Hand in seine. Egal, wie oft mein Verstand versuchte, eine neue Krise zu erfinden, Julian hatte immer die Nase vorn. Er war der perfekte Mann. Ich musste aufhören, mir etwas anderes einzureden.

„Da ist noch etwas, Hannah", sagte Julian, nachdem wir damit fertig waren, uns gegenseitig in die Augen zu schauen. „Wir wissen, dass es sehr früh ist und du wirst denken, dass wir zu überstürzt handeln, aber Ani und ich erwarten ein Baby!"

Es gab eine lange Pause am anderen Ende und ich fühlte, wie sich meine Hände zu verkrampfen begannen, als Julian mich ansah, lächelte, mit den Schultern zuckte und seine Finger mit meinen verschränkte. Ich versuchte mir vorzustellen, wie ich reagiert hätte, wenn mich mein Bruder, den ich selten sah, anrufen und mir sagen würde, dass er ein Kind erwartete. Ich wusste, dass es für mich unmöglich war, zu verstehen, wie so etwas sein würde, aber ich würde gerne glauben, dass ich etwas prompter reagiert hätte, als Hannah es tat.

Es fühlte sich wie eine Ewigkeit an, bevor wir eine Antwort hörten und eine Sekunde lang dachte ich, dass die Verbindung vielleicht unterbrochen worden war. Wir hörten, wie Hannah sich in ihrer Wohnung bewegte und konnten das Geräusch eines Hockers wahrnehmen, der auf dem Boden schabte. Schließlich meldete sie sich zu Wort.

„Entschuldigung, ich musste mich hinsetzen. Das ist ... das ist toll, Leute! Ich freue mich so für euch! Du hast recht, wenn du sagst, dass es sehr schnell ging, aber nur ihr beide könnt wissen, was sich richtig anfühlt, oder? Wenn es das ist, was ihr beide wollt, dann sage ich: Herzlichen Glückwunsch!“

Es war eine gut durchdachte Antwort und es reichte aus, damit ich mich in diesem Gespräch besser fühlte.

„Es ist das, was wir wollen“, sagte Julian mit einem Lächeln. „Es ist das, was wir beide seit langem wollen.“

Für mich hörte es sich an, als hätte Hannah zu weinen begonnen, denn ihre Stimme klang angestrengter und man hörte Schluchzgeräusche. Julian drehte sich zu mir um, kicherte leise vor sich hin und flüsterte: „Es sieht Hannah ähnlich, dass sie emotional wird.“

Sie erzählte immer wieder, wie sehr sie sich für uns beide freute und wie stolz sie auf Julian war, weil er sein Leben umgekrempelt hatte.

Sein Leben umgekrempelt?

Ich hatte sofort das Bild eines anzuglosen Julian vor Augen, der mit Karohemd und einem Hipster-Bart ins Café kam. Ich hatte Mühe, nicht in mich hineinzukichern. Gott sei Dank hatte ich ihn zum richtigen Zeitpunkt getroffen!

„Ich liebe dich, Julian. Und Ani, wenn Julian dich auch nur einen Bruchteil so sehr liebt, wie ich glaube, dass er es tut, dann liebe ich dich auch. Ich wünschte nur, Mom wäre da, um die guten Neuigkeiten zu hören. Sie wäre auch stolz auf dich, Julian und sie hätte sich sehr mit dir gefreut, Ani.“

Bevor ich mich bedanken konnte, unterbrach mich Julian mit einem Lachen. Ein seltsamer Ausdruck huschte über sein Gesicht, wobei ich nicht ganz ausmachen konnte, was für ein Gefühl damit einherging. Er hatte das Handy vom Tisch genommen und hielt es jetzt dicht vor sein Gesicht und ich erwartete fast, dass er schreien würde. Zum Glück tat er das nicht und sprach stattdessen mit einer Entschlossenheit, die stärkere Gefühle zu verbergen schien.

„Bring mich nicht zum Lachen, Hannah. Mom war eine Lügnerin und das weißt du. Mein Glück hätte ihr nichts bedeutet und sie wäre alles andere als stolz gewesen.“

Für einen langen Moment herrschte eine unangenehme Stille. Ich wusste nicht, was passiert war. Julian hatte nie den Eindruck gemacht, dass er über den kürzlichen Tod seiner Mutter bestürzt war, aber jetzt war ich mir sicher, dass er tiefere Gefühle verbarg. Das war etwas, das ich absolut verstehen konnte und eine Unterhaltung darüber würde irgendwann geführt werden müssen.

Aber nicht jetzt.

Wenn Julian sich nicht um seine Mutter scherte, war das seine eigene Sache. Das Einzige, was für mich im Moment zählte, war, Hannahs Zustimmung einzuholen und sicherzustellen, dass dies nicht das letzte Mal war, dass wir miteinander sprachen. Wenn Julian glaubte, dass das Telefonat gut gelaufen war, würde er einem weiteren in der Zukunft viel offener gegenüberstehen. Ich wollte beide Parteien so gut wie möglich besänftigen und wollte, dass wir alle glücklich auseinandergehen, also brach ich das Schweigen mit einem ebenso unbeholfenen Räuspern und fragte Hannah nach ihrer Reise und ob sie sie genossen habe.

Es dauerte einige Minuten, bis wir wieder in ein ruhiges und natürliches Gespräch zurückfielen, aber schlussendlich klappte es und ich vergaß den kleinen Ausbruch bald. Auch Julian schien zufrieden damit zu sein, wie es gelaufen war, als Hannah nach fast einer Stunde am Telefon sagte, dass sie bald zur Arbeit müsse. Er versicherte mir, dass wir eine andere Zeit finden würden, die für uns alle funktionieren würde und dass wir sie zum Abendessen einladen würden, sobald Hannah ihre Arbeit in Übersee beendet hatte.

Ich war froh, dass sich die Dinge so gut entwickelt

hatten und obwohl das Gesicht, das Julian während des Gesprächs über seine Mutter gemacht hatte, mich verblüfft hatte, wusste ich, dass er seine Gründe haben musste, so zu empfinden. Wenn Hannah nach meiner eigenen Mutter gefragt hätte, hätte ich wahrscheinlich ähnlich geantwortet. Ich zog es vor, mich auf das Positive zu konzentrieren und darauf, wie Julian durch die Kontaktaufnahme mit seiner Schwester bereits etwas Schwieriges für mich getan hatte.

Ich küsste ihn innig, als wir vor dem Schlafengehen noch schnell die Küche aufräumten. Er lächelte und tanzte mit mir in der Küche herum und entschuldigte sich für seinen Ausbruch am Telefon. Julian erzählte mir, dass er sich oft dafür schämte, was er für seine Mutter empfand und sich wünschte, dass sie ein besseres Verhältnis zueinander gehabt hätten. Er ging nicht allzu sehr ins Detail und ich fragte nicht nach. Ich umarmte ihn und küsste ihn noch einmal auf die Wange, bevor ich ihm ins Ohr flüsterte, was ich als die Wahrheit erkannte.

„Du bist ein guter Mann, Julian Wade. Danke, dass du mein bist.“

Kapitel Elf

AUSZUG AUS DEM TAGEBUCH VON J. WADE. 2019

Ich hätte nie gedacht, dass ich in das Haus meiner Kindheit zurückkehren würde, vor allem nach allem, was bei meinem letzten Besuch dort passiert war. Doch hier war ich mit meiner Schwester und durchkämmte die scheinbar endlosen Berge von Habseligkeiten meiner verstorbenen Mutter. Das Haus hatte sich nie besonders groß angefühlt, aber mit den Stapeln von Büchern, Papieren und Kleidung fühlte es sich jetzt geradezu beklemmend an. Ich konnte spüren, wie der Geist meiner Mutter in diesem Haus verweilte. Sie hatte den Großteil ihres Lebens hier verbracht, also machte es für mich Sinn, dass sie nur ungern gehen wollte. Jeder Raum war mit einer schweren und traurigen Energie erfüllt, die die mühsame Arbeit, ihre Sachen durchzugehen, noch anstrengender machte.

Ich weiß, dass ich wegen ihres Tods bestürzter hätte sein sollen. Schließlich waren jetzt nur noch meine Schwester und ich übrig. Ich wusste, dass ich auf Hannahs Nachricht, dass Barbara in den letzten

Monaten immer kränker geworden war, hätte reagieren sollen, vor allem, als es in den letzten Wochen langsam wirklich schlimm wurde. Ich hatte natürlich darüber nachgedacht. Ich hatte darüber nachgedacht, nach Hause zurückzukehren und das, was von unserer Beziehung noch übrig war, zu flicken.

Aber ich tat es nicht.

So sehr ich es auch versuchte, es war mir damals egal gewesen und auch jetzt ist es mir egal. Meine Mutter hatte mich in dem Moment fallen gelassen, als sie sich entschlossen hatte, mich anzulügen. Sie hatte mich zu dem gemacht, was ich war und es gab kein Zurück mehr. Ich hatte die verzweifelten Nachrichten meiner Schwester ignoriert und erst geantwortet, als das Unvermeidliche schließlich geschah. War es grausam von mir? Vielleicht. War es gerechtfertigt? Auf jeden Fall.

Das wusste ich, als ich durch das Haus ging. Alles daran wirkte fremd und fehl am Platz, selbst als Erinnerungen in mir hochkamen. Ich hätte eine Form von Nostalgie für die Räume empfinden sollen, in denen ich aufgewachsen war, oder für die Bereiche, in denen Hannah und ich gespielt hatten, als wir jung waren. Das hätte ich, aber ich schaffte es nicht. Sie gaben mir nichts. Es waren alte und traurige Räume, voll mit den Habseligkeiten einer alten und traurigen Frau. Nichts an ihnen erzählte mir mehr von den Jahren, die ich dort verbracht hatte.

In Wahrheit hatte ich darüber nachgedacht, heute nicht mit meiner Schwester zu kommen. Ich hatte darüber nachgedacht, wie einfach es sein würde, alles einfach hinter mir zu lassen. Ich meine, das war es, was ich in den letzten acht Jahren bereits erfolgreich getan hatte. Ich wusste, dass es selbst dann nichts für mich gab, wenn Barbara, aus welchem Grund auch immer, mir etwas im Testament hinterlassen hatte. Ich hatte nur halb zugehört, als es verlesen wurde und lachte, als man mir hinterher sagte, dass ich das Haus erben würde.

Lächerlich, dass sie glaubte, ich würde diesen alten Schrotthaufen haben wollen.

Ich hielt es für möglich, dass Mutter ihre eigenen Lügen über ihre Liebe zu mir so sehr geglaubt hatte, dass sie sich immer noch Sorgen um mein Wohlergehen machte. Vielleicht dachte sie, dass die letzten acht Jahre schwer für mich gewesen waren und dass ich jede Unterstützung brauchen würde, die sie mir geben könnte. In Wirklichkeit hätte sie sich nicht mehr irren können. Ich war in der besten Verfassung meines Lebens und stand mit meiner Firma kurz vor dem Durchbruch. Ich hatte bereits begonnen, meine anfänglichen Startkosten zurückzuverdienen und würde bald mit einem großen Gewinn zur Bank gehen. Mein Leben hätte nicht besser laufen können.

Ich war froh, dass wir uns so sehr aus den Augen verloren hatten, dass sie dachte, mir das Haus zu überlassen, würde mir guttun. Zumindest war es einen Lacher wert und ich würde es gerne verkaufen.

Ich nehme an, das war der Hauptgrund, warum ich nach der Beerdigung zum Haus ging. Je schneller ich es entrümpeln und ausräumen konnte, desto schneller konnte ich es verkaufen und aus meinem Kopf haben. Hannah war viel eher bereit gewesen, Barbaras Habseligkeiten durchzusehen als ich und es hatte mich eine Menge Nörgelei ihrerseits gekostet, mich davon zu überzeugen, nicht einfach alles zu verbrennen. Sie war viel mehr von Mutters Tod erschüttert, als ich es je verstehen konnte, aber ich wusste, dass die beiden eine einzigartige, wenn nicht gar lächerliche Beziehung hatten.

Ich versuchte, mein Lachen zu verbergen, als Hannah akribisch jede Kiste durchging und dabei ihre eigenen Stapel bildete. Ich hatte nicht unbedingt etwas dagegen, dass sie das tat, aber ich machte ihr klar, dass alles, was sie behalten wollte, am Abend mit ihr verschwinden musste. Ein Teil von mir war wütend und enttäuscht von mir selbst, dass ich nicht so gut in Kontakt mit meiner Schwester geblieben war, wie ich es hätte tun sollen. Ich war vor all den Jahren so wütend auf unsere Mutter gewesen, weil sie das Geheimnis, wer mein Vater war, mit ihr geteilt hatte, aber ich hatte mich ziemlich schnell beruhigt, nachdem ich gegangen war.

Meine Mutter war manipulativ. Ich hätte nicht so grausam zu Hannah sein sollen, weil auch sie manipuliert worden war.

Ich hatte in den letzten acht Jahren ein paar Mal versucht, den Kontakt aufzubauen, manchmal sogar mit Erfolg. Hannah hatte sich einen Namen gemacht und begonnen, mit Frauen zu arbeiten, die Opfer von häuslicher Gewalt geworden waren. Ich hoffte aufrichtig, dass sie in dieser Arbeit etwas Trost finden konnte und dass sie eines Tages zu der Erkenntnis kommen würde, dass Mom sie missbraucht hatte. Ich hatte mein Bestes versucht, es ihr zu erklären, aber jedes Mal, wenn ich es tat, reagierte sie mit Wut und sagte mir, wie furchtbar ich doch sei, so wie ich mit Mom gesprochen hatte.

Eines Tages wird sie es verstehen. Entweder findet sie es selbst heraus oder ich bringe sie zur Vernunft.

Ich war bei meinen Nachforschungen über Dads Tod nicht weitergekommen, obwohl ich ausgiebig versucht hatte, so viel wie möglich herauszufinden. Ich hatte sogar einen Privatdetektiv angeheuert, der drüben in Seattle arbeitete, um zu sehen, ob sie dort mehr über sein Leben herausfinden konnten, aber bis jetzt war nichts dabei herausgekommen. Ich war natürlich noch nicht bereit, das Handtuch zu werfen, aber es war schwierig, konzentriert zu bleiben, wenn ich wusste, dass ich nicht weiterkam.

Während Hannah in der nächsten Kiste kramte, warf ich einen Blick auf eine, die direkt unter Moms Bett stand. Es kam mir in den Sinn, dass Barbara das meiste davon selbst eingepackt haben musste, bevor sie zu ihrer Behandlung ins Krankenhaus ging und die Erkenntnis ließ das Haus nur noch trauriger erscheinen. Ich zog die Schachtel hervor und warf sie auf das Bett. Sie war ziemlich leicht und sah aus, als wäre sie seit Jahren nicht mehr angerührt worden. Mein Herz setzte fast einen Schlag aus, als ich das mit Filzstift geschriebene Etikett auf dem Deckel sah.

Seine Sachen.

Seine? Könnte das ... könnte das eine Kiste mit Dads Sachen sein? Ich warf einen prüfenden Blick darauf, bevor ich begann, den Deckel abzunehmen. Sie war offensichtlich seit Jahren nicht mehr angerührt worden und ich wunderte mich, ob Mom sie von einem anderen Versteck unter ihr Bett geschoben hatte. Man muss natürlich wissen, dass ich, als ich jünger war, im ganzen Haus nach Hinweisen auf meinen Vater gesucht hatte. Wenn Barbara diese Schachtel all die Jahre vor mir versteckt hatte, dann hatte sie das erstaunlich gut gemacht.

Ich holte tief Luft, bevor ich die Schachtel öffnete. Mein Verstand und meine Erwartungen spielten verrückt. Ich dachte an die Stapel von Fotos, die darin vergraben sein würden. Ich dachte an die Antworten, die ich finden würde, wenn ich darin wühlte. War dies der Schlüssel, nach dem ich gesucht hatte? Waren das alle Beweise, die ich brauchte, um mich davon zu überzeugen, dass Mom sich all die Jahre geirrt hatte und dass mein Vater ein guter Mann gewesen war? Ich dachte an die vernichtenden Beweise, die ich in der Kiste finden würde und daran, wie sie den jahrelangen Groll rechtfertigen würden, den ich auf meine Mutter hegte.

Ich spürte ihre Anwesenheit noch immer im Raum, aber ich tat mein Bestes, sie zu ignorieren, als ich den Deckel von der Schachtel abnahm und den Inhalt auf das Bett entleerte. Meine erste Reaktion war Enttäuschung, denn es war nur sehr wenig in der Schachtel ... viel weniger, als ich erhofft hatte. Das meiste waren nur Stapel von Papieren, aus denen ich keinen wirklichen Nutzen ziehen konnte.

Ein Zeugnis? Ein paar Aufsätze? Was ist das?

Ich wühlte mich durch die losen Seiten, verzweifelt auf der Suche nach etwas, irgendetwas, das ich für meine Jagd verwenden konnte. Es musste etwas dabei sein. Etwas, das mich in die richtige Richtung führen konnte. Etwas, das beweisen konnte, dass ich richtig gelegen hatte. Warum sollte Barbara überhaupt so einen Schrott aufbewahren? Das ergab für mich keinen Sinn. Wenn ihre Abneigung gegen Dad so groß war, wie sie gesagt hatte, fiel mir kein Grund ein, warum sie lose Papiere aufbewahren sollte, die nichts über den Mann verrieten.

Plötzlich hatte ich einen Gedanken, von dem ich nicht sicher sein konnte, woher er kam. Was wäre, wenn meine Mutter diese Kiste nicht über Jahre hinweg aufbewahrt und vor mir versteckt hätte? Was, wenn sie ihr stattdessen aus dem Westen geschickt worden war? War es möglich, dass die Polizei diese Papiere aus den Trümmern seines Hauses geborgen hatte? Vielleicht hatte man sie in einem seiner Büros gefunden? Es machte für mich Sinn, dass meine Mutter den Inhalt der Schachtel wahrscheinlich nicht einmal angeschaut hatte und sie einfach unter ihr Bett geschoben hatte, als sie angekommen war. Das würde erklären, warum ich sie nie zuvor gefunden hatte und warum die Schachtel so aussah, als wäre sie seit Jahren nicht mehr angerührt worden.

Das ist sie auch nicht! Sie hat acht Jahre lang hier gestanden.

Ich fühlte einen Hauch von Schuld, als die Erkenntnis über mich hereinbrach. Ich dachte an all die Jahre, die ich mit der Suche nach Informationen vergeudet hatte, obwohl vielleicht, nur vielleicht, alle Informationen, die ich brauchte, an dem Ort gewesen waren, an den ich am wenigsten zurückkehren wollte. Irgendetwas musste hier drin sein, das mir helfen konnte, meinen Vater zu finden. Es musste einfach etwas geben. Ich beschloss, noch einmal einen Blick auf die losen Papiere zu werfen, die ich auf das Bett geschüttet hatte.

Die meisten waren die gleichen wie die, die ich bereits gesehen hatte. Es waren merkwürdige Sammlungen von Berichten und Aufsätzen, mit ein paar Gedichten als Zugabe. Ich zog eines heraus, auf dessen Rückseite etwas gekritzelt war und mir wurde klar, wie dumm ich gewesen war, dass ich gar nicht bemerkt hatte, was das war.

Er war Lehrer! Das sind Arbeiten von seinen Schülern!

Das war genau das, wonach ich gesucht hatte. Dies war die Art von Hinweis, die ich nutzen konnte, um mehr über das Leben meines Vaters herauszufinden. Wenn ich seinen Werdegang kannte, gab es Möglichkeiten für mich, die Leute zu ermitteln, mit denen er in Kontakt gekommen war. Es würde Aufzeichnungen geben. Es würde mehr geben, als ich mir hätte wünschen können. Wenn mein Vater Lehrer gewesen war, bedeutete das, dass es Schüler und Kollegen gab, die sich an ihn erinnern würden. Es würde Menschen in seinem Leben geben, die sich für die Art von Mann verbürgen konnten, die er war.

Als sich mein Lächeln auf meinem Gesicht ausbreitete, klopfte es plötzlich an der Tür. Ich schaute auf und sah Hannah in der Tür stehen. Ich wusste, dass sie begeistert sein würde, die Wahrheit über Dad zu erfahren. Das war die Gelegenheit, auf die wir beide gewartet hatten. Ich konnte Hannah dazu inspirieren, zu sehen, wie schlecht unsere Mutter uns behandelt hatte und sie würde mit mir kommen wollen, während ich meine Ermittlungen durchführte. Sie und ich könnten uns endlich so anfreunden, wie es für uns bestimmt war. Wir könnten endlich die Geschwister sein, von denen ich geträumt hatte.

„Du wirst nie erraten, was ich gefunden habe, Hannah. Mom muss diese Kiste nach Dads Tod bekommen haben. Er war Lehrer. *Lehrer!* Kannst du das glauben? Weißt du, was das bedeutet? Das bedeutet, dass wir mehr über ihn herausfinden können. Wir können herausfinden, was für ein Mensch er war! Wir können herausfinden, warum jemand ihm das angetan hat!“

„Julian“, Hannahs Stimme war ruhig, auch wenn sich ihr Gesicht verzerrte. „Überleg doch mal. Mom ist gerade gestorben. Vergiss deinen Vater. Vergiss diese merkwürdige Suche, auf die du dich begeben hast. Lass es gut sein. Du kannst dir Hilfe holen. Du kannst ein Mensch sein, auf den sie stolz gewesen wäre. Es ist noch nicht zu spät.“

Ich lachte unvermittelt und zog einen der Zettel hervor, die neben mir auf dem Bett lagen. Hannah war immer so stur. Irgendwann würde sie nachgeben, da war ich mir sicher. Ich musste ihr nur zeigen, was ich gefunden hatte.

„Ich brauche keine Therapie, Hannah. Ich brauche Antworten! Hör dir das an. Das ist ein Gedicht, das einer seiner Schüler geschrieben hat ...“

Ich stoppte mich selbst, als ich laut zu lesen begann, was dort geschrieben stand. Es dauerte einen Moment, bis ich begriff, was genau ich da in der Hand hielt. Hannah schaute mich verwirrt an und einen Augenblick lang hatte ich das gleiche Gefühl. Hannah muss zu der gleichen Erkenntnis gekommen sein wie ich, denn ihr Gesicht begann zu leuchten, als wäre ihr eine Idee gekommen. Ich dachte genau das Gleiche.

Das ist es! Das ist der Jackpot. Wenn ich den Autor dieses Gedichtes finden könnte, könnte ich etwas über meinen Vater herausfinden. Derjenige sollte es wissen. Musste es wissen.

Hannah protestierte, als ich aufstand und meine Pläne verkündete, diese Person zu finden. So sehr ich auch wollte, dass sie verstand, warum ich das tat, was ich tat, wusste ich, dass sie noch Zeit brauchen würde. Ich drehte mich um und erklärte, dass dieser Brief auf dasselbe Jahr und denselben Monat datiert war, in dem Dad gestorben war. Sollte es ein Zufall sein, würde ich ihn mit Sicherheit ausschließen.

Ich ignorierte die Schreie meiner Schwester, als ich die Treppe hinuntereilte und zum Auto ging. Sie hatte unrecht. Das war keine schlechte Idee. Das war der Anfang. Dieser Brief war der erste Brotkrümel, der mich auf den Pfad des Verstehens führen würde. Ich blickte wieder auf den Brief, lächelte, faltete ihn sorgfältig zusammen und steckte ihn in meine Jackentasche. Von allen Dingen, die ich hätte finden können, war dies das, woran ich am wenigsten gedacht hatte. Das Schicksal hatte es so gewollt und ich würde ihm bis zum Ende folgen.

Ein Liebesbrief! Dieses arme Kind war in meinen Vater verliebt!

Kapitel Zwölf

2019

Ich hatte in den letzten Wochen keinen guten Draht zu Sam gefunden, besonders nachdem Julian und ich zusammengezogen waren. Das, gepaart mit der Tatsache, dass wir unterschiedliche Arbeitszeiten hatten, seit ich für den Kollegen eingesprungen war, bedeutete, dass unser letztes Gespräch schon eine Weile her war. Natürlich fühlte ich mich deswegen schuldig. Sam war eine liebe Freundin für mich und jemand, auf den ich mich in schweren Zeiten verlassen konnte. Sie hatte immer nur mein Bestes im Sinn und dafür und für so vieles mehr war ich ihr wirklich etwas schuldig. So war ich froh, als unser Kollege wieder zu seinen regulären Spätschichten zurückkehren und Sam und ich wieder zusammenarbeiten konnten.

„Ich habe dich vermisst!“ Das sagte sie in dieser ersten Schicht, in der wir beide wieder zusammen arbeiteten. „Es fühlt sich an, als hätte ich dich schon so lange nicht mehr gesehen. Wie geht es dir und Julian?“

Ich lachte. Sam war immer noch die alte Sam und

ich war dankbar dafür. So sehr sich in den letzten Monaten auch alles für mich verändert hatte, war Sam diese eine Konstante gewesen. Sie war eine gute Freundin und ich war mir nicht allzu sicher, ob ich sie verdient hatte.

„Ihm und mir geht es gut, Sam. Danke. Wie geht es dir?“

„Mir geht es wirklich gut! Ich hab hier in der letzten Zeit die Stellung gehalten. Ich habe angefangen, mich mit diesem Typen zu treffen, George. Ich möchte, dass du ihn mal kennenlernst. Er ist ein netter Kerl. Er gibt mir das Gefühl, etwas Besonderes zu sein, weißt du? Versteh mich nicht falsch, er ist nicht so perfekt wie dein Julian, aber ich mag ihn sehr. Er arbeitet sogar in einer Kunstausstellung die Straße runter.“

Ich war, ganz ehrlich, unglaublich glücklich für Sam. Sie verdiente genauso viel, wenn nicht sogar mehr Glück als ich und deshalb war ich froh, zu sehen, dass sie auf dem richtigen Weg war. Ich lächelte auch über ihre Beschreibung von Julian. Sam hatte ihn immer als den perfekten Mann gesehen, besonders für mich und sie zog mich ständig damit auf. Mein Lächeln begann jedoch zu verblassen, als ich über einige der seltsamen Dinge nachdachte, die er in letzter Zeit getan hatte. Ich dachte darüber nach, es Sam zu erzählen und ihre Meinung dazu einzuholen, aber ich wollte die Stimmung nicht komplett verderben.

Sam wusste jedoch sofort, dass sich meine Stimmung geändert hatte und ich nahm mir vor, dass ich meine Gefühle besser verbergen musste. Sie meinte es natürlich gut, und ich konnte ihr vertrauen. Wenn ich ehrlich bin, hatte ich auch gehofft, dass sie mich dazu überreden würde, mich ein bisschen mehr zu öffnen. Das war etwas, was sie sehr gut konnte und eine der vielen Eigenschaften, die ich in der letzten Zeit an ihr vermisst hatte.

„Es ist definitiv keine große Sache, Sam. Ich habe nur ... Ich habe nur dieses seltsame Gefühl, dass Julian vielleicht etwas vor mir verheimlicht. Ich weiß auch nicht. Neulich haben wir zum Beispiel mit seiner Schwester telefoniert und er hat sich sehr aufgeregt, als sie ihre Mutter erwähnte. Ihre Mutter ist vor nicht allzu langer Zeit gestorben, also nehme ich an, dass es einfach ein heikles Thema für ihn ist, aber er hat sich wirklich bei seiner Schwester ausgelassen. Das hat mich einfach ein bisschen überrascht. Ich weiß nicht."

„Hmm, das ist knifflig. Julian hat seine Familie nicht oft erwähnt, nicht wahr? Es gibt nur die Schwester und ihn, richtig? Ich kann mir vorstellen, dass es schwierig für ihn sein muss, darüber zu sprechen. Stand er seiner Mutter überhaupt nahe?"

„Nicht, dass ich wüsste. Ich glaube sogar, dass er sie vielleicht gehasst hat. Er wird immer sehr defensiv, wenn ich ihn danach frage, also habe ich das Thema nie wirklich angeschnitten. Ich denke, er bereut vielleicht sein Verhältnis zu ihr und glaubt, dass es jetzt zu spät ist, es wiedergutzumachen."

„Immer mit der Ruhe, Dr. Phil! Was ist, wenn er und seine Mutter sich tatsächlich gehasst haben? Das ist doch nicht völlig auszuschließen, oder? Ich meine, es ist natürlich möglich, dass da ein gewisses Bedauern ist, aber ich würde nicht zu schnell Theorien aufstellen, bevor du es nicht sicher weißt."

Sam hatte natürlich recht. Das hatte sie immer. Ich war bekannt dafür, Dinge in meinem Kopf aus dem Ruder laufen zu lassen. Sie wollte nur, dass ich auf Kurs bleibe. Das war einer der Gründe, warum ich sie so bewunderte.

„Du hast recht, Sam. Danke. Ich habe unsere Gespräche vermisst. Ich schätze, ich habe nur angenommen, dass er sich vielleicht deswegen so aufregt, weil er etwas aus seiner Vergangenheit bereut. Ich weiß es nicht."

„Ich würde mir nicht zu viele Gedanken darüber machen, Ani. Dieser Typ ist der Typ deiner Träume, richtig? Solange du nicht wirklich denkst, dass seine Beziehung zu seiner Mutter dich beeinträchtigt, würde ich mir nicht allzu viele Gedanken darüber machen. Es hört sich so an, als ob er ein paar Dinge mit sich selbst klären muss. Das haben wir alle."

Ich nickte mit dem Kopf und dachte daran, Sam von meiner eigenen Vergangenheit zu erzählen und von all den Irrungen und Wirrungen, die ich erlebt hatte. Stattdessen entschied ich mich, sie zu fragen, ob sie jemals etwas getan hatte, das sie bereute oder immer noch mit sich herumtrug. Ein ernsthafter Ausdruck legte sich bei meiner Frage auf ihr Gesicht und ein Teil von mir fühlte sich schuldig, weil ich die Stimmung offiziell gedämpft hatte.

„Ja, natürlich habe ich Dinge getan, die ich bereut habe, Ani. Das tut jeder. Einige davon halten mich nachts wach, weißt du. Besonders jetzt, wo George und ich zusammen sind, ertappe ich mich dabei, wie ich einige meiner vergangenen Beziehungen durchgehe.

Man denkt über alles nach, was man falsch gemacht hat und was man hätte besser machen können. Du weißt, dass ich Frank vor all den Jahren betrogen habe, oder?“

Ich konnte kaum glauben, was Sam da zu mir sagte. Sie und Frank hatten sich sehr nahe gestanden und ich war immer davon ausgegangen, dass es zwischen ihnen einfach einvernehmlich geendet hatte, als sie des jeweils anderen überdrüssig geworden waren. Ich hätte nicht gedacht, dass Sam es in sich hatte, jemanden zu betrügen. Das klang überhaupt nicht nach ihr.

„Ja, das habe ich. Ich hatte keine Ahnung, wie ich mit dem Typen Schluss machen sollte. Ich konnte mich nicht dazu durchringen, es zu tun. Immer wieder habe ich darüber nachgedacht, wie ich es aussprechen oder es in einem Gespräch ganz natürlich zur Sprache kommen lassen könnte, aber es ging nie. Nach einer Weile dachte ich, ich müsste ihn einfach zwingen und ihn in die Lage versetzen, dass er mit mir Schluss machen würde. Ich weiß, dass es eine beschissene Sache war, aber ich dachte, ich hätte keine andere Wahl.“

„Ich hatte keine Ahnung, Sam. Aber du musst doch einen Grund gehabt haben? Es klingt, als hättest du alles andere versucht, also, ja, ich schätze, es macht Sinn, dass du das tun würdest. Du wolltest nicht, dass es ...“

„Ani. Ich habe etwas Schreckliches getan. Du kannst es nicht schönreden. Was ich getan habe, war falsch. Ich weiß das. Ich wusste es, als ich es tat. Nichts, was ich je tun werde, kann wieder gutmachen, was ich Frank angetan habe. Ich werde es nie wieder tun. Ich habe meine Lektion gelernt und das war‘s. Das macht das, was ich getan habe, nicht weniger beschissen, aber es sorgt dafür, dass ich denselben Fehler nicht noch einmal machen werde."

Ich wusste, dass Sam sich nur etwas vormachte und dass sie unmöglich so eine schlechte Entscheidung getroffen haben konnte. Sam war kein schlechter Mensch. Sie war meine beste Freundin. Sie war einer der tollsten Menschen, die ich kannte. Warum hatte sie mir nicht davon erzählt, als es passierte? Warum hatte sie sich entschieden, das alleine durchzustehen? Ich hätte ihr das ausgeredet. Ich hätte sie davon überzeugt, dass sie nicht die Art von Mensch ist, die so etwas tut.

Sie ist nicht so. Sie kann nicht so sein.

Ich weiß, dass es dumm von mir war, so zu denken, aber mein Bild von Sam zerbrach nach diesem Gespräch ein wenig. An unserer Beziehung änderte sich natürlich nichts und ich erkannte, dass ihre Entscheidung, Frank das anzutun, absolut keinen Einfluss auf unsere Freundschaft hatte oder darauf, was sie mit mir machen würde. Trotzdem konnte ich es nicht vermeiden. Ich musste mir eine Rechtfertigung ausdenken, warum sie es getan hatte. Gute Menschen betrügen nicht. Sie verstecken keine Dinge vor den Menschen, die sie lieben. Sam und Frank hatten sich geliebt. Sie waren fast ein Jahr lang zusammen gewesen.

Nein. Sie ist nicht diese Art von Mensch. Das war ein Fehler.

„Ich denke, du warst im Recht, Sam. Das glaube ich wirklich. Ich meine, schließlich waren du und Frank schon eine Weile zusammen und ihr wusstet beide ziemlich genau, dass es vorbei war. Habt ihr euch am Ende nicht oft gestritten? Ich glaube nicht einmal, dass man das, was ihr hattet, als du es getan hast, wirklich als

Beziehung bezeichnen kann. Ich glaube nicht, dass du fremdgegangen bist. Du bist einfach losgezogen und hast jemanden gefunden, der dich mehr lieben würde als –“

„Nein, Ani. Ich bin fremdgegangen. Ich erinnere mich nicht einmal an den Typen, mit dem ich es getan habe. Ich weiß, dass du mich aufmuntern willst und dass du mich von nun an wahrscheinlich in einem anderen Licht sehen wirst. Aber Ani, ich habe es getan. Ich habe die falsche Entscheidung getroffen und ich habe jemanden anderen und mich selbst verletzt. Nicht jeder ist so perfekt, wie er vielleicht erscheint. Wir alle haben irgendwo Leichen im Keller. Das ist einfach die menschliche Natur. Es tut mir leid, dass ich es dir nie gesagt habe.“

Ich versuchte, für den Rest unserer Schicht nicht mehr daran zu denken. Alles in mir sagte mir, dass Sam nur einen Fehler gemacht hatte und dass sie aus der ganzen Sache eine größere Sache machte, als sie eigentlich war.

Aber was, wenn sie es nicht tat? Was, wenn sie recht hatte, wie sie es immer tat?

Wer sonst war noch nicht so perfekt, wie er schien?

Kapitel Dreizehn

2019

Ich stöhnte, als die Schlange immer länger und länger wurde. Julian und ich hatten nach der Arbeit ein Date geplant und ich freute mich schon sehr darauf. Jeden Tag ging mir mein Job ein bisschen mehr auf die Nerven und ich hätte auf der Stelle gekündigt, wenn ich gewusst hätte, dass ich es mir leisten könnte. Es war einfach anstrengend, Tag für Tag die gleichen Leute zu sehen und die Art, wie sie mit einem sprachen, zu ertragen.

Ich wusste, dass ich mich so gut wie möglich auf das Positive konzentrieren musste. Ich musste mich daran erinnern, dass ich ohne diesen Job niemals Julian oder sogar Sam kennengelernt hätte. Dafür musste ich dankbar sein, denn sie waren die beiden Menschen in meinem Leben, auf die ich mich verlassen konnte. Ich wusste nicht, wo ich ohne die beiden gelandet wäre oder was ich den unendlich vielen Kunden schon längst gesagt hätte.

Nein, ich musste einfach nur den Tag überstehen.

Ich hatte mich damit abgefunden, einfach ruhig zu sein und meinen Job zu machen. Ich hatte noch einige Stunden meiner Schicht vor mir und wusste, dass sie sich am Ende nur noch länger anfühlen würde als sonst. Ich lächelte so gut ich konnte, wenn mir einige Kunden gratulierten, auch wenn ich mich verzweifelt umdrehen und ihnen sagen wollte, dass ich einfach nur fett war.

Sie meinen es gut, Ani. Sie meinen es gut.

Ich wusste, dass ich keinen großen Bauch hatte, aber es überraschte mich immer, wenn bestimmte Leute es einfach zu wissen schienen. Ich nehme an, nachdem man seine eigene Schwangerschaft durchgemacht hat, schaltet sich eine Art sechster Sinn ein, ich weiß es nicht. Es war ein seltsames Gefühl, wenn mir Leute gratulierten. Das war ich nicht gewohnt, vor allem nicht von völlig Fremden. Es war kein Gefühl, das ich eindeutig als gut oder schlecht einstufen konnte, aber es war anders und dafür war ich dankbar. Zumindest konnte ich mich so auf etwas anderes als die riesige Schlange vor mir konzentrieren.

Der Rest der Schicht verging trotz meiner Bemühungen wie im Schneckentempo. Sam hatte keinen besonders guten Tag und ich musste mehr als ein paar Getränkebestellungen korrigieren. Ich wusste, dass sie wahrscheinlich genauso über den Job dachte wie ich, also beschloss ich, sie nicht mit irgendwelchen Fragen oder Sorgen zu belästigen. Wir mussten uns gegenseitig den Rücken stärken. Niemand sonst tat das. Wenn sie einen Auftrag vermasselte, war das in Ordnung. Das passierte jedem. Ein Teil von mir wünschte sich nur, dass es nicht so oft passierte wie heute.

Aber meine Schicht war beendet und ich verstaute schnell meine Schürze und zog mich für mein Date um. Julian verspätete sich um ein paar Minuten und ich war eigentlich dankbar für die zusätzliche Zeit, um mich so hübsch wie möglich zu machen. Ich wusste nicht, wohin er mit mir gehen würde, aber ich wusste, dass es etwas Schickes sein würde. Er führte mich immer in diese Nobelrestaurants aus, von denen er wohl wusste, dass ich sie mir allein niemals würde leisten können. Er hatte mich nicht ein einziges Mal gebeten, zu bezahlen, selbst wenn ich es anbot und es wäre eine Lüge, wenn ich sagen würde, dass ich das nicht zu schätzen wüsste. Julian hatte eine Art, mir das Gefühl zu geben, verwöhnt zu werden und ich genoss dieses Gefühl.

Ich wartete am Eingang des Ladens und tat mein Bestes, mich nicht zu sehr in meine eigenen Gedanken zu verstricken. Meine Verabredungen mit Julian machten mir immer ein bisschen Angst, obwohl ich mich so wohl mit ihm fühlte. Auch wenn wir jetzt zusammenlebten und ich unser Kind in mir trug, hatte ich diese nagende Angst im Hinterkopf, dass er mich eines Tages so sehen würde, wie ich mich selbst sah. Es war leicht, so zu denken, wenn er mich auf schicke Dates mitnahm. Ich hatte immer das Gefühl, dass ich den anderen Leuten dort wie ein bunter Hund auffiel. Julian schien es nie wirklich zu stören und er sah mich liebevoll an. Ich wusste, dass ich diese Art von Angst nicht vor dem Mann, den ich heiraten wollte, haben sollte.

Er liebt dich genauso sehr, wie du ihn liebst.

Ich seufzte vor mich hin und spielte ein paar

Minuten lang auf meinem Handy, bevor Julian eine SMS schrieb, dass er da war. Ich sprang auf, verabschiedete mich von meinen Kollegen und eilte aus der Tür zum Auto, das ein paar Meter weiter auf der Straße stand. Julian war, wie immer, toll gekleidet. Seine Designeranzüge saßen immer perfekt und seine perfekte Figur beeindruckte mich immer wieder. Er gab mir einen dicken Kuss, sowohl auf die Lippen als auch auf den Bauch, bevor wir vom Bordstein wegfuhren.

„Hattest du einen guten Tag, Baby?"

„Oh, du weißt schon. Es gab heute im Büro eine Menge zu tun. Irgendein Idiot hat versehentlich einen unfertigen Patch hochgeladen und wir mussten etwas Schadensbegrenzung betreiben."

„Das ist aber schade. Mein Tag war ganz in Ordnung. Sehr arbeitsreich und er ging langsam vorbei."

Julian lachte und ich fühlte, wie mein Herz ein bisschen schneller schlug. Ich liebte das an ihm. Er hatte den ganzen Tag mit etwas wirklich Monumentalem zu tun gehabt, und doch interessierte es ihn, wie mein Tag gewesen war. Ich wusste, dass meine Probleme auf der Arbeit im Vergleich zu seinen verblassten, aber es gab mir ein umso besseres Gefühl, wenn er sich zurücklehnte und aktiv zuhörte.

„Also, was willst du heute Abend machen?", fragte ich ihn.

„Ich dachte, wir könnten bei Vinni‘s essen gehen. Da waren wir noch nicht, oder? Ziemlich gutes italienisches Essen. Du wirst es lieben."

Er kitzelte mich in den Rippen, als er das sagte und ich lachte.

„In Ordnung! Das hört sich gut an.“

Wir unterhielten uns ausgiebig, während wir zum Restaurant fuhren und ich freute mich, dass ich den ganzen Tag darauf gewartet hatte. Mit Julian fühlte ich mich immer viel besser, als wenn ich nicht bei ihm war. Ich war mir dessen nicht bewusst, aber ein Teil von mir muss gemerkt haben, wie schnell meine Unsicherheiten verschwanden, wenn wir miteinander sprachen. Die Angst, dass er mich eines Tages so sehen würde, wie ich zu sein glaubte, verschwand aus meinem Kopf und ließ ein warmes und glückliches Gefühl zurück.

Zu ihm gehöre ich. Wo warst du mein ganzes Leben lang?

Julian hatte im Restaurant reserviert (denn natürlich hatte er das!), und schon bald hatten wir einen Platz. Es war ein wunderschönes Lokal, an dem ich schon mehrmals vorbeigekommen war, seit ich nach Seattle gezogen war. Ich hatte immer hineingehen wollen, hatte mich aber dagegen entschieden, als ich die Speisekarte im Schaufenster gesehen hatte. Julian sagte mir, ich solle mir keine Sorgen machen, sobald wir uns setzten, er würde sich um alles kümmern. Das hielt mich zwar nicht davon ab, mich ein wenig schuldig zu fühlen, aber ich wusste die Geste zu schätzen.

Julian bestellte seinen typischen Sazerac und ich nahm ein Glas Wasser. Er entschied sich für die preisgekrönte Pasta mit Trüffelsauce, während ich bei den altbewährten Spaghetti und Fleischbällchen blieb. Julian lächelte, als ich mit der Bestellung fertig war und sagte mir, dass ich süß sei. Er versicherte mir, dass ich mich darauf verlassen sollte, das zu bekommen, was ich wollte, aber dass er es zu schätzen wusste, wie aufmerksam ich war.

Mein Herz schlug erneut höher, als er sprach und ich merkte, wie ich mich noch mehr in ihn verliebte. Soweit ich das beurteilen konnte, war er der perfekte Mann. In den letzten Monaten hatte es Momente gegeben, die mich aus der Bahn geworfen hatten, wie es sie sicher bei allen neuen Paaren gab. Aber jetzt, wo ich ihm gegenüber saß und über alles nachdachte, was er für mich tat, war ich mir sicher, dass dieser Mann die Liebe meines Lebens war.

Wie hoch waren die Chancen, dass wir uns finden?

Das Abendessen war köstlich, besonders der eine Bissen, den Julian von seinem eigenen Gericht teilte und wir redeten den ganzen Abend einfach nur. Ich war erstaunt, wie wohl ich mich fühlte, wenn ich mit Julian über meine Gefühle sprach und dass er immer das Richtige zu sagen wusste. Schon bald sprachen wir über das Baby und wir konnten beide unsere Aufregung kaum zurückhalten. Wir lehnten uns lachend und plaudernd zurück, Julian bestellte noch ein paar Cocktails und ich mein Wasser. Ich würde nach Hause fahren müssen, aber das machte mir nichts aus. So sah Glück aus.

„Es war wirklich schön, neulich mit deiner Schwester zu reden. Ich hoffe, sie ist mit allem einverstanden."

Ich weiß nicht, warum ich mich gezwungen gefühlt hatte, es zu sagen, aber die Worte rutschten mir aus dem Mund, bevor ich sie aufhalten konnte. Vielleicht lag es daran, dass ich mich in diesem Moment so zuversichtlich fühlte und mich sehnlichst auf die Zukunft freute, die Julian und ich teilen würden. Ich wusste, dass es Julian schwerfiel, über seine Familie zu sprechen, vor allem über seine Mutter und seinen Vater, aber ich war neugierig auf seine Schwester.

Ich muss meine Gefühle preisgegeben haben, denn Julian lehnte sich in unserer privaten Ecke zurück und seufzte. Er sah mich lange Zeit liebevoll an, bevor er sprach und über den Tisch hinweg meine Hand nahm. Er nahm einen kräftigen Schluck aus seinem Glas und lächelte mich an.

„Ani. Es wäre egal, wenn Hannah nicht das Beste von uns denken würde. Ich liebe dich mehr als alles andere. Sie ist absolut einverstanden und selbst wenn sie es nicht wäre, würde es nichts daran ändern."

Ich nickte mit dem Kopf und wischte mir eine einsame Träne aus dem Auge.

Er wusste immer, was er sagen musste.

Julian seufzte wieder, während er mich beobachtete. Ich konnte in seinen Augen sehen, dass er genau überlegte, was er sagen sollte und ich fragte mich, was es wohl sein würde. Ich wollte nicht, dass er sich gezwungen fühlte, mir alles über seine Familie oder sein früheres Leben zu erzählen, auch wenn beides für mich immer noch ein Rätsel war. Ich wollte nur, dass er sich bei mir wohlfühlte und es mir in seiner eigenen Geschwindigkeit erzählte.

„Willst du wissen, warum es mir schwerfällt, über meine Familie zu reden, Ani?"

„Nur, wenn du darüber reden willst, Julian."

Er lächelte wieder und ich erwiderte die Geste. Ich war froh, dass er vielleicht tatsächlich anfing, sich mir gegenüber zu öffnen. Ich hatte kurz die Befürchtung, dass dieses Gespräch ihn dazu bringen könnte, mich nach meiner eigenen Familie zu fragen, etwas, wozu ich immer noch nicht bereit war. Ich wusste, dass es unfair von mir war, mich so sehr für seine Vergangenheit zu interessieren, während ich über meine eigene noch so verschlossen war, aber irgendetwas in mir sagte mir immer wieder, dass es nicht der richtige Zeitpunkt war. Ich musste den Zweifel verdrängen, dass Julian mich anders sehen würde, wenn ich ihm erzählte, wie erbärmlich mein Leben vor ihm gewesen war. Im Moment wollte er nur, dass ich zuhörte und das war etwas, das ich mit Leichtigkeit tun konnte.

„Ich erinnere mich überhaupt nicht an meinen Vater, Ani. Ich habe nie ein Foto von ihm gesehen oder so. Ich habe mir von Hannah erklären lassen, wie er aussah und wie er war, aber selbst ihre Erinnerung an ihn ist neblig. Ich war erst ein paar Monate alt, als er bei einem Autounfall ums Leben kam. Soweit ich weiß, hatten weder er noch der andere Fahrer getrunken. Mein Vater fuhr über eine Kreuzung, als der andere Typ bei Rot über die Kreuzung fuhr. Er krachte direkt in die Seite meines Vaters und zerquetschte ihn. Ich schätze, er ist nicht auf der Stelle gestorben, sondern musste den ganzen Weg ins Krankenhaus leiden."

Ich wusste nicht, was ich sagen sollte. Von all den verschiedenen Dingen, die ich von Julian über seine Familie zu hören erwartet hatte, war dies das Letzte, woran ich gedacht hatte. Ich hatte natürlich gewusst, dass seine Mutter vor Kurzem gestorben war und dass er weit davon entfernt war, daran zu zerbrechen, aber auch sein Vater? Und das in einem so jungen Alter? Ich konnte nicht anders, als ein tiefes Verständnis dafür zu empfinden, wovon er sprach. Wie oft hatte ich an meinen eigenen Vater gedacht? An den, den auch ich nie kennengelernt hatte?

Eine plötzliche Angst überkam mich, als ich Julian sagte, wie leid mir sein Verlust tat. Ich war natürlich ehrlich, aber ich befürchtete, dass dieses Gespräch Julian dazu bringen würde, nach meinem eigenen Vater zu fragen. Ich wusste, dass wir beide die Möglichkeit einer noch tieferen Verbindung hatten, als wir sie ohnehin schon hatten, wenn ich ihm die Wahrheit sagte, aber ich wollte nicht, dass sich das Gespräch dann auf meine Mutter und meine Gefühle für sie ausweitete. Ich hoffte, dass Julian nicht nachfragen würde und dass er sich damit begnügen würde, seine eigenen Gefühle zu offenbaren.

Ich hatte Glück.

„Oh, das ist schon in Ordnung, Ani. Wie gesagt, ich habe ihn nie gekannt und es ist schon lange her. Ich wollte nur, dass du weißt, warum es mir schwerfällt, über meine Familie zu sprechen. Hannah ist ein paar Jahre älter als ich, richtig? Also kannte sie meinen Vater mehr, als ich es jemals konnte. Ich schätze, ich werde manchmal ein wenig wütend, dass sie sich nicht so gut an ihn erinnert, wie ich es gerne hätte. Es scheint einfach nicht fair, weißt du?“

Ich nickte.

„Was meine Mutter betrifft, nun, das ist eine ganz andere Geschichte. Sie kannte ihn natürlich, aber sie war so niedergeschlagen über seinen Tod, dass sie beschloss, alle Hinweise auf seine Existenz in unserem Haushalt zu beseitigen. Ich glaube, sie fand, dass jeder Hinweis auf ihn zu schmerzhaft zu ertragen war. Sie erwähnte ihn mir gegenüber nur selten und da sie beschlossen hatte, keine Fotos aufzubewahren, konnte ich nie sehen, wie er aussah."

„Ich weiß, dass ich ihr gegenüber nicht so gehässig sein sollte, aber du weißt ja, wie das ist. Mein ganzes Leben lang hat sie mir jemanden vorenthalten, weil sie egoistisch auf ihre eigenen Gefühle bedacht war. Hast du eine Ahnung davon, wie es ist, ohne Vater aufzuwachsen? Ohne die andere Hälfte deiner Eltern? Mom hat Hannah immer bevorzugt und ich denke, das liegt daran, dass ich sie so sehr an meinen Vater erinnert habe. Ich würde gerne denken, dass ich ihn stolz mache."

Ich entschied mich, größtenteils zu schweigen, auch wenn ich am liebsten herausgeschrien hätte, dass ich genau wusste, wovon Julian sprach. Es war aufschlussreich, Julian auf diese Weise sprechen zu hören, denn es erklärte vieles von dem, was ich erlebt hatte, als er mit seiner Schwester telefoniert hatte. Die beiden hatten eine Beziehung, von der ich wusste, dass ich sie nie ganz verstehen würde, aber ich war froh, dass Julian ihr nicht die ganze Schuld für den Mangel an Informationen über seinen Vater geben wollte. Ich konnte nachempfinden, wie er sich fühlte. Wie hätte ich mich gefühlt, wenn ich eine Schwester gehabt hätte, die meinen Vater gekannt hätte? Oder eine, die eine bessere Beziehung zu meiner Mutter hatte, als ich es je könnte?

Ich wäre auch nachtragend.

Ich drückte Julians Hand und lächelte ihn liebevoll an. Ich wollte, dass er verstand, dass ich mit ihm mitfühlte, auch wenn ich mich noch nicht bereit fühlte, ihm diese Informationen mitzuteilen. Ich war froh, dass er sich endlich wohl genug mit mir fühlte, um die Erfahrungen aus seiner Vergangenheit zu teilen und liebte ihn dafür noch mehr. Hier war ein Mann, der, wenn ich bereit war, verstehen würde, wie es sich für mich anfühlte, all das durchzumachen, was ich erlebt hatte. Ich dachte daran, wie ich ihm von den Misshandlungen durch meine Mutter erzählen würde, von den einsamen Tagen und Nächten, die ich ganz allein verbrachte. Ich stellte mir vor, ihm von Mr. Irving zu erzählen und wie sehr ich mich zum Narren gemacht hatte.

Während wir beide ein paar Augenblicke schweigend dasaßen, redete ich mir immer wieder ein, dass ich Julian alles erzählen sollte. Er hatte so viel mit mir geteilt, ohne Angst vor einem Urteil. Ich sollte das Gleiche tun. Ich überlegte mir gerade, wo ich anfangen sollte, als die Kellnerin mit einem weiteren Getränk für Julian zurückkam. Der Moment reichte aus, um mich aus dem Gedankenspiel zu reißen und veranlasste mich, einfach zu wiederholen, wie leid es mir tat, dass ihm so etwas passiert war.

Julian nickte langsam und nahm einen weiteren Schluck aus seinem Glas.

„Wie ist es für dich, zu wissen, dass mein Vater tot ist?"

Die Frage überraschte mich und ich wusste nicht, wie ich antworten sollte.

„Ähm, nun, es ändert nichts daran, wie ich dich sehe? Ist es das, was du meinst?“

Julian ignorierte meine Frage und fragte mich erneut, wie es sich anfühlte, zu wissen, dass er keine Eltern hatte.

Wollte er mich nur dazu bringen, mich zu öffnen?

Bevor ich antworten konnte, kippte Julian seinen neuen Drink hinunter, setzte sich aufrecht hin und starrte mir tief in die Augen. Aus welchem Grund auch immer, ich fühlte mich sofort unwohl und spürte, wie ich zu schwitzen begann.

„Was ist mit dem anderen Kerl? Der andere Fahrer. Was glaubst du, wie er sich gefühlt hat? Glaubst du, er hat den Rest seines Lebens mit Schuldgefühlen gelebt? Denkst du, er ist im Gefängnis? Oder vielleicht etwas Schlimmeres? Ich meine, wie würdest du dich fühlen, wenn du einem unschuldigen Mann das Leben nehmen würdest? Alles, was er hatte und alles, was er je hätte tun können, wäre ihm in einem Augenblick entrissen worden. Wie unfair ist es, dass mein Vater derjenige war, dem man in diesem Moment das Leben nahm? Warum musste er so leiden?“

„Ich weiß es nicht, Julian. Was passiert ist, war furchtbar. Ich bin sicher, dass die Person, die dafür verantwortlich ist ...“

„Leidet? An welchem Punkt denkst du aber, dass sie genug gelitten hat? Wenn ich jetzt aufstehen und losfahren würde, um jemanden zu schlagen, würde ich mich für den Rest meines Lebens damit quälen. Ich würde ständig darüber nachdenken. Jede Minute an jedem einzelnen Tag. Und das wäre, wenn ich stark betrunken gewesen wäre! Die Person, die meinen Vater getötet hat, hatte nicht getrunken. Sie waren bei klarem Verstand gewesen, als es passierte. Sie erinnerte sich an jedes Detail.

Sag mir, Ani. Denkst du, die Person erinnert sich an sein Gesicht? Glaubst du, mein Vater hat sich bei ihr eingeprägt, sodass sie ihn oder das, was sie getan hat, nie vergessen wird? Glaubst du, sie hat auch nur die geringste Ahnung von all dem, was sie ihm und seiner Familie weggenommen hat? Von dem, was sie mir weggenommen hat?“

Mein Herz schlug jetzt schneller und ich konnte spüren, wie der Schweiß auf meinem Gesicht anfing, in meinen Augen zu brennen. Warum redete Julian so? Was wollte er von mir hören? Ich wusste, dass es furchtbar für ihn gewesen sein musste, diese Erinnerungen und Gefühle auszugraben, aber was erwartete er von mir? Ich wusste nicht, womit ich die Sache besser machen konnte, also nickte ich einfach und sagte erneut, wie leid es mir tat.

„Ich habe meinen Vater nie kennengelernt, weil ihn jemand aus meinem Leben gerissen hat. Ich habe mein ganzes Leben damit verbracht, zu bedauern, dass ich keine Gelegenheit hatte mit ihm zu reden. Dieser Hurensohn sollte derjenige sein, dem es leidtut. Man hätte ihm alles wegnehmen sollen.“

Ich nickte wieder und hatte auf einmal eine Idee. Ohne etwas zu sagen, da ich befürchtete, dass ich wieder etwas sagen würde, was ich bereuen würde, griff ich nach Julians Hand und hielt sie fest. Ich zog sie langsam zu mir heran und legte sie auf meinen Bauch.

„Du und deine Familie habt es nicht verdient, dass euch sowas widerfährt, Baby. Niemand hat das verdient, vor allem du nicht. Aber wir haben Glück, dass wir dich haben. Unser Baby wird mit dem Wissen um seinen Vater aufwachsen und uns allen wird es besser gehen. Ich liebe dich so sehr und das wird unser Kind auch. Du wirst das Wichtigste in unserem Leben sein. Dein Vater wäre mehr als stolz auf dich."

Julian starrte mir tief in die Augen und für einen kurzen Moment glaubte ich, etwas hinter ihrem dunklen Äußeren aufflackern zu sehen. Er lächelte mich breit an, bedankte sich und beugte sich zu mir, um mich zu küssen.

Plötzlich spürte ich ein seltsames Gefühl. Es war eines, das ich zwar erwartet hatte, auf das ich aber niemals hätte vorbereitet sein können. Sowohl Julians als auch meine Augen schossen hinunter zu meinem Bauch und dann wieder hoch zu den Augen des jeweils anderen. Ich spürte, wie mein eigenes Lächeln wuchs, als die Erkenntnis uns beide gleichzeitig überkam. Wir wussten, was wir gefühlt hatten und plötzlich wurde alles umso realer.

Ein Tritt! Das Baby hat getreten!

Kapitel Vierzehn

2011

An diesem Morgen wachte ich mit einer Zuversicht auf, die ich nie für möglich gehalten hatte. Ich rollte mich lange vor dem ersten Wecker aus dem Bett und war überrascht von der Energie, mit der ich mich bewegte. Die Nacht war hart gewesen, und mir wurde klar, dass ich wahrscheinlich nicht einmal eine volle Stunde Schlaf bekommen hatte, aber das spielte keine Rolle. Nicht heute. Heute war alles anders. Es würde der Anfang vom Rest meines Lebens sein.

Ich hatte beschlossen, Mr. Irving zu sagen, was ich empfand.

Ich war natürlich nervös, aber vor allem, weil ich nicht wusste, wie lange mein Vertrauensgefühl anhalten würde. Ich war sicher, dass Mr. Irving meine Gefühle erwidern würde. Ich meine, wie könnte er auch nicht? Er hatte immer sofort geflirtet, wenn ich einen Schritt auf ihn zugemacht hatte, und obwohl ich auf die Briefe oder Fotos, die ich ihm geschickt hatte, nie eine Antwort erhalten hatte, war ich mir sicher, dass er nur abwartete, bevor er dasselbe tat. Er ließ sich Zeit, denn unsere Liebe war verboten.

Keiner von uns beiden würde in Everett bleiben können. Das war sicher.

Auf bald, Sammy!

Nein. Wir würden fliehen müssen. Wir würden abhauen und neu anfangen, unser Leben so gestalten, wie wir es wollten. Mr. Irving könnte weiter unterrichten, nur in einem anderen Staat. Was mich betraf, so hatte ich noch nicht entschieden, was ich tun wollte, aber ich wusste, dass ich es herausfinden würde, sobald wir zusammen allein waren.

Das Einzige, was mich zurückhielt, war ein Gefühl tief in meinem Hinterkopf, dass ich es vermasseln würde. Ich hatte keine Zweifel daran, dass Mr. Irving meine Gefühle erwidern würde, aber was, wenn ich es schaffte, es zu versauen, bevor wir diesen Moment erreichten? Mein Herz begann jetzt schon vor Aufregung zu rasen. Was, wenn ich es jemand anderem verriet, bevor ich die Chance hatte, es Mr. Irving zu sagen? Das wäre ganz typisch für mich.

Es spielte keine Rolle, dass ich eigentlich keine Freunde hatte, denen ich es erzählen konnte. Ich musste mich immer noch in der Mittagspause mit Mrs. Wilhelm treffen und sie hatte bereits eine große Veränderung in meiner Einstellung und meinem Verhalten bemerkt. Was, wenn es mir dann rausrutschte? Was, wenn sie es an meinem Verhalten merken würde? Ich mochte Frau Wilhelm und sie hatte mir viel geholfen, aber das war etwas, wovon sie nichts wissen durfte. Wenn sie es wüsste, würde es alles ruinieren. Nicht nur mein Leben, sondern auch das von Mr. Irving. Wie würde sie reagieren, wenn sie herausfände, dass wir ineinander verliebt waren?

Nein. Ich musste ruhig bleiben. Ich musste mir immer und immer wieder sagen, dass dies der letzte Tag sein würde, an dem ich es für mich behalten musste. Ich musste es nur bis zum Ende des Tages schaffen und dann würde alles vorbei sein, was mich jemals zurückgehalten hatte. Die Schule, Mom, alles. Nichts sollte mich davon abhalten, loszuziehen und meinen Traum zu leben. Ich musste es nur bis zum Ende des Tages schaffen.

Ich versuchte mein Bestes, um Mr. Irving in den Hintergrund zu drängen, so unmöglich das auch war, und den Rest des Vormittags zu überstehen. Ich war mir bewusst, dass ich mehr Lärm machte als sonst, aber das war mir egal. Ein Teil von mir wollte, dass meine Mutter herunterkam und anfing, mich zu beschimpfen. Ich wollte mich ein letztes Mal mit ihr streiten, bevor ich für immer aus ihrem Leben verschwand.

Ich fühlte mich ein wenig schuldig, wenn ich daran dachte. Ich meine, sicher, meine Mutter war die meiste Zeit über schrecklich, aber war es wirklich fair von mir, einfach zu verschwinden und sie zu verlassen? Selbst nach allem, was sie getan und nicht getan hatte, wusste ich nicht, ob ich damit leben könnte, wenn ich sie einfach im Stich lassen würde.

Ich wäre genau wie mein Vater, wenn ich das täte.

Es würde sie kaputt machen. Da war ich mir sicher. Auch wenn sie es nur noch selten sagte, wusste ich, dass ich ihr viel bedeutete. Wenn ich ging, hätte sie nichts und niemanden mehr. Ich stellte sie mir vor, zum ersten Mal seit langer Zeit, allein da oben, als etwas anderes als das Monster, das ich mir als Kind so oft vorgestellt hatte. Statt einer schlafenden Bestie, der ich nach Kräften aus dem Weg ging, war sie jetzt eine kleine Gestalt, die allein im Dunkeln weinte.

Das konnte ich nicht tun. Ich konnte ihr das nicht antun.

Ich beschloss, dass ich Mr. Irving, nachdem wir uns getroffen hatten, bitten würde, mich für ein letztes Lebewohl nach Hause zu bringen. Das machte jetzt, wo ich darüber nachdachte, auch Sinn. Ich meine, ich hatte nicht vor, einen Koffer voller Kleider mit zur Schule zu nehmen.

Das wäre richtig verdächtig.

Es war entschieden. Ich aß mein Müsli auf und ging zum Bus. Ich konnte mir ein Lächeln nicht verkneifen, als ich für eine letzte Fahrt einstieg. Ich dachte fast daran, mich zu jemandem zu setzen, nur um zu sehen, ob es mir gefiel, aber überlegte es mir anders. Heute ging es nur um mich, und ich wollte es so sehr genießen, wie ich konnte. Ich setzte mich auf meinen üblichen Platz und sah aus dem Fenster, als der Bus die Straße hinunterfuhr. Ich beobachtete die Häuser, die langsam vorbeizogen, und fragte mich, ob ich sie jemals wieder sehen würde.

Das spielt keine Rolle. Nicht heute.

Alles ging ziemlich schnell bergab, als ich in der Schule ankam. Alles schien sich nur in Zeitlupe zu bewegen und ich war mir fast schon sicher, dass irgendjemand etwas mit den Uhren gemacht hatte, sodass sie sich beinahe rückwärts bewegten. Es half auch nicht, dass jeder Lehrer, den ich sah, heute in Gesprächslaune war; selbst die, mit denen ich sonst nur selten sprach. Ich dachte, dass es vielleicht daran lag, dass ich so energiegeladen war, aber keiner meiner Mitschüler sprach mit mir, also nahm ich an, dass ich keine sehr ungewöhnlichen Schwingungen ausstrahlte.

Trotzdem ärgerte es mich, aber ich tat so gut ich konnte, als wäre alles normal. Damit war nur gemeint, dass ich oft nach unten sah, ihrem Blick auswich und Antworten auf ihre Fragen murmelte. Das war die perfekte Tarnung! Ich stellte mir vor, die große ehemalige Schauspielerin Nancy Coleman zu sein, die die Performance ihres Lebens hinlegte. Ich war mir sicher, dass keiner von ihnen etwas ahnen würde, auch wenn sie alle daran interessiert zu sein schienen, wie es mir heute ging.

Ich hatte schon vor Beginn des Tages beschlossen, dass es sich nicht lohnte, in irgendeinem meiner Kurse aufzupassen, also begnügte ich mich damit, aus dem Fenster zu schauen und zu träumen. Ein oder zwei meiner Lehrer forderten mich auf, die eine oder andere Frage zu beantworten, aber ich drehte mich nur um, sah sie an und zuckte mit den Schultern. Ich war dankbar, dass ich in der Mittagspause mit Mrs. Wilhelm verabredet war, denn mein Lehrer für Medien hatte mich gebeten, zu ihm zu kommen, nachdem ich in seinem Unterricht zweimal die Antwort „Ich weiß es nicht" gegeben hatte. Ich freute mich auch, weil das bedeutete, dass die Mittagspause vielleicht ein bisschen schneller vergehen würde als der Rest des Tages, und wenn das der Fall war, wäre das ein Segen. Das Einzige, worauf ich achten musste, war, dass meine Tarnung vor der Vertrauenslehrerin nicht aufflog.

Mrs. Wilhelm war während unseres Treffens gut gelaunt, aber sie war nicht gerade gesprächig. Sie redete eine Weile über ihr Privatleben, und ich war mir nicht ganz sicher, warum. Sie erzählte mir von ihrer ersten Ehe und wie schlecht es ihr nach der Scheidung ergangen war. Ich schätze, heute war der Jahrestag davon, und sie entschuldigte sich für ihr Geschimpfe, nachdem ich wohl nicht sehr interessiert schien. Tatsächlich war ich das nicht und tat mein Bestes, um mich zusammenzureißen.

Die Vertrauenslehrerin schien glücklich darüber zu sein, einfach eine Weile schweigend dazusitzen und ihr Mittagessen zu essen, nachdem sie mich gefragt hatte, wie alles in meinem Leben lief. Ich hatte mit „gut" geantwortet und gehofft, dass das genug wäre, aber Mrs. Wilhelm lächelte nur und nickte und lehnte sich in ihrem Stuhl zurück. Ich war mir nicht sicher, was sie damit bezwecken wollte, also murmelte ich irgendetwas darüber, wie viel besser die Schule lief und wie aufgeregt ich war, mir Studienmöglichkeiten anzuschauen.

„Das ist großartig, BethAni! Schön für dich."

Es war die Art von Antwort, die ich von jemandem erwartet hätte, der sich nicht wirklich für das Gespräch interessierte, an dem er beteiligt war. Ich hatte eine ausführliche Antwort für den Fall vorbereitet, dass Mrs. Wilhelm unweigerlich fragen würde, was mich da interessierte. Aber das tat sie nicht. Sie schien auf etwas anderes konzentriert zu sein, und ich konnte beim besten Willen nicht sagen, was es war.

Sie kann unmöglich etwas gemerkt haben, oder?

Das war nicht möglich. Ich hatte so gut aufgepasst. Ich sah einen seltsamen Blick in ihren Augen, der mich sofort verunsicherte, auch wenn es kein böser Blick oder sowas war. Mrs. Wilhelm hatte mich nie verurteilt, soweit ich das beurteilen konnte, und so ein Blick war es auch nicht. Es war etwas anderes. Irgendetwas war anders.

Wir setzten den Rest unseres Treffens weitgehend schweigend fort, bevor die Glocke läutete und ankündigte, dass die Mittagspause vorbei war. Das war's. Ich musste nur noch eine weitere Stunde überstehen, dann hatte ich die ganze Englischstunde, um mich zurückzulehnen und meinem Mann bei seiner Arbeit zuzusehen.

Meinem Mann. Was für ein schöner Gedanke.

Als ich aufstand, um zu gehen, stand Mrs. Wilhelm abrupt auf. Das überraschte mich, denn die freundliche Frau wirkte fast immer so, als ob sie an ihrem Stuhl kleben würde. Bei den ersten paar Begegnungen mit ihr dachte ich, sie säße tatsächlich im Rollstuhl, bis ich sie durch die Flure schlendern sah.

„BethAni, bevor du gehst."

Ich spürte, wie meine Handflächen zu schwitzen begannen und mein Herz schneller schlug. Ich schluckte hart und betete, dass mein Gesicht nicht rot werden würde, auch wenn ich spürte, wie das Blut darauf zu raste.

„Ja?", murmelte ich, als ich schon halb zur Tür hinaus war.

Frau Wilhelm schaute mich einen Moment lang an. Der Blick von vorhin war aus ihren Augen gewichen, und jetzt waren sie wieder ganz die alten, die nichts als Freundlichkeit ausstrahlten.

„Du hast dein ganzes Leben noch vor dir. Egal, was heute oder morgen darin passiert, du hast alle Zeit der Welt, um herauszufinden, was du willst. Du solltest stolz auf dich sein.“

Ich wusste nicht, was ich sagen sollte, also nickte ich einfach unbeholfen und schloss die Tür.

Was hat sie damit gemeint? Niemand, außer Mr. Irving, hatte mir jemals gesagt, dass er stolz auf mich ist.

Ich dachte darüber nach, als ich den Flur hinunter zu meinem Mathekurs ging. Mein Herz raste immer noch, und ich hatte Mühe, meine Bücher mit meinen klammen Händen festzuhalten. Was konnte Frau Wilhelm damit gemeint haben? Wusste sie etwas? Unmöglich, das konnte sie nicht. Wenn sie es wüsste, hätte sie etwas anderes gesagt. Sie hätte mich damit konfrontiert und mich zu einem Geständnis gezwungen. Sie hatte so eine Art, einen dazu zu bringen, Dinge von sich preiszugeben, auch wenn es noch so viel gab, was ich ihr verschwiegen hatte.

Nein. Wenn sie es wüsste, wäre ich geliefert. Ich wäre in den Raum gegangen und hätte den Direktor und wahrscheinlich einen Haufen anderer Leute angetroffen, die ich noch nie vorher gesehen hatte. Mrs. Wilhelm muss von meiner Suche nach einer Perspektive für die Zeit nach dem Schulabschluss gesprochen haben. Sie muss gespürt haben, was ich sie spüren lassen wollte: dass ich aufgeregt und nervös war, was die Zukunft anging. Das stimmte ja auch, aber nicht aus dem Grund, den sie vermutet hätte. Mir wurde klar, wie nett es von ihr gewesen war, so etwas zu sagen, und wie viel es mir bedeutete. Mrs. Wilhelm war eine gute Gesprächspartnerin. Ich würde sie vermissen.

Mathe war wie immer, mit dem einzigen Unterschied, dass meine Lehrerin uns alle begrüßte, als wir eintraten. Sie fragte jeden von uns, wie unsere Tage liefen, auch nachdem einige der Schüler anfingen, sich gegenseitig anzuschauen. Ms. Hewitt lachte sogar, als einer der Schüler scherzte, dass er dachte, er sei im Matheunterricht, nicht in Religion, etwas, was er selten, wenn überhaupt, tat.

Ich wusste, dass ich diesen Zeichen mehr Aufmerksamkeit hätte schenken sollen, aber ich konnte nicht anders. Es war ein Freitag und das bedeutete, dass jeder ein bisschen komisch drauf war und darauf brannte, die Woche zu beenden, also war ich sicher, dass das, was auch immer mit allen los war, nichts mit mir zu tun hatte. Ich war auch dankbar, dass es Freitag war, denn das bedeutete, dass wir kein Quiz hatten, etwas, von dem ich sicher war, dass ich es an diesem Ort nicht vermissen würde.

Ich starrte wie immer aus dem Fenster und nahm so viel von der Aussicht auf, wie ich konnte. Schließlich würde ich diesen Ort nie wieder sehen. So sehr ich meinen Matheunterricht auch nicht vermissen würde, fühlte ich doch eine seltsame Nostalgie, als ich aus dem Fenster schaute und Ms. Hewitts Stimme hörte, die leise murmelte, als wäre sie weit weg. Ich lächelte, als ich mich umdrehte und auf die Uhr schaute. Der Tag begann jetzt schneller zu vergehen, und jede Sekunde brachte mich meinem Schicksal näher und näher. Eine leichte Brise wehte vom Fenster herein, und ich erschauderte, als sie an mir vorbeizog, nicht wegen der Kälte, sondern wegen des Gedankens daran, Mr. Irvings Hände auf mir zu spüren.

Fast geschafft.

Als die Glocke läutete und ich zu meinem Englischkurs eilte, spürte ich einen Hauch von Enttäuschung. Ich hatte fast vergessen, dass ich eine letzte Unterrichtsstunde überstehen musste, bevor ich ihm meine Liebe gestehen konnte. Dort zu sitzen war eine Qual, auch wenn ich den größten Teil der Stunde damit verbrachte, Mr. Irving liebevoll anzuschauen. Er trug wieder einen gut sitzenden Blazer und Jeans, etwas, das ich freitags immer gerne sah. Er sah perfekt aus, auch wenn er seinen Bart ein wenig zu sehr hatte wachsen lassen. Das war schon in Ordnung. Er konnte ihn rasieren, wenn wir zusammen davonliefen.

Aber heute war etwas anders an ihm. Etwas, das mir vorher nicht aufgefallen war. Sein Blick huschten im Raum umher, statt wie sonst zielstrebig zu sein, und er ließ ihn selten für längere Zeit auf jemandem ruhen. Ich war besonders überrascht, wenn er zu meiner Seite des Raumes hinüberschaute. Es war fast so, als würde Mr. Irving sich Mühe geben, mich nicht anzusehen.

Er ist sicher genauso nervös und aufgeregt wie ich!

Mein Selbstvertrauen geriet ein wenig ins Wanken, als ich meine Hand hob, um eine Frage zu beantworten, und Mr. Irving drei andere Leute aufrief, bevor er fortfuhr, aber ich schrieb es weiterhin seiner Nervosität zu.

Es war irgendwie überraschend, diesen perfekten Mann ein wenig schwitzen zu sehen, während er seinen Vortrag hielt, und ich dachte daran, das Fenster für ihn zu öffnen. Ich besann mich jedoch eines Besseren, als mir klar wurde, dass ich dafür sorgen musste, dass es am Ende des Tages geschlossen war. Ich konnte es mir nicht leisten, dass jemand mein Treffen mit Mr. Irving sah oder hörte.

Als die Schlussglocke läutete, konnte ich spüren, wie ich vor Aufregung zitterte. Das war er, der Moment, auf den ich mich schon so lange gefreut hatte. Ein paar andere Schüler hatten Fragen an Mr. Irving über eine weitere Hausaufgabe, die er uns für das Wochenende aufgegeben hatte, also musste ich mich noch ein bisschen gedulden, bis der Raum sich leerte. Ich würde mit ihm ein Wörtchen über die Vergabe von Hausaufgaben am Wochenende führen müssen, wenn er in einem anderen Bundesstaat wieder unterrichten würde. Ich war mir sicher, dass er verstehen würde, wie unfair das war.

Als die letzten Schüler gingen, spürte ich Mr. Irvings Blick auf mir. Ich konnte meinen Kopf nicht heben, um ihn anzusehen, spürte aber, dass seine Augen genauso voller Sehnsucht sein mussten wie meine. Ich wusste, was ich zu tun hatte, also stand ich langsam auf und ging auf die Tür zu. Es fiel mir schwer, ihm den Rücken zuzuwenden, selbst für den Moment, den ich brauchte, um die Tür zu schließen, und ich wäre fast zu ihm geeilt, als ich ihn leise seufzen hörte, als ich mich auf den Weg machte.

„BethAni. Gibt es etwas, das du besprechen möchtest? Du kannst die Tür offen lassen."

Ich kicherte, als ich mich zu ihm umdrehte.

„Sie wissen, dass ich das nicht tun kann, Mr. Irving. Das ist privat. Nur zwischen Ihnen und mir."

Ich konnte sehen, wie sein Gesicht rot wurde und ich spürte, wie meines es auch wurde.

„BethAni ... Ich ... ich weiß nicht, wovon du redest. Bitte, mach die Tür auf."

„Mr. Irving ... David. Ich glaube, du weißt, warum ich hier bin. Ich weiß, es war schwer für dich. Für mich war es auch schwer. Aber denk daran, wir müssen uns nicht mehr verstecken. Wir können sein, wer wir sein wollen. Wir können zusammen sein."

Ich hörte, wie Mr. Irving schluckte, als er sich schnell im Raum umsah.

Er ist so süß, wenn er nervös ist!

„BethAni … bitte. Wir können nicht –"

„Ich liebe dich, David. Das habe ich, seit ich dich zum ersten Mal gesehen habe. Du bist das Beste, was mir je passiert ist. Alles, was ich will, ist, bei dir zu sein. Mit dir zusammen zu sein. Wir können weglaufen und unser Leben leben, ohne uns verstecken zu müssen."

Während ich das sagte, begann ich, langsam meinen Pullover auszuziehen. Ich hatte es schon so oft im Spiegel geübt, aber zum ersten Mal fühlte ich mich attraktiv. Ich hatte schon so lange von diesem Moment geträumt. Ich dachte an die Brise in meinem Matheunterricht und erschauderte erneut, als ich näher an Mr. Irving herantrat und mir seine warmen Hände auf mir vorstellte.

„Warte, BethAni! Bitte, tu das nicht."

Ich konnte ihn kaum noch hören, als ich nah genug an ihn herankam. Ich war fast auf seinem Schoß, als ich mich vorbeugte, wieder lachte und ihn küsste.

Es war alles, wovon ich jemals geträumt hatte! Seine Lippen waren warm und einladend, und ich spürte, wie mir bei der Berührung heiß wurde. Ich ergriff seine Hände und versuchte, ihn dazu zu bringen, mich zu packen, während ich mich zu ihm lehnte.

„Hör auf!"

Seine Stimme war scharf und wütend, und der Schock darüber ließ mich innehalten.

Mr. Irving war aufgestanden und stieß mich weg. Er sah jetzt aus dem Fenster und vermied es, mich anzusehen, selbst als er sprach.

„BethAni. Bitte versteh doch. Das ist ganz und gar nicht das, was du dir vorgestellt hast. Bitte zieh deinen Pullover wieder an."

Ich begann zu protestieren, aber er fing wieder damit an, und ich ging und hob ihn auf. Ich spürte, wie mich jetzt ein vertrautes Gefühl überkam. Scham.

„Du bist eine gute Schülerin, BethAni, und ich fühle mich geschmeichelt, dass du so über mich denkst, aber das ist nicht angemessen. Ich bin dein Lehrer."

„Aber du hast immer alles erwidert, was ich getan habe! Ich dachte, du fühlst dasselbe ..."

„Das tue ich nicht! Das habe ich nie! Du bist meine Schülerin, BethAni. Das ist der Anfang und das Ende unserer Beziehung. Ich habe eine Tochter in deinem Alter, um Himmels willen!"

Ich stand da und sah seinen Rücken an, auch als er

sein Bestes tat, um weiter aus dem Fenster zu starren. Ich konnte es nicht glauben. Nach all dem hatte ich mich geirrt. Er hatte mich nie so geliebt, wie ich dachte. Zum ersten Mal hatte ich das Gefühl, mich von einem anderen Blickwinkel aus sehen zu können. Ich sah erbärmlich aus, halb bekleidet, Tränen liefen mir übers Gesicht. Ich musste da raus. Ich musste weg. Egal wohin, nur nicht hier bleiben.

Ich zog meinen Pullover wieder an und eilte zur Tür. Ich hörte Mr. Irving einmal nach mir rufen, als ich aus dem Zimmer stürmte. Der Flur war leer, das hatte ich so geplant, und ich war froh, dass niemand meine Schande sehen konnte. Ich rannte so schnell ich konnte und verließ die Schule, wobei ich den Bus ganz umging und die Nebenstraßen nutzte, um nach Hause zu kommen.

Ich muss lange gerannt sein, denn ich keuchte, als ich an meiner Haustür ankam, aber das war mir egal. Ich hatte mich entschieden, was ich tun wollte. Ich würde die Tasche nehmen, die ich bereits gepackt hatte, und weglaufen. Ich musste raus aus Everett und woanders hin. Das würde mich verfolgen, das wusste ich. Jeder in der Stadt würde von dem Mädchen erfahren, das versucht hatte, ihren Lehrer zu verführen. Mein Leben würde ruiniert werden, noch mehr als es das ohnehin schon war.

Zu meiner Überraschung saß meine Mutter im Wohnzimmer und sah fern, als ich hereinkam. Sie drehte sich nicht einmal um, um mich anzusehen, obwohl ich immer noch unkontrolliert schluchzte.

„Was ist denn jetzt los? Hat dich endlich jemand fett genannt?“

Ich ignorierte sie und eilte nach oben, um meine Tasche zu holen. Als ich sie betrachtete, spürte ich, wie mir weitere Tränen in die Augen stiegen, als ich daran dachte, wie zuversichtlich ich heute Morgen gewesen war. Ich hatte jedes Kleidungsstück im Koffer sorgfältig ausgesucht und nur die ausgewählt, von denen ich dachte, dass sie Mr. Irving am meisten gefallen würden. Ich konnte nicht glauben, wie dumm ich gewesen war.

Warum hatte ich jemals gedacht, dass er jemanden wie mich mögen könnte?

„Gehst du irgendwo hin?"

Mom überraschte mich im Türrahmen. Ich ertappte mich dabei, wie ich darüber nachdachte, wie unfair es war, dass ich immer an ihre Tür klopfen musste, wenn sie in ihrem Zimmer war, und dass ich nie ein Schloss an meiner Tür haben durfte. Ich hasste mich dafür, dass ich heute Morgen überhaupt in Erwägung gezogen hatte, mich von ihr zu verabschieden. Wenn ich einfach aufgestanden und gegangen wäre, wäre es für uns beide besser gewesen.

„Ich habe dir eine Frage gestellt, BethAni."

„Ich gehe. Keiner hier liebt mich."

„Oh, ich verstehe. Hat dir irgendein Typ in der Schule das Herz gebrochen?"

Ich schwieg, während ich meine Schubladen nach anderen Dingen durchsuchte, die ich brauchen könnte.

„Nein? Ein Mädchen vielleicht?"

„Halt die Klappe, Mom! Ich gehe jetzt."

Ich bereute es, sobald ich es gesagt hatte, aber es war schon zu spät. Ich wusste, wie Mom gucken würde, noch bevor ich mich zu ihr umdrehte. Es war ein Gesichtsausdruck, den ich gewohnt war.

„Wie kannst du es wagen, du kleine Schlange! Ich bin deine *Mutter*! Denkst du, du kannst da draußen ohne mich überleben? Du würdest nicht einen Tag überleben! Nach allem, was ich für dich getan habe, behandelst du mich so? Du willst mich im Stich lassen, genau wie dein Vater! Die Scheiße fällt nicht weit, wie ich sehe. Du denkst, niemand *hier* liebt dich? Tja, dann sage ich dir mal was: Niemand, egal wo, wird dich lieben. Du bist es nicht wert."

Ich konnte spüren, wie neue Tränen über mein Gesicht liefen. Ich wollte ihr so gerne etwas sagen, damit sie es verstand, aber ich wusste tief im Inneren, dass sie es nicht verstehen würde. Ich konnte ihr nicht die Wahrheit sagen. Sie würde wütend werden. Sie würde dafür sorgen, dass Mr. Irving leiden würde, weil er ihrem kleinen Mädchen wehgetan hatte. Ich wusste, dass Mom es nicht so meinte, wie sie es sagte. So war sie eben manchmal. Auch wenn es wehtat, wusste ich, dass es besser so war.

„Das ist einfach nicht fair, Mom. Ich weiß nicht, was ich tun soll."

„Die Welt ist nicht fair, BethAni. Das war sie noch nie."

Damit schlug sie die Tür zu und ging den Flur entlang in ihr Zimmer. Ich hörte, wie ihre Tür zuschlug, als ich zurück in mein Bett fiel und meine Tränen waren das einzige Geräusch, das ich hörte, als ich vor Erschöpfung einschlief.

Kapitel Fünfzehn

AUSZUG AUS DEM TAGEBUCH VON J. WADE. 2019 - B.

Ein einzelner Buchstabe am Ende des Liebesgedichts war der einzige Hinweis auf die Identität des Autors. Ich musste zugeben, dass das nicht viel war, und ich wusste, dass meine Nachforschungen mühsam werden würden, aber ich war von einem neuen Ziel erfüllt und mein Selbstvertrauen wuchs dadurch. Es war die Art von Aufregung, die ich selten in meinem Leben verspürte, und ich fühlte, wie mein Blut vor Vorfreude in Wallung geriet, wenn ich versuchte, die Hinweise, die ich bisher hatte, zu deuten.

Ich wusste, dass mein Vater Lehrer gewesen war und dass er in seinen letzten Lebensjahren irgendwo in der Nähe von Seattle gelebt hatte. Weder meine Mutter noch die Schachtel in ihrem Zimmer hatten mir seinen Namen verraten, und das machte natürlich alles nur noch schwieriger. Das machte es aber nicht unmöglich. Natürlich hatte ich mir die Todesfälle durch Brandstiftung in dieser Gegend angesehen, aber ich war überrascht gewesen, wie schwierig es gewesen war, viel herauszufinden. Es hatte eine Reihe von Menschen gegeben, die etwa zur gleichen Zeit wie mein Vater verbrannt waren, etwas, das ich als reinen Zufall zu betrachten versuchte, aber jetzt hatte ich mehr Informationen, um die Suche einzugrenzen.

Ich rief den Privatdetektiv an, den ich angeheuert hatte, und ermutigte ihn, alle Schulen zu überprüfen, die in den letzten acht Jahren Tragödien erfahren hatten. Ich sagte ihm, er solle sich vor allem auf Schulen konzentrieren, die den Verlust eines Lehrers zu beklagen gehabt hätten, vor allem auf solche, in denen es nicht viele Informationen gegeben habe. Ich glaubte, dass, wenn mein Vater von einem Brandstifter getötet worden wäre, die brutalen Details seines Todes größtenteils aus dem Blickfeld der Öffentlichkeit gehalten worden wären. Man hätte vielleicht erwähnt, dass er ermordet worden war, aber auf keinen Fall hätte man viel mehr verraten.

Das machte das Durchkämmen der Zeitungsausschnitte, die er mir in den folgenden Wochen schickte, um so einfacher. Ich wusste, dass erkrankte Lehrer, die während oder zwischen dem Schuljahr verstorben waren, von der Gemeinde immer in liebevoller Erinnerung behalten wurden und dass es oft Mahnwachen und Gedenkfeiern gab. Diese Art von Veranstaltungen waren leicht zu verfolgen, vor allem online, da die meisten Leute schnell angaben, dass sie anwesend sein würden, wenn sie wussten, dass ihre Freunde es sehen konnten.

Dennoch dauerte es noch einige Zeit, bis ich mich voll und ganz auf die Reise in den Westen festlegen konnte, und ich wollte absolut sicher sein, dass ich den richtigen Weg einschlagen würde. Ich schloss einige kurzfristige Ergänzungen an der App ab, die ich gerade erstellte, und teilte dann meinem Team mit, dass ich einen dringend nötigen Urlaub antreten würde. Es war leicht, sie davon zu überzeugen, da ich eventuell erwähnt hatte, dass es mir wegen des Todes meiner Mutter ziemlich schlecht ging. Sie waren froh, dass ich mir eine Auszeit gönnte und ich wusste, dass sie nicht versuchen würden, mich zu kontaktieren, während ich weg war.

Als ich den Anruf des Ermittlers erhielt, auf den ich gewartet hatte, sprang ich fast von meinem Stuhl auf. Er hatte etwas gefunden. Etwas sehr Interessantes. Ich war schockiert, als er mir erzählte, dass die größte Übereinstimmung, die sie mit meinen Kriterien finden konnten, ein Ort war, der nicht allzu weit von Seattle entfernt war. Die Highschool dort hatte einen besonders schlechten Start ins Jahr gehabt, als ein Lehrer aus gesundheitlichen Gründen ausfiel und ein Zulieferer unter „nicht ganz idealen“ Umständen verschwand. Der Ermittler hatte ein wenig nachgeforscht und herausgefunden, dass der Lehrer in der Tat bei einem tragischen Hausbrand ums Leben gekommen war. Es gab jede Menge Gerüchte darüber, was passiert war, und in der Gemeinde hatte sich niemand wirklich auf einen genauen Grund eingeschossen.

Das muss er sein. Dort muss er unterrichtet haben.

Ich dankte dem Ermittler für seine Zeit und sagte ihm, dass ich mich melden würde, wenn ich noch etwas bräuchte. Ich wusste, dass er mir bei dem nächsten Teil meiner Suche helfen konnte, aber ich würde lügen, wenn ich behaupten würde, dass ich mich nicht darauf freute, es selbst zu tun. Ich spürte, dass ich der Sache näher kam, und ich wollte nichts mehr, als selbst derjenige zu sein, der das Rätsel löste. Ich dachte daran, wie stolz mein Vater auf mich gewesen wäre und wie stolz Hannah immer noch sein könnte. Ich würde sie zur Einsicht bringen. Ich wusste es.

Und so machte ich mich auf den Weg in den Westen nach Everett in Washington, um zu sehen, was ich für mich selbst herausfinden konnte. Die Reise dorthin war lang und beschwerlich, aber das machte mir nichts aus. Meine Gedanken kreisten um all die verschiedenen Dinge, die ich dort herausfinden konnte. Ich dachte daran, wie ich Leute befragen würde, die meinen Vater möglicherweise gekannt hatten, und wie ich herausfinden würde, wer dieser B. war. Ich wusste, dass er oder sie irgendwie mit dem zusammenhing, was mit Dad passiert war. Es machte mich krank, die Dinge zu lesen, um die es in dem Liebesgedicht ging. Wenn eine solche Person sich dazu herablassen konnte, so etwas zu schreiben, wovon könnte sie sich dann noch überzeugen?

Ich wusste, dass ich mir meine Urteile aufsparen musste. Ich musste vorsichtig damit sein, was ich als Nächstes tun würde. Ich hatte schon so viel Zeit verschwendet und zu viele Fehler gemacht. Ich war jetzt nur weitergekommen, weil ich mit der Kiste, die ich im Zimmer meiner Mutter gefunden hatte, Glück gehabt hatte. Diesen Luxus konnte ich mir nicht mehr leisten. Ich musste schlau sein. Ich musste die Dinge genau beobachten und alle Konsequenzen meines Handelns genau bedenken.

Aber ich wusste, dass ich es schaffen konnte. Ich hatte viel zu lange gewartet und zu viel geplant, um mir so kurz vor dem Ziel alles durch die Lappen gehen zu lassen.

Es war kalt in Everett, aber nicht so kalt wie zu Hause. Im Stillen verfluchte ich das allerdings, denn ich wusste, dass die Leute in den Wintermonaten immer viel weniger kontaktfreudig waren. Ich würde ein bisschen mehr herumschnüffeln müssen, als ich vielleicht gehofft hatte, um aus irgendjemandem etwas herauszubekommen. Ich beschloss, meine Nachforschungen an der Schule zu beginnen, an der mein Vater unterrichtet hatte: Everett High.

Es war eine gute Schule, schätze ich. Nichts übermäßig Besonderes. Ich musste kurz lachen, als ich sah, dass das Maskottchen des Ortes die Möwe war.

Immerhin ist das originell.

Die Schule war in vollem Gange, also beschloss ich, bis zum Ende des Tages zu warten, bevor ich anfing, meine Fragen zu stellen. Ich wusste, dass ich nicht einfach reingehen und sagen konnte, dass ich nach Informationen über einen Mann suchte, der vor etwa einem Jahrzehnt auf schreckliche Weise verbrannt war. Nein. Ich musste das geschickt machen. Als die letzte Glocke des Tages läutete und die Kinder zu gehen begannen, ging ich in das Hauptbüro der Schule und stellte mich vor.

„Es tut mir wirklich leid, Sie zu dieser Tageszeit zu stören, aber ich habe mich gefragt, ob Sie vielleicht noch Jahrbücher aus dem Jahr 2011 herumliegen haben? Wissen Sie, mein Bruder hat in dem Jahr hier seinen Abschluss gemacht und er hat in letzter Zeit viel durchgemacht. Er hat immer davon gesprochen, sich mit einigen seiner alten Klassenkameraden zu treffen, hat es aber nie geschafft, mit ihnen in Kontakt zu kommen. Ich hatte gehofft, Sie könnten helfen? Ich weiß, es ist weit hergeholt."

Die Sekretärin war sehr freundlich, wenn auch ein wenig pessimistisch, was meine Chancen anging. Sie stellte mir die üblichen Fragen, die ich erwartet hatte und ich log, so gut ich konnte. Ich hatte das von meiner Mutter gelernt, und der Ausdruck auf dem Gesicht der Sekretärin, als sie breit lächelte und mir ihre eigene Geschichte erzählte, ließ mich glauben, dass es funktioniert hatte. Nach ein paar Minuten des Suchens schlug sie sich plötzlich an die Stirn und rief aus, dass sie viel Zeit hätte sparen können, wenn sie sich einfach an die Bibliothekarin gewandt hätte. Und tatsächlich, die Bibliothekarin kam herein, hörte sich mein Anliegen an, verschwand für ein paar Minuten und kam dann mit dem Jahrbuch zurück. Sie sagte mir, dass ich es behalten könne, da es noch stapelweise im Lager vorhanden sei.

Ich bedankte mich bei beiden Frauen für ihre Hilfe und machte mich auf den Weg zurück in mein Hotel, um meine Nachtlektüre zu lesen. Ich war beeindruckt von der Gestaltung des Jahrbuchs und dachte über die Möglichkeit nach, dass mein Vater derjenige war, der es gemacht hatte. Es war ein seltsamer Gedanke, das wusste ich, aber einer, der mich mit einem neuen Gefühl von Bestimmung und Sehnsucht erfüllte. Ich wusste genau, wonach ich in dem Buch suchte, und hoffte, dass mein Instinkt richtig gewesen war.

Als ich vorsichtig durch die Seiten blätterte und eine nach der anderen überflog, blieb ich auf einer Seite stehen, die ungefähr in der Mitte des Buches lag. Es war eine Sammlung von Fotos von zwei Männern auf den beiden Seiten. Der eine war ein glatzköpfiger Mann mit Brille namens Mr. Milton, ein Lehrer, der sich anscheinend wieder vollständig erholt hatte, nachdem er die meiste Zeit des Jahres nicht unterrichten konnte. Auf der anderen Seite jedoch waren Fotos von jemandem, den ich noch nie gesehen hatte, den ich aber sofort erkannte.

Das ist er! Das ist Dad!

Er wurde in diesem Buch Mr. David Irving genannt und die ganze Seite war als eine Hommage an ihn gestaltet. Es gab kleine Schnipsel von Kindern, die darüber berichteten, was für ein großartiger Lehrer er gewesen war und wie sehr sie ihn vermissen würden. Ich spürte, wie sich Tränen in meinen Augenwinkeln bildeten, als ich auf die Person blickte, nach der ich mein ganzes Leben lang gesucht hatte. Er war in jeder erdenklichen Hinsicht perfekt. Er sah gut aus und war kräftig, wirkte aber dennoch so gefasst, dass ich mir sicher war, dass er nicht irgendein Trottel war. Er war mein Vater und er war besser, als ich ihn mir jemals vorgestellt hatte.

Ich wischte mir eine Träne weg, während ich den Rest der Seite überflog. Sie war von einem der Englischkurse meines Vaters zusammengestellt worden, und ich nickte verständnisvoll. Die Aufsätze und Gedichte hatten mir von Anfang an verraten, dass er Englischlehrer war, aber jetzt hatte ich die Bestätigung. Ich war dem

Ganzen näher gekommen. Ich blätterte den Rest der Seiten schnell durch und hielt erst inne, als ich zu den Fotos aller Schüler kam, die in diesem Jahr die Schule besucht hatten. Es würde fast unmöglich sein, zeitnah jemanden herauszufiltern, aber ich konnte die Auswahl ein wenig einschränken, da ich las, dass Mr. Irving einen Englischkurs der elften Klasse unterrichtet hatte. Ich warf einen kurzen Blick auf diese Schüler, merkte aber schnell, dass ich niemanden abschließend ausschließen konnte, wenn ich nur nach dem Buchstaben B ging.

Ich entschied, was ich zu tun hatte. Also packte ich das Buch für den Rest der Nacht weg und ging ins Bett. Mein Kopf raste noch immer vor Aufregung und Vorfreude.

Ich bin so nah dran. So nah! Bald werde ich alles wissen. Bald werde ich wissen, wer dich getötet hat, Dad. Ich verspreche es.

Am nächsten Tag machte ich mich früh auf den Weg zur Schule und legte so viel von meinem Charme an den Tag, wie ich nur konnte. Die Sekretärin war überrascht, mich zu sehen, aber ich sagte ihr nur, dass ich mich bei ihr und der Bibliothekarin für ihre Hilfe bedanken wollte, da ich sicher war, dass mein Bruder alles zu schätzen wüsste, was sie für ihn getan hatten. Sie schien darüber erfreut zu sein, und ich sah meine Chance, ein wenig tiefer zu graben.

„Wie lange arbeiten Sie schon hier?"

„Ach du meine Güte, seit ungefähr zwanzig Jahren oder so. Ich habe eine Menge miterlebt, das kann ich Ihnen sagen!"

„Das glaube ich! Ich habe mich gefragt, ob Sie etwas über einen Mr. Irving wissen? Mein Bruder hat viel von ihm gesprochen, als wir aufgewachsen sind, und das Einzige, was ich im Jahrbuch über ihn finden konnte, war diese Seite. Es scheint fast als ob, nun, ich sage es nur ungern."

„Da hätten Sie recht. Der arme Mann ist vor fast zehn Jahren gestorben ..."

Acht.

„Er war ein wunderbarer Mann. Alle Schüler liebten ihn und das Personal auch. Schrecklich, was mit ihm passiert ist. Absolut schrecklich. Keiner verdient so ein Schicksal."

„Würden Sie mir bitte erzählen, was passiert ist? Ich weiß nichts darüber."

„Ach du liebe Zeit. Wir sagten den Schülern, er sei bei einem Hausbrand gestorben, was natürlich stimmte. Aber es war überall in den Nachrichten. Jemand hat das Haus niedergebrannt, während er drin war! Schrecklich! Wir wussten alle, dass es ein tragischer Fehler gewesen sein musste. Niemand hätte sich die Mühe gemacht, David etwas anzutun."

„Das muss schrecklich gewesen sein! Ich kann mir nur vorstellen, wie es für Sie alle und die Schüler war, das durchmachen zu müssen."

„Es war schrecklich und einige von uns hat es unglaublich mitgenommen. Die meisten Schüler glaubten natürlich, was wir ihnen erzählten, bis sie die Gerüchte selbst hörten. Ich werde mich immer daran erinnern, wie die arme BethAni dort drüben saß und stundenlang nur weinte …"

BethAni? War es möglich?

„Entschuldigung, haben Sie BethAni gesagt? Ich

wusste doch, dass es so ähnlich war! Mein Bruder hat immer von einer seiner guten Freundinnen hier erzählt. Ich dachte, es wäre Bertha oder so, aber BethAni ist richtig! Sie wissen nicht zufällig, ob sie noch hier wohnt, oder?"

Ein verwirrter Blick ging über das Gesicht der Sekretärin und sie schien plötzlich das Gefühl zu haben, zu viel zu erzählen. Sie muss wohl bemerkt haben, dass ich ihr im Gegenzug einen seltsamen Blick zuwarf, denn der Ausdruck verschwand schnell aus ihrem Gesicht und sie wedelte mit einer flüchtigen Bewegung mit der Hand in der Luft.

„Es tut mir leid, Liebes. Ich habe mich nur ein wenig in Gedanken verloren. Ich wusste gar nicht, dass BethAni irgendwelche Freunde an dieser Schule hatte. Ich hatte immer Mitleid mit dem Mädchen. Es ist gut zu wissen, dass Ihr Bruder und sie sich nahestanden. Da fühle ich mich gleich besser. Was sie jetzt macht, weiß ich nicht. Ich schätze, Sie könnten zu ihrer Mutter gehen. Soweit ich weiß, lebt sie noch in ihrer alten Wohnung. Aber seien Sie vorsichtig, wenn Sie das tun. Mrs. Gray ist eine interessante Frau. Ich belasse es dabei und lasse Sie sich selbst einen Eindruck machen."

Ich bedankte mich überschwänglich bei der Sekretärin und lächelte vor mich hin, als ich zu meinem Auto ging. Es lief alles besser, als ich es mir je hätte träumen lassen. Ich wusste, dass ich jetzt nahe dran war. Ich konnte diese Person finden und endlich verarbeiten, was mir genommen worden war. Es war nicht weit bis zu der Adresse, die mir die Frau in der Schule gegeben hatte, und ich atmete tief durch, bevor ich aus dem Auto stieg und auf die Haustür zuging. An der Frontscheibe hing ein handgeschriebenes Schild, das mich aufforderte, zwischen 8 und 16 Uhr nicht zu klingeln. Da es mir scheißegal war, tat ich es trotzdem.

Es herrschte eine lange und spürbare Stille, bevor ich das verräterische Schlurfen von Füßen aus dem Haus hörte. Ich versuchte, durch den Vorhang am Fenster zu spähen, konnte aber nichts im Inneren erkennen. Ich wollte gerade rufen, als eine scharfe Stimme meine Gedanken unterbrach und mich in diesem Moment fast einen Herzinfarkt erleiden ließ.

„Was wollen Sie? Können Sie nicht lesen?"

„Es tut mir wirklich leid, Ma'am. Ich wollte Sie nicht stören. Ich hatte nur gehofft, Sie könnten mir helfen, jemanden zu finden."

„Die einzige Person hier bin ich. Also warum verpissen Sie sich jetzt nicht einfach?"

„Es tut mir leid, Ma'am, aber ich habe einen weiten Weg hinter mir. Ich suche nach BethAni Gray? Ich habe gehört, dass sie Ihre Tochter ist?"

„Sicher ist sie das, aber ich habe sie seit Jahren nicht mehr gesehen. Die dumme Schlampe ist eines Tages einfach abgehauen. Was wollen Sie von ihr?"

Ich unterdrückte mein Verlangen, darüber zu lachen, wie offen diese Frau hinter dem Vorhang war, und benutzte einfach meine beste „ernste" Stimme. Ich hatte nicht den Eindruck, dass sich diese Frau zu sehr um ihre Tochter sorgte, also machte ich mir nicht allzu viele Gedanken darüber, eine Rolle zu spielen, um die Informationen zu bekommen, die ich brauchte. Ich beschloss, dass es das Beste war, genauso direkt zu sein.

„Mrs. Gray, ich habe gehört, dass BethAni sehr bestürzt war, als einer ihrer Lehrer vor einigen Jahren starb. Sagt Ihnen das etwas?“

Mrs. Grays Lachen war fast ansteckend, aber ich widerstand dem Drang, mit einzustimmen.

„Tut es das? Natürlich tut es das. Das Mädchen war besessen von ihm. Sie glaubte wirklich, dass die beiden füreinander bestimmt waren. Ich erinnere mich nicht an seinen Namen, aber ich erinnere mich, dass in den Nachrichten verkündet wurde, dass er gestorben ist. Sie hätten BethAni mal sehen sollen. Saß den ganzen Tag da und weinte, jeden Tag. Sie glaubte wirklich, dass sie ihm mehr bedeutet hat als mir. Das arme Mädchen hat sogar versucht, sich umzubringen, aber ich glaube, das könnte schon vorher gewesen sein. Ich weiß es nicht. Hat sie endlich Ärger mit dem Gesetz?“

Ich war schon auf dem Weg zurück zum Auto, als Mrs. Grays Stimme hinter mir verstummte. Ich lächelte vor mich hin, als ich den blickdichten Vorhängen zuwinkte und auf den Fahrersitz stieg. Ich zog das Liebesgedicht aus meiner Jackentasche und las es ein letztes Mal. Ein leises Kichern entkam meinen Lippen, als ich vom Haus wegfuhr. Meine Jagd würde weitergehen, aber jetzt wusste ich, was ich verfolgte.

Ich werde dich finden, BethAni Gray. Ich werde dich finden und dich dafür bezahlen lassen, was du getan hast.

Kapitel Sechzehn

2019

An jenem Samstagmorgen erwartete ich, dass der Tag ruhig und entspannt sein würde. Es war schon ein paar Wochen her, dass Julian und ich das erste Mal den Tritt des Babys gespürt hatten, und wir waren seitdem überglücklich. Die Tage schienen nun schneller zu vergehen und ich hatte das Gefühl, dass ich mit jedem Tag besser gelaunt war. Auch Julian schien einen Aufschwung zu verspüren.

Ich glaubte jetzt mehr denn je, dass das merkwürdige Verhalten, das ich vorher nur selten bei ihm gesehen hatte, genau das gewesen war: selten. Er hatte Angst gehabt, mir gegenüber die Gefühle über seine Familie zu äußern, und jetzt, wo sie ausgesprochen waren, schien er viel ruhiger und entspannter zu sein. Ich freute mich über die Veränderung und spürte sogar, wie sich meine eigenen Ängste darüber, dass Julian mich anders betrachten würde, aufzulösen begannen.

Ich hatte das Glück, die letzten paar Samstage nicht arbeiten zu müssen, und Julian nahm sich normalerweise zumindest den größten Teil des Tages, um ihn mit mir zu verbringen. Ich war froh, dass ich ihm so nahe sein konnte, selbst wenn er damit beschäftigt war, oben im Büro an dem zu feilen, was er für sein Geschäft zu tun hatte. So hatte ich etwas Zeit, im Haus umherzuwandern und ein paar Sachen zu erledigen, und fühlte mich trotzdem in seiner Gegenwart wohl.

Ich hatte mir vorgenommen, an diesem Morgen das Bad im Obergeschoss weiter zu streichen. Ich liebte das Gefühl, ein Haus ganz für uns allein zu haben und eines, das ich so gestalten konnte, dass es sich noch mehr wie unser eigenes anfühlte als beim Einzug. Es war ein wunderschönes Haus, keine Frage, aber ich war froh, dass ich die Möglichkeit hatte, es ein bisschen zu individualisieren. Es ermöglichte mir, mich zu beschäftigen und meine Ängste und Zweifel daran, wie perfekt diese Beziehung war, immer tiefer zu vergraben, bis ich sie weitgehend vergessen hatte.

Julian schlich sich in der Küche an mich heran und erschreckte mich. Ich hätte mich inzwischen an diese Tradition gewöhnen sollen, aber das war mir nie gelungen. Er konnte sich außerordentlich gut anschleichen, wenn er es wollte. Es machte mir nicht allzu viel aus, auch wenn ich es hasste, erschreckt zu werden, denn er drückte mir jedes Mal gleich einen liebevollen Kuss auf die Lippen.

So fühlt sich das perfekte Leben an. Darauf habe ich so lange gewartet.

Wie sich herausstellte, war der morgendliche Schreck nicht die einzige Überraschung, die Julian heute für mich auf Lager hatte. Als wir beim Frühstück zusammensaßen, fragte er mich, ob ich heute mit ihm ins Aquarium gehen wolle. Ich war schon einmal dort gewesen, kurz nachdem ich nach Seattle gezogen war, aber ich wollte schon lange wieder hin. Obwohl wir direkt an der Küste wohnten, war es toll, all die unterschiedlichen Kreaturen aus nächster Nähe zu sehen, die direkt vor unserer Nase lauern konnten. Ich war schon immer vom Meer fasziniert gewesen, hatte diese Faszination aber lange Zeit in den Hintergrund gedrängt. Ich erinnerte mich gern an die wenigen Male, die meine Mutter mich damals in Everett mit zum Pier genommen hatte. All das schien eine Ewigkeit her zu sein. Immerhin war ich jetzt ein anderer Mensch.

Ein besserer Mensch.

Ich sagte natürlich, dass ich gerne mitkommen würde, und wir planten, am frühen Nachmittag dorthin zu fahren. Julian hatte noch einiges an Arbeit zu erledigen, bevor wir losfahren konnten, und ich war froh über die Gelegenheit, ein wenig Hausarbeit erledigen zu können. Es wäre schön, wenn wir beide mal wieder ausgehen könnten, da wir das nicht mehr getan hatten, seit Julian mir von seinem Vater erzählt hatte. Es wäre gut für uns, die Aufregung über unsere Zukunft festzuhalten und sie zu nutzen, um so viel Zeit wie möglich miteinander zu genießen.

Ich war immer vorsichtig, wenn ich die Wände strich. Ich wusste, dass ich bei solchen Dingen nicht allzu paranoid sein sollte, aber ich wollte sichergehen, dass ich mich nicht überanstrengte oder in eine Position brachte, die dem Baby schaden könnte. Es war für mich kathartisch, zu streichen, als ob ich mir selbst jedes Mal einen frischen Anstrich gäbe. Ich gab mich aber nie zu lange hin oder schloss mich in dem Raum mit den Dämpfen ein. Ich hatte Julian sogar gebeten, mir eine Maske zu besorgen, damit ich die Luft, die in meine – unsere – Lungen ging, noch besser filtern konnte.

Ich hatte sogar angefangen, besser zu essen, und obwohl ich keine Veränderung an meinem Körper bemerkte (abgesehen von dem Teil, in dem mein Baby wuchs), fühlte ich mich nach jedem Tag energiegeladener. Es war für mich erstaunlich, wie sehr sich mein Leben verändert hatte, seit ich Julian getroffen hatte. Er und das Baby hatten in mir einen neuen Lebenssinn geweckt, eine neue Liebe zum Leben. Ich lächelte vor mich hin, als ich diese Erkenntnis hatte. Immer wieder wurde ich daran erinnert, wie sehr sich mein Leben entwickelt hatte und wie viel besser es geworden war.

Nach dem Mittagessen machten Julian und ich uns auf den Weg zum Aquarium. Ich freute mich auf die Robben, die sie dort hatten, und natürlich auf die Seeotter. Ich hatte Glück gehabt, als ich das letzte Mal hierhergekommen war, denn die Otter hatten aktiv miteinander gespielt. Es war eine meiner frühesten Erinnerungen an Seattle und eine der ersten Erinnerungen, die die Liebe zu dieser Stadt gefestigt hatte. Ich war glücklich, dass ich die Gelegenheit haben würde, diese Erfahrung mit meiner neuen Liebe Julian zu teilen.

Wir verbrachten mehrere Stunden im Aquarium und sahen uns alles an, was wir entdecken konnten. Julian war besonders von einem der pazifischen Riesenkraken fasziniert, da er noch nie einen gesehen hatte. Er erzählte mir, dass er das Meer schon immer geliebt habe, aber nicht in der Nähe des Meeres aufgewachsen sei. Es war immer ein entfernter Traum von ihm gewesen, die Westküste zu sehen.

„Komisch, nicht wahr? Wie weit wir kommen können. Wie glücklich ich mich schätzen kann, dass ich zwei meiner Träume gleichzeitig ausleben kann."

„Zwei?"

„Jeden Tag den Ozean zu sehen und meine Zeit mit dir zu verbringen."

Sicher, es war ein bisschen kitschig, aber ich würde lügen, wenn ich sagen würde, dass wir nicht auf der Stelle rumgemacht hätten. Julian war unglaublich romantisch, und das war etwas, das mich immer wieder überwältigte. Er konnte so gut mit Worten umgehen, dass ich Dinge fühlte, die ich nie zuvor gefühlt hatte. Er wusste immer, was er sagen musste und wann er es sagen musste. Normalerweise war ich mir bewusst, wie unbeholfen ich war und dass mir diese Fähigkeit fehlte, aber es waren Momente wie diese, in denen ich mich immer wieder in ihn verliebte.

Wir kicherten miteinander, als wir zu einem anderen Bereich gingen und an einer Schulgruppe vorbeikamen. Ich fühlte einen plötzlichen Schwall von Nostalgie von Gefühlen, die ich nie gehabt hatte, über mich kommen. Ich stellte mir uns beide als zwei Klassenkameraden vor, die wahnsinnig ineinander verliebt waren und weit hinter dem Rest ihrer Gruppe herschlichen. Wir hielten an und küssten uns leidenschaftlich, darauf bedacht, unsere Gefühle vor allen anderen zu verbergen, während wir gleichzeitig insgeheim hofften, dass sie es sehen würden und neidisch auf unsere Liebe wären. Ich konnte spüren, wie ich wie eine Idiotin lächelte, als ich darüber nachdachte, aber es war mir egal.

Julian überraschte mich erneut, als er mir erzählte, dass er in einem Restaurant einen Tisch zum Abendessen reserviert hatte. Solche einfachen Gesten festigten meine Liebe zu ihm noch mehr. Er dachte immer einen Schritt weiter und plante unsere abendlichen Verabredungen so, dass sie absolut perfekt waren. Er hatte sich ein schickes französisches Restaurant ausgesucht, und ich unterdrückte den Wunsch, ihm zu sagen, dass wir auch irgendwo hingehen könnten, wo es billiger war. Ich hatte beschlossen, dass ich den heutigen Abend so sehr genießen wollte, wie es nur ging. Wir hatten es verdient, zusammen glücklich zu sein.

Das Restaurant war *Mon Chouchou*, ein wunderschöner und privater kleiner Geheimtipp direkt am Meer. Das Wetter war perfekt, also saßen wir draußen auf einer Terrasse und genossen die langsam untergehende Sonne. Julian bestellte Beef Tartare und ich entschied mich für eines der teureren Hühnergerichte, die sie auf der Karte hatten. Ich hätte ein schlechtes Gewissen haben sollen, aber ich entschied mich dagegen. Ich würde nicht zulassen, dass meine üblichen Selbstzweifel einem perfekten Abend in die Quere kommen würden. Heute nicht.

Wir saßen da und lachten bestimmt ein paar Stunden lang und sprachen über unsere Erlebnisse im Aquarium und darüber, wie unsere Wochen gewesen waren. Julian sprach immer eifrig über die Arbeit und ich hörte ihm gerne zu, auch wenn ich nicht alles verstand, was er sagte. Ich hatte nicht gewusst, dass ich mich nicht besonders für Technik begeistern konnte, aber je mehr ich ihm zuhörte, wie er über die verschiedenen Tücken des Programmierens sprach, desto mehr war ich froh, dass es nichts war, was ich mir für mein Leben ausgesucht hatte.

Ich hatte nicht viel darüber nachgedacht, wohin mein Leben führen sollte, nachdem ich Julian kennengelernt hatte, und dieser Gedanke war mir nur teilweise bewusst. Ich hatte noch weniger darüber nachgedacht, nachdem ich die Nachricht von meiner Schwangerschaft erhalten hatte, denn alles, was ich jetzt tun wollte, war, für mein wunderschönes Baby und meinen liebenden Ehemann da zu sein. Julian konnte für uns sorgen, auch wenn er sich entschloss, seinen Job aufzugeben. Er hatte es weit gebracht, und es wäre gelogen zu behaupten, dass mich diese Tatsache nicht noch mehr beruhigte.

Es war einfach, an unser zukünftiges Leben zu denken, als wir auf der Terrasse mit Blick aufs Meer saßen, während die Sonne um uns herum unterging. Ich dachte daran, mit wie viel Liebe unser Haushalt erfüllt sein würde und wie wundervoll jeder Aspekt davon sein würde. Ich war zuversichtlich, dass wir beide ein langes und glückliches Leben führen und endlich frei von den Qualen unserer Vergangenheit sein würden. Unser Baby würde mit dem Wissen aufwachsen, dass es seine Eltern kennt und weiß, wie sehr sie beide es lieben.

Das ist es. Es ist perfekt.

Nach bestimmt ein paar Stunden auf der Terrasse fragte mich Julian, ob ich genug Energie für ein letztes Abenteuer hätte. Ich war mir nicht sicher, worauf er hinauswollte. Normalerweise waren unsere romantischen Abende, so perfekt sie auch immer waren, relativ kurzlebig. Meist gingen wir Essen oder ins Kino und fuhren dann nach Hause, um den Abend ausklingen zu lassen. Das hatte mir immer gefallen, denn mit dem Baby war ich nach ein paar Stunden unterwegs oft müde. Jetzt aber fragte ich mich, was genau Julian geplant hatte. Das sah ihm gar nicht ähnlich.

„Ähm, klar. Was hast du dir denn vorgestellt?"

„Das wirst du schon sehen." Er lächelte.

Ich zuckte die Schultern und stand auf, nachdem er die Rechnung bezahlt hatte. Julian ergriff meine Hand und nahm sie fest in seine, und wir beide schritten stolz durch das Restaurant und die Straße hinunter. Wir spazierten am Hafen entlang und genossen weiter den Ausblick und das Rauschen des Meeres. Ich wusste nicht, was Julian geplant hatte, aber ich merkte, wie mein Herz raste, während wir liefen. Ich war nervös, aber es war freudige Nervosität. Das gleiche Gefühl, das ich gehabt hatte, als wir anfingen, uns zu treffen.

Bevor ich mich versah, waren wir am Fuße des Riesenrads. Ich lächelte verlegen, als mir klar wurde, was Julian vorhatte. Er wusste, wie wichtig dieses Riesenrad für uns war und wie viel es für unsere Beziehung bedeutete. Er war so romantisch wie immer, und ich hatte gedacht, dass ich vielleicht etwas falsch gemacht hatte.

Ich war überrascht, als Julian einfach auf einen der Betreuer zuging und seinen Namen sagte. Es waren nicht viele Leute in der Schlange, aber genug, dass ich mich ein bisschen schlecht fühlte, weil wir uns vordrängelten. Der

Angestellte lächelte nur und wünschte uns eine angenehme Fahrt, als er uns ganz nach vorne in die Schlange brachte. Ich wusste, dass Julian ein paar Beziehungen hatte spielen lassen, um den Abend zu etwas Besonderem zu machen, auch wenn ich mich genauso gefreut hätte, wenn er es nicht getan hätte, aber es waren wieder Momente wie diese, die mir zeigten, wie sehr er mich liebte und wie viel er bereit war zu tun, um es mir zu beweisen.

Als es an der Zeit war, mit dem Riesenrad zu fahren, rannten wir beide fast zu unserem Wagen. Als wir einstiegen, war ich erstaunt zu sehen, dass jemand überall im Wagen kleine elektrische Kerzen aufgestellt hatte, die ihn in stimmungsvolles Licht tauchten. Ich sah Julian an und er lächelte nur.

„Jemand muss sich für diesen Wagen etwas ausgedacht haben, schätze ich."

Wir nahmen unsere Plätze ein und bevor wir uns versahen, waren wir unterwegs. Wir kuschelten uns aneinander, während das Riesenrad seine Runden drehte und mussten jedes Mal lachen, wenn wir anfingen, hinunterzufahren. Ich hatte Höhen noch nie gemocht, aber der Blick über den Hafen und die Stadt hatte etwas so Schönes an sich, dass ich meine Angst immer zu vergessen schien, wenn wir hier oben waren. Ich starrte aus dem Fenster, als das Rad mit uns ganz oben zum Stehen kam. Ich seufzte tief und schmiegte mich in Julians Arme.

Er räusperte sich plötzlich, ließ meine Taille los und stand dabei auf.

„Was machst du –"

Bevor ich mich versah, war Julian auf den Knien und hatte einen Ring aus seiner Jackentasche gezogen.

Fast hätte ich geschrien! Ich konnte es nicht fassen. Wollte er wirklich das tun, was ich dachte, dass er tun würde?

„Ani. Ich habe in den letzten Monaten viel nachgedacht. Du hast mich zum glücklichsten Mann auf der ganzen Welt gemacht. Jeder einzelne Tag, den ich mit dir verbringe, ist ein Segen und ich sehne mich nach mehr. Würdest du mir die Ehre erweisen, für den Rest unseres Lebens an meiner Seite zu sein? Würdest du mich jeden Tag so halten, wie du mich gerade eben noch gehalten hast? Würdest du mit mir lachen und weinen, während wir gemeinsam durchs Leben gehen? Ani, willst du meine Frau werden? Willst du mich heiraten?“

Ich fiel fast auf meine eigenen Knie, als mir die Tränen anfingen über das Gesicht zu laufen. Zum ersten Mal seit langer Zeit brannten sie mir nicht in den Augen und erlaubten mir, die Person, die vor mir stand, klar zu sehen. Dies war die Liebe meines Lebens. Der Mann, der für mich bestimmt war, mit dem ich den Rest meines Lebens verbringen sollte. Er würde meine zweite Hälfte sein und der beste Vater, den sich unser Kind wünschen konnte. Er würde mein bester Freund sein, von jetzt an bis ans Ende der Tage. Er würde mein Ehemann sein.

„Ja! Ja zu allem!“

Als das Rad langsam seine Talfahrt begann, umarmten wir beide uns und küssten uns innig.

Kapitel Siebzehn

2011

Es war eine schwierige Entscheidung, aber nachdem ich nach ein paar Stunden Schlaf aufgewacht war, beschloss ich, dass ich hier bleiben musste, zumindest für eine Weile. Mom hatte recht. Wie sollte ich da draußen jemals alleine überleben? Ich war ein solches Leben nicht gewohnt und sie brauchte mich hier. So viel war mir jetzt klar.

Wann immer Mom wütend wurde, war es leicht, ihr die Schuld dafür zu geben. Als Kind hatte ich das immer getan. Ich glaube, das ist ein Teil des Grundes, warum ich sie mir immer als dieses Monster allein in ihrem Zimmer vorgestellt habe. Als ich älter wurde, merkte ich jedoch, dass ich ihr nur noch mehr Stress machte. Ich meine, was wusste ich schon über eine Scheidung oder so etwas? Ich hatte nur eine ungefähre Vorstellung davon, wie es sich anfühlt, wenn der Mensch, den man liebt, einen im Stich lässt. Wenn Mom sich die ganze Zeit so fühlte, konnte ich ihr nicht verübeln, dass sie manchmal wütend war. Wenn überhaupt, dann hätte ich dankbar sein sollen, dass sie nicht immer so wütend auf mich war. Immerhin war ich der Grund, warum mein Vater uns überhaupt verlassen hatte.

Mr. Irving hatte keine solche Ausrede. Ich hasste ihn. Wie konnte er mich nur so zurückweisen? Ich wusste, dass ich nicht perfekt war, aber meine Liebe zu ihm war rein. Sie hätte uns aufrechterhalten, egal was passiert wäre. Ich verstand, dass er wahrscheinlich um seinen Job und seinen Ruf besorgt war, aber nichts davon hätte am Ende eine Rolle gespielt. Wir wären zusammen gewesen und hätten jeden Sturm überstehen können, den irgendjemand in unsere Richtung geschickt hätte. Sicher wäre es für ihn schwer gewesen, aber was ist mit mir? Mein ganzes Leben ist hart gewesen. Das war der einzige Ausweg!

Vielleicht hatte Mom recht. *Vielleicht werde ich niemals Liebe finden. Vielleicht soll ich das auch gar nicht.* Was für ein schrecklicher Gedanke. All die Jahre hatte ich in den Spiegel geschaut und gehasst, was ich sah. Ich war übergewichtig. Hässlich. Ruhig. Das war es auch, was alle anderen die ganze Zeit über gesehen hatten. Warum sollte mich jemand lieben wollen? Ich war erbärmlich. Eine Versagerin. Ich war meine eigene Zeit nicht wert, geschweige denn die von jemand anderem. Mr. Irving hatte recht, mich abzuweisen. *Wenn überhaupt, war er zu freundlich in der Art und Weise gewesen, wie er es getan hatte. Er hätte mich in dem Moment bloßstellen sollen.* Das wäre sein gutes Recht gewesen! Ich hatte weder ihn noch sonst jemanden verdient. Ich hatte das Glück nicht verdient.

Ich konnte Mom in ihrem Zimmer hören und überlegte, ob ich genug Lärm gemacht hatte, um sie zu stören. Wenn ja, würde ich eine weitere Standpauke bekommen, aber das wäre nur gerecht. Ich spannte mich an, als ich sie den Flur hinunterkommen hörte, atmete aber erleichtert auf, als ich das leise Knarren der Treppe hörte. Sie würde sich fertig machen, um zur Arbeit zu gehen. Ich hatte gar nicht bemerkt, dass ich so lange geschlafen hatte. Ich war überrascht, aber nicht schockiert. Natürlich hatte ich das. Es war schließlich das Einzige, was ich gut konnte.

Ich versuchte, meine Tränen zu unterdrücken, bis ich sicher war, dass Mom unten war. So sehr ich auch das Gefühl hatte, dass ich eine weitere Standpauke verdient hatte, war es das Letzte, was ich wollte. So schlimm hatte ich mich in meinem Leben noch nie gefühlt und obwohl ich es gewohnt war, nicht zu wissen, was ich tun sollte, war es dieses Mal anders. Ich meine, was waren meine Optionen?

Ich würde am Montag wieder zur Schule gehen müssen. Ich schätzte, ich könnte nächste Woche ein paar Tage schwänzen, aber ich würde das Unvermeidliche nur hinauszögern. Ich hatte zahlreiche Anrufe von der Schule abgefangen, als ich zuvor geschwänzt hatte, aber es war nur eine Frage der Zeit, bis sich meine Mutter einschalten würde. Gott helfe mir, wenn das jemals passieren würde. Wenn sie das mit Mr. Irving herausfand oder von der Schule kontaktiert wurde ...

Die Schule.

Ich hatte gar nicht darüber nachgedacht, welche Folgen mein Verhalten haben würde. Ich wusste, dass es zwischen Mr. Irving und mir unangenehm werden würde und hatte eine nagende Angst, dass meine Mitschüler es herausfinden würden und ich für den Rest meines Lebens die Zielscheibe des Spotts sein würde, aber ich hatte nie wirklich über die weiteren Konsequenzen nachgedacht. Ich hatte zu sehr auf Mr. Irvings Gefühle für mich vertraut. Es gab keine Chance mehr, dass ich seinen Kurs besuchen konnte. Er war sicher zum Direktor gegangen und hatte ihm alles erzählt.

Ich spürte, wie ich rot wurde, als ich daran dachte, wie sich die Schulleitung die Fotos ansah, die ich Mr. Irving geschickt hatte. Würden sie sie den Leuten zeigen? Würde Mrs. Wilhelm sie sehen? Und wenn sie es tat, würden andere sie vielleicht auch sehen? Was würde passieren, wenn sie irgendwie herauskämen und die ganze Schule sie sähe? Wie könnte ich mich dort jemals wieder blicken lassen?

Ich versuchte mir einzureden, dass so etwas auf keinen Fall passieren konnte. Wenn Mr. Irving sich an die Verwaltung wandte, würden sie das privat regeln, aber ich würde es trotzdem wissen. Die Leute würden Fragen stellen und wenn sie keine Antworten bekämen, würden sie sich ihre eigenen ausdenken. Vielleicht würden sie mich einfach in einen anderen Kurs stecken. Ich konnte mir nicht vorstellen, dass mich jemand so sehr bemerkt hatte, dass er sich darum kümmerte oder fragte, warum. Es war noch relativ früh im Schuljahr. Vielleicht konnten sie etwas arrangieren.

Ich konnte nicht anders, als in meinem Kopf all die verschiedenen Möglichkeiten durchzugehen. Alle endeten auf die gleiche Weise: damit, dass alle es herausfanden und ich irgendwie noch peinlicher wurde, als ich ohnehin schon war. Die einzige Möglichkeit, die einen Funken Hoffnung in sich trug, war die, dass Mr. Irving niemandem etwas von dem Vorfall erzählte.

Das ist auch die einzige Möglichkeit, die er hat!

Ich meine, wenn er es niemandem gegenüber erwähnen würde, würde es nie jemand erfahren. Sicherlich wären die Dinge zwischen uns beiden unangenehm, aber zumindest wären wir die Einzigen, die einen Unterschied spüren würden. Wir könnten weiter miteinander und mit uns selbst leben. Es wäre genau so, als wären wir zusammen weggelaufen und würden immer noch die Geheimnisse des anderen bewahren.

Ich seufzte, als ich darüber nachdachte. Der Traum, den ich für meine Zukunft hatte, war mir genommen worden. Alles, was ich mir je erträumt hatte, war in einem Augenblick auf und davon. Ich hatte so hart dafür gearbeitet, dass alles klappte. Warum hatte es nicht geklappt? Was war falsch mit mir? Nach allem, was ich getan hatte? Warum hatte ich es verdient, mich so zu fühlen?

Ich schaute auf meine Kleidung hinunter. Ich hatte diesen Pullover und diesen Rock gewählt, um Mr. Irving so gut zu verführen, wie ich konnte. Jetzt fühlte ich mich einfach nur dumm und schämte mich darin. Ich zog sie schnell aus und warf sie in die Ecke des Zimmers, um sie zu vergessen. Ich war froh, dass ich keinen Spiegel in meinem Zimmer hängen hatte, so musste ich nicht sehen, wie ich darunter aussah. Ich hatte Angst, dass das, was ich sah, mich in den Wahnsinn treiben würde.

Ich zog mir einen dickeren Pullover und eine Jogginghose an und legte mich wieder ins Bett, weil ich mich nach dem Tag völlig erschöpft fühlte. Ich wusste, wenn ich jetzt schlief, würde ich die ganze Nacht wach sein, aber ich konnte nicht anders. Ich spürte, wie jedes Quäntchen meiner Kraft schwand, während ich dalag und weinte. Ich konnte hören, wie Mom unten in der Küche beschäftigt war und plötzlich spürte ich, wie der Hunger mich packte. Ich wusste aber, dass ich sie nicht stören durfte, während sie sich Abendessen machte. Ich würde warten müssen, bis sie wieder hochkam, um sich für die Arbeit umzuziehen, bevor ich mein eigenes machte.

Und so lag ich da, allein mit meinen Gedanken, die weiter in meinem Kopf herumwirbelten. Es gab Momente, in denen ich mich schlechter fühlte als je zuvor und Momente, in denen ich mich dabei ertappte, wie ich Mr. Irving für alles, was passiert war, die Schuld gab. Ich konnte mich nicht entscheiden, wen ich mehr hasste: ihn oder mich selbst. Ich wusste tief im Inneren, dass er meinen Hass nicht verdiente. Gleichzeitig wusste ich aber auch, dass es sich besser anfühlte, so zu denken als die Alternative. Ich versuchte, mir in meinem Kopf sein eigenes Leben vorzustellen und die verschiedenen Momente des Unglücklichseins, die er fühlen würde. Ich stellte mir vor, wie er von einer Frau enttäuscht wurde, die er liebte und die noch hässlicher war als ich. Ich dachte daran, dass er seinen Job verlieren würde und überlegte sogar, meine eigene Geschichte zu erfinden, um es geschehen zu lassen. Es war ein kleiner Trost, aber einer, den ich in diesem Moment in Kauf nehmen würde, auch wenn ich keine Zweifel daran hatte, dass ich ihm niemals so viel

Schlechtes wünschen könnte, wie ich es vielleicht wollte.

Ich überlegte angestrengt, was ich als Nächstes tun sollte, gab mich aber damit zufrieden, zu warten, bis ich gegessen hatte. Zu diesem Zeitpunkt war ich am Verhungern und die Zeit schien sich noch mehr zu verlangsamen, als sie es den ganzen Tag über getan hatte. Ich dachte auch daran, wie viel besser ich mich fühlen würde, wenn ich gegessen hatte. Das war eine Taktik, die ich zu meiner Schande schon viele Male angewandt hatte.

Du bist ein faules Stück Scheiße.

Es war wahr. Ich wusste es. Ich kannte den Kreislauf zu diesem Zeitpunkt gut. Ich aß, um mich zu trösten und hasste mich dann dafür, dass ich so viel aß. Es war eine Angewohnheit, die ich mir nie abgewöhnen konnte und eine von vielen, durch die ich mich erbärmlich fühlte. Vielleicht könnte ich diese Laster, wenn ich mich entschließen würde, Everett zu verlassen, irgendwann in Angriff nehmen. Für den Moment ließ ich den Zauderer in mir gewinnen und machte mich auf den Weg zu meiner Tür, als ich hörte, wie Mom die Treppe hinaufging.

„Du bist also am Leben."

Ich weiß nicht, warum, aber ich hatte nicht erwartet, dass Mom mit mir sprechen würde. Schließlich tat sie das selten um diese Tageszeit. Sie war immer so sehr damit beschäftigt, sich auf ihre Nachtschicht vorzubereiten, dass jede Ablenkung ausreichte, um sie aus dem Konzept zu bringen. Ich ertappte mich dabei, wie ich lächelte, als sie zu mir herüberkam. Das waren die seltenen Momente, für die ich lebte und auf die ich hoffte. Die, in denen sie zu mir kam und mich tröstete.

„Du hast die ganze Zeit geweint? Gott, ich dachte, du wärst inzwischen drüber weg."

Vielleicht ist dies nicht einer dieser Momente.

„Ich habe ein wenig geschlafen."

„Natürlich hast du das!"

„Und ... und wollte mir gerade etwas zu essen holen."

„Nun, im Gefrierschrank steht ein Becher Eiscreme, wenn du deine Gefühle darin vergraben willst."

Ich versuchte zu lächeln, als meine Mutter mir erklärte, dass sie länger als sonst unterwegs sein würde und dass ich sie morgen wahrscheinlich nicht sehen würde. Ich wusste, dass sie mich nur aufzog und dass es ihr wahrscheinlich genauso ging. Ich spürte, wie mir Tränen in die Augen stiegen, aber ich wischte sie so schnell weg, wie ich konnte.

„Oh mein Gott, fängst du schon wieder damit an?"

Nicht schnell genug.

„BethAni, Baby. Du weißt, dass ich es nicht so meine, wenn ich so mit dir rede. Wir sind doch Freunde, oder? Ich ziehe dich nur auf. Du bist manchmal zu sensibel."

Ich nickte unbeholfen und meine Mutter lachte.

„So ist es schon besser. Hör auf zu weinen, okay? Es hilft nichts und schau, was es mit deinem Make-up gemacht hat. Du siehst furchtbar aus, Liebes."

Ich versuchte, den dicken Kloß in meinem Hals herunterzuschlucken, schaffte es aber gerade so, eine Antwort herauszuwürgen. Ich wusste, dass meine

Mutter recht hatte und dass sie trotz ihrer Worte immer nur mein Bestes im Sinn hatte.

„Ich werde es versuchen, Mom. Es tut mir leid."

„Es muss dir nicht leidtun. Aber weine nicht die ganze Nacht. Das kann ich nicht ausstehen. Ich mache mir jetzt die Haare und währenddessen kannst du mir erzählen, was passiert ist."

Plötzlich blitzte ein Bild von Mrs. Wilhelm vor meinen Augen auf. Mom fragte mich nie nach meinem Privatleben oder wie mein Tag gewesen war. Wenn sie es tat, dann immer in einem sarkastischen Ton und ich tat gut daran, sie nicht mit den Details zu langweilen. Jetzt aber schien es aufrichtig zu sein. Warum hatte mich heute jeder nach meinem Leben gefragt?

„Nein, Mom. Es ist alles in Ordnung. Es ist nichts weiter. Nur ein dummer Typ, wie du gesagt hast."

„Willst du mich verarschen? Ich habe dich gebeten, mit mir darüber zu reden, weil du offensichtlich verärgert bist und das ist alles, was du sagen willst? Ich habe heute einen Anruf von der Schule bekommen. Der Scheiß hat mich aus einem Nickerchen geweckt. Weißt du, was sie gesagt haben?"

Ich spürte, wie mein Gesicht brannte, als ich mich darauf gefasst machte, dass die Wahrheit herauskommen würde.

„Sie fragten mich, ob zu Hause alles in Ordnung ist und wollten, dass ich nach dir sehe. Daher bin ich hier, um nach dir zu sehen."

Meine Wangen brannten schon fast, während ich in Gedanken durchspielte, was meine Mutter gerade gesagt hatte. Warum hatte die Schule sie gebeten, nach mir zu sehen? Warum hatte scheinbar jeder Lehrer heute das Gleiche getan? War etwas passiert? Wussten sie es?

Oh nein. Die Bilder.

Ich hatte nie über die Möglichkeit nachgedacht, dass Mr. Irving der Verwaltung vor dem heutigen Tag von mir erzählt hatte. War es möglich, dass er sie alarmiert hatte, sobald er die Fotos und Briefe erhielt, die ich ihm geschickt hatte? Das würde erklären, warum sich Mrs. Wilhelm so seltsam verhalten hatte, als hätte sie gewollt, dass ich es zugab, bevor sie es selbst zur Sprache brachte.

Für einen Moment fühlte es sich an, als würde mein Verstand zerspringen. Das Einzige, was noch schlimmer war, als mich vor Mr. Irving zu blamieren, war, mich vor allen Leuten zu blamieren. Und doch war es genau das, was ich getan hatte. Warum hatte ich nie daran gedacht, was passieren würde? Nach dieser Sache und dem, was heute passiert war, wusste ich, dass mein Leben vorbei war. Es gab keinen Weg, wie ich mich davon erholen könnte.

„Mach dir keine Sorgen. Du brauchst mir nicht zu antworten. Ich habe mir die Freiheit genommen, in deinem Tagebuch nachzuschauen…"

Die Worte meiner Mutter rissen mich in die Realität zurück.

„W-was?"

„Ich sagte, ich habe mir erlaubt, in dein Tagebuch zu schauen. Ja, ich habe immer gewusst, wo es ist. Glaubst du, ich würde die wichtigste Person in meinem Leben nicht im Auge behalten?"

Ich hasste es, dass ich schon wieder schluchzte, aber

ich konnte es nicht verhindern. Wenn es stimmte, was meine Mutter sagte, kannte sie jedes Geheimnis, das ich je gehabt hatte. Jedes Gefühl, das ich je erlebt hatte. Ich dachte an Zeiten zurück, in denen sie Dinge gesagt hatte, bei denen ich mich fragte, woher sie sie gewusst hatte. Ich dachte an die Zeiten, in denen sie mich wegen meiner Gefühle verspottet hatte. Ich erinnerte mich daran, wie sie einmal gescherzt hatte, dass sie so viel über mich wusste, weil wir uns so nahe waren.

Ich hatte es geglaubt.

„Mom, warum tust du das? Das ist mein Leben!"

„Was ist mit meinem Leben? Denkst du, ich mag es, Anrufe von der Schule zu bekommen? Glaubst du, ich lese gern, dass meine Tochter versucht, einen ihrer Lehrer zu verführen? Ich kann nicht glauben, wie erbärmlich du bist!

Liebes Tagebuch: Heute sah mich Mr. Irving mit seinen schönen Augen an, die einfach die Seele erwärmen."

Ihr Lachen war grausam und ich fühlte, wie es in meinem ganzen Körper widerhallte. Wie konnte sie mir das antun? Wie konnte sie dastehen und über meine Gefühle lachen? Das war keine Neckerei. Nicht mehr.

„Mom, bitte. Hör auf."

„Wow! Du hast wirklich geglaubt, dass dieser Mann dich auch liebt, nicht wahr? Was hast du getan, dich vor ihm ausgezogen? Mensch, ich hoffe, du hast wenigstens einen Salat gegessen, bevor du das getan hast."

Ich rannte die Treppe hinunter, so schnell ich konnte und stürzte ins Bad. Ich weiß nicht, warum ich ausgerechnet dorthin rannte. Die Heiligkeit meines Schlafzimmers war verletzt worden und hier konnte ich wenigstens dem Gelächter entkommen, das ich immer noch von oben hören konnte. Ich schlug die Tür hinter mir zu und sackte auf den Boden. Tränen brannten mir fast so sehr in den Augen wie das Blut in meinen Wangen. So sehr ich auch versuchte, sie wegzuwischen, sie kamen immer wieder und machten mich blind für alles andere im Raum.

Ich war dankbar, wenigstens für diese kleine Gnade. Ich wusste, wenn ich sie öffnete, würde ich vor allem das eine sehen, was ich nicht sehen wollte. Die eine Sache, die mich in den Abgrund stürzen würde, eine Spirale, die außer Kontrolle geriet, bis ich nur noch eine Wahl vor mir hatte. Ich bedeckte meine Augen so lange, wie ich konnte, bis meine Angst die Oberhand gewann und ich aufblickte. Selbst hinter dem Vorhang meiner Tränen konnte ich es deutlich sehen, schlimmer als ich es mir je vorgestellt hatte.

Mich.

Kapitel Achtzehn

2019

Ich kann gar nicht beschreiben, wie aufgeregt ich war, meine Hochzeit zu planen, nachdem ich so viele Jahre nur davon geträumt hatte. Ich hatte schon lange eine Idee im Hinterkopf, wie meine Traumhochzeit aussehen würde. Ich hatte sie mir fast wie ein Märchen vorgestellt, mit all meinen Freunden und meiner Familie, die sich um mich schmiegten und mich wie die Prinzessin behandelten, die ich schon immer sein wollte. Sie würde in einer riesigen Kirche stattfinden, mit großartiger Orgelmusik und einigen der besten Sänger, die ich mir leisten konnte. Der Empfang würde nicht allzu weit entfernt in einer Scheune stattfinden. Wir würden Lichterketten von der Decke hängen und die Leute würden die ganze Nacht tanzen.

Ich hatte schon immer eine Vorstellung davon gehabt, wie es sein würde. Seit ich ein kleines Mädchen war und mit den wenigen Puppen spielte, die ich hatte. Ich hatte oft darüber nachgedacht, wer mich zum Traualtar führen würde und teilweise hatte ich einen weiteren Traum, in dem mein Vater in das Leben meiner Mutter und in mein Leben zurückkehrte. Ich lächelte, als ich jetzt an all diese Träume dachte und atmete tief durch, um mit der Planung fortzufahren.

Meine tatsächliche Hochzeit würde nichts dergleichen sein.

Es war nicht so, dass ich von dieser Tatsache enttäuscht war. Ganz im Gegenteil. Ich war überglücklich, Julian zu heiraten und ich freute mich, dass es eine einfache Sache werden würde. Es war schließlich realistisch und würde trotzdem genauso bedeutungsvoll sein wie die Märchenhochzeit, die ich mir erträumt hatte. Der einzige Unterschied wäre, dass sie tatsächlich stattfinden würde und dieser Gedanke begeisterte mich.

Ich plante sie so gut ich konnte. Sie würde im Gerichtsgebäude stattfinden und relativ schnell vonstattengehen. So sehr ich mir auch eine traditionelle katholische Hochzeit gewünscht hatte, wusste ich doch, dass dies einfacher und schneller gehen würde – beides war genau das, was Julian und ich vorhatten. Wir mussten heiraten, bevor das Baby auf die Welt kam, so viel stand fest und je schneller wir in und aus dem Veranstaltungsort der Hochzeit kommen konnten, desto besser.

Zumindest redete ich mir das immer wieder ein.

Es würde keinen Empfang im traditionellen Sinne geben, da die Hochzeit mitten am Tag stattfinden würde und wir nur zwei Gäste haben würden: Sam und Hannah. Ich fragte Julian, ob er einen Trauzeugen haben wolle, aber er versicherte mir, dass es ausreiche, wenn nur die uns Nahestehenden anwesend seien. Ich dachte über eine Reservierung in einem einfachen

Restaurant nach, damit wir zumindest nachher mit allen zusammen essen könnten. Julian stimmte zu, dass es eine gute Idee war und versprach mir, dass er die besten Flitterwochen für uns planen würde, wenn die Feierlichkeiten vorbei waren.

Ein Teil von mir überlegte, ob ich meine Mutter zu der Zeremonie einladen sollte, aber ich wusste es besser, als in diese Falle zu tappen. Julian hatte mich nie nach meiner Beziehung zu meiner Mutter gefragt und ich war heilfroh, es nicht zu erwähnen. Soweit es mich betraf, war dieser Teil meines Lebens vorbei und erledigt. Ich brauchte sie auch nicht. Sie hatte es nicht verdient, dort zu sein. Sie würde es nur als Gelegenheit nutzen, mich zu verhöhnen und zu verspotten, wie sie es immer tat.

Nein. Sie kann zu Hause bleiben und auf die harte Tour erfahren, wie es ist, etwas zu verpassen.

Ich hatte Sam für den frühen Nachmittag eingeladen, denn nach dem Mittagessen hatten wir uns vorgenommen, ein Kleid kaufen zu gehen. Ich war natürlich nicht auf der Suche nach etwas allzu Ausgefallenem und Sam meinte, sie wüsste ein paar Läden, wo wir uns umsehen könnten. Es hatte mich viel Mühe gekostet, Sam davon zu überzeugen, mir nicht von einer ihrer Freundinnen ein Kleid machen zu lassen, aber ich hatte mich schließlich durchgesetzt. Es war eine nette Geste, aber ich wollte, dass es an diesem Tag nur um mich ging. Ich wollte nicht das Kunstwerk von jemand anderem tragen, schon gar nicht, wenn ich die Person nicht kannte.

Nur die Menschen, die wir lieben, würden dort sein.

Sam kam nicht allzu lange nachdem Julian und ich gegessen hatten und wir waren bald schon abfahrbereit. Die Fahrt zu dem Laden, den Sam im Sinn hatte, würde ein bisschen dauern, also wünschte ich Julian einen schönen Rest des Tages und küsste ihn leidenschaftlich auf die Lippen. Sam stöhnte und rief, dass wir uns auf den Weg machen müssten, also drehte ich mich schnell um und verließ das Haus. Wir wollten gerade aus der Einfahrt fahren, als mir auffiel, dass ich meine Brieftasche im Haus vergessen hatte. Sam tadelte mich spielerisch und ich eilte schnell zurück ins Haus.

Ich rief nach Julian, als ich eintrat, aber es kam keine Antwort.

Er muss im Bad sein.

Ich dachte schnell über die verschiedenen Orte nach, an denen ich meine Brieftasche vergessen haben könnte und durchsuchte das Haus so schnell ich konnte. Eine schnelle Suche in der Küche ergab nichts, also ging ich nach oben ins Hauptschlafzimmer. Ich durchsuchte das Bett und scannte die verschiedenen Tische, die wir im Zimmer hatten, bevor ich die Schubladen durchsuchte. Ich hatte meine Brieftasche einmal in einer Jeans vergessen, also dachte ich mir, dass das ein guter Ort zum Suchen war. Ich hörte die Autohupe draußen, also beeilte ich mich mit der Suche.

In den ersten paar Schubladen von Julians und meiner Kommode war nichts zu finden, aber ich war verblüfft, als ich ein Blatt Papier auf dem Boden einer der Schubladen auf seiner Seite spürte. Ich konnte mich nicht daran erinnern, dass Julian jemals etwas Wertvolles in diesen Schubladen aufbewahrt hatte, aber meine Neugierde übermannte mich. Ich zog es heraus, halb in der Erwartung, dass es irgendein Gutschein sei, den auch er in einer Hose vergessen hatte.

Was ist das? Eine Art Brief?

Die Schrift war ziemlich verwischt und der Brief sah aus, als wäre er viel herumgekommen, denn die Kanten waren eingerissen. Es schien, als wäre es ursprünglich Teil eines längeren Briefes gewesen, denn in der linken oberen Ecke waren die verräterischen Spuren einer Heftklammer zu sehen. Bevor ich die Gelegenheit hatte, den Brief richtig zu lesen, erschien Julian hinter mir und riss ihn mir aus der Hand.

„Das geht dich nichts an, Ani."

Ich wirbelte herum, teils weil er mich erschreckt hatte, teils weil ich verärgert war.

„Was soll das heißen, das geht dich nichts an? Was ist es denn? Verheimlichst du mir etwas, Julian?"

Julian lächelte breit, als er das Papier faltete und in seine Tasche steckte. Gleichzeitig reichte er mir meine Brieftasche und küsste mich auf die Stirn.

„Mach dir keine Gedanken darüber, Ani. Es ist nichts. Ich verspreche es dir. Du hast das hier gesucht, richtig? Du hast sie gestern Abend im Wohnzimmer liegen lassen."

Ich weiß nicht, warum ich so wütend wurde, aber so war es. Ich konnte es nicht verhindern. Irgendetwas an der Art, wie Julian über den Brief gesprochen hatte, passte mir nicht. Wenn es wirklich nichts gewesen war, warum hatte er es dann verheimlicht? Widerwillig löste ich mich von ihm, als er mich küsste und versuchte, das

Geräusch von Sam, die immer noch hupte, auszublenden.

„Warum lügst du mich an? Was steht in diesem Brief, das so privat ist? Was verheimlichst du vor mir?"

Julian sah mich an und eine Sekunde lang glaubte ich zu sehen, wie sich sein weicher Blick in ein hartes Starren verwandelte. Ich erkannte jedoch, dass ich es mir nur eingebildet haben musste, als er sich umdrehte, zum Fenster ging und einen langen Seufzer ausstieß.

„Es tut mir leid, Baby. Ich wollte nicht unhöflich sein oder dir Dinge vorenthalten. Dieser Brief wurde mir vor langer Zeit von einem Freund geschrieben. Ich hatte nicht viele Freunde, als ich aufwuchs, deshalb habe ich diesem Brief immer viel Bedeutung beigemessen. Es scheint albern, ich weiß, aber ich schaue ihn mir manchmal an, wenn ich das Gefühl habe, dass mein Selbstvertrauen zu schwinden beginnt. Er erinnert mich an das Gute, das ich noch tun kann. Ich habe keinen Kontakt mehr zu diesem Freund und ich bin sicher, dass er sich nicht einmal daran erinnert, diesen Brief geschrieben zu haben, aber für mich ist er wichtig."

Ich beobachtete ihn aufmerksam, während er seine Erklärung abgab. Julian zog den Brief wieder aus seiner Tasche und entfaltete ihn. Seine Augen überflogen die Seiten mit offensichtlicher Nostalgie und ich sah, wie sich Tränen in seinen Augenwinkeln zu bilden begannen. Ich fühlte mich schrecklich, weil ich ihn wegen etwas so Belanglosem beschuldigt hatte. Was hatte ich gedacht, was der Brief gewesen war? Julian war ein guter Mann. Warum redete ich mir immer wieder ein, dass er es nicht war?

„Willst du ihn lesen, Ani? Er wird dir nicht wirklich etwas sagen und ist ein bisschen schwierig zu lesen, aber wenn du willst, darfst du."

Ich fühlte mich bereits schrecklich wegen meines Vorwurfs, also lehnte ich ab und entschuldigte mich bei meinem baldigen Ehemann. Er küsste mich innig und entschuldigte sich seinerseits dafür, dass ich das Gefühl hatte, er würde mir etwas verheimlichen. Als er mich umarmte, schmiegte ich mich in seine Arme und spürte, wie die Vorfreude auf die Hochzeit in mir hochkam. Es war das beste Gefühl der Welt.

Das Geräusch von Sam, die auf die Hupe drückte, riss mich aus meinen Gedanken, also küsste ich Julian erneut und ging zur Tür. „Warum gehen wir nicht zusammen essen, wenn ihr vom Einkaufen zurückkommt? Das wird meine Art der Wiedergutmachung für dich sein. Klingt das gut?"

„Es gibt nichts wiedergutzumachen, Baby. Nichts. Aber sehr gerne. Bis bald! Wenn du mich das nächste Mal siehst, habe ich hoffentlich ein neues Kleid, das ich zu diesem kleinen Event tragen kann, von dem du vielleicht gehört hast."

Julian lächelte mich an und lachte. Es war eines meiner Lieblingsgeräusche und ich verließ das Haus erleichtert und freudig angesichts dessen, was unsere Zukunft für uns bereithielt.

Kapitel Neunzehn

2019

Nachdem ich die Hochzeit so lange geplant hatte, war es schwer zu glauben, dass sie in nur ein paar Wochen stattfinden würde. Ich war bereit dafür, so sehr mir meine Nervosität auch etwas anderes sagte. Ich wusste, dass es nur das klassische Kalte-Füße-Syndrom war und dass ich darüber hinwegkommen würde, sobald das alles vorbei war und hinter mir lag. Ich konnte es kaum erwarten. Ich merkte immer mehr, dass Julian sich komisch benahm, und ich redete mir immer wieder ein, dass es genau denselben Grund hatte, den ich gerade durchlebte. Er war wohl auch nervös wegen der bevorstehenden Hochzeit, und Nervosität macht immer komische Dinge mit Leuten.

Es war also schön, als er mich an diesem Abend um ein Date bat. Ich weiß, ich weiß, wir lebten zusammen, und wir waren bald verheiratet, also galt ein Abendessen auswärts nicht mehr wirklich als Date. Aber es war irgendwie schön, sie so zu sehen, und Julian nannte sie immer so. Ich denke, dass es seine Art war, die

Romantik in unserer Beziehung aufrechtzuerhalten, und ich war dankbar dafür. Ich wusste, dass es jetzt wichtiger denn je war, dass wir beide uns so sehr wie möglich bemühten, uns weiterhin zu lieben. Ich hatte gelesen, dass ein Großteil von Beziehungen kurz vor der Hochzeit in die Brüche geht, weil die Gefühle auf beiden Seiten so stark sind.

Uns nicht. Uns wird das nicht passieren. Nicht, wenn ich ein Wörtchen dabei mitzureden habe.

Julian und ich hatten an diesem Abend keine besondere Lust, uns schick zu machen, also schlug er vor, einfach in einen kleinen Pub zu gehen, in den wir immer gingen, als wir uns kennenlernten. Julian trank zu der Zeit ganz gerne, und ich versuchte mein Bestes, mich davon nicht beunruhigen zu lassen. Wäre es zu einem anderen Zeitpunkt in unserer Beziehung gewesen, hätte ich ihn danach gefragt oder mir Sorgen gemacht, dass er anfängt, davon abhängig zu werden. Aber da die Hochzeit bevorstand und jeder Tag bis zum Rand mit zu erledigender Arbeit gefüllt war, konnte ich es ihm nicht verübeln, dass er sich dem hingab. Zum Teufel, wenn ich gedurft hätte, hätte ich wahrscheinlich dasselbe getan.

Davon abgesehen war es irgendwie schön, in ein Lokal zu gehen, in dem wir nicht Unmengen von Geld ausgeben mussten. Es grauste mir, wenn ich daran dachte, was Julian für diese Hochzeit ausgeben würde, auch wenn ich mein Bestes getan hatte, um sie so klein wie möglich zu halten. Es gab immer Ausgaben und Julian hatte sie stolz übernommen. Trotzdem war ich froh, dass wir wenigstens für eine Nacht ausgehen und uns billig amüsieren konnten. Es erinnerte mich daran, wie mein Leben ausgesehen hatte, bevor ich Julian kennengelernt hatte, und ich genoss die Nostalgie daran, in einer lauten Kneipe Nachos zu essen.

Julian schien es auch zu genießen, und obwohl es sehr voll war, konnten wir einen ruhigeren Platz in einer Ecke finden, wo wir uns einfach zurücklehnen und entspannen konnten. Es kam mir vor, als wäre es eine Ewigkeit her, dass wir zwei uns einfach zurücklehnen und über andere Dinge als die Hochzeit reden konnten. Mir gefiel das. Heute Abend ging es darum, wieder zu Kräften zu kommen, und es nahm mir einiges von den Bedenken, die ich wegen der kommenden Wochen hatte.

Ich hatte den Überblick verloren, wie lange wir dort schon saßen, und um ehrlich zu sein, machte es mir nichts aus. Die letzten Wochen hatten Julian und mir einiges abverlangt, deshalb war ich froh, dass ich mich einfach zurücklehnen und entspannen konnte. Ich war zuversichtlich, dass es uns beiden sehr guttun würde. Mir war klar, dass Julian schon ein paar Bier getrunken hatte und dass ich uns nach Hause fahren musste, aber das machte mir nicht allzu viel aus. So oft und so viel Julian bei den letzten paar Malen, die wir ausgegangen waren, auch getrunken hatte, er wurde nie streitlustig oder unangenehm. Ich wusste nicht, was ich getan hätte, wenn er ein unangenehmer Trinker wäre, aber ich war froh, dass ich mich nie damit beschäftigen musste.

Ich war gerade dabei, die Rechnung beim Kellner zu begleichen, als ein junger Mann, der ungefähr in

Julians Alter zu sein schien, herüberkam und meinem Verlobten auf den Rücken klopfte.

„Julian! Ich wusste doch, dass du es bist. Wie geht es dir?"

Ein kurzer Blick der Verärgerung blitzte über Julians Gesicht, als er mich ansah, aber er verdrängte ihn schnell, lächelte stattdessen breit, drehte sich zu dem Mann um und stand auf, um ihn zu umarmen.

„Tyler! Wow, schön, dich zu sehen. Wie lange haben wir uns nicht mehr gesehen? Fünf, sechs Jahre?"

„Ja, seit dem letzten Jahr an der Uni, glaube ich."

„Das stimmt", sagte Julian. „Hier, setz dich. Wir wollten gerade los, aber wie geht es dir?"

„Gut, gut, Alter. Ich bleibe am Ball, du weißt ja, wie das ist. Und wie geht es dir? Ich habe gehört, dass dein Geschäft im letzten Jahr richtig gut gelaufen ist, oder?"

„Ja, ich hatte Glück damit und kann mich nicht beklagen. Bei mir ist alles beim Alten geblieben."

Tyler sah einen Moment lang zu Boden, als ob er überlegen wollte, was er als Nächstes sagen sollte, bevor er sich wieder Julian zuwandte.

„Hey Mann, es tat mir wirklich leid zu hören, dass deine Mutter gestorben ist. Du hast eine Menge durchgemacht, besonders nach dem, was mit deinem Dad passiert ist. Haben sie jemals den Wichser erwischt, der ihn ermordet hat?"

Ermordet? Was?

Ein dunkler Ausdruck kam über Julians Gesicht und ich sah, wie seine Augen schnell durch den Raum huschten. Er saß einen Moment lang schweigend da, und ich wusste ehrlich gesagt nicht, was ich von ihm zu hören erwartete. Ich hatte Julian noch nie so gesehen, und ich fragte mich, warum sein Freund so nonchalant den Tod seines Vaters erwähnte. Sicherlich lag hier ein Fehler vor. Julians Vater starb bei einem tragischen Autounfall. Er war nicht ermordet worden.

Oder?

„Nein, haben sie nicht“, sagte Julian schließlich. „Die Ermittlungen laufen noch. Aber ich bin sicher, dass sie den Verantwortlichen finden werden. Aber was mache ich hier? Ich bin so unhöflich! Tyler, erlaube mir, dir meine Verlobte Ani vorzustellen. Sie und ich werden in ein paar Wochen heiraten. Sie ist jetzt meine Familie.“

Tyler schaute zum ersten Mal zu mir hinüber und dann schnell wieder zu Julian. Sein Gesicht verriet nicht viel, und er klopfte Julian nur noch einmal auf die Schulter, bevor er sich mir vorstellte. Ich hörte nur halb zu, als die beiden Freunde schnell alles aufarbeiteten, was in ihrem Leben passiert war, seit sie sich das letzte Mal gesehen hatten. Ich weiß, dass ich mich für Julian hätte freuen und froh darüber sein sollen, endlich jemanden aus seiner Vergangenheit persönlich zu treffen, aber ich kam nicht darüber hinweg, was Tyler gesagt und wie Julian darauf reagiert hatte.

Wenn Julians Vater tatsächlich ermordet worden war, was bedeutete das für das lange Gespräch, das wir vor einer Weile gehabt hatten? War alles, was Julian über seinen Vater gesagt hatte, eine Lüge gewesen? Warum sollte er gelogen haben? Wie lange wollte er es vor mir geheim halten? Es ergab keinen Sinn. Ich versuchte, irgendeinen Grund zu finden, um zu rechtfertigen, warum er diese Informationen nicht mit mir teilen wollte, aber nichts, was mir einfiel, ergab einen Sinn. Ich war wütend und frustriert und ich war froh, als Tyler aufstand und wir nach Hause fuhren. Meine Gedanken rasten im Auto und ich war dankbar, dass Julian die meiste Zeit der Fahrt eingenickt war. Was verheimlichte er vor mir?

Ich weiß, dass ich taktvoller hätte sein sollen, wenn ich das Thema ansprach, aber ich konnte nicht anders. Ich hatte mir im Auto eingeredet, dass Julian mich angelogen hatte, und wenn er über etwas so Wichtiges wie den Tod seines Vaters gelogen hatte, worüber hatte er dann noch gelogen? Ich hatte mit mir gerungen, wie ich mit ihm darüber reden sollte und dachte sogar daran, bis zum Morgen zu warten, wenn wir beide etwas wacher waren. Ich dachte darüber nach, das tat ich wirklich, aber irgendetwas an der ganzen Situation reizte mich so sehr, dass ich es nicht lassen konnte.

„Was zum Teufel war das?“, schrie ich.

Ich fühlte mich sofort schuldig, denn es war das erste Mal, seit wir zusammen waren, dass ich meine Stimme erhob oder übertrieben emotional wurde. Ich wusste nicht, warum, aber ich war wütend auf ihn. Vielleicht lag es an meiner eigenen Beziehung zu meinen Eltern oder vielleicht lag es daran, dass es mir so viel bedeutet hatte, als Julian sich mir gegenüber geöffnet hatte, ich weiß es nicht. Alles, was ich wusste, war, dass ich ihn wieder anschrie, als er mich bat, zu erklären, was ich meinte.

„Ach, das“, sagte er schließlich mit einem Kopfschütteln. „Das ist gar nichts. Mach dir keine Gedanken darüber.“

„Was meinst du mit, mach dir keine Gedanken darüber? Wie kann ich das nicht? Sag mir die Wahrheit: Wurde dein Vater ermordet oder ist er bei einem Autounfall gestorben, wie du gesagt hast?“

Julian sah mich mit einem harten Blick an. Ich wusste nicht, was sich hinter seinen dunklen Augen abspielte, aber er schien eher genervt als wütend über die ganze Situation zu sein. Ich hatte gedacht, dass meine eigene Wut etwas aus ihm herauskitzeln würde, aber ich lag falsch. Er blieb ruhig und gefasst, als er auf der Couch Platz nahm und mir bedeutete, es ihm gleichzutun.

„Ani, es tut mir leid. Ich habe es nicht böse gemeint, das verspreche ich. Ja, Tyler hatte recht. Mein Vater wurde ermordet. Ich weiß nicht, warum ich dir nicht die Wahrheit gesagt habe. Ich war nur in meinen Emotionen gefangen und ich dachte, dass du mich dafür verurteilen würdest. Ich weiß, es ist dumm, so zu denken, und dass du so etwas nie tun würdest, aber ich konnte nicht anders. Der Tod meines Vaters hat mich so sehr getroffen, wie ich es gesagt habe. Das tut er immer noch. In der Nacht, in der ich dir davon erzählte, war ich in meine eigenen Gedanken versunken.

Es tut mir leid, Ani. Ich wollte dich nie beleidigen oder dir wehtun. Bitte, versteh einfach, dass ich es hasse, daran zu denken. Ich war frustriert, dass Tyler es überhaupt angesprochen hat. Ich war auf der Uni dumm und habe mit ihm und einigen anderen offener darüber geredet. Ich glaube, ich dachte einfach, wenn ich es öfter erwähne, würde der Verantwortliche vielleicht endlich gefunden werden. Ich weiß es nicht. Es tut mir leid, dass ich nichts gesagt habe. Kannst du mir verzeihen?“

„Wie ist es passiert? Wie ist er gestorben?“

Julian drehte seinen Kopf ruckartig, als ich die Frage stellte und seufzte. Er schüttelte den Kopf, rückte näher an mich heran und strich mir sanft ein paar lose Haare aus dem Gesicht.

„Bitte frag mich das nie wieder, Ani. Es tut mir leid, aber ich hasse es, daran zu denken. Du sollst nur wissen, dass er tot ist und dass er mir zu früh genommen wurde. Es tut mir leid.“

Ich sah, wie Julian Tränen in die Augen stiegen, und ich spürte sofort, wie meine dem folgten. Was tat ich da nur? Sicher, ich war wütend, dass Julian mir das vorenthalten hatte, aber konnte ich es ihm wirklich verübeln? So etwas war zu traumatisch, als dass ich es jemals ganz verstehen könnte. Ich konnte nachvollziehen, dass man es am liebsten vergessen wollte. Ich lehnte mich an Julian und küsste seine Stirn und umarmte ihn dabei.

„Nein, es tut mir leid, Baby. Ich hätte mich nicht aufregen sollen. Es ist nicht deine Schuld. Ich wünschte, du hättest mir die Wahrheit gesagt, aber ich weiß, warum du es nicht getan hast. Du solltest wissen, dass ich dich nie für so etwas verurteilen werde. Du wirst in ein paar Wochen mein Mann sein. Ich liebe dich so sehr. Daran wird sich nie etwas ändern.“

Julian lächelte und küsste mich leidenschaftlich. Ehe ich mich versah, zerrten wir an den Kleidern des anderen und gingen die Treppe hinauf ins Schlafzimmer. Ich war froh über die Ablenkung, auch wenn sie ziemlich kurzlebig war. Wir waren beide erschöpft nach dem Tag, aber ich war froh, dass wir ein paar intime Momente miteinander hatten. Es hielt mich davon ab, zu viel darüber nachzudenken, wie dumm ich gewesen war und wie töricht ich ständig war. Ich liebte Julian mehr als alles andere und er liebte mich. Bald würden wir verheiratet und für immer zusammen sein.

Wann wirst du aufhören, an dir selbst und den Menschen um dich herum zu zweifeln? Wach auf und sieh, wie gut du es hast.

Kapitel Zwanzig

2019

Es war die Nacht vor der Hochzeit und im Geist ging ich jedes Detail meines Lebens durch. Es war fast so, als wäre ich in zwei getrennte Personen gespalten. Die eine wollte sich ganz auf die positiven Aspekte der letzten Monate konzentrieren, während die andere sich verzweifelt an die negativen Erfahrungen klammerte, die ich in einem Großteil meines Lebens gemacht hatte. Ich hätte mich mehr auf das eine als auf das andere konzentrieren sollen, aber mein Verstand erlaubte mir nicht, das eine ohne das andere zu haben.

Ich hätte in Hochstimmung sein sollen, da die Hochzeit so nah war, aber jedes Mal, wenn ich innehielt, um daran zu denken, wie glücklich ich war, Julian getroffen zu haben und ein wundervolles Baby zu bekommen, verfiel ich wieder in Selbstzweifel. Ich musste wohl kompensieren, wie gut ich mich hätte fühlen sollen, und mein Verstand sagte mir immer wieder, dass das alles nur von kurzer Dauer sein würde. Ich hatte das gute

Leben, das Julian und ich uns aufgebaut hatten, nicht verdient. Ich war es nicht wert, Mutter zu werden. Nicht nach allem, was in meinem Leben passiert war.

Man muss verstehen, dass ich an diese Gefühle ziemlich gewöhnt war, auch wenn ich mich dabei beschissen fühlte. Zu diesem Zeitpunkt war es eigentlich schon Routine. Ich meine, warum sollte es das nicht sein? Ich hatte fast jede Minute der letzten paar Monate mit Julian geliebt. Es ergab für mich Sinn, dass mein Verstand jetzt aufholte. Nachdem ich ein ganzes Leben damit verbracht hatte, mir selbst zu sagen, dass ich es nicht wert war, hätte ich erwarten sollen, dass am Tag, bevor ich das Leben meiner Träume bekommen würde, mein Verstand mich daran hindern würde, mich ganz darin zu sonnen.

Ich wusste, dass ich nicht viel mehr über das Gespräch nachdenken sollte, das Julian und ich vor ein paar Wochen über seinen Vater geführt hatten, aber es fiel mir schwer, es nicht zu tun. Natürlich war ich mit seiner Antwort zufrieden, aber ich wurde das nagende Gefühl nicht los, dass an der ganzen Sache immer noch etwas faul war. Meinem Verstand fiel es leicht, Ausreden zu erfinden, genauso wie es ihm leicht fiel, Zusammenhänge herzustellen, wo ich sicher war, dass es keine gab. Ich versuchte mir einzureden, dass es ganz natürlich war, dass ich nach Antworten suchte, weil Julian selbst nicht sehr mitteilsam gewesen war. Mit den Fotos von mir auf seinem Handy, dem seltsamen Brief, den ich gefunden hatte, und dem Wissen, dass sein Vater ermordet worden war, versuchte ich, Detektiv zu spielen. Normalerweise waren die Verbindungen, die ich am

Ende herstellte, weit hergeholt und unsinnig, aber ich konnte nicht anders.

Ich war daher froh, dass Sam und ich einen unauffälligen Junggesellinnenabschied in ihrem Haus geplant hatten. Ich brauchte einfach etwas Zeit weg von meinen ständig rasenden Gedanken und ich konnte mir nichts Besseres vorstellen, als etwas Zeit mit ihr zu verbringen. Ich musste zugeben, dass ein Teil von mir auch glaubte, dass ich Sam von meinen Zweifeln erzählen würde, wenn sie mich nur genug drängte. Ihr Rat hatte mir noch nie geschadet, und ich wusste, dass ich mich auf sie und ihre unvoreingenommene Meinung verlassen konnte.

Der Abend war als unauffällig geplant. Es würden nur Sam und ich da sein und wir würden wahrscheinlich nur ein paar Filme schauen und vielleicht etwas bestellen. Ich hatte in den letzten Monaten viel über den Mangel an Menschen in meinem Leben nachgedacht, besonders als ich mit der Planung der Hochzeit begonnen hatte, aber es war immer noch schwer zu schlucken, als ich an die Tür klopfte und nur Sam öffnete. Ein Teil von mir hatte gehofft, dass sie losgezogen wäre und ein paar Leute eingeladen hätte, um gemeinsam zu feiern, aber ich wusste, dass es egoistisch und unrealistisch war, so zu denken.

Ich habe außer ihr und Julian keine anderen Freunde. Wen zum Teufel sollte sie sonst eingeladen haben?

Ich wusste auch, dass ich mehr als glücklich damit war, Zeit nur mit Sam zu verbringen. Immer, wenn große Menschenmengen versammelt waren, zog ich mich in die Tiefen meiner Gedanken zurück. Das brauchte ich nicht. Ich musste einfach meine Sorgen vergessen und einen Abend genießen, der sich nur um mich drehte, mit einem meiner liebsten Menschen auf der Welt. Das würde ausreichen. Es würde helfen.

Sam hatte Pizza von nebenan bestellt. Sie wusste, dass das eine Vorliebe von mir war, und ich war froh, dass sie sie ausgewählt hatte. Es war mir egal, dass ich es am Morgen bestimmt bereuen würde, Pizza gegessen zu haben, denn mein Heißhunger war groß und ermutigte mich ständig, Junkfood zu essen. Zum Glück für mich hatte Sam alle notwendigen Schritte unternommen, um sicherzustellen, dass ich mich buchstäblich in vollen Zügen amüsieren konnte. Sie hatte Muffins gebacken, von denen ich hoffte, dass sie besser schmecken würden, als sie aussahen, und auf dem Tisch standen Schalen mit alkoholfreiem Sangria.

Ich konnte nun an den meisten Tagen spüren, wie sich das Baby bewegte, und ich wusste, dass es bald so weit sein würde. Ich war begierig darauf, dass es auf die Welt kam, nicht nur, damit ich endlich meinen Traum, Mutter zu sein, leben konnte, sondern auch, damit ich noch etwas anderes hatte, auf das ich mich konzentrieren und das ich genießen konnte. Bald würden alle meine Zweifel hinter mir liegen. Ich würde mit dem Mann meiner Träume verheiratet sein und ein wunderschönes Kind haben, das ich mein Eigen nennen könnte. Jeder Schmerz, den ich jemals durchgemacht hatte, würde es wert sein. Bald würde mein Leben der Traum sein, den ich mir immer gewünscht hatte. Bald. Ich musste mir das nur immer wieder sagen.

Je schneller, desto besser!

Sam war überglücklich, mich zu sehen und umarmte mich herzlich, als ich durch die Tür kam. Sie war bereits in ihrem Schlafanzug und ich hatte meinen mitgebracht, den ich anziehen wollte. Wir hatten uns gedacht, dass es Spaß machen würde, eine richtige Pyjamaparty zu veranstalten, da es etwas war, das keine von uns jemals zuvor erlebt hatte. Ein Teil von mir dachte, dass Sam mir das nur erzählt hatte, damit ich mich besser fühlte, da ich es schwer zu glauben fand, dass sie als Kind nie zu einer eingeladen worden war, aber ich sagte mir, dass ich wieder einmal an den Menschen zweifelte, die mich liebten, und entschied mich, es einfach zu glauben.

Sam war nicht ohne Grund meine beste Freundin, und an diesem Abend bewies sie es wieder und wieder. Sie hatte ein paar Schundfilme für uns bestellt, und ein kurzer Blick auf die Titel sagte mir, dass sie sie nur schwer ertragen können würde. Sie tat es aber für mich, und das war etwas, das ich immer an Sam schätzte. Egal, was ich fühlte, sie würde mir entgegenkommen und mich da durchbringen. Ich lächelte, als ich mir vorstellte, wie sie am Ende einer der vielen Liebesfilme, die sie bestellt hatte, so tat, als würde sie weinen, und wie ich ihr dann sagen musste, dass es in Ordnung war, wenn sie lachte.

Ich wäre nicht beleidigt!

Das ist alles, was ich heute Abend tun wollte. Lachen und mit meiner besten Freundin zusammen sein. Ich konnte mir keinen besseren Junggesellinnenabschied vorstellen, als mit ihr genau das zu tun. Ich hatte gelesen und gehört, dass viele Leute in der Nacht vor ihrer

Hochzeit völlig durchdrehten und oft Dinge taten, die sie bereuten. Ein Teil von mir hatte erwartet, dass Sam mich reinlegen würde, und ich kicherte vor mich hin, als ich mir vorstellte, wie ich die Tür zu ihrer Wohnung öffnete und einen Haufen Stripperinnen vorfand, die bereit waren, loszulegen. Aber Sam war nicht so ein Mensch, und sie hatte meinen Wunsch nach einem ruhigen Abend zu Hause respektiert.

Außerdem ist durchdrehen das Letzte, was ich heute Abend tun will.

Wir saßen lange zusammen und lachten und schauten schließlich drei Filme hintereinander. Ich aß viel zu viel Pizza und gönnte mir einen Muffin zu viel, aber das war mir egal. Der Morgen fühlte sich an, als wäre er eine Ewigkeit entfernt, und ich war froh, dass sich die Nacht wie eine Ewigkeit anfühlte. Nachdem wir mit der Liste der Filme, die Sam bestellt hatte, fertig waren und den Rest der Pizza weggeräumt hatten, damit keiner von uns etwas tat, was wir bereuen würden, saßen wir einfach auf der Couch und erzählten uns Geschichten. Die meisten waren Erinnerungen von der Arbeit und den Menschen, die wir tagein, tagaus gesehen hatten. Es hatte etwas Tröstliches, an die Zeit zurückzudenken, als mein Leben so einfach gewesen war, auch wenn es nicht angenehm gewesen war.

Als es auf Mitternacht zuging, sagte ich mir, dass ich mich wohl auf den Heimweg machen sollte. So sehr ich auch nicht wollte, dass die Nacht zu Ende ging, wusste ich doch, dass ich mich morgen wahrscheinlich umso schlechter fühlen würde, je länger ich blieb, und mein Verstand fing schon an, sich einzureden, dass das wegen der ganzen Pizza und Muffins sowieso der Fall sein würde. Ich lächelte Sam an und gab ihr eine dicke Umarmung, bevor ich von der Couch aufstand. Ich schaute mich lange in ihrer Wohnung um und nahm alles in mich auf. Der ganze Raum schien einfach nach ihr zu schreien, und ich war stolz auf das Leben, das sie für sich selbst geschaffen hatte.

„Sam. Ich danke dir für heute Abend. Es war absolut perfekt. Ich liebe dich und bin froh, dass wir Freunde sind."

„Dafür bin ich doch da, Ani. Ich liebe dich auch. Ich freue mich so für dich, dass du das Traumleben hast, auf das du gewartet hast."

Das Lächeln, das Sam auf ihrem Gesicht hatte, und die echte Freundlichkeit in ihrer Stimme weckten sofort etwas in mir, und ohne zu erklären, warum, ging ich zurück zur Couch und setzte mich neben sie. Ich spürte, wie sich Tränen in meinen Augen zu bilden begannen, und ich versuchte zu vermeiden, meine Freundin anzusehen, selbst als sie die Hand nach mir ausstreckte.

„Ani, was ist los? Ist alles in Ordnung?"

„Ja, ja. Alles ist in Ordnung. Ich bin nur in letzter Zeit so überwältigt und ... na ja, ich weiß nicht."

„Klar bist du überwältigt! Du heiratest morgen und bist kurz davor, zu platzen! Ich wäre auch überwältigt."

„Ja, genau. Ich werde morgen heiraten. Ich kann es kaum glauben."

„Du klingst nicht so aufgeregt, wie ich dich kenne, Ani. Bist du sicher, dass alles in Ordnung ist?"

Ich sah Sam einen Moment lang an, bevor ich sprach. Ich wusste, dass ich ihr alles anvertrauen konnte, und ich wollte mich ihr in diesem Moment so verzweifelt öffnen und ihr alles erzählen, was passiert war. Sie würde mir den Rat geben, den ich brauchte. Ich musste nur sichergehen, dass ich ihr alles erzählte.

„Ich schätze ... ich weiß nicht. Julian schien in letzter Zeit ein wenig abwesend zu sein, weißt du? Er wirkte irgendwie geistesabwesend und gereizt. Nichts Schlimmes, wohlgemerkt, nur ein bisschen daneben. Ich weiß auch nicht. Er scheint ein wenig anders zu sein als in den letzten Monaten."

„Inwiefern anders?" Sams Stimme war voller Besorgnis, und ich begann sofort, einen Rückzieher zu machen.

„Ich sollte nicht anders sagen. Er ist immer noch der Mann meiner Träume, und ich liebe ihn sehr. Er scheint nur ... nun ja, abwesend beschreibt es wohl am besten. Er hat viel gearbeitet und mehr getrunken, wenn wir ausgegangen sind. Er ist auch nicht mehr so gesprächig, wie er es früher war. Ich weiß es nicht. Einfach komisch."

Sam sah mich an und nickte langsam mit dem Kopf, bevor sie breit lächelte. Sie umarmte mich fest und flüsterte mir ins Ohr: „Du kannst mir jederzeit alles sagen. Ich bin immer da und höre dir zu, auch wenn du nicht weißt, was du sagen sollst. Ich liebe dich und dein Glück ist wichtig für mich, Ani."

Ich wusste, dass das, was sie sagte, wahr war, und ich erwiderte die Umarmung, so gut ich konnte, während ich mir die Tränen aus den Augen wischte.

Ich spürte, wie mein Gesicht errötete, als sie sprach, und ich dachte an alles, was ich ihr sagen wollte. Ich dachte an die Geheimnisse, die ich über Julian entdeckt hatte, und wie ausweichend er reagiert hatte, als ich ihn damit konfrontierte. Ich dachte an seinen ermordeten Vater und daran, wie leicht es ihm gefallen war, mich vor all den Monaten so einfach anzulügen. Ich debattierte immer wieder mit mir selbst darüber, was ich meiner besten Freundin sagen sollte. Sie konnte deutlich sehen, dass ich ihr etwas verheimlichte, und ich konnte sehen, wie besorgt sie war. Ich war froh, dass sie so um mich besorgt war, und ich versuchte wirklich, ihr in die Augen zu sehen und ihr alles zu erzählen. Ehrlich, ich habe es versucht.

Aber es gelang mir nicht.

Wie auch? Während ich da saß und innerlich mit mir kämpfte, gingen mir all die Rechtfertigungen durch den Kopf, die ich in der Vergangenheit für Julians Verhalten gefunden hatte. Es war nicht an mir, Sam von seinem ermordeten Vater zu erzählen. Das war etwas, das Julian viel bedeutete und ein Geheimnis, das er vor dem Rest der Welt bewahren wollte. Wenn ich es Sam erzählte, würde ich ihn enttäuschen. Das Gleiche galt für die Fotos auf seinem Handy. Er hatte so gut wie bestätigt, dass sie von einer langjährigen Schwärmerei für mich stammten. Wenn ich es Sam erzählen würde, wäre sie wahrscheinlich ein wenig verängstigt, aber trotzdem froh, dass alles geklappt hat. Was den Brief anging, nun, dazu gab es eigentlich nichts zu sagen. Ich hatte ihn noch nicht einmal ganz gesehen. Das hätte alles Mögliche sein können.

Das Einzige, was ich in meinem Kopf nicht ganz rechtfertigen konnte, war, Sam von meiner eigenen

Vergangenheit zu erzählen. Es war längst überfällig, das wusste ich, aber irgendetwas hielt mich davon ab, ihr jetzt alles zu erzählen. Ich wusste, dass sie anders über mich denken würde, wenn ich es ihr erzählte, und ich glaubte, dass es aus diesem Grund war, dass ich es ihr damals nicht sagte. Ich dachte an den großen Tag, den ich morgen haben sollte, und wie sehr ich ihre Unterstützung brauchen würde, um ihn zu überstehen. Ich konnte meine Freundschaft zu ihr jetzt nicht aufs Spiel setzen, nur damit ich mich in dem Moment besser fühlen konnte.

Ich beschloss, dass ich ihr alles erzählen würde. Ich würde ihr von meiner Kindheit mit meiner Mutter erzählen, von meiner Einsamkeit in der Schule, und von Mr. Irving und meiner Beziehung zu ihm. Ich würde Sam von all den seltsamen Dingen erzählen, die Julian getrieben hatte, und von all den Fragen, die ich mir dazu gestellt hatte. Ich beschloss, dass ich reinen Tisch machen und ein möglichst klares Bild von meinem Leben und der Art, wie ich es sah, vermitteln würde. Ich würde es ihr sagen.

Nur nicht heute.

Ich lächelte und umarmte Sam noch einmal, bedankte mich bei ihr für den Abend und für ihre unermüdliche Unterstützung. Ich wiederholte: „Ich liebe dich, Sam, so sehr. Du bist meine allerbeste Freundin. Ich freue mich auf morgen. Ich liebe Julian mehr als alles andere. Das ist nur ein weiterer Schritt, um mein Traumleben zu leben."

Während ich sprach, löste sich Sams besorgter Blick langsam auf, und bald lächelte und lachte sie wieder mit mir. „Ich bin froh, das zu hören, Ani. Das bin ich wirklich. So wie es sich anhört, haben du und Julian beide ein bisschen Bammel vor der Hochzeit. Das geht bald vorbei. Ihr werdet morgen heiraten! Ich freue mich so darauf, bei euch zu sein, wenn es passiert."

Wir umarmten uns noch ein letztes Mal, bevor ich zu meinem Auto ging. Als ich die Straße hinunterfuhr und mich auf den Heimweg machte, hallte Sams Stimme in meinen Gedanken noch nach. Sie hatte natürlich recht. Das hatte sie immer. Was ich fühlte, war ganz natürlich, und Julian erlebte das Gleiche.

Vorhochzeitliche Nervosität. Das ist alles, was es ist. Wir werden sie bald überwinden.

Kapitel Einundzwanzig

2011

Ich hätte dagegen ankämpfen sollen, ich weiß, aber wie konnte ich das, wenn es mich direkt anstarrte? Mein Spiegelbild, immer noch verschleiert von ein paar Tränen, sah mich mit einem Blick an, den ich hätte erwarten sollen, auf den ich aber nicht vorbereitet gewesen war.

Enttäuschung.

Ich musterte mich lange, beurteilte jeden Zentimeter meines Körpers, wie ich es schon so oft getan hatte. Ich konnte nichts liebenswertes an meinem Körper erkennen. Alles, von meinem verschmierten Make-up bis zu meinem Doppelkinn, forderte mich mit einer eindringlichen und anklagenden Stimme auf, mich dafür zu verdammen, wozu ich uns gebracht hatte. So sehr ich mich auch bemühte den Blick abzuwenden, meine Augen schweiften immer wieder dorthin ab.

Ohne mir dessen bewusst zu sein, stand ich nun vor dem Spiegel. Ich fühlte eine seltsame, geschärfte Wahrnehmung, als ich mich betrachtete. Es gab kein einziges

Detail, das ich nicht sehen konnte. Die Tränen in meinen Augen waren fast getrocknet und hinterließen nichts als einen Schmerz, von dem ich sicher war, dass er nicht so bald verschwinden würde. Ich war froh, dass die Tränen versiegt waren, wünschte mir aber, dass sie zurückkehren würden und wenn es nur wäre, um mich vor meinem eigenen Bild zu schützen.

Das Badezimmer war kalt und leer. Ich hörte nichts mehr von meiner Mutter oben oder irgendetwas anderes als das leise Keuchen meines Atems und das Klopfen meines Herzens. Ich war ganz und gar allein und hatte nur noch mich selbst, um mir Gesellschaft zu leisten. Es war eine seltsame Erkenntnis, aber ich fühlte mich, als ob ich selbst von mir als meinem einzigen Begleiter enttäuscht wäre. Mein Verstand arbeitete wie immer. Ich fühlte mich langsam und unbeholfen, selbst als er das bisschen Selbstwertgefühl, das mir noch geblieben war, immer weiter zerpflückte.

Es gab Momente, in denen ich mich selbst anstarrte und es mir fast so vorkam, als hätten mein Spiegelbild und ich die Plätze getauscht. Es war schwer, den Unterschied zu erkennen und umso länger ich es ansah, desto verwirrter wurde ich. Das Geräusch von quietschenden Autobremsen auf der Straße riss mich nicht aus meiner Trance, sondern vertiefte sie eher noch. Ich dachte an die Schule und meine Mitschüler. An Mr. Irving und Mrs. Wilhelm. Ich dachte an meine Mutter.

Das war es, was ich für sie alle war. Eine erbärmliche, traurige, einsame Kreatur. Sie hatten alle Mitleid mit mir, jedenfalls diejenigen, die mich überhaupt beachteten. Ich dachte an meine täglichen Treffen mit

Mrs. Wilhelm, daran, wie sehr sie mir geholfen hatten, auch an den Tagen, an denen wir nur wenig miteinander gesprochen hatten. Ich dachte an meine früheren Jahre an der Highschool und wie die Leute immer mit mir sprachen. Wie sie immer so interessiert an meinem Leben zu sein schienen. War es immer nur gespielt? Hatten sie immer so wenig von mir gehalten? Hatten das alle getan?

Ich dachte an meine Tasche oben, voll mit Kleidung und dem Versprechen einer Zukunft, die nie kommen würde. Ich dachte an die Aufregung und Zuversicht, die ich heute Morgen in diesem Zimmer gehabt hatte und daran, wie viel sich seither verändert hatte. Wie dumm ich gewesen war zu glauben, dass ich vor mir selbst weglaufen könnte. Ich war immer dieses Ding gewesen und würde es immer sein. Das konnte man nicht ändern oder davor weglaufen. Mein Leben lief jetzt in eine Richtung und ich könnte entweder abwarten und es geschehen lassen oder mich dem zu meinen eigenen Bedingungen stellen.

Ich dachte nicht logisch. Nicht in irgendeiner Weise vernünftig. Wenn ich zurückgehen und alles ändern könnte, würde ich es sofort tun. Ich hätte mich mehr bemüht, über meine Fehler hinwegzusehen, um die Person zu sehen, die ich sein konnte, anstatt die, die ich im Spiegel sah. Ich hätte alles getan, um diese Nacht zu ändern, aber ich konnte es nicht. Mein Verstand war zu tief in sich selbst versunken und hatte sich verloren. Es gab kein Zurück mehr.

Ich wusste, dass ich nie wieder an diese Schule zurückkehren konnte. Dieser Teil meines Lebens war vorbei. Ich wusste auch, dass ich nicht weglaufen konnte. Wohin ich auch ging, die Person im Spiegel würde mir folgen. Wenn ich hier bliebe, würde ich gezwungen sein, mich diesem Teil von mir jeden Moment und jeden Tag zu stellen. Ich würde mit der Frau leben müssen, die nach all den Jahren ein größeres Monster war, als ich je erkannt hatte.

Ist das fair von mir?

Ich dachte an meine Mutter und was sie getan hatte. Es ging nicht darum, dass sie in meine Privatsphäre eingedrungen war oder dass sie mich verspottet hatte, als ich ihre Umarmung und ihren Trost brauchte. Es ging darum, dass sie mich irgendwie mein ganzes Leben lang davon überzeugt hatte, dass sie nur mein Bestes im Sinn hatte. Dass sie immer da sein würde, wenn ich sie wirklich brauchte. Und wo war sie jetzt? Oben und machte sich die Haare. Machte sich für die Arbeit fertig. Alles, um nicht bei mir sein zu müssen.

Das plötzliche Vibrieren meines Handys in der Tasche ließ mich zum ersten Mal den Blick vom Spiegel abwenden. Ich merkte, wie meine Hand vor Angst zitterte. Hatte schon jemand herausgefunden, was passiert war? War das der Anfang vom Ende? Konnte ich mir die Peinlichkeit jetzt nicht mehr ersparen, mehr denn je? Ich erhielt nur noch selten Nachrichten von Menschen. Niemand meldete sich je bei mir. Und jetzt, nach all dem, würde es jemand tun, und was würde derjenige sagen? Irgendein kranker Witz, kein Zweifel. Sie würden mich in die Knie zwingen, obwohl ich nur jemanden brauchte, der etwas Nettes sagt. Etwas Aufrichtiges. Irgendwas ... irgendwas.

Bitte!

Mein Herz sank, als ich auf das Telefon sah. Es war eine Benachrichtigung in meinem Kalender über eine Party, die eine Klassenkameradin heute Abend gab. Sie hatten in der ersten Schulwoche alle aus der Schule eingeladen, mich eingeschlossen. Es war etwas, worauf ich mich damals, als sie mich eingeladen hatte, sehr gefreut hatte. Etwas, auf das ich im Laufe des ersten Monats und ein Stückchen des Schuljahres hinarbeiten wollte. Ich dachte, es wäre die Gelegenheit, neue, echte Freunde zu finden.

Jetzt war es nichts von alledem. Es war die letzte Erinnerung, die ich brauchte, um zu untermauern, wie allein ich mich fühlte.

Ich legte das Handy mit der Vorderseite nach unten auf den Waschtisch und schaute wieder zu mir selbst im Spiegel. Der Blick der Enttäuschung hatte sich zu einem der Wut verdichtet. Ich wusste nicht, auf wen ich eigentlich wütend sein sollte. Auf Mr. Irving? Auf meine Klassenkameraden? Auf meine Mutter? Ich weiß, ich hätte mir einen von ihnen aussuchen und dabei bleiben sollen. Vielleicht hätte es mir dabei geholfen, mich besser zu fühlen. Vielleicht hätte es mir geholfen, diese Nacht zu überstehen.

Aber das tat ich nicht.

Alles, was ich in diesem Spiegel sehen konnte, war die ganze Wut, der Groll und die Erschöpfung, die ich jeden einzelnen Tag fühlte. Es war alles da, es sah mich an, und in meiner Wut schlug ich zu.

Das Glas zersplitterte, zerschnitt einen Teil meiner Hand und ließ mich vor Schmerz und Wut aufschreien.

Die Scherben verstreuten sich über den Waschtisch und den Boden und ließen Lichtreflexe durch den Raum schimmern. Für einen kurzen Moment hatte ich das Gefühl, an einen anderen Ort versetzt worden zu sein. An einen besseren Ort. Als ob ich allein mit den Sternen wäre.

Dieses Gefühl wurde unterbrochen, als ich ein Klopfen an der Tür hörte.

„BethAni! Um Himmels willen, mach auf. Du kannst das Bad nicht die ganze Nacht lang in Beschlag nehmen."

Langsam drehte ich mich in Richtung Tür, immer noch mit dem Gefühl, dass mein tranceartiger Zustand jeden Moment zurückkehren könnte. Ich hielt kurz inne, als ich ein paar Glassplitter in meiner Hand stecken sah, aber ich spürte keinen Schmerz. Alles schien eher verschwommen und leicht deplatziert, aber ich wusste, dass es nicht von Dauer sein würde. Schon hämmerte meine Mutter wieder an die Tür, offensichtlich verärgert über den Krach, den sie gehört hatte.

Meine Emotionen und Gefühle kamen zurück, als die Badezimmertür aufflog. Meine Mutter war schon halb dabei, mir zu sagen, wie viel Ärger ich bekommen würde, wenn ich etwas kaputt gemacht hätte, als ich die Tür öffnete. Ihr Gesicht zeigte zu viele Emotionen, als dass ich sie zählen könnte, aber sie blieb bei der einen stehen, die ich erwartet hatte. Was ich nicht erwartet hatte, war, wie schnell ihre Hand hochschoss und mir eine Ohrfeige verpasste.

Ich lag im Nu auf dem Boden und spürte, wie meine Augen verzweifelt versuchten, mehr Tränen zu produzieren, um den Schmerz zu bekämpfen. Es war seltsam, dass die Ohrfeige mehr weh getan hatte als das Glas in meinen Händen, aber ich hatte keine Zeit, darüber nachzudenken. Meine Mutter war auf mir und schrie, als sie mich an den Haaren packte und wieder hochzog. Ich konnte mich nicht daran erinnern, wann sie mir das letzte Mal so nahe gekommen war und ich unterdrückte das Verlangen nach ihr zu schlagen. Ich wusste, dass es für mich nur noch schlimmer werden würde, wenn ich das tat, also fand ich mich damit ab, ihre Strafe noch einmal hinzunehmen.

„Du dumme kleine Schlampe! Du wirst für einen neuen Spiegel bezahlen, hörst du mich? Du denkst, du kannst alles tun, was du willst und dass du diesen Haushalt führst, weil ich diejenige bin, die die ganze Zeit arbeitet. Ich bin diejenige, die alles geopfert hat, nur damit du weiterhin ein kleiner Scheißer sein kannst. Ich sollte ..."

Der Anfall verstummte, als meine Mutter das Blut an meiner Hand und die Blutspuren, vermischt mit den Glasscherben auf dem Boden, bemerkte. Sie schaute vom Boden zurück zu der Stelle, an der sich der Spiegel befand, und richtete ihren hasserfüllten Blick dann schließlich wieder auf mich. Ich konnte die Kälte in ihren Händen spüren und mit geschlossenen Augen hätte ein Teil von mir daran gezweifelt, dass es meine Mutter war, die mich festhielt. Eine Hand war in mein Haar gewickelt, während die andere bereit war, mich erneut zu schlagen.

Ein langer Seufzer entwich ihr, bevor sie mein Haar losließ und sich wieder der Tür zuwandte.

„Ich verstehe. Ich dachte mir schon, dass dieser Tag kommen würde. Um ehrlich zu sein, dachte ich, es wäre schon früher passiert. Warum machst du nicht einfach weiter und beendest, was du angefangen hast? Ich habe das alles satt. Tu mir nur einen Gefallen, in Ordnung? Räum den Scheiß auf, bevor du dich umbringst."

Damit drehte sie sich um und verließ den Raum, wobei sie die Tür leise hinter sich schloss.

Ich sank erneut auf den Boden und starrte auf die Rückseite der Tür, aus der sie gekommen war. Hatte sie wirklich gesagt, was ich dachte, dass sie es gesagt hatte? Hatte sie mich wirklich so gesehen, in meiner ganzen erbärmlichen Pracht und sich entschieden, das nicht nur zu sagen, sondern auch noch zu gehen?

Mom?

Ich saß lange Zeit schweigend da und war mir des Blutes, das langsam aus meiner Hand sickerte, nur bedingt bewusst. Jetzt war ich wirklich allein, ohne auch nur das Spiegelbild all meines Schmerzes, das mir Gesellschaft leistete. Ich würde gerne sagen, dass ich etwas Tiefgründiges fühlte oder dass ich irgendetwas fühlte. Aber die Wahrheit war, dass ich gar nichts fühlen konnte. Es war, als ob jeder Teil meines Körpers einfach taub geworden wäre. Es gab keine Tränen mehr, keine Schmerzen, einfach ... nichts.

Ich würde am liebsten annehmen, dass ich danach vielleicht ohnmächtig wurde oder vor Erschöpfung einschlief. In Wirklichkeit saß ich wohl ein paar Stunden lang einfach nur da, unfähig, irgendetwas zu tun. Die ganze Zeit über spürte ich, wie mir mein Verstand langsam entglitt, immer weiter in die Dunkelheit.

Ohne einen Grund, der mir einfiel, griff ich nach meinem Handy und rief Mr. Irvings Nummer auf. Ich versuchte, die vorherige Nachricht, die ich geschickt hatte, zu ignorieren, entschied mich aber schließlich, sie zu löschen. Ich wollte nicht, dass irgendetwas davon übrig blieb, was jemand zu ihm zurückverfolgen könnte. Seufzend wählte ich die Nummer und lehnte mich gegen die Badewanne zurück. Die kleine Bewegung ließ eine Glasscherbe über den Boden fliegen und ich verlor mich wieder einmal in dem Gefühl, an einen neuen Ort versetzt worden zu sein.

Das Telefon klingelte mehrmals, bevor Mr. Irvings Anrufbeantworter sich meldete. Ich spürte einen Kloß im Hals, als ich seine Stimme hörte, aber ich schluckte schwer. Ich hatte nicht gewusst, was ich sagen wollte, bevor ich den Anruf getätigt hatte aber jetzt sprudelten die Worte nur so aus mir heraus. Ich hatte mich schon genug blamiert. Eine letzte Sache würde mir nicht schaden.

„Es tut mir leid, Mr. Irving. Das tut es mir wirklich. Ich weiß jetzt, dass das, was ich getan habe, falsch war. Ich weiß, dass es kein Zurück mehr gibt nach dem, was ich Ihnen angetan habe. Sie werden mich nie wieder sehen, keine Sorge. Ich wollte nur sagen, dass ich gehe und dass es mir leidtut. Ich liebe Sie. Ich brauchte jemanden, und Sie waren die perfekte Person. Bitte ... Verzeihen Sie mir."

Schweren Herzens legte ich auf und warf das Handy in die Toilette, als mein Blick auf die Glasscherbe fiel, die das Licht im Raum reflektierte und unzählige Sterne entstehen ließ. Dieses Gefühl der

Schwerelosigkeit kehrte zu mir zurück und im Handumdrehen wusste ich, was ich tun wollte. Das war das beste Gefühl, das ich seit langem hatte. Ich wollte, dass es so lange wie möglich anhielt. Also ergriff ich den Splitter und schnitt damit mein Handgelenk auf.

Für einen kurzen Moment spürte ich, was wahre Glückseligkeit gewesen sein muss. Die Welt um mich herum blieb stehen und ich empfand die seltsam wohlige Wärme meines eigenen Blutes, das meinen Arm hinunterfloss. Ich fühlte, wie sich meine Ängste und Zweifel mit dem Strom in den Abfluss der Badewanne auflösten, und ein Lächeln breitete sich auf meinem Gesicht aus. Da war kein Schmerz, keine Sorgen. Es war nur ich. Endlich zufrieden und allein mit mir selbst.

Und dann änderte sich alles.

Ein stechender Schmerz schoss durch meinen Arm und ich spürte, wie meine Augen zu tränen begannen. Woher sie die Kraft für Tränen nahmen, werde ich nie erfahren. Mit Schrecken stellte ich fest, wie viel Blut ich verlor und ich spürte, wie sich die angenehme Wärme in eine brennende Hitze verwandelte, die mich aufschreien ließ. Ich griff nach dem Handtuch, das an der Ablage hing und umwickelte behutsam meinen Arm, wobei ich in dem Blut herumtastete. Der Schmerz war immens und hörte nicht auf. Genauso wenig wie das Blut, das um mich herum auf den Boden spritzte.

Ich schrie wieder, aber ich war mir nicht sicher, ob überhaupt ein Ton herauskam. Ich kämpfte, um mich aus der Badewanne hochzuziehen, nur um auf der Pfütze unter mir auszurutschen und mehrere weitere Splitter in meine Arme zu stechen. Ich schlug unkontrolliert um mich und versuchte alles, was in meiner Macht stand, um das Blut zu stoppen. Nichts funktionierte.

Ich konnte fühlen und hören, wie mein Herz schneller schlug als je zuvor und mit jedem Schlag spürte ich, wie mehr und mehr Blut aus meinem Körper strömte. Als meine Augen begannen, zurückzurollen und ich hörte, wie sich mein Atem verlangsamte, glaubte ich, einen dumpfen Schrei von außerhalb des Zimmers zu hören. Sofort sprang die Tür auf und ich schloss meine Augen. Ich hätte wissen müssen, dass meine Mutter mich nicht zum Sterben zurückgelassen hätte, aber trotzdem wollte ich nicht, dass ihr Gesicht das Letzte war, was ich sah.

Als ich begann, ohnmächtig zu werden, wurde die dumpfe Stimme zu einem Schrei. Mein letzter Gedanke, als ich die Augen schloss, war, dass die Stimme nicht von meiner Mutter war, sondern von einem Mann.

Mr. Irving?

Kapitel Zweiundzwanzig

2019

Ich hatte gewusst, dass Julian nicht zu Hause sein würde, als ich an diesem Abend dort ankam. Wir hatten beschlossen, dass wir den Tag und die Nacht vor der Hochzeit getrennt voneinander verbringen würden, um die traditionelle Ehe, von der wir beide geträumt hatten, bestmöglich zu repräsentieren. Julian hatte mir gesagt, dass er mit ein paar Freunden für seinen eigenen Pseudo-Junggesellenabschied unterwegs sein würde. Ich hatte natürlich einige Bedenken, wo er war und mit wem er sich traf, aber ich tat mein Bestes, um nicht daran zu denken.

Das Gespräch, das ich mit Sam geführt hatte, hatte mir geholfen, einige meiner Ängste zu lindern, so einseitig es auch gewesen war. Ich dachte über alles nach, was sie gesagt hatte und darüber, was ich ihr hatte sagen wollen. *Für all das wird später noch Zeit sein*, sagte ich mir. Nach der Hochzeit würde ich anfangen, alles in einem neuen und anderen Licht zu sehen. Zu sagen, dass ich aufgeregt war, würde meinen Gefühlen nicht gerecht werden. Es war mehr als das. Es war Aufregung, Beklemmung, Vorfreude, Endgültigkeit, Angst und vieles mehr. Ich hatte noch nie so etwas gefühlt und alle Gefühle manifestierten sich in dieser Nacht in meinen Träumen.

Ich würde gerne glauben, dass ich tapfer war. Ich hatte in meinem Leben viel durchgemacht und wollte glauben, dass solche Prüfungen mich stärker und widerstandsfähiger gegen kindische Fantasien gemacht hatten. Das dachte ich jedenfalls, bis ich allein in unserem riesigen Haus war. Es war mir nie in den Sinn gekommen, dass ich hier nie allein gewesen war, seit wir das Haus gekauft hatten, aber jetzt überkam mich diese Erkenntnis, als ich vorsichtig durch das Haus ging und jeden Raum untersuchte.

Die Angst, die ich fühlte, war durch nichts Besonderes hervorgerufen worden. Ich hatte auch kein Geräusch gehört, aber es fiel mir schwer, das Gefühl abzuschütteln, dass ich nicht allein im Haus war. Ein Teil von mir erinnerte sich an die Nacht vor all den Jahren, in der sich mein Leben drastisch verändert hatte, aber ich verdrängte dieses Gefühl so gut ich konnte. Ein größerer Teil von mir fragte sich, warum das Haus mir ausgerechnet in dieser Nacht so anders vorkam als jedes andere Mal zuvor. Es war, als ob jeder Schatten in jedem Raum nach mir griff und alles um sich herum einhüllte. Ich war mir nicht sicher, was mein Verstand in diesen dunklen Korridoren zu beschwören versuchte, aber ich wusste, dass ich es nicht zulassen konnte.

Dies sollte die Nacht vor dem glücklichsten Tag meines Lebens sein. Ich konnte nicht an Geister oder

Eindringlinge denken oder an irgendwelche Fantasien, die mein Verstand vor meinen Augen kreierte. Ich musste mich auf das Gute und mein baldiges Glück konzentrieren. Ich beschloss, so schnell wie möglich nach oben ins Hauptschlafzimmer zu gehen und mich für die Nacht fertig zu machen. Ich konnte spüren, wie mich die Erschöpfung überkam und war dankbar dafür. Ich war mir sicher, dass ich mich besser fühlen würde, wenn ich erst einmal im Bett war.

Wie sich herausstellte, war das weit von der Wahrheit entfernt. Ich wälzte mich fast die ganze Nacht hin und her und hatte Mühe, mehr als ein paar Minuten am Stück zu schlafen. Jedes Mal, wenn ich aufwachte, hatte ich das Gefühl, dass mich jemand beobachtete, aber jedes Mal, wenn ich aufschreckte und mit der Taschenlampe meines Handys in den Raum leuchtete, sah ich nichts. Das erste Mal, als es passierte, hatte es sich so real angefühlt, dass ich sofort nach unten ging, um zu überprüfen, ob ich die Tür abgeschlossen hatte. Erst nachdem ich das ganze Haus noch einmal gründlich durchsucht hatte, war ich bereit, wieder nach oben zu gehen.

Das ist lächerlich, Ani! Hör auf, mit diesen Gedankenspielen und schlaf. Du wirst es brauchen.

Ich konnte nie verstehen, wie ein Teil meines Verstandes mir so unnachgiebig das eine sagen konnte, während der andere Teil mich ebenso nachdrücklich vom Gegenteil überzeugte. Es fühlte sich an, als würde sich dieses Hin und Her sogar in meinen Träumen fortsetzen, denn immer wieder sah ich markante Figuren, die mich an verschiedene Abschnitte meines Lebens erinnerten. In einem Moment erhob sich meine Mutter, um mich zu begrüßen und wenn ich zurückwich, fiel ich in die Arme von Mr. Irving.

Ich war mir nicht sicher, was diese Träume bedeuteten und ich tat gut daran, sie nicht für bare Münze zu nehmen. Alles, was ich wusste, war, dass ich in letzter Zeit eine Menge verschiedener Emotionen durchgemacht hatte und dass diese Gefühle die Ursache für diese Visionen und Ängste waren. Nach diesem stundenlangen Hin und Her schlief ich schließlich ein, auch wenn die überwältigende Angst, beobachtet zu werden, wieder zunahm.

Ich wachte auf, weil mein Wecker neben mir auf dem Nachttisch schrillte. Als ich ihn ausschaltete, stellte ich fest, dass ich bereits vier andere Wecker verschlafen hatte, bevor dieser es geschafft hatte, mich zu wecken. Die Hochzeit fand erst am frühen Nachmittag im Gerichtsgebäude statt, aber ich sprang aus dem Bett und begann, mich für den Tag fertig zu machen. Die Gefahr, zu spät zu kommen, bestand nicht, aber alles, woran ich denken konnte, war, wie sehr es mir ähnlich gesehen hätte, zu meiner eigenen Hochzeitszeremonie zu spät zu kommen.

Der Rest des Morgens verging unglaublich schnell, wofür ich sehr dankbar war. Sam kam gegen elf, um mir zu helfen, mich für den Tag fertig zu machen und ich war wieder einmal dankbar für ihre Anwesenheit in meinem Leben. Dieses Gefühl wurde durch die Nacht, die ich gehabt hatte, nur noch verstärkt und ich machte mir Sorgen, da die Angst, die ich in der Nacht gehabt hatte, mich am Morgen nicht verlassen hatte. Ich erzählte Sam von den Träumen, die ich hatte und vom überwältigenden Gefühl, dass ich beobachtet worden war. Sie lächelte und sagte mir wieder, dass ich mir das alles nur einbilde und dass die vorhochzeitliche Nervosität bald verschwinden würde.

Bald. Bald.

Ich wollte ihr so verzweifelt glauben. Das wollte ich wirklich. Ich wusste, dass es lächerlich von mir war, mich so sehr auf negative Dinge zu konzentrieren und Albträumen und Gespenstern in der Dunkelheit so viel Bedeutung zu geben. Es war absurd und ich tat damit niemandem einen Gefallen, schon gar nicht mir selbst. Ich musste meinen Mut zusammennehmen und den Tag überstehen. Ich wusste, ich würde es schaffen. Ich hatte mich, so lange ich denken konnte, auf diesen Tag gefreut. Warum erschien es mir dann jetzt wie die schwerste Entscheidung meines Lebens?

Ist es nicht das, was ich will?

Sam ging ins Bad, nachdem sie mit meinem Make-up fertig war und ließ mich mit meinen Gedanken allein. Ich betrachtete mich im Spiegel vor mir und dachte darüber nach, wie lächerlich es war, dass ich mir nie erlaubt hatte, glücklich zu sein. Ich dachte über meine Zweifel an Julian und an unserer Beziehung nach. Ich dachte über meine eigenen persönlichen Unsicherheiten nach und wie sie immer definiert hatten, wer ich war und was ich von mir selbst dachte. Ich dachte darüber nach, dass ich nie gedacht hatte, dass dies meine Realität sein könnte.

Aber so war es. Ich würde in nur wenigen Stunden den Mann meiner Träume heiraten. Ich würde meine allerbeste Freundin an meiner Seite haben und Julian würde seine Schwester haben. Es würden nur wir vier sein. Alles würde persönlich und intim sein. Es würde perfekt sein. Ich wusste, dass es das sein würde. Ich hatte mir immer wieder während der Planung dieses Tages gesagt, dass es genau so werden würde, wie ich es mir immer erträumt hatte. Es würden natürlich viel weniger Leute da sein, als ich mir immer erhofft hatte, aber das war jetzt egal. Das Einzige, was jetzt zählte, war, die Liebe meines Lebens zu heiraten und für mein Kind da zu sein.

Mein Kind!

Ich schaute auf die immer größer werdende Wölbung hinunter. Wieder fragte ich mich, wie ich es geschafft hatte, so dumm zu sein. Die ganze Nacht zuvor hatte ich gefühlt, dass ich allein in diesem riesigen Haus war. Ich hatte die Ängste dieser Einsamkeit auf mich einstürzen lassen. Ich hatte mich in meine Schulzeit zurückversetzen lassen und mich dadurch in all den Gefühlen verloren, die diese Erinnerungen mit sich brachten. Und doch hatte ich bei all dem nicht an die offensichtlichste Tatsache gedacht.

Ich war nicht allein. Das war ich auch in den letzten Monaten nicht gewesen.

Mein Baby war alles, was mir hätte wichtig sein sollen. Wenn ich das Kind vor Augen hatte, gab es kein Hindernis, das sich mir hätte in den Weg stellen dürfen. Die Ängste von letzter Nacht und meine Zweifel über den heutigen Tag verschwanden, als ich meine Hand auf meinen Bauch legte und den kleinen Tritt von innen spürte. Schon bald war es soweit und dann konnte das nächste Kapitel meines Lebens in vollem Umfang beginnen. Ich musste mich auf die Art von Mutter konzentrieren, die ich für dieses Kind sein wollte. Ich musste für uns beide stark sein, besonders für das Baby. Was für eine Mutter wäre ich, wenn ich mich am glücklichsten Tag meines Lebens nicht einmal im Spiegel ansehen könnte?

Ich beschloss in diesem Moment, alle Zweifel für den Rest des Tages beiseite zu schieben. Dies war ein wahr gewordener Traum und ein einziges Mal in meinem Leben wollte ich ihn so genießen, wie ich es verdiente. Dies war mein Tag, genauso wie der von Julian und ich hatte so lange darauf gewartet, ihn zu verwirklichen, dass ich ihn nicht ruinieren wollte, indem ich zu viel über meine Unzulänglichkeiten im Leben nachdachte.

Für sowas wird später noch Zeit sein!

Nein. Ich wollte heute alles geben. Ich würde die beste Braut sein, die Julian sich hätte wünschen können und die perfekte Mutter werden. Es spielte keine Rolle, dass ich im Grunde keine Ahnung hatte, was das bedeutete. Wichtig war nur, dass ich genau wusste, was ich nicht zu tun hatte. Ich hatte immer die Befürchtung gehabt wie meine Mutter zu werden, wenn ich ein Kind bekäme, jetzt aber betete ich, dass die Angst davor es nicht Wirklichkeit werden ließe.

Keine Zweifel mehr. Nicht heute.

Nein. Ich würde eine großartige Mutter und eine tolle Ehefrau sein. Ich würde dafür sorgen, dass mein Leben so perfekt war, wie ich es mir immer erträumt hatte. Ich war die Herrin über mein eigenes Schicksal.

Immer wieder hatte ich mich dafür entschieden, Probleme zu schaffen, die es in Wirklichkeit gar nicht gab. Ich hatte tief in meinem Kopf Ängste aufgebaut, die immer nur dann auftauchten, wenn ich sie am wenigsten erwartete. Das alles sollte heute ein Ende haben. Nach dem heutigen Tag würde ich frei sein. Ich würde mehr sein als die Person, die vor allem Angst hatte. Ich würde mehr sein als das einsame Kind im Schulbus.

Ich werde Ani Wade sein.

Die Vorstellung erfüllte mich mit Energie und das erste Mal seit langer Zeit hatte ich das Gefühl von Zielstrebigkeit und Kontrolle. Ich konnte meine Sicht auf die Welt ändern und damit auch die Welt, in der ich lebte. Es war höchste Zeit, dass ich all das Gute um mich herum sah und annahm. Ich war schon so weit gekommen und brauchte jetzt nur noch ein paar Schritte zu gehen, um es in die Tat umzusetzen.

Sam war so enthusiastisch wie immer und ich entschied mich bewusst, ihre Begeisterung zu teilen. Ich wusste, dass ich immer diese Wirkung auf sie gehabt hatte und es wurde höchste Zeit, dass ich mir diese Wirkung auch für mich zu eigen machte. Sie war eine gute Freundin, meine beste Freundin und es gab niemanden, der mich aus dem Tief, in dem ich mich immer wieder befand, herausholen konnte. Wir lachten und weinten zusammen, als wir uns fertig machten und umarmten uns lange, als ich mein Kleid und meinen Schleier anzog.

Die Fahrt zur Hochzeit zog sich in die Länge, aber das hatte ich auch erwartet. Ich konzentrierte mich lieber auf die schönen Gebäude und Menschen, die ich sah, als Sam uns in die Innenstadt zum Gerichtsgebäude fuhr. Ich dachte daran, wie gut Julian aussehen würde und wie schön es sein würde, Hannah endlich persönlich kennenzulernen. Ich hatte fast vergessen, dass Julians Schwester kommen würde und diese Erkenntnis hätte mich normalerweise sehr beunruhigt.

Aber nicht heute. Heute geht es um mich.

Als wir endlich ankamen, drohten alle meine Emotionen überzulaufen, aber Sam streckte die Hand aus und hielt sie, als wir die Stufen zum Gerichtsgebäude hinaufgingen. Jemand rief von der anderen Straßenseite aus seine Glückwünsche und ich war überrascht, wie sehr mein Herz deswegen flatterte. Es passierte wirklich. Ich würde wirklich heiraten. Sicher, es war nicht das Märchen, das ich mir immer erträumt hatte, aber es war nah genug dran. Es war besser.

Es war echt.

Julian und ich hatten geplant, die Zeremonie so kurz wie möglich zu gestalten, trotzdem wollten wir ihr dieses semitraditionelle Gefühl geben. Daher würde er bereits drinnen sein und am Ende des „Ganges" mit seiner Schwester warten, während ich mit Sam hineingehen würde. Es war nicht optimal und in den letzten Wochen hatte ich mich bei dem Gedanken ertappt, wie schön es gewesen wäre, wenn mein Vater dabei gewesen wäre. Aber heute war nicht der Tag für solche Gedanken. Sam war eine gute Freundin und ich fühlte mich geehrt, sie an meiner Seite zu haben.

Ich nahm einen langen und tiefen Atemzug, als Sam mich für einen Moment allein ließ, um zu sehen, ob

Julian bereit war. Sie verschwand hinter der schweren Tür und für einen Moment war ich allein mit meinen Gedanken.

Nein. Nicht allein.

Ich legte meine Hand wieder auf meinen Bauch und lächelte. Mein Baby und ich waren zusammen. Immer. Es bewegte sich jetzt viel und ich wusste, dass es bald kommen würde. Ich konnte diesen Moment kaum erwarten und versuchte, alle Ängste, die ich hatte, dass es zu früh sein könnte, zu vertreiben. Wir waren jetzt zusammen und würden das nächste Kapitel unseres Lebens gemeinsam in Angriff nehmen. Wir konnten das schaffen.

Sam erschien wieder hinter der Tür und sagte mir, dass alles fertig sei. Sie erzählte mir auch, dass Hannah es anscheinend nicht geschafft hatte, denn sie war irgendwo am Flughafen stecken geblieben und hatte Julian erst heute Morgen kontaktieren können. Ich war erschüttert über die Nachricht, versuchte aber, mich nicht zu sehr darauf zu konzentrieren. Es würde in der Zukunft noch viele Gelegenheiten geben, bei denen wir beide uns persönlich treffen könnten, da war ich mir sicher. Es war enttäuschend, aber mehr auch nicht.

Zumindest kann ich mich jetzt auf die Menschen konzentrieren, die ich kenne und liebe. Ich muss mir keine Gedanken über das Urteil eines anderen machen.

Und so kam es, dass ich mit einem letzten tiefen Atemzug Sams Arm in meinen nahm und die Tür öffnete. Julian sah so perfekt aus, wie ich es mir vorgestellt hatte und ich musste mich beherrschen, um nicht sofort zu ihm hinüber zu laufen. Sam und ich gingen langsam und zielstrebig und bahnten uns gemeinsam den Weg durch den behelfsmäßigen Gang. Ich tauschte ein langes Lächeln mit Julian aus, bevor der Standesbeamte unsere Gelübde abnahm und wir unsere Ringe austauschten. Die ganze Zeremonie dauerte sicher nicht länger als ein paar Minuten, aber mir kam es noch schneller vor. Ehe ich mich versah, war ich mit Julian Wade verheiratet und er führte mich unter dem Klang gelegentlicher Glückwünsche und Applaus die Stufen des Gerichtsgebäudes hinunter.

Ich spürte, wie ich vor Freude strahlte und fühlte, wie sich Glückstränen in meinen Augenwinkeln sammelten aber meine wasserfeste Wimperntusche schien zu halten. Julian und ich küssten uns innig, bevor er vom Bordstein wegfuhr und ich drehte mich einmal um, um Sam zuzuwinken, die allein auf der Treppe stand und mit einem breiten Lächeln zusah. Dies war der Anfang vom Rest meines Lebens und ich hätte nicht glücklicher sein können.

Julian hatte ein erstaunliches und gemütliches Cottage einige Stunden entfernt oben in den Rockies gemietet. Ich war nie wirklich ein Naturmensch gewesen, abgesehen vom Anblick des Ozeans, aber er hatte mir versprochen, dass es einer der schönsten Orte war, an dem er je gewesen war und ich es lieben würde. Ich glaubte ihm natürlich und freute mich schon darauf. Es wäre schön, wenn wir drei für ein paar Tage in die Abgeschiedenheit flüchten könnten.

Ich freute mich auch auf die Hochzeitsnacht. Ich wusste, dass Julian sich wie bei allem, was wir zusammen gemacht hatten, auch dafür ins Zeug legen würde und ich würde mich selbst belügen, wenn ich sagen würde, dass ich mich nicht auf alles freute, was er geplant hatte. Ich konnte mir vorstellen, wie wir beide allein in den Bergen lagen und uns gegenseitig das Bett wärmten, während die Tage in gemächlichem Tempo vorübergingen. Worauf ich mich, glaube ich, am meisten freute, war diese neue und gemächliche Art zu leben, auch wenn es nur für ein paar Tage sein würde.

Als wir nach ein paar Stunden Fahrt an der Hütte ankamen, konnte ich kaum glauben, wie schön sie aussah. Sie war rustikal, aber charmant und ich spürte sofort ein tiefes Gefühl der Liebe, sobald Julian mich über die Türschwelle hereintrug. Ich liebte es, wie er dafür sorgte, dass es sich für uns alles so traditionell wie möglich anfühlte, obwohl wir beide wussten, dass es alles andere als das war. Die Hütte war urig und gemütlich eingerichtet und ich war dankbar für ihre Größe, nachdem ich die Nacht allein in unserem großen Haus verbracht hatte. Alles daran war perfekt, genau wie Julian, und schon bald küssten wir uns innig und sahen zu, wie die Sonne über den Bergen unterging.

Als die Nacht über uns hereinbrach, machte sich in Julians Gesicht ein komischer Ausdruck breit. Es war einer, den ich noch nie zuvor gesehen hatte, aber ich war froh, ihn zu sehen. Es war absolute Gelassenheit, als ob der Moment, auf den er gewartet hatte, endlich gekommen war. Ich beobachtete ihn dabei, wie er über die malerische Szene vor uns blickte und lächelte.

Wie konnte ich nur so viel Glück haben?

Er drehte sich plötzlich um und seine Miene veränderte sich. Es geschah plötzlich und überraschte mich.

Die Gelassenheit darin wandelte sich in etwas, das fast, *fast*, Verärgerung war, aber ich wusste, dass es das nicht sein konnte. Es war wahrscheinlich Erschöpfung nach einem so anstrengenden Tag und ich merkte, dass ich wahrscheinlich ähnlich aussah. Ich folgte ihm zurück in das Häuschen, als er ohne ein Wort wieder eintrat und setzte mich auf die Couch, während er zum Kamin hinüberging.

„Was sagst du zu einem Feuer, Ani?"

Ich spürte, wie mir ein kalter Schauer über den Rücken lief. Ich wusste nicht, was ich erwartet hatte, was wir beide in den Bergen tun sollten, um uns warm zu halten, aber ich hatte nicht an die Notwendigkeit eines Feuers gedacht. Ich hatte schreckliche Angst vor Feuer. Eine, die schon vor vielen Jahren begonnen hatte. Ich versuchte, mich von dem Gefühl zu befreien, das mir den Rücken hinaufkroch, aber Julian musste bemerkt haben, dass etwas nicht stimmte.

„Was ist los, Ani? Es ist nur ein kleines Feuer. Es hat noch nie jemandem wehgetan ... na ja, vielleicht hat es das doch. Was ist daran schlimm?"

Ich versuchte mein Bestes, mit Julian zu diskutieren, aber aus welchem Grund auch immer nahm er nichts davon an. Er sagte, dass ich dumm sei und dass er wisse, was er tue, sobald ich die Befürchtung äußerte, dass wir das Haus niederbrennen könnten. Ich fühlte mich seltsam, als ich ihm zusah, wie er sich an die Arbeit machte. Ich wollte herausschreien, dass ich das nicht wollte, aber ich gab nach und erlaubte ihm, weiterzumachen.

Es fiel mir schwer, dabei zuzusehen, wie das Licht des Feuers in Julians Augen flackerte. Er schien es fast zu genießen, wie unwohl ich mich fühlte. Dabei wusste ich, dass so etwas nur meine Einbildung sein konnte. Er ärgerte mich ein einziges Mal, als er so tat, als würde er ein Streichholz auf einen der Teppiche fallen lassen, die in der Ecke des Zimmers lagen und lachte nur, als ich ihm sagte, er solle aufhören.

Ich verstand nicht, warum Julian sich so verhielt, aber ich erinnerte mich an das Versprechen, das ich mir vorhin gegeben hatte und entschied mich, es zu ignorieren. Schließlich fühlte sich die Hütte noch gemütlicher an, als das Feuer brannte und prasselte. Ich wusste, dass Julian sich nur einen Spaß mit mir erlaubte und sich noch immer von der Aufregung des Tages erholte. Ich konnte das nachvollziehen. All die Emotionen, die ich im Vorfeld der Hochzeit empfunden hatte, waren irgendwie verschwunden und wurden durch einen Zustand der Glückseligkeit ersetzt, der es schwer machte, etwas anderes zu empfinden. Es schien fast so, als würde sich alles um uns herum, einschließlich des Feuers, langsamer bewegen.

Wir saßen eine ganze Weile schweigend da und mir reichte das. Nachdem mein Verstand buchstäblich den ganzen Tag gerast war, war es schön, ein wenig Ruhe zu haben. Schon bald spürte ich die Last des Tages und war bereit zum Schlafen, aber nicht bevor ich die Hochzeitsnacht genossen hatte. Julian schien darauf zu reagieren und küsste mich leidenschaftlich, während wir uns langsam zum Bett bewegten und dabei an der Kleidung des anderen zerrten. Ehe ich mich versah, knutschten wir und rieben uns aneinander, flüsterten und lachten uns dabei gegenseitig ins Ohr.

„Ich bin überrascht, dass du heute überhaupt in dieses Kleid gepasst hast.“

Ich brauchte länger, als mir lieb war, um zu begreifen, was Julian gesagt hatte. Ich dachte, es sei eine Art seltsamer, improvisierter Witz, der definitiv nicht ankam, aber er ließ sofort ein Lachen und ein Kitzeln an meinen Rippen folgen.

„Wie viel davon ist das Baby, hm? Ich dachte, wir machen eine Diät?“

Wieder kicherte ich unbehaglich, während ich versuchte, zu verarbeiten, was da gerade passierte. War irgendetwas mit Julian passiert, wodurch er irgendwie dachte, dass ich das, was er sagte, lustig finden würde? Und warum sagte er es ausgerechnet jetzt, wo ich nackt neben ihm lag? Julian musste gesehen haben, dass ich verwirrt war, denn er lachte wieder und klopfte mir auf den Kopf.

„Das war nur ein Scherz, Baby. Du weißt, dass ich definitiv nicht denke, dass du fett bist. Es ist nur wegen des Babys. Scheint ja auch bald da zu sein, nicht wahr?“

Er fing wieder an, an meinem Bauch zu wackeln und dieses Mal konnte ich es nicht verhindern. Ich spürte, wie mir die Tränen in die Augen stiegen, während mir der Mund offen stand. Was war hier los? Wo war mein perfekter, liebevoller Ehemann? Julian sah mich mit einem fast gespielten Blick des Mitgefühls an, bevor er wieder lachte, mir einen Kuss auf die Stirn gab und mir sagte, dass er schlafen gehen würde.

Ich saß fassungslos schweigend da und sah auf Julians Hinterkopf. Ich verstand nicht, was passiert war. Warum tat er das? Warum sprach er so mit mir? Was hatte ich getan oder was hatte sich in den letzten Stunden verändert? Noch nie hatte er so mit mir gesprochen und so sehr ich mich auch bemühte, ich konnte mir nicht vorstellen, was ich getan hatte, um diesen Ausbruch zu provozieren. Wo war der Mann, den ich geheiratet hatte? Die Liebe meines Lebens?

Ich bemühte mich nach Kräften den Vorfall zu ignorieren und kuschelte mich eng an ihn. Meine Augen flackerten zwischen seinem Hinterkopf und dem immer noch lodernden Feuer hin und her. Ich wusste, dass ich heute Nacht nicht schlafen würde. Ich war allein. Ich erinnerte mich an das, worauf ich mich heute Morgen so angestrengt konzentriert hatte, griff nach unten und berührte die Wölbung.

Alles ist in Ordnung, Baby. Ich bin hier bei dir. Morgen früh ist alles anders. Wir alle haben einen langen Tag hinter uns. Dein Dad wird begreifen, was er gesagt hat und wir werden es vergessen.

Nicht wahr?

Kapitel Dreiundzwanzig

2011

An die Zeit im Krankenhaus erinnere ich mich kaum, abgesehen davon, dass ich nicht sehr lange dort war. Ich verlor immer wieder das Bewusstsein, wahrscheinlich durch den Blutverlust und konnte lediglich verschiedene Momente ausmachen, während die Ärzte um mich herum liefen. Ich konnte hören, wie Mr. Irving einem der Ärzte seine Beziehung zu mir erklärte und spürte einen Stich von Schuldgefühlen, selbst als ich verbunden wurde. Obwohl es unfair von mir war, glaubte ich, dass ich ihn nicht hätte anrufen sollen. Ich hätte die Sache für mich behalten und dort im Bad sterben sollen.

„Warum machst du nicht weiter und beendest, was du angefangen hast?"

Die Stimme meiner Mutter hallte in meinem Kopf wider, während die Ärzte ihr Bestes gaben, um mich zu beruhigen. Ich spürte, wie mein Körper kräftig zitterte, während ich unkontrolliert schluchzte, aber alles fühlte sich so weit weg an. Als wäre ich auf der anderen Seite einer dicken Wand oder würde irgendwie in einem schweren Nebel schweben. Ich konnte hören, wie sie mit mir sprachen, verstand aber nur eine Handvoll Worte. Dieses Gefühl verstärkte sich noch, als Mr. Irving aus dem Raum geführt wurde. Das Einzige, was mich davon abhielt, mich vollkommen allein zu fühlen, waren die Momente, in denen ich mich selbst dort sitzen sah, verbunden und absolut erbärmlich aussehend.

Vielleicht hat sie recht. Vielleicht verdiene ich es zu sterben.

Dieser Gedanke war mir nicht völlig fremd, aber ich hatte ihn schon lange nicht mehr gehabt. Denn was hatte ich schon zu bieten? Ich hatte mich absolut zum Narren gemacht, wie ich es immer tat. Diesmal aber würde es kein Zurück mehr geben. Wie konnte ich zurück in die Schule gehen und alle auf die gleiche Weise ansehen? Sicherlich würden sie es herausfinden und danach wäre ich für immer erledigt. Wenn ich mich jetzt ansah, konnte ich verstehen, warum sie mich immer ausgelacht hatten.

Ich wusste, dass ich mich auf das Positive hätte konzentrieren sollen. Der Mann, in den ich unheimlich verknallt war, war gekommen und hatte mich gerettet. Das war es, was ich mir tief im Inneren gewünscht hatte. Aber jetzt? Was war das Ergebnis? Mr. Irving würde mich nie wieder auf die gleiche Weise ansehen können. Wenn ich in seinen Augen nicht schon vorher ein Wrack gewesen war, so war ich es jetzt ganz sicher. Er hatte mich in meinem absolut schlimmsten Zustand gesehen. Das ließ sich nicht mehr ändern.

Und so machte mein Verstand wieder sein übliches Theater und ich durchlebte jede nur denkbare Emotion, als ich in dem Krankenhausbett lag. Ärzte und Krankenschwestern kamen in regelmäßigen Abständen herein, um nach mir zu sehen und ich verstand gerade mal ein paar ihrer Worte, wenn sie mir eine Frage stellten. Ich achtete nicht allzu sehr darauf, die richtige Antwort zu geben. Ich wusste, dass dies mein Schicksal war. Wenn nicht heute, dann würde es eines Tages passieren. Ich dachte daran, was für eine Versagerin ich war, dass ich mich nicht einmal richtig umbringen konnte.

Ich weiß nicht, wie lange ich dort war. Es war auch egal. Die Zeit schien absolut stillzustehen und ich erfuhr nur dann, dass etwas Zeit verstrichen war, wenn die Tür zu meinem Zimmer aufschwang und ich einen Blick auf Mr. Irving erhaschte. Er wechselte zwischen Schlafen und Sitzen, den Kopf in den Händen vergraben. Ich fühlte mich schrecklich bei dem Gedanken, dass er auf mich wartete und wünschte, ich könnte die Kraft aufbringen, hinauszugehen und ihm zu sagen, dass er einfach gehen sollte.

Er braucht meinetwegen nicht mehr zu leiden.

Ich war überrascht, als ich spürte, wie mein Körper mit meinem Verstand gleichzog. Ich hatte Schmerzen, aber zu diesem Zeitpunkt waren sie größtenteils betäubt. Mein Arm war stark verbunden und ich nahm zum ersten Mal in dieser Nacht mich selbst und meine Umgebung vollständig wahr. Ich wusste, dass die Medikamente, die sie mir gegeben hatten, langsam nachließen und fühlte eine Welle der Erschöpfung über mich rollen. Ich konnte nicht hören, was der Arzt zu Mr. Irving sagte, der jetzt wieder mit mir im Zimmer war, aber ich konnte an seinem Gesicht erkennen, dass er sehr besorgt war. Ich versuchte, dagegen anzukämpfen, aber bevor ich mich versah war ich bewusstlos.

Als ich erwachte, befand ich mich auf dem Rücksitz eines fremden Fahrzeugs und Mr. Irving saß am Steuer.

„Bist du wach da hinten, BethAni?“

Ich wusste, dass ich träumen musste, da ich nicht erkannte, wo wir waren. Ich dachte mir, dass mein Verstand immer noch das Bild von Mr. Irving als meinem Ritter in glänzender Rüstung heraufbeschwören würde. Wer war dann dieser Mann, der so ähnlich klang wie er? Ein Krankenpfleger, der mich nach Hause bringen wollte?

„Ja, ich bin wach.“

Mr. Irving drehte sich um und tätschelte sanft mein Bein. Ich wusste sofort, dass es kein Traum war. Er war zu real, genauso wie das Gefühl, das ich bekam, als er mich berührte.

Konnte das wirklich passieren? Ist es das, was ich denke, dass es ist?

Ich dachte an den Traum, den ich am Tag zuvor gehabt hatte und wie sich alles zusammenfügte. Mr. Irvings Augen waren rot vor Erschöpfung, aber ich sah keine neuen Urteile in ihnen. War es möglich, dass er begonnen hatte, an seine eigenen Gefühle für mich zu glauben, während er im Krankenhaus gewartet hatte? Immerhin hatte ich gelesen, dass Tragödien oft die wahren Gefühle in den Menschen zum Vorschein bringen.

„Es tut mir leid, BethAni. Ich wusste nicht, was ich sonst tun sollte. Ich bin froh, dass du mich angerufen hast und dass ich dich gefunden habe. Wenn es für dich in Ordnung ist, bringe ich dich für die Nacht zu mir nach Hause. Du hattest einen schrecklichen Tag und ich bezweifle, dass es dir guttun würde, deine Mutter zu sehen. Es gibt eine Menge, worüber wir reden müssen, aber das können wir morgen früh tun. Jetzt ruh dich erst einmal aus. Wir sind bald da."

Es ist soweit! Es passiert wirklich.

Ich zwickte mich, um sicherzugehen, dass ich nicht träumte und bereute die Entscheidung sofort, als der Schmerz durch meinen Arm schoss. Ich nickte, so gut ich konnte, als Antwort auf Mr. Irvings Frage und schlief wieder ein, wobei ich erst wieder aufwachte, als wir an seinem schönen Haus angekommen waren. Ich hatte ein Bild in meinem Kopf, wie Mr. Irvings Haus aussehen würde, aber das übertraf jede Erwartung, die ich gehabt hatte. Es war wunderschön, ohne überladen zu sein und ein kurzer Blick aus der Einfahrt verriet mir, dass es an ein Waldgebiet grenzte und ziemlich abgeschieden von allen Nachbarn lag.

Wenn ich weniger erschöpft gewesen wäre und weniger Schmerzen gehabt hätte, wäre ich versucht gewesen, mein Glück bei Mr. Irving zu versuchen. In Anbetracht der Situation, in der ich mich befand, fand ich es überraschend, dass ich überhaupt die Energie hatte, über solche Dinge nachzudenken. Mr. Irving gab mir eine Ersatzdecke und ein Kissen und brachte mich ins Wohnzimmer. Er sagte mir, dass ich heute Nacht auf der Couch schlafen könnte und dass er mich am Morgen nach Hause bringen würde. Ich konzentrierte mich nicht zu sehr auf den Gedanken, am Morgen wieder gehen zu müssen und bedankte mich stattdessen für seine Hilfe und legte mich schlafen.

„Gute Nacht, Mr. Irving. Danke, dass Sie mein Leben gerettet haben."

„Schlaf ruhig und du wirst dich besser fühlen, Beth-Ani. Da bin ich mir sicher. Gute Nacht."

Damit drehte er sich um und verließ das Zimmer, wobei er mir den Weg zum Lichtschalter wies, den ich ausschalten musste, bevor er nach oben ging. Ich überlegte, ob ich ihm folgen sollte, ob ich neben ihm ins Bett rutschen sollte. Ich wusste, dass der Schmerz in meinem Arm es mir nicht erlaubt hätte, mich so zu amüsieren, wie ich es gerne getan hätte, aber ich dachte trotzdem daran. Ich rechnete damit, dass es noch andere Gelegenheiten geben würde. Warum sollte mich Mr. Irving schließlich zu sich nach Hause bringen, wenn er nicht auch nur ein bisschen an mir interessiert wäre? Es ergab keinen Sinn für mich, dass er einfach nur besorgt war. Besorgte Menschen tun meistens nichts und Mr. Irving hatte weit mehr als nichts getan.

Er hatte mir das Leben gerettet.

Ich lächelte, als ich das Licht ausschaltete und mich in das provisorische Bett kuschelte. Es war bequem, zumindest für eine Nacht. So erschöpft ich auch war, mein Verstand kreiste um die verschiedenen Möglichkeiten meiner Zukunft. Mir war jetzt klar, dass Mr. Irving mich nicht zu unrecht für das, was ich getan hatte, verurteilt hatte. Er musste sich sehr um mich gesorgt haben, um so lange im Krankenhaus zu bleiben und mich mit nach Hause zu nehmen. Er musste seine Meinung geändert haben! Das musste er.

Als ich schließlich einschlief, kam mein Geist keineswegs zur Ruhe. Er malte sich weiterhin Bilder von verschiedenen Zukunftsmöglichkeiten zwischen Mr. Irving und mir aus und ich wusste nicht, welche der Optionen ich am meisten bevorzugte. Es gab welche, in denen wir beide wegliefen und allein mitten im Nirgendwo waren. Es gab andere, bei denen wir am nächsten Tag Hand in Hand zur Schule gingen und alle herausforderten, ihre Meinung zu sagen und unsere Liebe zu leugnen. Ich konnte spüren, wie ich lächelte, selbst als ich träumte und wünschte, dass die Nacht ewig dauern würde.

Meine Kehle war wie ausgedörrt, als ich mitten in der Nacht aufwachte. Ich hatte keine Ahnung, wie spät es war, aber ich wusste, dass es spät war. Das Zimmer war stockdunkel und ich kämpfte mit der Orientierung, während ich zum Waschraum und dann in die Küche ging, um mir ein Glas Wasser zu holen. Wieder dachte ich daran, nach oben zu gehen und mich heimlich zu Mr. Irving in sein Bett zu legen, aber auch das ließ ich lieber bleiben. Während sich das Wasser in mein Glas goss, dachte ich an meine Träume und lächelte, als sie mir wieder einfielen.

In dem Moment sah ich sie. Das Mädchen am Fenster.

Zuerst dachte ich, mein Verstand würde mir einen Streich spielen, aber je genauer ich hinschaute, desto sicherer war ich mir über das, was ich sah. Einige Meter vom Haus entfernt stand eine junge Frau, größtenteils verborgen durch Schatten und den dichten Nebel, der aufgezogen war. Ich konnte ihr Gesicht in der Dunkelheit nicht erkennen, aber etwas an der Art, wie sie dastand, sagte mir, dass ich Angst haben sollte. Ich war froh, dass ich beschlossen hatte, das Licht auszulassen, um Mr. Irving nicht zu wecken, denn so konnte ich mich relativ sicher fühlen, während ich die dunkle Gestalt beobachtete. Ich wusste, dass sie mich nicht sehen konnte, obwohl ich sie ebenfalls nicht vollständig sehen konnte.

Ich beobachtete die Gestalt mehrere Minuten lang. Sie schien in die Schatten hinein- und wieder herauszugleiten, bewegte sich jedes Mal mit einer bestimmten Absicht. Alles an ihr verursachte mir eine Gänsehaut und so sehr ich mich auch bemühte, ich konnte nicht wegsehen. Ich versuchte mir einzureden, dass das, was ich sah, nicht real war und dass das Ganze nur Teil der Träume war, die ich zuvor gehabt hatte. Aber das mulmige Gefühl in meinem Bauch war zu real, als dass ich es einfach abtun konnte.

Nach einiger Zeit zog sich die Gestalt weiter in den Schatten zurück und verschwand aus meinem Blickfeld. Ich stand noch einige Minuten da und starrte aus dem Fenster, halb in der Erwartung, dass sie zurückkommen und mich überraschen würde, aber das tat sie nicht. Ich sah mich schnell im Hof um und spähte aus einem anderen Fenster, bevor ich entschied, dass sie tatsächlich gegangen war. So erleichtert ich auch hätte sein sollen, ich wurde das Gefühl des Grauens nicht los, das die Gestalt mit sich gebracht hatte. Als ich mich wieder ins Bett legte, nachdem ich etwas getrunken hatte, wusste ich, dass meine Träume eine andere Richtung einschlagen würden.

Eine der Angst.

Wer war diese Frau und was wollte sie?

Meine Augen huschten im Raum umher, denn jede Ecke und jeder Schatten schien vor mir zu tanzen. Ich schluckte hart und schloss meine Augen, betend, dass meine Fantasie nicht die Oberhand über mich gewinnen würde. Ich war froh, als der Schlaf über mich hereinbrach und mich in eine warme Decke gegen die Kälte des Gesehenen einhüllte.

Kapitel Vierundzwanzig

2019

Ich wusste immer noch nicht, was in der Hochzeitsnacht mit Julian los gewesen war. Man konnte leicht annehmen, dass er nach der Aufregung des Tages und der langen Fahrt zur Hütte einfach nur müde gewesen war. Ich vermutete, dass vielleicht am Vortag etwas mit seinen Freunden passiert war und er es ungerechterweise an mir ausgelassen hatte. Eine Sache war sicher. Als ich mich am nächsten Morgen aus dem Bett wälzte, nachdem ich nur einige wenige Minuten geschlafen hatte, wünschte ich mir nichts sehnlicher, als diese Tortur hinter mir zu lassen.

Der Morgen fing ganz gut an und ich dachte eine Zeit lang tatsächlich, dass ich das Ganze vielleicht nur geträumt hatte. Julian war besonders zärtlich zu mir, als wir uns langsam für den Tag fertig machten, beinahe bis zu dem Punkt, an dem ich ihm etwas über sein Verhalten in der Nacht zuvor sagen wollte. Ich wusste jedoch nicht, wie ich das Gespräch angehen sollte und gab mich damit zufrieden, es einfach zu vergessen, solange sich nichts anderes ergab.

So furchtbar ich mich auch gefühlt hatte, fiel es mir im Laufe des Tages ziemlich leicht, meine Gedanken davon abzulenken. Julian und ich wanderten ein wenig herum und genossen den Großteil des Tages in der freien Natur. Wir hatten die Hütte für drei Tage gemietet und Julian war begierig darauf, rauszukommen und so viel wie möglich zu erkunden. Ich empfand das Wandern als beschwerlich und erwartete halb, dass eine weitere Schimpftirade von Julian käme, als ich begann, zurückzufallen. Er schien jedoch Verständnis für meine Situation zu haben und begann, langsamer zu werden und den Rest der Wanderung gemeinsam mit mir zu gehen.

Zu diesem Zeitpunkt war ich mir nicht mehr sicher, ob ich die Litanei von Beleidigungen, die Julian mir gestern Abend entgegengeschleudert hatte, wirklich erlebt hatte und entschied, dass ich es einfach als einen weiteren schlechten Tag abtun würde. Schließlich war es ja nur ein einziges Mal passiert, was war schon dabei? Ich konnte es nachvollziehen, wenn man müde war und einem die Worte herausrutschten und auch wenn ich enttäuscht war, dass wir in der Nacht nach unserer Hochzeit nicht wirklich intim gewesen waren, konnte ich mich kaum beschweren, denn das waren wir schon so oft gewesen.

Mit der gleichen Kraft, mit der ich meine Nerven am Hochzeitstag überwunden hatte, blieb ich stark und überstand die Flitterwochen. Wir waren beide in einer seltsamen Verfassung hier oben in den Bergen. So sehr ich auch den Anblick und die Geräusche genoss, so sehr sehnte ich mich danach, nach Hause zu fahren. Ich redete mir immer wieder ein, dass unser neues Leben eigentlich in dem Moment beginnen würde, in dem wir wieder in unser luxuriöses Haus zurückkehrten und plante bereits einige der Veränderungen, die ich noch vornehmen würde, damit es sich noch mehr wie ein Zuhause anfühlte.

So vergingen die nächsten Tage ohne Zwischenfälle. Hin und wieder erwischte ich Julian mit einem seltsamen Blick in den Augen oder hörte, wie er vor sich hin murmelte, wenn er dachte, ich sei außer Hörweite. Aber eigentlich fiel mir nichts so sehr auf wie in der Nacht zuvor. Ich dachte, dass Julian endlich seine „Vor-Hochzeitsangst" hinter sich gelassen hatte und sich langsam an die Vorstellung gewöhnte, wie sein Leben von nun an aussehen würde. Dessen war ich mir sicher. Das musste ich auch sein.

Ich genoss den Großteil dieser letzten paar Tage unserer Flitterwochen. Julian wollte ständig wandern gehen und sich unglaublich aktiv betätigen, aber ich hatte es am ersten Tag wirklich übertrieben und zog es vor, die Zeit lieber in der Hütte zu verbringen und die verschiedenen Einrichtungsänderungen zu planen, die ich am Haus vornehmen wollte. Zuerst schien Julian verärgert zu sein, dass ich nicht mit ihm wandern wollte, aber als ich ihm erklärte, dass ich wirklich vorsichtig sein musste, mich wegen des Babys nicht zu überanstrengen, schien er es zu verstehen und störte mich nicht mehr deswegen.

Darüber war ich froh. Was auch immer der Grund

für Julians Ausbruch neulich war, ich wusste, dass er mich und unser ungeborenes Kind tief im Inneren liebte. Er würde ein guter Vater für sie sein für mich war das Grund genug, über einige seiner interessanteren Eskapaden hinwegzusehen. Wieder sagte ich mir, wie bedeutungslos ein einmaliger Ausrutscher sein konnte und sein sollte und erinnerte mich an die vielen Male in der Vergangenheit, in denen ich mir selbst einen Ausrutscher geleistet hatte. Das war für mich genug, um die Beleidigungen zu rechtfertigen und ich schwelgte in dem Frieden, den ich in dieser Entscheidung fand.

Das war, bis es Zeit für uns war, zurück in die Stadt zu fahren. Wir verbrachten einen Großteil des Morgens mit Packen, doch ich musste aufgeben als ich spürte, wie das Baby heftig trat und sich mein Kopf zu drehen begann. Ich nahm auf dem Bett Platz und fragte Julian, ob ich nur eine Minute haben könnte, um mich zu sammeln. Normalerweise, da ich das sowohl auf unserer Wanderung als auch während des Tages hier oben ein paar Mal getan hatte, wäre Julian damit einverstanden gewesen und hätte weiter unsere Sachen weggepackt. Heute jedoch wandte er sich schnell mit erhobener Stimme gegen mich.

„Wir müssen gehen, Ani! Ich bitte dich! Ich verstehe, dass du deinen Körper ein bisschen zu sehr angestrengt hast. Aber wir haben keine Zeit zum Warten. Wenn wir zu spät auschecken, verlieren wir zweihundert Dollar. Komm schon!“

Ich spürte, wie die Tränen sich wieder in meinen Augen sammelten, als ich mich von meinem Platz auf dem Bett erhob. Das war ein bisschen zu viel für mich und ich fiel sofort wieder zurück. Ich schaute zu Julian auf und wollte ihm erklären, dass ich mich wirklich nur ein paar Minuten ausruhen musste. Doch ich wurde gestoppt, als er sich herumdrehte und mir eine harte Ohrfeige verpasste.

Ich schrie vor Schmerz und Verwirrung auf und meine Augen schnellten vor Angst zu Julian hinauf. Er starrte über mich hinweg und ich dachte, dass es Hass war, den ich in seinen Augen sah. Er muss jedoch den Schmerz in meinem Gesicht gesehen haben, denn sein Blick kühlte sich schnell ab und plötzlich saß er neben mir und hatte seine Arme um meine Schultern geschlungen.

„Oh mein Gott, Ani, es tut mir so leid! Ich wollte dich nicht schlagen. Ich bin nur auf diesem blöden Teppich ausgerutscht! Ich hätte vorsichtiger sein müssen. Wen interessieren schon die 200? Wir gehen, wenn du bereit bist. Es tut mir leid, Baby! Geht's dir gut?"

Meine Gedanken rasten, während meine Augen durch den Raum schossen. Ich sah den Teppich unter Julians Füßen und er schien tatsächlich an einem Ende eingerollt zu sein. Ich konnte vielleicht verstehen, dass er sich etwas zu schnell umgedreht hatte und dass sein Arm mich versehentlich getroffen hatte. Das war das Einzige, das einen Sinn ergab. Julian würde mich nie verletzen. Niemals. Das war alles nur ein großes Missverständnis.

Ich schluckte schwer und lächelte ihn an. Das meinte ich auch so. Ich wusste, dass Julian nicht so ein Typ war. Er war geheimnisvoll und hatte mir in den letzten Tagen einige Gründe gegeben, an seiner Perfektion zu zweifeln, aber ein Schläger?

Nein. Niemals. Er ist ein guter Mann. Er ist mein Mann.

Ich war begierig darauf, nach Hause zu kommen und wieder in unserem eigenen Haus zu sein. Ich glaubte, das würde reichen, damit wir beide wieder zueinander finden würden. Ich würde lügen, wenn ich sagen würde, dass ich mich nicht auch darauf freute, etwas Zeit mit Sam zu verbringen. Ich musste mich mit ihr treffen und sie wegen allem, was passiert war, um Rat fragen. Ich wollte Julian nicht in Schwierigkeiten bringen, das war klar. Ich wollte nur, dass meine beste Freundin wusste, was in meinem Leben vor sich ging.

Ich hatte schließlich ein Versprechen gegeben. Ein Versprechen an mich selbst.

Ich konnte mich erst ein paar Tage nach unserer Rückkehr aus den Bergen mit Sam treffen. Ich wusste nicht, was ich in diesen Tagen von Julian erwarten sollte, aber wie sich herausstellte, hätte ich nicht allzu viel zu erwarten brauchen. Ich sah Julian nur selten, da er immer lange unterwegs war und arbeitete oder sich in seinem Büro im Haus verkroch. Wenn wir zusammen waren, sprach er selten mit mir und ich musste wieder daran denken, dass ich etwas falsch gemacht hatte.

Das sollte der Anfang vom Rest unseres Lebens sein. Dafür hatte sich keiner von uns entschieden, oder?

Ich hörte Julian oft lange nachdem ich ins Bett gegangen war, nach Hause kommen und konnte hören, wie er in den Schuppen hinter dem Haus ging, der zum Grundstück gehörte. Ich machte mir nie allzu viele Gedanken darüber, was er da drin machte, vor allem nicht, als er mich eines Tages mit ein paar neuen Farbdosen überraschte. Wie er mir erklärte, deckte er sich mit einigen Dingen ein, die wir brauchen würden, um das Haus nach unserem Geschmack zu renovieren. Er erzählte mir von seinen großen Plänen, die Terrasse zu erweitern und erkundigte sich nach meiner Meinung über die Möglichkeit, einen Pool anzulegen.

Diese Unterhaltungen gaben mir ein besseres Gefühl, aber sie waren rar gesät. Ich fühlte mich öfter einsam im Haus und war deshalb froh, als endlich der Tag kam, an dem ich mich mit Sam treffen konnte. Ich hatte zu diesem Zeitpunkt eine Freistellung von der Arbeit, da die Ärzte davon ausgingen, dass mein Baby innerhalb der nächsten paar Wochen geboren werden würde. Ich wollte bis dahin alles vorbereitet haben und war froh, dass ich etwas früher in den Mutterschaftsurlaub gehen konnte. Das hatte zwar die unvorhergesehene Konsequenz, dass ich Sam nicht so oft sehen konnte, wie ich wollte, aber ich wusste, dass wir es schaffen würden.

Als ich mich endlich mit Sam traf, freute sie sich, mich zu sehen und fragte mich eine Menge persönlicher Fragen darüber, wie unsere Flitterwochen verlaufen waren. Ich wusste, dass sie es wie immer gut meinte, aber ich fühlte mich schon bei der bloßen Erwähnung jener Nacht unwohl. Ich beschloss, dass es nicht schaden konnte, Sam alles zu erzählen, was passiert war, während Julian und ich weg gewesen waren. Ich beobachtete sie genau, während ich ihr alles erzählte. Ich wollte nicht, dass sie einen schlechten Eindruck von Julian bekam, also verschwieg ich vorsichtshalber bestimmte Details darüber, was er gesagt hatte. Ich machte mir jedoch mehr und mehr Sorgen, dass ich das Falsche getan hatte, als Sams Gesicht von Minute zu Minute ernster wurde.

„Ani ... hast du mit jemand anderem darüber gesprochen?"

„Mit wem sollte ich reden, Sam? Und was sollte ich sagen?"

Sam seufzte und schüttelte den Kopf.

„Er hat dich geschlagen?"

Ich wusste, dass dies ein wunder Punkt für Sam sein würde, also ruderte ich schnell zurück und erzählte ihr, dass es ein Missverständnis gewesen war und dass er auf mich gefallen war. Sam schien nicht überzeugt zu sein und sie saß eine unangenehme Weile gedankenversunken da. Nach einer Weile sah sie zu mir auf und ich meinte, Mitleid in ihren Augen ausmachen zu können. Darauf war ich nicht gefasst gewesen. So sollte mich meine beste Freundin nicht sehen, aber ich entschied mich, ihr zuzuhören, auch wenn ich in diesem Moment wusste, dass ich ihr nichts davon glauben würde.

„Warum redest du nicht mit Hannah? Arbeitet sie nicht mit Opfern von häuslicher Gewalt? Ich sage nicht, dass du das durchmachst, Ani, oder dass Julian ein Missbrauchstäter ist, aber vielleicht redest du einfach mit ihr und schaust, was sie zu sagen hat. Du brauchst nicht mal zu sagen, dass du es bist. Du kannst ihr sagen, dass ich Probleme mit jemandem habe. Es macht mir nichts aus. Ich will nur, dass es dir gut geht, Ani. Ich möchte, dass du auf dich selbst aufpasst. Versprich mir, dass du das tun wirst, in Ordnung?"

Ich sah Sam an und lächelte. Sie war eine gute Freundin. Natürlich lag sie falsch, aber sie war eine gute Freundin.

„Das werde ich, Sam. Ich danke dir. Du musst dir aber keine Sorgen machen. Ich kann auf mich selbst aufpassen und Julian und ich sind glücklich zusammen. Ich denke, jetzt, wo wir wieder zu Hause sind, wird es uns beiden gut gehen. In den Bergen ist jeder ein bisschen seltsam."

Sam nickte langsam und wir redeten beide für den Rest unseres Treffens über andere Dinge. Als es Zeit für mich war zu gehen, packte ich meine Sachen zusammen und umarmte sie zum Abschied. Im Auto auf dem Heimweg dachte ich über unser Gespräch nach. Ich dachte darüber nach, wie ich mich für all das, was passiert war, gerechtfertigt hatte und dass Julian mit der Hochzeit und der Arbeit einfach eine Menge zu tun gehabt hatte. Ich dachte ehrlich, dass es von da an besser werden würde. Ich wusste, das würde es. Ich meine, ich wollte es wirklich glauben. Ich wollte es so sehr, dass ich mir immer wieder einredete, dass ich es wirklich glaubte.

Aber das tat ich nicht.

Kapitel Fünfundzwanzig

2011

In dieser Nacht träumte ich von meiner Mutter.

Sie schien mir genauso zu erscheinen wie die Frau vor Mr. Irvings Haus. Sie war in einen schweren Nebel gehüllt und ich war mir lange Zeit, zumindest in den Tiefen meines Geistes, nicht ganz sicher, wer es war, den ich da sah. Es war sonderbar. Die Gestalt tanzte langsam, veränderte immer wieder ihre physische Form. Es schien mir so, als ob die Gestalt in und aus dem Nebel schwebte. Manchmal tauchte ein Gesicht auf und ich erkannte sofort, wen ich vor mir hatte und dann verschwand es genauso schnell wieder und die Gestalt wurde wieder unbekannt und vergänglich.

Ich weiß nicht, wie lange ich von ihr träumte oder wie viel von dem, was mein Geist sah, real oder eingebildet war. Nach dem, was ich im Krankenhaus erlebt hatte, war ich mir der Realität dessen, was ich beobachtet hatte, nicht ganz so sicher. Während mein Verstand Bilder von meiner Mutter heraufbeschwor, wanderte mein Körper zwischen meinem Zuhause und der Couch, auf der ich schlief, hin und her. Ich konnte spüren, wie sich mein Körper anspannte, wenn ich mich auf dem Leder bewegte und wie jedes leise Quietschen mich glauben ließ, dass meine Mutter wutentbrannt die Treppe herunterstürzen würde.

Aber das geschah nicht. Sie schwebte weiterhin vor mir, gerade außerhalb meiner Reichweite.

Warum träumte mein Verstand ausgerechnet jetzt von ihr?

Es war eine ungewöhnliche Erkenntnis während eines Traums, nehme ich an, aber es war eine, die mich unvorbereitet traf. Ich hatte noch nie von meiner Mutter geträumt. Ich hatte in meinem Leben viele Stunden damit verbracht, von meinem Vater zu träumen und gelegentlich schlichen sich diese Bilder in meine nächtlichen Träume. In ihnen war er immer derselbe. Ein Mann, der Mr. Irving sehr ähnlich war, aber den ich in einem völlig anderen Licht sah. In meinen Träumen war mein Vater immer in der Nähe. Ich konnte oft seinen Atem spüren oder seine Anwesenheit fühlen. Jetzt, bei meiner Mutter, war ich mir nicht sicher. Sie schien weiter weg zu sein als je zuvor. Weiter als ein Schlafzimmer im Obergeschoss, das ich nicht zu stören wagte.

Es hatte etwas Friedliches, wie sie vor mir tanzte. Es war eine Gelassenheit, die ich bei meiner Mutter noch nie gesehen hatte. Am ehesten konnte mein zerbrechlicher Verstand einen Moment ausmachen, in dem sie mich nach Jetty Island mitgenommen hatte und meine Hand hielt, während wir einige Vögel über das Wasser gleiten sahen. Es waren so viele gewesen, dass ich nicht auf das Ausmaß dessen geachtet hatte, was da geschah.

War sie schon immer so, wie sie jetzt ist? Was ist mit ihr geschehen? Was ist mit mir geschehen?

Die Gestalt schwankte weiterhin zwischen den Welten vor mir hin und her. Es gab jetzt Zeiten, in denen ich sicher war, dass sie mich in die seltsamen, fremden Nebelschwaden, die ihr folgten, einzuhüllen schien, nur um dann in einiger Entfernung wieder zu verschwinden und wieder aufzutauchen. Ihre Berührung war kalt und ungewohnt und trotzdem erkannte ich sie als ihre. Diese Hand am Pier war unbekannt gewesen. Was auch immer meine Mutter in dieser Erinnerung war, sie war jetzt weit davon entfernt. Ich hatte mehr Verbindung zu dem, was vor mir auftauchte, als zu ihr.

Warum machst du nicht weiter und beendest, was du angefangen hast?

Ihre Worte hallten aus einem fernen Raum wider, aber in meinen Ohren klangen sie wie Donnergrollen. Meine Mutter hatte das gesagt. Meine Mutter. In der Zeit, als ich sie am meisten gebraucht hatte, hatte sie das gesagt.

Ich konnte jetzt mein Herz schlagen hören und die Figur vor mir veränderte sich. Sie tanzte weiter, aber schneller, als wäre sie lebendig und mit einem größeren Ziel. Auch die Farbe änderte sich, wechselte zwischen transparent und schwarz hin und her, um sich dann oft in einem unangenehmen Grau niederzulassen. Es wurde vor mir größer und größer und wieder und wieder konnte ich die Stimme meiner Mutter tief in meinem Kopf hämmern hören, auch wenn sie weit weg klang.

Warum. Nicht. Du. Geh.

Wenn der Geruch von Rauch mich nicht geweckt

hätte, weiß ich nicht, wohin mich mein Verstand geführt hätte. Ich weiß nicht, wo ich gelandet wäre.

Aber so war es.

Rauch!

Ich tat mein Bestes, um die Schläfrigkeit aus meinem Kopf abzuschütteln. Der Geruch war nicht zu leugnen, aber meine Augen schienen schwer und erstarrt. Ich konnte das Bild der wachsenden Gestalt nicht aus ihnen abschütteln. Ich krallte mich verzweifelt an ihnen fest, sicher, dass ich noch im Halbschlaf war, aber ein schmerzhaftes Husten vertrieb sofort alle Zweifel, die ich noch hatte. Ich sprang auf die Füße und spürte, wie sich die Wärme des Fußbodens durch sie hindurchschlängelte, selbst als die Klebrigkeit der Ledercouch an meinen Beinen zerrte.

Feuer!

Zuerst konnte ich nichts außer dem Rauch sehen und konnte meine eigenen Gedanken kaum über dem Lärm der Flammen hören. Ich erinnerte mich an die Übungen, die wir in der Schule hatten und ließ mich so schnell ich konnte auf den Boden fallen, versuchte verzweifelt, dem Rauch zu entkommen, der bereits meine Lungen erfüllte. Ich fühlte mich träge, als ich fiel und wollte mir einreden, dass es nur die schreckliche Nacht war, die ich zuvor erlebt hatte. Meine Arme brannten unter den Verbänden, aber ich entschied mich zu glauben, dass es eher die Hitze des Feuers war als alles andere.

Ich schäme mich, es zu sagen, aber ich habe in diesem Moment nicht an Mr. Irving gedacht. Naja, jedenfalls nicht sofort. Meine Gedanken rasten und ich wusste, dass ich da raus musste. Ich glaube, ein Teil von mir glaubte, dass er bereits draußen und in Sicherheit war. Aber ich wusste, dass ich mir das nur einredete, um mich besser zu fühlen, wenn ich entkam. Ich glaubte auch, dass das Feuer vielleicht nicht so schlimm war, wie es schien. Das war eine bequeme und beruhigende Sache, auf die ich meine Gedanken lenken konnte. Vielleicht hatte jemand nur etwas in der Küche verbrannt.

Erst als ich die Flammen mit eigenen Augen sah, verstand ich die Situation in ihrer Gänze und dann erst erwachte mein Verstand aus der Trance, in der er sich befand und dachte an Mr. Irving. Die Flammen loderten vor mir und hinter mir und tauchten den Raum in ein helles Licht, sodass ich mir die Dunkelheit des Rauches von vorhin wünschte. Seltsamerweise war mir kalt, ich war verängstigt darüber, wo ich war und was ich tun sollte. Ich konnte Mr. Irving nicht einfach verlassen. Nicht in diesem Zustand.

Konnte ich das?

Nein. Er hatte mich letzte Nacht gerettet. Er hatte mich vor mir selbst gerettet. Er war der Held, nach dem ich mein ganzes Leben lang gesucht hatte. Ohne ihn wäre ich nicht hier. Ich musste dafür sorgen, dass sich diese Entscheidung lohnte.

Ich zog mir den Pullover über den Mund und kroch zur Treppe. Ich hatte Glück, denn in dieser Richtung konnte ich keine Flammen sehen, nur die Rauchwolke, die immer noch Bilder von meiner Mutter heraufbeschwor. Ich schüttelte ihre Worte aus meinem Kopf, während ich mich langsam in Richtung Treppe bewegte. Ich konnte das tun. Das war es, wozu ich bestimmt war!

Ich versuchte, nach Mr. Irving zu rufen, gab es aber auf, als ich merkte, dass er mich bei dem Lärm nicht hören konnte. Ich war jetzt nahe an der Treppe. Nahe genug, dass ich hinaufgehen konnte. Das war es. Das war mein Moment, um zu glänzen. Ich würde Mr. Irving retten, nachdem er mich gerettet hatte. Es war perfekt, und wir würden zusammen perfekt sein. All die Lächerlichkeiten von früher, alles, was ich getan hatte, um mich zu blamieren, das konnten wir vergessen. Das war die Gelegenheit, neu anzufangen. Vielleicht zusammen durchzubrennen.

Ich komme, Mr. Irving!

Mein Herz blieb stehen, als ein Teil der Decke über mir nachgab und eine Kaskade aus Flammen und Holz auf die Treppen stürzte. Für einen Moment glaubte ich, dass ich mir einen Weg vorbeibahnen könnte, aber das Feuer nahm schnell zu und schoss die Treppe hinunter auf mich zu. Die Rauchwolke vor mir wurde immer dichter, bevor sie in einer Welle aus Rot und Orange verschwand. Ich wich zurück und fiel nach hinten, wobei ich fast mit dem Kopf auf einen Tisch aufschlug, der erst jetzt zu brennen begann.

Ich warf noch einen letzten Blick die Treppe hinauf, bevor ich aufstand und zurück ins Wohnzimmer rannte. Die Flammenlawine aus dem Obergeschoss hatte die hinteren Fenster herausgesprengt. Ich tat das Einzige, von dem ich dachte, dass es mir möglich wäre und stürzte auf sie zu, sprang hindurch, auch als ich spürte, wie ein Feuerhauch meine Hand traf.

Durch den brennenden Schmerz überschlugen sich meine Gedanken, noch während ich über den Rasen in den angrenzenden Wald rannte. Das Bild meiner Mutter erschien vor meinen Augen. Die tanzende Form von ihr von vorhin war einer völligen Schwärze gewichen. Ich rannte auf sie zu, so schnell ich konnte, dankbar für die Gelegenheit, dem blendenden Licht der Flammen zu entkommen. Als ich mich gegen einen Baum fallen ließ und auf das Haus zurückstarrte, konnte ich den Schmerz der Verbrennung auf meinem Handrücken spüren. Instinktiv griff ich hinter mein linkes Schienbein und zeichnete die Narbe nach, die sie mir hinterlassen hatte. Ich wusste, dass diese nicht annähernd so schlimm war und spürte, wie mein Gesicht rot wurde. Ich war dankbar, dass ich keine Shorts getragen hatte, als Mr. Irving mich gefunden hatte. Der Lockenstab hatte einen Abdruck hinterlassen, den mein Körper sicher nie vergessen würde, aber diese Verbrennung würde mit der Zeit verblassen.

Ich beobachtete das Feuer so genau wie möglich von meinem Versteck im Wald aus und drehte mich nur einmal um, als ich glaubte, die Augen von jemandem auf mir zu spüren. Ich war paranoid, ich weiß, aber ich konnte es nicht ändern. Ich hatte meinen Retter in diesem Haus zurückgelassen und sah nun zu, wie es weiter in Stücke fiel.

Was hätte ich denn sonst tun sollen?

Es war einfach, den Einsturz des oberen Stockwerks zu beschuldigen. Das konnte ich jetzt sehen, als ich hinter dem Baum saß. Ich hätte mutiger sein können, sein sollen. Es waren nicht so viele Trümmer auf der Treppe gewesen. Ich hätte sie beiseiteschieben und hochgehen können, um Mr. Irving zu finden. Ich hätte ihn retten können! Ich hätte ihn mitschleifen können, wenn er bewusstlos gewesen wäre, oder ihm Wasser ins Gesicht spritzen können, um ihn aufzuwecken. Ich hätte alles tun können. Einfach alles! Und was hatte ich getan?

Ich lief weg. Wie ein verdammter Feigling.

Ich glaubte, dass ich hätte nach oben gehen können. Ich wusste, dass sich das wie Wunschdenken anhörte, aber das war es nicht. Ich konnte es mir vorstellen, immer und immer wieder in meinem Kopf. Es hätte Möglichkeiten gegeben. Ich hätte ihn retten können.

Aber ich hatte es nicht getan.

Ich war geflüchtet, weil ich Angst hatte. Nicht vor dem Feuer oder dem Rauch, sondern vor allem anderen. Ich hatte Angst vor dem, was passiert wäre, wenn ich ihn gerettet hätte. Ich versuchte, mir vorzustellen, wie wir beide wegrannten, um zusammen zu sein. Dass ich Lehrerin würde und wir beide den Rest unseres Lebens in den Armen des anderen verbringen.

Aber ich konnte es nicht.

Alles, was ich sah, waren andere Menschen. Meine Mutter. Meine „Freunde". Jede Person, die ich nicht ausstehen konnte, tauchte immer wieder vor mir auf. Jeder tanzte ein und aus, aber sah mich immer auf dieselbe Weise an. Mit Kritik. Ich konnte sie alle deutlich sehen. Ich spürte, wie ihre Hände mich und Mr. Irving auf die Straße zerrten.

Hure! Schlampe! Perversling! Monster!

Ihre Stimmen waren jetzt lauter und übertönten sogar das Rauschen des Feuers. Ich wusste, was sie aus uns beiden machen würden. Sie würden uns züchtigen und trennen. Uns zu den Schlimmsten der Schlimmen stecken. Sie würden uns verurteilen, weil wir so waren, wie wir sein sollten.

Ich verdiente das vielleicht, aber Mr. Irving nicht. Nein, ich konnte nicht zulassen, dass ihm das passierte. Er war ein guter Mann. Er war mein Retter. Er hatte es nicht verdient, als etwas weniger als das angesehen zu werden. Er war ein Held. Mein Held. Das wollte ich nicht aufs Spiel setzen. Außerdem gab es nichts anderes, was ich hätte tun können.

Oder doch?

Ich beobachtete das Feuer, auch als die Feuerwehr auftauchte und begann, die Flammen zu löschen. Ich konnte nur Bruchstücke von dem hören, was sie sagten und wollte verzweifelt zu ihnen eilen und ihnen sagen, dass sie reingehen und Mr. Irving retten sollten, aber ich fühlte, wie meine Beine sich verkrampften und ich war unfähig, mich zu bewegen. Sie sprachen schnell, riefen sich gegenseitig zu, alles unter Kontrolle zu bringen. Es lag eine Traurigkeit in ihren Stimmen und ich hätte sie früher erkennen müssen. Ich saß da und sah zu, betete zu allem und jedem, dass Mr. Irving mit seinem typischen freundlichen Lächeln herauskommen würde.

Ich konnte ihn mir im Rauch vorstellen und lächelte vor mich hin, als ich seine Gestalt langsam und friedlich über den Rasen tanzen sah. Er glitt auf mich zu, Zentimeter um Zentimeter. Ich wollte ihm etwas zurufen, aber ich schaffte es nicht, die Worte aus meiner trockenen Kehle zu pressen. Ich beobachtete einfach in zufriedenem Schweigen, wie er sich seinen Weg zu mir bahnte und wie seine ätherische Form schimmerte, als sie sich mir näherte.

„Mr. Irving! Gott sei Dank!"

Ich lächelte, als meine heisere Stimme die Worte herauskrächzte. Ich schaffte es, aufzustehen und die Gestalt zu umarmen, schloss die Augen und bereitete mich auf das gleiche Gefühl vor, das ich in der Nacht zuvor gehabt hatte. Ich stellte mir vor, wie er mich hochhob und mich die Straße hinuntertrug, weit weg von den Flammen des Hauses und der Dunkelheit des Waldes. Ich lächelte, als ich es mir vorstellte, selbst als mein Körper kalt wurde.

Ich schaute auf und stellte fest, dass ich allein war, gerade als Mr. Irvings Haus mit einem leisen Knall auf die Erde fiel. Nach dem Gebrüll des Feuers hatte ich erwartet, dass alles, ich weiß nicht, lauter sein würde. Schriller. Und doch legte sich eine Stille über die Szene, die mir sofort ein ungutes Gefühl gab. Ich zog mich hinter den Baum zurück und beobachtete, wie die Feuerwehrmänner damit fortfuhren, das, was von dem Inferno übrig geblieben war, mit Wasser zu bespritzen.

Einer von ihnen kam von der Rückseite des Feuers heraus, das schwache Licht beleuchtete zwei große rote Benzinkanister in seinen Händen. Ein anderer bahnte sich bereits seinen Weg durch verschiedene Teile des Trümmerfeldes und durchkämmte es systematisch. Der erste Mann ging langsam und schüttelte dabei den Kopf. In der Stille der Nacht schienen ihre Stimmen lauter zu sein, als sie hätten sein sollen. Fast so, als wären sie diejenigen, die eine friedliche Nachtruhe stören.

Ich rannte so schnell ich konnte, die Tränen

brannten mir fast so sehr im Gesicht wie die Brandwunde an meiner Hand. Ich konnte kaum sehen, wohin ich rannte, als ich durch den Wald rannte, immer tiefer in die Dunkelheit hinein. Ich hatte keine Ahnung, wie spät es war, aber ich hatte das Gefühl, dass die Dämmerung bald über mich hereinbrechen würde. Ich musste nach Hause kommen. Ich musste mich in Sicherheit bringen.

Selbst in der Dunkelheit, als sich die letzten Nebelschwaden langsam um mich herum verzogen, konnte ich das Bild dessen, was ich in der Nacht gesehen hatte, nicht abschütteln. Die einsame, junge Frau, die gerade außer Sichtweite stand. Gemeinsam begannen sie und meine Mutter um mich herumzutanzen und mich in die Schwärze des neuen Morgens zu führen.

Kapitel Sechsundzwanzig

2019

Am 15. Oktober 2019 um 4:16 Uhr morgens platzte meine Fruchtblase.

Ich war aus dem Bett aufgestanden, um mir ein Glas Wasser zu holen und hatte nicht ganz realisiert, was passiert war, bis ich spürte, wie nass meine Füße waren, als ich in der Küche stand. Ich rief nach Julian und setzte mich hin, während ich darauf wartete, dass er herunterkam.

Das scheint zu früh! Bitte lass es nicht zu früh sein.

Ich war erst in zwei Wochen oder so fällig, also war ich natürlich unglaublich besorgt um die Sicherheit meines Babys. Ich wusste nicht, was mich erwartete und war sicherlich nicht darauf vorbereitet, dass es mitten in der Nacht passieren würde. Ich musste noch ein paar Mal nach Julian rufen, bevor ich sein Gesicht in der Küchentür erscheinen sah.

„Was ist los? Ich habe geschlafen."

Was ist los? Was denkt er, was los ist?

„Es ist soweit, Baby. Meine Fruchtblase ist geplatzt. Ich muss ins Krankenhaus.“

In der Dunkelheit war es schwer zu sehen, aber ich hörte ganz sicher Julians Schnaufen, als er sich langsam vom Türrahmen abstieß. Ich verstand, dass es eine Unannehmlichkeit war, aber es fiel mir trotzdem schwer zu glauben, dass er so reagierte. Ich wusste, dass es nur der Schlafentzug war und dass seine Aufregung und Vorfreude nur noch wachsen würden, wenn wir zum Krankenhaus fuhren.

Wie sich herausstellte, hatte ich nicht viel geistige Energie, um mich auf Julian zu konzentrieren, während wir fuhren. Er sprach nicht viel, und ich fing an, vor Schmerzen zu schreien. Ich hatte gelesen, dass manchmal die Fruchtblase einer Frau vorzeitig platzt und dass das nicht unbedingt bedeutet, dass sie Wehen bekommt. Diesmal war das nicht der Fall. Meine Wehen hatten eingesetzt, und der Schmerz war sehr real. Wieder betete ich, dass alles gut werden würde und dass wir rechtzeitig im Krankenhaus ankommen würden.

Julian fuhr schnell und ich war froh, dass er es tat. Alles ging jetzt rasend, und ich wollte so bald wie möglich dort sein und einen Arzt sprechen. Er hielt vor dem Notaufnahmeeingang des Krankenhauses an, sprang aus dem Auto und sagte, er würde schnell reingehen und Hilfe für mich holen. Es fühlte sich an, als wäre er lange weg, aber ich wusste, dass es nicht länger als ein paar Minuten gewesen sein konnte. Plötzlich tauchte er mit einer Krankenschwester und einem Rollstuhl im Schlepptau wieder auf, die beiden verfrachteten mich darauf, und bevor ich wusste, wie mir geschah, war ich schon unterwegs.

Julian drückte meine Hand ganz fest, als die Krankenschwester begann, mich wegzurollen. Er musste natürlich sein Auto wegfahren, aber ich wollte ihn nur ungern gehen sehen. Ich hatte eine nagende Angst, dass ich ihn nicht wiedersehen würde. Es war natürlich lächerlich, aber ich konnte es mir nicht erklären. Ein scharfer Schmerz von einer weiteren Wehe holte mich jedoch in die Realität zurück, und ich vergaß bald alle meine Zweifel.

Ich wusste nicht, wie lange ich in den Wehen lag, aber die Ärzte sagten mir, dass es fast neun Stunden waren, als es vorbei war. Ich erinnerte mich nicht an viel, außer an die Schmerzen und das Gefühl, dass sich die Zeit hinzog. Ich war mir währenddessen auch anderer Dinge sehr bewusst, aber ich war überrascht, wie unwichtig sie waren. Meine Gedanken rasten und ich stöhnte. Ich bemerkte die abplatzende Farbe an den Wänden und der Decke. Ich bemerkte das Geräusch eines Krankenwagens draußen. Ich bemerkte sogar ein verirrtes Stück Staub, das auf irritierende Weise durch den Raum schwebte, bevor es auf Julians Schulter landete. Er war die ganze Zeit bei mir, das muss man ihm lassen, und hielt die meiste Zeit meine Hand. Das hielt mich jedoch nicht davon ab, alle paar Minuten nach ihm zu rufen, als ob ich eine Gedächtnisstütze bräuchte, dass er direkt neben mir war.

Als alles gesagt und getan war, wurde unser Baby noch am selben Tag um 13:55 Uhr geboren. Sie war das Schönste, was ich je in meinem Leben gesehen hatte.

Ihre Augen leuchteten so unschuldig, wie ich es nie für möglich gehalten hätte. Ich konnte sie gar nicht schnell genug in die Finger bekommen.

„Hallo, Kleine", flüsterte ich, während mir die Tränen über das Gesicht liefen. „Willkommen auf der Welt."

Julian und ich hatten natürlich schon vor diesem Moment über Namen nachgedacht, und wir hatten beschlossen, dass, falls wir eine Tochter bekämen, uns beiden der Name Olivia sehr gut gefiele. Es war der Name von Julians Großmutter gewesen, und ich war stolz darauf, dass er das Kind nach einem Familienmitglied benennen wollte. Ich liebte den Namen und brauchte damals nicht viel Überzeugung. Jetzt, wo die kleine Olivia in meinen Armen lag, wusste ich, dass der Name perfekt zu ihr passte.

Ich saß da, völlig erschöpft, und gurrte das kostbare Kind in meinen Armen an. Es war ein Gefühl, das ich nie erklären könnte. Es war die Krönung eines ganzen Lebens voller Träume und Wünsche. Es war die Essenz der Liebe, eine ganz besondere Liebe, von der ich wusste, dass sie nur zwischen einem Elternteil und einem Kind besteht. Ich dachte in dieser Zeit an meine eigene Mutter und daran, dass sie irgendwann einmal dasselbe für mich empfunden haben muss.

Das spielt jetzt keine Rolle. Das Einzige, was zählt, bist du, Olivia.

Ich sagte mir immer wieder das Gleiche. Sie war perfekt, mehr als perfekt. Ich wusste in diesem Moment, dass ich sie für den Rest meines Lebens lieben würde. Von diesem Tag an bis zu meinem letzten würde sie das

Wichtigste in meinem Leben sein. Ich würde sie bedingungslos lieben und hart daran arbeiten, die beste Mutter zu sein, die ich nur sein konnte. Dazu war ich geboren. Das war es, wozu ich bestimmt war.

Ich schäme mich, es zu sagen, aber in diesen ersten Minuten nach Olivias Geburt war ich völlig abgelenkt vom Rest der Welt. Ich wusste nicht, was die Ärzte zu mir sagten und vergaß sogar, dass Julian direkt neben mir war. Ich spürte seine Hand auf meiner Schulter, als er mit den Ärzten sprach, und mir war plötzlich wieder bewusst, dass er da war. Ich war dankbar, dass er sich zweifellos um alles kümmern würde, denn von mir aus hätte ich den Rest meines Lebens mit meinem Baby im Arm dasitzen können.

Ich sah zu, wie einer der Ärzte den Raum verließ, und drehte mich langsam zu Julian um. Ich wusste, dass er wahrscheinlich darauf brannte, das Baby zu halten, und so sehr ich es nicht loslassen wollte, wusste ich, dass es das Richtige war. Ich war überglücklich, dass er bei mir war. Es spielte keine Rolle, dass er sich in den letzten Wochen so seltsam verhalten hatte. Mit der Hochzeit und jetzt, wo das Baby endlich da war, war ich zuversichtlich, dass wir zu dem Leben zurückkehren konnten, das wir vorher geführt hatten. Jetzt hatten wir endlich wieder einen Grund, um uns zu bemühen, dass alles so gut wie möglich lief.

Julian hatte einen seltsamen Blick in seinen Augen, der mich unvorbereitet traf, als ich mich zu ihm umdrehte. Er schien angestrengt über etwas nachzudenken, aber über was konnte ich nicht sagen. Er starrte Olivia an, aber er schien sie nicht anzuschauen. Stattdessen schien er sich auf etwas zu konzentrieren, das direkt hinter ihr lag, etwas, das ich nicht sehen konnte. Ich lächelte, um zu versuchen, seine Aufmerksamkeit zu bekommen, und es funktionierte weitgehend. Julian drehte sich zu mir um, riss seine Augen von dem weg, worauf er sich konzentrierte, und lächelte mich auch an. Es war eines dieser Lächeln, die ich schon von anderen Leuten gesehen hatte, aber nie von ihm. Die Art von Lächeln, die ich aus jahrelanger Übung sehr gut kannte.

Warum ist er unglücklich?

„Julian, Baby. Willst du sie halten? Willst du die kleine Olivia halten?"

Julian griff wortlos über mich hinweg und hob das Baby auf. Sie begann dabei zu weinen, aber es schien ihn nicht zu stören. Er schaukelte sie sanft und lächelte sie an, das gleiche Lächeln, das er gerade gezeigt hatte. Er ging zum Fenster hinüber und starrte hinaus, ohne zu bemerken, dass ich ihn bat, zurückzukommen und sich neben mich zu setzen.

Was ist mit ihm los? Ist er besorgt, dass sie zu früh gekommen ist?

„Was haben die Ärzte gesagt, Julian? Ich habe nicht richtig zugehört."

„Sie sagten, dass alles gut aussieht und dass wir großes Glück hatten."

Ich atmete erleichtert auf und bat Julian dann, wieder zu mir rüberzukommen. Wieder schien er mich nicht zu hören, und ich spürte plötzlich ein flaues Gefühl in meinem Magen.

Warum tut er das?

„Julian, Baby, kannst du wieder hier rüberkommen?

Ich weiß, ich habe sie gerade erst gehalten, aber ich möchte euch beiden jetzt nahe sein. Bitte?“

Julian drehte sich langsam zu mir um, und ich bemerkte denselben Blick in seinen Augen wie zuvor. Er sah zu mir, aber ich hatte nicht das Gefühl, dass er mich ansah. Er schien völlig auf etwas anderes konzentriert zu sein. Ich hatte keine Ahnung, was ihm in diesem Moment wichtiger gewesen sein könnte als wir beide, und ich versuchte, mich davon nicht beunruhigen zu lassen.

Aber es beunruhigte mich.

Das war nicht das, was ich mir vorgestellt hatte, als ich darüber nachdachte, wie dieser Tag ablaufen würde. Ich hatte es mir so oft und so genau ausgemalt. Ich hatte unvergleichliches Glück von Julian und mir erwartet, während wir abwechselnd das Baby hielten und sagten, wie sehr wir es liebten. Ich stellte mir vor, wie wir lachten und vor Freude weinten, während wir darüber sprachen, was für Eltern wir sein würden und was wir tun würden, sobald wir mit dem Baby nach Hause kamen.

Aber das war nicht das, was tatsächlich passierte.

Julian sprach kein einziges Mal mit Olivia, während er sie festhielt. Ich hätte mir natürlich nichts dabei denken sollen, aber ich konnte es nicht verhindern. Wie auch? Das war der Vater meines Kindes, und doch stand er ein paar Meter von mir entfernt, hielt sie und sah sie an, als wäre das eine enorme Unannehmlichkeit. Ich wusste nicht, warum, und ich konnte es auch nicht erklären, aber ich hatte plötzlich Angst vor Julian. Ich wusste, dass es albern war, so zu denken, besonders an dem Tag, der der glücklichste meines Lebens hätte sein sollen, aber es war so. Da war etwas in seinem Blick, das mir einfach unangenehm war und mir das Baby, das er hielt, sehr bewusst machte.

Ich flehte ihn erneut an, sich entweder zu mir zu setzen oder mir Olivia zurückzugeben, und dieses Mal gab er nach. Er gab mir das Kind zurück und küsste mich auf die Stirn, bevor er den Raum verließ und sagte, dass er mit dem Arzt sprechen wolle. Ich rief ihm nach, aber wieder einmal blieb mir nur Schweigen und die Angst, dass ich ihn nicht wiedersehen würde. Ich wusste, dass es lächerlich war. Julian hatte seinen Vater nie gekannt. Er würde seine Tochter nicht im Stich lassen.

Oder?

Ich hatte nicht viel Zeit, meinen Gedanken freien Lauf zu lassen, als Sam plötzlich an der Tür erschien. Sie war überglücklich, mich und das Baby zu sehen, und sie stürzte mit einer Dringlichkeit auf mich zu, die sofort alle meine Zweifel zunichtemachte. Ich spürte, wie mir noch mehr Tränen des Glücks in die Augen stiegen, als meine beste Freundin zu mir kam und mich umarmte, so gut es eben ging, und mir gratulierte.

„Darauf hast du schon so lange gewartet, Ani. Wie fühlt es sich an? Ist es so, wie du es dir immer erträumt hast?"

Ich wusste, dass ich Sam meine Zweifel wegen Julian hätte mitteilen sollen, aber ich wollte mir diesen Moment nicht nehmen lassen. Ich unterdrückte den Drang, mich zu beschweren und konzentrierte mich stattdessen auf dieses wunderbare und einzigartige

Gefühl der Liebe. Ich sah auf die kleine Olivia hinunter und spürte, wie mein Gesicht vor Freude strahlte, selbst als sie ihre Nase kräuselte und einen leisen Schrei von sich gab. Sie war wunderschön. Sie war perfekt. Sie war mein kleines Mädchen, und ich würde sie für den Rest meines Lebens lieben. Ich beugte mich zu ihr und küsste sie so sanft, wie ich konnte, und flüsterte ihr ins Ohr, wie sehr ich sie liebte.

Ich sah zu Sam auf und lächelte. So glücklich war ich noch nie in meinem Leben gewesen, und ich konnte an ihrem Blick erkennen, dass sie wusste, dass es stimmte.

„Nein“, sagte ich. „Es ist nicht so, wie ich es mir erträumt habe.“

Ich seufzte tief und weitere Tränen liefen mir über das Gesicht.

„Es ist besser.“

Kapitel Siebenundzwanzig

2019

Wir waren erst ein paar Tage aus dem Krankenhaus zurück, als Julian mir erzählte, dass seine Schwester mit ihrer Reise fertig war und in ein oder zwei Tagen ankommen würde, um mich und das Baby zu besuchen.

„Das ist großartig, Schatz! Ich freue mich schon, sie kennenzulernen."

„Wir werden sehen", sagte Julian nonchalant. „Sie ist ein bisschen seltsam, vielleicht versteht ihr beide euch ja."

Ich beschloss, die Bemerkung zu ignorieren. Seit wir aus dem Krankenhaus zurückgekommen waren, verhielt sich Julian seltsam. Seltsamer, sollte ich sagen, als er sich ohnehin schon benommen hatte. Seine Gedanken schienen auf Hochtouren zu laufen, und ich ertappte ihn oft dabei, wie er vor sich hin murmelte, aber er sagte mir immer, dass es ihm gut ginge und dass es nur die Aufregung sei, endlich unser kostbares kleines Baby zu Hause zu haben.

Ich hatte jedoch keine Zeit, mich darauf zu konzentrieren. Jedes Quäntchen meines Seins war der kleinen Olivia gewidmet. Sie war jetzt das Wichtigste in meinem Leben. Julian hatte recht. Er muss einfach nervös wegen des Babys gewesen sein. Es würde eine Weile dauern, bis sich alles wieder einrenken würde. Vielleicht würde er sogar wieder anfangen, mich so anzusehen, wie er es am Anfang unserer Beziehung getan hatte. Mich anzuschauen, als würde er mich lieben.

Ich lächelte meinem Mann zu und kuschelte mich wieder an Olivia. In Wahrheit war ich erschöpft nach allem, was in den letzten Tagen passiert war. Es war mir völlig egal, Julians Schwester kennenzulernen, auch wenn es das erste Mal war, dass ich jemanden aus Julians Familie traf. Ich war müde und freute mich darauf, mich ein paar Tage lang einfach nur auszuruhen und die verschiedenen Veränderungen zu planen, die ich im Haus vornehmen wollte.

Ich war froh, dass Julian die Idee hatte, einige Renovierungsarbeiten durchzuführen, bevor das Baby kam. Ich hatte nicht einmal daran gedacht, ein Kinderzimmer einrichten zu lassen, weil ich so sehr damit beschäftigt war, dass Olivia in der ersten Zeit in unserem Zimmer schlief. Julian hatte mir das perfekte Zimmer für sie gezeigt, wenn sie älter wurde, ein kleines Zimmer mit einem Fenster direkt am Ende des Flurs zu unserem Schlafzimmer. Dort konnte sie ganz in der Nähe sein, auch wenn ich langsam lernte, sie loszulassen.

Wir hatten das Zimmer ein paar Wochen zuvor gestrichen und einen Wickeltisch und ein paar Regale aufgestellt. Im Zimmer stand ein großes und schweres

Bücherregal, das wir noch nicht wegstellen wollten. Wir würden es entweder an der Wand befestigen oder aus dem Zimmer entfernen müssen, sobald Olivia anfing, herumzulaufen, aber bis dahin konnte es dort bleiben. Außerdem hatte ich das Gefühl, dass wir es gut gebrauchen konnten, denn wir begannen, Babybücher zu sammeln, die sie lesen sollte.

Ich war felsenfest davon überzeugt, dass Olivia eine bessere Kindheit haben würde als ich. Das sagte ich mir jeden Tag. Ich überlegte, wie viel Zeit ich mit ihr verbringen würde, ohne mich zur Glucke zu entwickeln. Ich dachte daran, wie ich ihr Lesen und Schreiben beibringen und sie zum Spielen mit anderen Kindern ermutigen würde. Ich stellte mir vor, wie stolz ich sein würde, wenn ich sie schließlich zur Schule bringen und sehen würde, wie sie zu jemandem heranwächst, der sich selbst so sehr liebt, wie ich sie liebe.

Das ist es, worauf ich gewartet habe. Das war mein Traum.

Ich stieß einen langen Seufzer aus, als ich mich in den Sessel im Kinderzimmer setzte. Wir benutzten den Raum im Moment eigentlich nur zum Windelwechseln, aber ich hatte eines dieser Video-Babyphone am Kinderbett aufgestellt, sodass ich es immer im Blick hatte. Ich wusste, dass ich es noch eine Weile nicht brauchen würde, aber es nahm mir etwas von meiner Paranoia. Niemand hatte mich wirklich auf dieses Gefühl des drohenden Untergangs vorbereitet, wann immer ich irgendetwas auch nur im Entferntesten Gefährliches im Haus sah. Ich war schon vor Wochen losgezogen und hatte die kleinen Abdeckungen für Steckdosen und verschiedene Schlösser für Schränke gekauft.

Egal was passiert, meinem Baby wird nichts zustoßen.

Die nächsten Tage verliefen ereignislos, und ich war dankbar dafür. Julian arbeitete die meiste Zeit des Tages in seinem Büro und hatte sich sogar angewöhnt, die ganze Nacht dort durchzuarbeiten. Ich versuchte mein Bestes, um es zu rechtfertigen. Wegen der Hochzeit, den Flitterwochen und jetzt den Wehen war in der letzten Zeit eine Menge Arbeit liegengeblieben. Ich konnte mich nicht allzu sehr darüber aufregen, dass er so viel Zeit da drin verbrachte. Ich wünschte mir nur, dass er so sehr bemüht wäre, mit Olivia zu helfen, wie ich es mir erhofft hatte.

Es war ein lächerlicher Gedanke, aber einer, der mir oft kam, wenn sie mitten in der Nacht am Fußende des Bettes zu weinen begann. Julian meldete sich nie freiwillig, um nach ihr zu sehen, und nach den ersten paar Nächten hatte er angefangen, mehr und mehr Zeit in seinem Büro zu verbringen. Ich wusste, dass es für viele Väter normal war, von allem wegkommen zu wollen, aber mir schien es einfach, dass er ein wenig distanziert wurde.

Ich versuchte, die Tatsache zu ignorieren, dass er Olivia zu meiden schien, und wann immer ich ihn darauf ansprach, erwiderte er, er sei nur müde und launisch. Wenn ich ihn darauf ansprach, begann er sofort, mehr Zeit mit unserer Tochter zu verbringen, und bot mir an, für eine Weile auf sie aufzupassen, während ich mich ausruhte. Während dieser Zeit merkte ich, wie gut er mit ihr umging und ich schob meine Zweifel in den Hintergrund, aber sie kamen immer ein paar Stunden später zurück, wenn er wieder so anfing.

Ich wusste, dass keiner von uns beiden so gut auf die Geburt von Olivia vorbereitet war, wie wir es hätten sein sollen, aber das hielt mich nicht davon ab, die beste Mutter sein zu wollen, die ich sein konnte. Ich las online Bücher über Elternschaft und Tipps und Tricks für die ersten Jahre im Leben eines Babys. Ich wollte so verzweifelt gut darin sein. Ich wollte jemand sein, auf den sie mit Zuneigung zurückblicken konnte.

Was auch geschieht, ich werde nicht wie meine Mutter.

Ich hatte in vielen Büchern, die ich gekauft hatte, gelesen, dass viele Eltern Phasen durchmachen, in denen sie ihre Kinder verachten, meist wegen der Erschöpfung und dem Weinen. Ich glaube, dass ich mich in diesen ersten zwei Wochen zu Hause nicht ein einziges Mal darüber ärgerte, meine Tochter bei mir zu haben. Ich hatte natürlich Glück gehabt. Olivia weinte selten, außer wenn sie hungrig oder ängstlich war, und war in der Regel ruhig und gelassen. Dafür war ich natürlich dankbar, aber ich konnte mir keinen Moment vorstellen, in dem ich jemals verächtlich auf sie reagieren sollte.

Julian hingegen machte eindeutig eine ähnliche Phase durch. Ich war froh, dass ich davon gelesen hatte, denn sonst hätte ich mir Sorgen gemacht, dass er tatsächlich so für sie empfindet. Er war immer distanzierter geworden und seine Laune hatte sich immer weiter verschlechtert, aber immer wieder sagte er, dass es nur an der Arbeit lag und daran, wie lange er nachts wach war. Ich tat mein Bestes, damit er sich besser fühlte, so oft ich konnte. Zum Teil, weil es mir weh tat, ihn so zu sehen und zum Teil, weil ich seine Hilfe mit dem Baby brauchte.

Seine Stimmung verschlechterte sich an dem Tag, an dem Hannah uns besuchen sollte, weiter. Ich fragte mich, warum Julian sich so dagegen sträubte, dass sie kam, aber wann immer ich ihn fragte, winkte er einfach ab. Ich dachte, dass er vielleicht nervös war, mich endlich einem Familienmitglied vorzustellen. Soweit ich wusste, gab es nur Hannah und ihn. Ich konnte verstehen, dass es für ihn eine große Sache sein musste. Ich versuchte, ihn zu beruhigen, indem ich sagte, dass es egal sei, was Hannah von uns beiden dachte, weil wir bereits glücklich zusammen seien, aber das brachte Julian nur zum Lachen.

„Hannah wird bald hier sein", sagte er. „Und je eher sie da ist, desto eher können wir das hinter uns bringen."

Julian muss gemerkt haben, dass sein Lachen meine Gefühle verletzte, also kam er zu mir und umarmte mich.

„Es tut mir leid, Schatz. Du hast ja recht. Ich habe Hannah nur schon lange nicht mehr gesehen. Es beschäftigt mich einfach, was sie von allem halten wird."

Die Umarmung war warm und dringend nötig, und ich lächelte meinen Mann an, als er sprach. Er hatte recht, das wusste ich. Natürlich wollte ich Hannah kennenlernen und ihre Zustimmung haben, aber ich wollte auch wieder zur Ruhe kommen. Olivia machte ein Nickerchen, aber Hannahs Ankunft würde ihren Tagesablauf durcheinander bringen. Ich würde sie später ins Bett bringen müssen, und ich freute mich darauf, etwas Zeit für mich zu haben.

„Es tut mir leid, dass ich dich gestört habe, Julian. Wir stehen das durch und bringen es hinter uns."

Julian lächelte und stand auf. Ich sah ihm nach, als er aufstand und das Kinderzimmer verließ. Wie lange war es her, dass er mich so angeschaut hatte? Wie lange war es her, dass ich den Mann erkannt hatte, in den ich mich verliebt hatte? Ich lächelte vor mich hin, als er im Flur verschwand.

Alles wird gut. Wir müssen nur den heutigen Tag überstehen.

Ein paar Minuten später klingelte es an der Tür, und ich spürte, wie mein Herz flatterte, als ich Olivia aus ihrem Bettchen hob und zur Treppe ging. Ich konnte hören, wie Julian die Tür öffnete und war froh, echte Freude in seiner Stimme zu hören, als er seine Schwester begrüßte. Am oberen Ende der Treppe zögerte ich einige Augenblicke, bevor ich meinen Mann zu mir hoch rufen hörte. Ich schämte mich, dass ich so nervös war, aber ich konnte nicht anders. Ich hatte nie eine Schwester gehabt. Was, wenn Hannah mich nicht leiden konnte?

Ich hatte mir immer vorgestellt, wie es gewesen wäre, eine Schwester gehabt zu haben. Ich hatte immer wieder daran gedacht, wenn ich allein zu Hause gewesen war. Sam kam dem am nächsten, aber auch sie hatte nie wirklich die Lücke gefüllt, die ich mir immer gewünscht hatte. Als Kind hatte ich immer gedacht, dass ich eine Schwester bräuchte. Ich hatte mir immer jemanden gewünscht, mit dem ich reden und meine Erfahrungen teilen konnte, aber es war mir immer verwehrt worden. Meine Mutter hatte nie eine ausreichend lange Beziehung zu jemandem nach Dad, als dass es eine Möglichkeit gewesen wäre, und ich hatte den Wunsch nach einem Geschwisterchen vergessen, nachdem ich so viele Jahre allein verbracht hatte.

Aber jetzt war Hannah da. Sicher, sie war meine Schwägerin, und ich bezweifelte, dass wir jemals die gleiche Beziehung haben könnten, die sie und Julian hatten, aber ich fühlte mich von diesem Gefühl der Sehnsucht überwältigt. Ich hatte jetzt die Möglichkeit, eine neue Beziehung in meinem Leben zu schaffen, eine, die entweder liebevoll oder voller Abneigung sein konnte. Ich musste nur einen guten ersten Eindruck machen. Ich musste Hannah zeigen, dass wir beide zusammen glücklich waren und dass wir die Richtigen für einander waren. Wenn sie Julian wirklich so sehr liebte, wie ich glaubte, dann war ich mir sicher, dass sie erkennen würde, wie wichtig ihre Zustimmung für uns war.

Ich ging langsam die Treppe hinunter und flüsterte Olivia dabei etwas zu. Sie war ruhig und lächelte, wie sie es immer tat, und ich war dankbar dafür. Sie war ein gutes Mädchen, ein perfektes Mädchen, und ich war froh, dass wenigstens einer von uns beiden ruhig zu sein schien. Ich schaute liebevoll auf sie herab, selbst als ich mich auf das Treffen vorbereitete. Egal, wie viele Jahre seit meiner Schulzeit vergangen waren, ich fühlte mich immer noch so ängstlich wie damals, wenn ich jemand Neues traf.

Eine neue Gelegenheit für jemanden, mich zu beurteilen.

Julian und ich hatten ein bisschen was für Hannahs

Besuch vorbereitet. Wir hatten ein paar Sandwiches besorgt und eine Käseplatte im Wohnzimmer bereitgestellt. Ich war froh, die Ablenkung durch das Essen dort zu haben, denn es war etwas Tröstliches, falls es mal unangenehm werden sollte. Ich war auch froh, dass Hannah in der letzten Zeit so viel unterwegs gewesen war, denn ich war mir sicher, dass ihre Erzählungen mir viel Druck nehmen würden, etwas zu sagen. Ich würde lügen, wenn ich sagen würde, dass ich nicht ebenso über Olivia dachte. Ich hatte in vielen Büchern gelesen, dass Babys ein tolles Gesprächsthema sind. Sie würde eine Menge Aufmerksamkeit von mir weglenken.

Am Fuß der Treppe befand sich ein langer Spiegel, den ich schon lange hatte abnehmen wollen. Ich hatte Spiegel immer gehasst und wollte sie immer nur im Badezimmer sehen, wo sie, wie ich zugeben muss, eine Notwendigkeit waren. Hier jedoch schienen sie nur Hohn zu sein. Ich hatte aufgehört zu zählen, wie oft ich mich selbst betrachtete, bevor ich die Treppe hinaufging oder nachdem ich wieder herunterkam. Es war das Einzige im Haus, das mir einfach unangenehm war. Es brachte schmerzhafte Gefühle hoch, und wenn ich mein Spiegelbild betrachtete, kamen sie alle wieder zum Vorschein.

Hannah wird sehen, was ich sehe. So wie es jeder tut.

Mein eigenes Selbstbewusstsein war im Laufe des letzten Jahres mit Julian an meiner Seite viel besser geworden. Ich machte mir immer weniger Gedanken darüber, wie ich aussah, und ich war dankbar dafür. Doch jedes Mal, wenn ich einen Spiegel sah oder wenn ich neue Leute traf, kamen all die früheren Selbstzweifel zurück. Ich konnte dann die Person sehen, die ich mein ganzes Leben lang immer gesehen hatte, und all die Gefühle, die damit verbunden waren spüren.

Das Einzige in der Spiegelung, das mir etwas Trost gab, war Olivia. Sie war natürlich zu jung, um ihr eigenes Gesicht zu erkennen, aber ich bemerkte ihre hellen Augen, die mich im Spiegel ansahen. Das reichte aus, um mich aus der Gedankenspirale zu reißen, in der ich mich befand, und erlaubte mir, den Blick von dem Bild im Spiegel abzuwenden. Ich lächelte sie an und wischte mir die eine Träne weg.

Du rettest mich immer wieder, Baby.

Ich wandte mich vom Spiegel ab und steuerte auf das Wohnzimmer zu, wo ich die Geräusche von Gesprächen hören konnte. Ich war froh, dass Julian offen für ein Gespräch zu sein schien und dass seine früheren Befürchtungen wegen unseres Treffens scheinbar verschwunden waren. Ich hoffte, dass das auch so bleiben würde, wenn ich den Raum betrat, aber bis jetzt war es ein guter Anfang.

Ich hielt ein letztes Mal inne, bevor ich um die Ecke in den Raum bog und sammelte meine Gedanken. Wir alle hatten schon so lange auf diesen Moment gewartet. Er würde kommen und gehen, und wir würden uns alle besser fühlen. Wir mussten nur diese anfängliche Unbeholfenheit überwinden. Ich konnte das. Das musste ich.

Nichts hätte mich auf das vorbereiten können, was ich sah, als ich mich umdrehte und den Raum betrat. Ich hatte noch nie ein Foto von Hannah gesehen, obwohl wir schon gefacetimed hatten. Das unscharfe Bild von ihr war ihr nicht gerecht geworden. Ich hatte

Julian nie wirklich um eine Beschreibung gebeten, aber ich hatte immer eine Vorstellung davon gehabt, wie sie aussehen könnte, nachdem wir uns bei Facetime gesehen hatten. Ich hatte mir lange, dunkle Haare und ähnliche Gesichtszüge wie Julians vorgestellt. Eine schöne junge Frau, die den Sinn für Mode und das Auftreten ihres Bruders teilte. Dunkel und geheimnisvoll würde sie sein, unendlich viel attraktiver als ich es war. Ihre Stimme würde sanft und doch kraftvoll sein. Die ganze Zeit über war ich von ihr eingeschüchtert gewesen, obwohl ich sie nicht gekannt hatte.

Aber jetzt hatte ich Angst.

Ich erkannte sie.

Die Frau von Mr. Irvings Haus!

Die Erinnerung kam in mein Gedächtnis zurück, noch während Hannah aufstand, um mir entgegenzukommen. Wie lange hatte diese Gestalt meine Träume heimgesucht? In ihnen war sie immer ein wenig durch den Nebel und die Nacht verdeckt gewesen, aber jetzt war mir alles klar. Sie war da gewesen. Sie war es, die ich gesehen hatte. War es ihre Anwesenheit gewesen, die ich im Wald gespürt hatte? Würde sie mich auch wiedererkennen?

„Ani, es ist so schön, dich kennenzulernen."

Hannahs Stimme war sanft und voller Freundlichkeit, und ich war wieder einmal verblüfft. Ich tat mein Bestes, um mich zu beruhigen und umarmte sie kurz und stellte ihr die kleine Olivia vor. Als wir beide unsere Plätze auf den gegenüberliegenden Sofas einnahmen, versuchte ich angestrengt, sie nicht anzustarren. Ich sah ihr ein paar Mal in die Augen, und jedes Mal lächelte sie mich nur sanft an. Ich hätte darauf achten sollen, worüber die beiden sich unterhielten, aber es war fast unmöglich. Meine Gedanken rasten.

Das Feuer.

Dieser Abend hatte mein Leben für immer verändert. Wie konnte Hannah diejenige sein, die dafür verantwortlich war? War es eine Art Fehler gewesen? Hatte sie Mr. Irving gekannt oder war alles nur ein Zufall? Nichts ergab für mich einen Sinn. Warum sollte sie jemanden wie Mr. Irving umbringen? Hatte sie überhaupt gewusst, dass jemand zu Hause war?

Es war mir jetzt klar, dass sie mich nicht erkannte, oder wenn doch, war sie sehr gut darin, es zu verbergen. Ich wusste, dass die Gestalt vor Mr. Irvings Haus mich nicht gesehen hatte, als ich aus dem Fenster geschaut hatte, aber ein Teil von mir hatte immer befürchtet, dass sie mich hatte ankommen oder in den Wald fliehen sehen. In meiner Vorstellung war diese Frau immer das Einzige gewesen, was mich mit Mr. Irving verband, die Einzige, die eine Ahnung davon hatte, was in jener Nacht geschehen war.

Ich versuchte, den Gedanken zu verdrängen. Vielleicht war es ja möglich, dass ich mich irrte. Vielleicht sah Hannah nur aus wie die Frau, die ich in jener Nacht gesehen hatte? Immerhin war es dunkel und neblig gewesen. Vielleicht erinnerte ich mich nur falsch. Vielleicht hatte ich in dieser Nacht gar niemanden sonst gesehen. Vielleicht hatte ich mir die ganze Sache nur eingebildet. Trotz der vielen Male, die ich von ihr geträumt hatte, trotz des schrecklichen Gefühls, das ich damals gehabt hatte und so viele Male seitdem – vielleicht hatte ich mich geirrt.

Ich sah wieder auf Olivia hinunter und lächelte. Ich merkte immer wieder, dass ich mich auf sie verlassen konnte, wenn es darum ging, mich aus diesen mentalen Tiefen herauszuziehen. Selbst wenn Hannah für Mr. Irvings Tod verantwortlich war, was sollte ich jetzt dagegen tun? Ich konnte sie nicht einfach beschuldigen. Ich musste nachdenken. Ich musste einfach den heutigen Tag überstehen.

Julian übernahm während Hannahs Besuch die meiste Zeit das Reden, wofür ich sehr dankbar war. Er war jemand, den man in solchen Situationen gut gebrauchen konnte, wenn man nicht reden wollte, und er und Hannah hatten von uns vieren am meisten Nachholbedarf. Während ich sie beobachtete, sagte ich mir immer wieder, dass ich mich wohl geirrt hatte. Hannahs Stimme war voller Güte und die Art, wie die beiden Geschwister miteinander sprachen, vermittelte echte Liebe. Es war unmöglich, dass jemand wie sie etwas so Schreckliches wie den Mord an Mr. Irving begangen haben könnte.

Mr. Irving.

Es war natürlich schwer, nicht an den Mann zu denken. Die Erinnerungen an diese Nacht rangen um die Kontrolle über mich, und ich musste mich auf etwas Positives konzentrieren, um das zu verhindern. Ich stellte mir sein Haus vor und den Trost, den er mir geschenkt hatte. Ich dachte an die Kurse, die ich bei ihm gehabt hatte, und an die Freude, die er in mir ausgelöst hatte. Ich dachte an seine sanfte Stimme und seine freundlichen Augen und daran, dass sie mir das Gefühl gegeben hatten, dass alles in Ordnung sein würde.

In dem Moment fiel es mir auf.

Hannah hatte seine Augen.

Ich konnte nicht glauben, dass ich es nicht schon früher bemerkt hatte, auch wenn ich versuchte, mir einzureden, dass ich falsch lag. Sie waren identisch. Die Farbe, die echte Freundlichkeit. Ich hatte sie schon so oft angesehen, dass ich mit Sicherheit wusste, dass sie dieselben waren. Ich dachte daran, was Julians Freund über seinen Vater gesagt hatte. Dass er ermordet worden war. Ich hatte es immer für eine Tragödie gehalten, die ihn sehr getroffen hatte, aber jetzt fragte ich mich, ob mehr dahinter steckte.

Nein. Das kann nicht sein.

Ich sah mir die beiden Geschwister genau an und versuchte, mir irgendetwas auszudenken, was das Gegenteil beweisen könnte. Die Zeichen lagen alle vor mir, und wieder einmal war ich zu blind gewesen, um sie zu sehen! Sie hatten beide so viele Gemeinsamkeiten mit Mr. Irving. Sie saßen gleich. Sie sprachen gleich. Ich war so von Julians Liebe zu mir eingenommen gewesen, dass ich nie darüber nachgedacht hatte. Ich hatte geglaubt, dass ich einen Typ hatte, aber nie hätte ich gedacht, dass ich den Sohn des Mannes meiner Träume geheiratet hatte.

Nein! Das kann nicht sein. Das würde bedeuten …

Ich schämte mich dafür, so zu denken, aber es war unmöglich, es zu verhindern. Wenn Mr. Irving wirklich Hannahs und Julians Vater war, konnte das nur eines bedeuten.

Hannah hatte ihren Vater umgebracht!

Ich sah zu Julian hinüber und fühlte, wie leid er mir tat, wie er so lächelte und mit seiner Schwester sprach. Wie konnte ich ihm jemals so etwas sagen? Wie könnte ich mit mir selbst leben, wenn ich es nicht täte? Julian hatte es verdient, die Wahrheit zu erfahren. Jeder hätte das verdient. Ich konnte diese Information nicht einfach für mich behalten. Was würde er tun, wenn ich es ihm sagte? Was würde er mit Hannah oder mit mir machen?

Ich saß für den Rest von Hannahs Besuch schweigend da, sprach nur, wenn ich angesprochen wurde und hielt meine Antworten so kurz wie möglich. Hannah bedankte sich für den Besuch und die Sandwiches und sagte uns, dass sie sich darauf freue, uns beide bald wiederzusehen. Wieder war ich überrascht von der Freundlichkeit in ihrer Stimme und der Wärme der Umarmung, die sie mir gab. Ich hätte diese Person mehr als jeden anderen auf der Welt hassen sollen. Ich hätte sie auf der Stelle bloßstellen wollen sollen.

Aber das wollte ich nicht.

Da war etwas an Hannah, das mich auf einer unterbewussten Ebene ansprach. Da war eine Traurigkeit hinter der Freundlichkeit in ihren Augen, die ich erkannte und nachfühlen konnte. Ich kannte den Grund für das schreckliche Verbrechen, das sie begangen hatte, nicht und wollte mir die verschiedenen Beweggründe, die sie gehabt haben könnte, nicht vorstellen. Ich wollte einfach nur, dass sie ging, damit ich etwas Zeit damit verbringen konnte, darüber nachzudenken, wie ich es Julian sagen würde.

Erst etwa eine Stunde, nachdem Hannah gegangen

war, konnte ich Olivia dazu bringen, ein Schläfchen zu halten. Aus welchem Grund auch immer brachte ich sie ins Kinderzimmer. Ich musste mit meinen Gedanken und mit Julian allein sein. Ich musste es so vorsichtig angehen, wie ich konnte. Es würde ihn fertig machen, aber er musste es wissen. Er verdiente die Wahrheit, auch wenn es eines der schwersten Dinge sein würde, die ich je tun musste.

Ich konnte hören, wie er sich unten in der Küche ein Glas Wasser holte, also schluckte ich meine Zweifel hinunter und ging zu ihm nach unten. Ich wusste nicht, was ich sagen sollte, aber ich wusste, dass ich etwas sagen musste. Ich hätte mehr Zeit damit verbringen sollen, darüber nachzudenken, wie ich alles perfekt erklären konnte, aber ich hatte Angst, dass er es irgendwie herausfinden würde, bevor ich es ihm sagte. Ich konnte es nicht erklären, aber ich hatte das Gefühl, dass ich in Gefahr wäre, wenn Julian die Wahrheit von jemand anderem erfahren würde.

„Julian, Schatz." Ich stolperte bereits über meine Worte. „Ich muss mit dir über Hannah reden."

„Ja, sie ist ein bisschen seltsam, nicht wahr? Aber ich glaube, wir beide finden endlich wieder zueinander, das ist gut. Bald verstehen wir uns besser."

„I-Ich ... ich glaube, ich habe sie schon mal gesehen."

„Oh? Ich glaube nicht, dass du irgendwo ein Foto von ihr gesehen hast. Hatten wir nicht einen Videoanruf oder so?"

Ich wusste, dass ich die Wahrheit nicht länger

verbergen konnte, also holte ich tief Luft und schüttelte den Kopf.

„Nein. Wir haben es versucht, aber sie konnte nur mit uns reden. Julian, ich weiß nicht, wie ich das sagen soll ..."

Ich begann zu weinen und spürte, wie mir jedes Wort hinten im Hals stecken blieb. Ich fühlte mich, als würde ich eine Panikattacke bekommen und hatte Mühe, zu atmen. Julian trat zurück und sah mich mit einem verwirrten Gesichtsausdruck an. Jetzt gab es kein Zurück mehr.

„Es gab ein Feuer. Ich glaube, dein Vater war ein Mann namens Mr. Irving ... und ich ... Ich glaube ..."

Das Glas schien in Zeitlupe aus Julians Hand zu fallen, und ich sah mit Entsetzen, wie sich sein Gesicht zu etwas Abscheulichem und Grausamen verzerrte. Als das Glas neben ihm zersplitterte, nickte er langsam und bedächtig mit dem Kopf und blickte kurz darauf, bevor er seine Aufmerksamkeit auf mich richtete.

Was habe ich getan?

Kapitel Achtundzwanzig

2019

In Julians dunklen, geheimnisvollen Augen blitzte eine Wut auf, wie ich sie noch nie bei ihm gesehen hatte. Meine Gedanken glitten sofort zurück zu unseren Flitterwochen und den Momenten seitdem, in denen ich gesehen hatte, wie ein Teil der Maske, die er vorher getragen hatte, fiel.

Wer ist dieser Mann? Was ist mit meinem Julian passiert?

„Wie kannst du es wagen, ihn zu erwähnen! Du hast kein Recht dazu!"

„Julian, bitte! Ich weiß nicht, was du meinst! Es tut mir leid. Es tut mir leid!"

„Noch nicht, das tut es dir nicht! Aber das wird es!"

Bevor ich die Chance hatte zu reagieren, war er schon auf mir. Die warmen Hände, die ich so oft gehalten und von denen ich geträumt hatte, waren jetzt in einer heftigen Umklammerung um meinen Hals gewickelt. Sie waren wie in einem schrecklichen Schraubstock um mich gewickelt, und ich kämpfte fast so sehr um meine Freiheit, wie ich um Luft rang.

„Jul— hör auf! Bitte ...“

Zu meiner Überraschung schrie er mir ins Gesicht und schleuderte mich auf den Boden. Als ich aufprallte, hatte ich einen Flashback zu meiner Mutter, die in jener schicksalhaften Nacht über mir schwebte. Warum sah ich die Menschen nie so, wie sie wirklich waren, bis es zu spät war? Was hatte ich getan, um das zu verdienen?

Instinktiv griff ich an meinen Hals und konnte bereits die Schwellung an der Stelle spüren, wo Julians Hände gewesen waren. Ich schnappte nach Luft und versuchte, Hilfe suchend zu Julian aufzusehen. Er stand immer noch über mir, aber er fummelte an etwas auf der Kücheninsel herum. Ich versuchte, nach ihm zu rufen, ihn anzuflehen, dass es mir leidtat und dass alles in Ordnung war. Ich hätte wissen müssen, dass ich nicht versuchen sollte, mit ihm darüber zu reden. Er hatte schon früher Wut gezeigt, wenn seine Eltern erwähnt wurden, aber das war etwas ganz anderes. Ich konnte es ihm aber nicht verübeln. Es war einfach ein Missverständnis gewesen. Wie hätte ich reagiert, wenn die Person, die ich liebte, mir gesagt hätte, sie hätte meinen Vater ermordet?

Dann dachte ich an ihn, diese Gestalt, die ich mir immer als meinen Vater vorgestellt hatte. Ich konnte ihn jetzt sehen, wie er etwas unscharf hinter Julian verweilte. Er hatte immer Stärke in mir geweckt, warum wusste ich nicht. Ich konnte Julians Zorn verstehen. Er hatte seinen nie gekannt, so wie ich meinen nie gekannt hatte. Ich konnte ihn nicht im Stich lassen, nicht nach allem, was passiert war. Wenn ich das täte, würde meine Tochter aufwachsen, ohne ihren Vater zu kennen. Wann würde dieser Teufelskreis enden?

Nein. Julian war ein guter Mann. Das musste ich mir immer wieder sagen. Es spielte keine Rolle, dass er mich verletzt hatte. Das war ein Ausrutscher gewesen. Das muss es gewesen sein. Er liebte mich mehr als alles andere. Dessen war ich mir sicher.

Aber was, wenn er es nicht tat?

Das würde nichts ändern, sagte ich mir. *Ich habe das verdient. Ich habe ihn verärgert.* Es war meine Schuld. Es musste so sein.

Ich schluckte schwer und spürte den Schmerz in meinem Hals. Ich ließ das Bild meines Vaters aus meinem Kopf verschwinden, während ich versuchte, mich auf Julian zu fokussieren. Seine Stimme grollte immer noch, aber sie klang für mich weit entfernt. Ich wusste nicht, was er sagte, aber sein Gesicht glühte immer noch vor Wut. Ich seufzte und tat mein Bestes, um zu versuchen, ihn anzulächeln.

„Julian. Baby. Es tut mir leid. Ich wollte dich nicht verärgern. Ich weiß nicht, was über mich gekommen ist. Ich weiß, ich hätte deinen Vater nicht erwähnen sollen. Es ist nur ..."

„Was? Hast du mir überhaupt zugehört?"

Ein seltsamer Ausdruck kam über Julians Gesicht. Die Wut in seinen Augen schien für einen Moment zu vergehen und sich in etwas anderes zu verwandeln. Etwas, das fast wie Belustigung aussah. Wie um den Eindruck zu bestätigen, lachte er plötzlich. Der Klang war beängstigend und weit entfernt von der üblichen Wärme, die ich in seiner Fröhlichkeit wahrgenommen hatte. Er griff wieder zur Insel hinüber und zeigte mir, woran er herumgefummelt hatte.

Mein Handy!

Der Bildschirm war zersplittert, und der Akku und die SIM-Karte waren herausgezogen und in zwei Hälften zerbrochen worden.

„Ich ... ich verstehe nicht? Was machst du da?“

Julian lachte wieder und der Klang trieb mir Tränen in die Augen.

„Ich ... verschone mich damit, Ani! Das Letzte, was du brauchst, ist ein Stottern zu entwickeln. Ich meine, du bist schon so ein guter *Fang*!“

„Julian, bitte. Was auch immer passiert ist, ich kann es wieder gut machen! Hör einfach auf. Du machst mir Angst.“

„Endlich fängst du an zu verstehen. Ich habe mich schon gefragt, wie lange du brauchst. Um die Wahrheit zu sagen, ich hatte vor, das alles nächste Woche zu machen. So wäre es einfacher für dich gewesen, aber du musst einfach immer alles versauen, nicht wahr?“

„Nächste Woche? Was willst du ...“

„Oh, halt die Klappe, du dumme Schlampe. Du weißt, wovon ich spreche. Weißt du, wie lange ich das schon geplant habe? Acht Jahre. Acht verdammte Jahre.“

Julian schloss einen Moment lang die Augen und neigte den Kopf zur Decke. Er stieß einen langen Seufzer aus.

„Ich habe dir gesagt, dass ich dich rächen werde, Dad. Jetzt kannst du in Frieden ruhen. Ich habe sie.“

Er öffnete die Augen und sah wieder zu mir hinunter. Die Wut in seinem Gesicht war jetzt verschwunden, ebenso wie die Belustigung. Sie war durch eine Ruhe ersetzt worden, die mich noch mehr erschreckte. Seine Augen hatten wieder ihre geheimnisvolle Kälte angenommen, aber ich konnte zum ersten Mal den wahren Schrecken dessen sehen, was dahinter lag.

Nichts.

Seine Stimme war ruhig und gleichmäßig, als er zurück zur Insel griff und eines der Messer aufhob, die wir zu unserer Hochzeit geschenkt bekommen hatten. Er ging langsam auf mich zu, und ich spürte, wie jeder Zentimeter in mir zu zittern begann.

„Also, Ani, Schatz. Meine *wunderschöne*, liebende Frau. Du kannst dich entscheiden. Du kannst tun, was ich sage, und alles wird relativ schnell vorbei sein. Oder du kannst die Dinge erschweren, wenn du das willst. Dann habe ich keine andere Wahl, als dir deinen verdammten Kopf abzuschlagen."

Ich schrie und trat mit aller Kraft, drehte mich um und rannte los, sobald ich merkte, dass ich ihn traf. Julian stolperte zu Boden und lachte, während ich die Treppe hinauf zum Kinderzimmer rannte. Mein Herz pochte, und es war schwer, sich auf etwas anderes als das zu konzentrieren, aber ich war überrascht, als ich nicht das Geräusch seiner schweren Schritte hörte, die mir nachrannten.

„Du hast dich also für die harte Tour entschieden. Ich hatte irgendwie gehofft, dass du das tun würdest."

Ich drehte mich nur einmal um, als ich das obere

Ende der Treppe erreichte, und schrie erneut auf, als ich sah, wie er mich systematisch jagte. Er ging langsam und zielstrebig, überzeugt davon, dass es für mich keine Fluchtmöglichkeit gab. Ich war mir dessen auch sicher, aber ich wusste, wohin ich musste. Egal, was passierte, ich musste zu meinem Baby. Ich musste sehen, dass es ihr noch gut ging.

Ich stürzte ins Kinderzimmer und schlug die Tür hinter mir zu. Ich war dankbar, dass wir mit dem Umbau noch nicht ganz fertig waren, denn die Tür war immer noch verschlossen und das schwere Bücherregal, das daneben stand, stand noch. Ich spürte, wie mich eine Woge der Kraft durchfuhr, als ich das Bücherregal ergriff und es vor der Tür herunterwarf. Ich wusste, dass es Julian nicht lange aufhalten würde, aber es war immerhin etwas und es würde mir Zeit verschaffen.

Ich konnte spüren, wie mein Körper zitterte, als ich unkontrolliert schluchzte, und es brauchte eine enorme Willenskraft, um nicht auf dem Boden zusammenzubrechen und auf der Stelle aufzugeben. Ich musste hier raus. Ich musste uns beide hier rausbringen. Ich hörte Olivia leise gurren, und ich ärgerte mich irrationalerweise, dass sie nicht noch schlief. Instinktiv wischte ich mir die Tränen aus den Augen und tat mein Bestes, sie anzulächeln, als sie zu mir aufsah. Ich musste ihr das alles ersparen, so gut ich konnte.

Ein Klopfen an der Kinderzimmertür ließ mich fast durchdrehen, aber ich fing mich, bevor ich fiel. Meine Augen suchten verzweifelt den Raum nach irgendetwas ab, das ich als Waffe benutzen konnte, aber da war nichts. Die wenigen Babyspielzeuge, die im Raum verstreut lagen, schienen mich enttäuscht zu beäugen, und eine verzweifelte Suche in dem einen Schrank im Zimmer ergab nichts als Decken und Stoffe.

Ein weiteres Klopfen an der Tür ließ mich laut fluchen, und ich eilte zurück zu Olivia.

„Ani, Schatz. Du zögerst das hier nur hinaus, und zwar für euch beide. Es gibt keinen Ausweg. Du bist in die Enge getrieben. Du hast alles auf eine Karte gesetzt. Mach die Tür auf und ich beeile mich mit Liv. Du hast mein Wort."

Ich spürte, wie sich meine Arme um meine Tochter verkrampften, als Julians Worte durch die Tür hallten und ich merkte, dass er sich den Flur hinunterbewegte.

Wie konnte er nur so etwas sagen? Warum sollte er ihren Tod wollen?

Allein der Gedanke daran ließ meinen ganzen Körper schmerzen, und ich sank mit Olivia in meinen Armen auf den Boden. Jetzt war mir klar, was mir schon so oft hätte klar sein müssen. So war Julian. Er war dieses Monster. Er hatte die ganze Zeit vorgehabt, mich zu töten. Aber warum? Glaubte er wirklich so sehr, dass ich seinen Vater getötet hatte, dass er bereit war, so weit zu gehen? Und warum Olivia? Was hatte sie getan, um das alles zu verdienen?

Ich kannte die Antwort schon, als ich über die Frage nachdachte.

Nichts.

Ich wollte nicht, dass das passiert. Nicht mit ihr. Nicht mit meinem Baby. Ich musste sie von hier wegbringen. Ich musste sie in Sicherheit bringen, aber wohin? Ich konnte nirgendwo hinlaufen und mich nirgendwo verstecken. Ich war direkt in diese Falle getappt. Er hatte es perfekt geplant, und jetzt würden mein Baby und ich sterben, weil ich mich geweigert hatte, die Zeichen vor diesem Moment zu erkennen.

Warum hatte mir immer der Weitblick gefehlt, um zu erkennen, wer die Menschen wirklich waren? Erst meine Mutter, jetzt mein Mann. Immer wieder ertappte ich mich dabei, wie ich alles kaputt machte. Ich war so fokussiert auf das, was ich immer gewollt hatte. Auf meine Träume. Ich war blind für alles andere gewesen. Ich hatte mich immer wieder selbst enttäuscht. So war ich nun mal. Das war ich schon immer gewesen. Eine völlige Versagerin.

Ein Rauschen im Raum riss meine Gedanken aus der Selbstverachtung.

Das Babyphone!

Ich eilte so schnell ich konnte hinüber, wollte es unbedingt ausschalten, aber es war zu spät. Julians Gesicht erschien plötzlich darauf und ich war wieder einmal von der Kälte in seinen Augen überrascht. Die Schatten, die um ihn herumtanzten, verstärkten nur noch, wie dämonisch er aussah, und ich war wie in Trance, als ich ihn anstarrte.

„Ani. Jetzt komm schon. Wir wissen doch beide, wie das endet. Entweder breche ich die Tür auf und komme rein, oder du kannst dich an meinen eigentlichen Plan halten. Ich werde euch ausräuchern."

Ich schluckte so viel von meiner Angst herunter, wie ich konnte. Ich musste es wissen.

„Warum machst du das mit mir? Mit uns? Warum hast du mich geheiratet? Warum lässt du mich so leiden?“

Ein kaltes Lachen kam von Julian, obwohl sich sein Gesicht nicht veränderte, während sich seine Augen weiterhin in meine bohrten.

„Ich weiß, wie besessen du von meinem Vater warst, von Mr. Irving. Du hast wirklich geglaubt, dass du ihn liebst und dass er dich irgendwie auch liebt. Ich habe deine Briefe gefunden und den, den er geschrieben hat, um dich vorsichtig abzuservieren. Er muss gewusst haben, dass du durchgeknallt bist, also hat er sich auf das Schlimmste vorbereitet. Du hast ihn alles gekostet. Du hast ihm und mir alles weggenommen.

Als ich deinen Namen herausfand, war es einfach, mir den Rest zusammenzureimen. Ich habe Leute besucht, die mit dir zur Schule gegangen sind, und sogar deine Mutter. Das stimmt, Ani, ich habe sie besucht, lange bevor ich dich überhaupt zu Gesicht bekam. Es war riskant, das wusste ich. Ich meine, was, wenn diese Frau ihrer Tochter erzählt, dass ein Mann nach ihr sucht? Sie würde irgendwann alles herausfinden, und mein Plan wäre ruiniert.

Aber weißt du, was komisch ist? Sie und alle anderen, mit denen ich gesprochen habe, haben dasselbe über dich gesagt. Dass du ein Freak bist. Eine Ausreißerin. Die stille Maus, die nie etwas sagte. Deine Mutter glaubte nicht mal, dass du noch am Leben bist. Das, was sie am schwersten zu glauben fand, war, dass jemand wie ich daran interessiert war, dich zu finden.“

Ich spürte, wie sich mein Magen zusammenzog, als

ich seine Worte hörte. Niemals hatte ich angenommen, dass Julians Desinteresse an meinen Eltern daher rührte, dass er bereits einen von beiden getroffen hatte. Niemals hatte ich geglaubt, dass er aktiv auf der Suche nach mir gewesen war. Ich dachte an die Notizen, die ich auf seinem Handy gesehen hatte, an die Geheimnisse, die er immer vor mir zu verbergen schien. Wenn ich nur früher die Augen aufgemacht hätte. Vielleicht hätte ich etwas dagegen tun können.

„Also ja. Deshalb habe ich mir solche Mühe gegeben. Deshalb habe ich dich gejagt. Ich habe schon davon geträumt, dich zu töten, bevor ich dein fettes Gesicht in diesem Café gesehen habe. Und jetzt sind wir hier. Hättest du nur noch ein paar Tage gewartet, bevor du mir deine Schuld eingestehst. Es wäre so viel besser gewesen. Der Jahrestag seines Todes und der Anfang von deinem. Sie werden nie Verdacht schöpfen, Ani. Das Feuer wird dafür sorgen."

„Was meinst du? Welches Feuer?"

„Du bist wirklich ein dummes Miststück, was? Ich konnte nicht glauben, dass eine Mutter so über ihr Kind spricht, aber jetzt sehe ich, dass sie wirklich recht hatte. Ich werde dieses Haus niederbrennen, Ani, mit dir darin, entweder lebendig oder tot. Sieh es als poetische Gerechtigkeit an. Das ist doch genau dein Ding, oder? Also noch einmal: Entweder du lässt mich rein und ich erledige euch beide auf die angenehme Art, oder du schließt dich ein und ich räuchere dich aus.

So oder so, du bist tot."

In einem Anfall von Wut zertrümmerte ich das Babyphone auf dem Boden und hörte Julians Lachen sowohl aus dem Rauschen als auch aus dem Nebenzimmer. Dabei fiel ich zu Boden und umklammerte weiter Olivia, die nun leise weinte.

„Shh, shh. Es tut mir leid, Baby. Mami wollte dich nicht erschrecken."

Mein kleines Mädchen sah mit großen Augen zu mir auf, die dieselbe Verwirrung auszudrücken schienen, die ich fühlte. Sollte dies ihr Schicksal sein? Sie war so jung, so schön. Julian hatte sie nie gewollt. Er hatte immer geplant, dass sie ein weiteres Opfer in dem schrecklichen Plan sein sollte, den er ausgeheckt hatte. Sie würde in diesem traurigen, schmucklosen Raum sterben und nie wirklich erfahren, wie sehr ich sie liebte.

Ich stellte mir den Rauch und die Flammen vor, die langsam unter der Tür hervorkamen. Ich dachte an Mr. Irvings Haus und die schreckliche Nacht, die ich dort verbracht hatte. Ich spürte bereits, wie mein Herz schneller schlug, und ich wusste, dass ich, sobald das Feuer ausbrach, jede Kontrolle verlieren würde, die ich noch hatte. Ich würde hysterisch werden und hilflos zusehen, wie meine Tochter langsam in meinen Armen erstickte.

Ich schäme mich, es zuzugeben, aber in diesen Momenten, als ich auf dem Boden kauerte, Olivia fest umklammerte und die ganze Zeit schluchzte, wanderte mein Verstand an den dunkelsten Ort, den man sich nur vorstellen kann. Ich konnte alles so deutlich sehen. Das Feuer, den Rauch, die furchtbaren Schreie von mir und meinem Kind, während wir um Luft rangen. Ich dachte an die Decken im Schrank und die Spielsachen im Zimmer. Ich dachte an das Fenster und daran, wie weit wir vom Boden entfernt waren. Ich konnte keinen Ausweg sehen.

Außer einem.

Ich schaute auf mein schönes Mädchen hinunter. Sie lächelte jetzt und schlief langsam ein. Sie schien jetzt so ruhig, weit weg von der Gefahr, die sie nicht wahrnahm. Sie war das Wertvollste, das es auf der Welt gab. Egal was passierte, ich musste sie vor einem so schrecklichen Tod bewahren. Was auch immer mit mir geschah, ich wusste, dass ich keine Ruhe finden würde, wenn Olivia das gleiche Schicksal ereilte. Sie war zu wertvoll für so etwas. Zu rein.

Ich begann zu schluchzen, als ich zur Schranktür hinüberging und eines der Kissen herauszog, die darin lagen. Ich ging zurück zum Kinderbett und legte Olivia wieder hin. Sie schlief jetzt tief und fest, und ich empfand ein seltsames Gefühl der Eifersucht auf ihre Unschuld. Das musste ich mir bewahren. Egal was passierte, sie war das Beste, was mir je passiert war. Sie hatte weder mich als Mutter noch Julian als Vater verdient. Sie war das, was sie immer hätte sein sollen – ein Engel.

Ich hob das Kissen auf und spürte, wie meine Arme unkontrolliert zitterten. Ich konnte spüren, wie die Tränen kamen, bevor der Tränenstrom begann, aber dieses Wissen beruhigte mich nicht. Ich versuchte, mich mit der Tatsache zu trösten, dass dies die bessere Option war. Dass es die bessere Lösung war, dass sie niemals den gleichen Schmerz erfahren würde, den ich in meinem Leben erlitten hatte. Ich versuchte, daran zu denken, dass alles bald vorbei sein würde und dass ich ihr die Qualen eines schrecklichen Todes ersparen würde.

Ich dachte an all das, während ich über ihr stand, und ich schäme mich mehr als zu sagen, dass ich, ehrlich gesagt, darüber nachdachte, es zu tun. Ich würde mir diese wenigen kostbaren Momente nie verzeihen. Momente, die ich vor allem hätte nutzen sollen, um die wenige Zeit zu genießen, die mir mit der Liebe meines Lebens noch blieb.

Die Liebe meines Lebens …

Blitzschnell riss sich mein Verstand aus der Abwärtsspirale, in der er sich befand. Ich warf das Kissen quer durch den Raum und hörte das verräterische Rauschen des Babyphones, als es damit zusammenstieß. Zum zweiten Mal hob ich meine Tochter hoch und hielt sie fest, wobei ich mich bemühte, sie nicht aufzuwecken. „Ich … Es tut mir so leid, Baby", flüsterte ich ihr zu. „Es tut mir so leid. Bitte verzeih mir, was ich getan habe. Wir kommen hier raus. Du und ich, in Ordnung? Wir können das schaffen."

Ein Teil von mir muss gewusst haben, wie lächerlich es war, zu versuchen, ein bereits schlafendes Kind zu trösten, aber ich glaube, tief im Inneren war ich diejenige, die diese aufmunternden Worte brauchte. Ich hatte mich von allem anderen verschlossen, was im Raum und außerhalb des Raumes geschah, während ich mit Olivia gekämpft hatte, aber jetzt erlaubte ich mir, mich zu öffnen und so gut wie möglich nachzudenken.

Ich hatte vorher nicht bemerkt, dass ich immer noch ein schwaches Lachen von Julian hören konnte. Es war jetzt mehr ein Kichern, und so leicht, wie es war, zu denken, dass er bereits damit begonnen hatte, das Haus in Brand zu setzen, wusste ich durch das Geräusch, dass er nicht so weit weg sein konnte. Ich beschloss, mein Glück herauszufordern und rief nach ihm. Zu meiner Überraschung verstummte das Lachen abrupt, und ich hörte ein leises Klopfen an der Tür.

Wie konnte ich nur so dumm sein?

Ich seufzte und holte tief Luft, während ich mich ein letztes Mal im Zimmer umsah. Langsam wurde alles ganz klar für mich, und eine Idee begann sich zu festigen. Ich musste nur noch dafür sorgen, dass alles zusammenpasste.

„Julian! Ich habe mich entschlossen." Ich konnte die Angst in meiner Stimme hören, und ich hatte Mühe, sie zu unterdrücken. „Ich weiß, dass du dieses Haus nicht niederbrennen wirst, während wir hier drin gefangen sind. Du hast zu lange auf diesen Moment gewartet, um zuzulassen, dass das Feuer dir alles wegnimmt. Wenn du Olivia und mich willst, dann musst du hier reinkommen und uns holen."

Ich konnte spüren, wie die Kraft in meinen Körper zurückströmte, als ich mich beim Sprechen langsam erhob. Ich wusste nicht, wie Julian reagieren würde, aber ich wusste, dass ich ihn ablenken musste. Es war mir jetzt klar, dass er mir zugehört hatte, während ich mit mir selbst gerungen hatte, was ich mit Olivia tun sollte. Wie perfekt wäre seine Rache gewesen, wenn er mich dazu gebracht hätte, eine so schreckliche, unverzeihliche Tat zu begehen?

Plötzlich schlug etwas gegen die Tür, und ich erkannte, dass Julian sich dagegen geworfen hatte. Ich unterdrückte einen Schrei, als ich sah, wie sehr sich die Tür bewegte, aber es war genug Motivation, um mich in Bewegung zu setzen. Julian war kein übermäßig starker Mann, aber ich wusste, dass er genug Wut in sich trug, dass es nicht lange dauern würde, bis er meine behelfsmäßige Barriere überwunden hatte.

Ich hielt Olivia immer noch fest und beeilte mich damit, meinen Plan durchzuziehen.

Ich wusste, dass Julian eher Olivia etwas antun würde, bevor er mir etwas antun würde. Das würde alles, was er mir antun würde, nur noch schlimmer machen. Ich musste sie rausbringen ... oder ihm zumindest das Gefühl geben, dass ich es getan hatte. Alles baute darauf, dass Olivia weiterschlief und Julian meinen Plan nicht durchschaute.

Ich bewegte mich schnell und effizient und ging zuerst zu dem etwas weiter entfernten Wickeltisch und den Regalen, in denen noch ein paar von Olivias Spielsachen standen. Ich holte die paar Spieluhren heraus, die wir geschenkt bekommen hatten und die wir nur selten benutzten, und stellte sie auf den Tisch, kurbelte schnell jede einzelne an und brachte den Raum mit den schrecklichen Geräuschen, die sie erzeugten, zum Glühen. Nachdem der erste Teil meines Plans erledigt war, musste ich hoffen, dass der Lärm lange genug anhielt, um zu übertönen, was ich im Raum tat.

Ich eilte zurück zum Kinderbett und legte Olivia wieder hin und hasste mich dafür, dass ich sie gehen lassen musste. Das war die nötige Motivation, die ich brauchte, um nicht aufzugeben, und es erlaubte mir, mich so schnell zu bewegen, wie ich es nie für möglich gehalten hätte. Es muss nicht perfekt sein, sagte ich mir immer wieder. Es musste nur glaubhaft sein. Ich versuchte, mich nicht auf das ständige Hämmern an der Tür zu konzentrieren und entschied mich dafür, zu glauben, dass das Geräusch von Julian, der den Flur hinunterlief, daher rührte, dass er aufgegeben hatte und nicht, weil er etwas suchte, mit dem er die Tür aufbrechen konnte.

Ich hatte nicht viel Zeit, und jeder Moment, der verging, war ein kostbarer Moment. Ich konzentrierte mich auf meine wunderschöne schlafende Tochter, während ich zwischen dem Kinderbett und dem Schrank hin und her ging und so viele Decken herausholte, wie ich dachte, dass ich brauchen könnte. Ich begann, jede einzelne so schnell und sorgfältig wie möglich zu verschnüren, sodass langsam aber sicher ein Seil entstand, mit dem ich das Bettchen mit dem Baby aus dem Fenster hinunterlassen konnte. Es musste so lang sein, dass es von dem Stockwerk des Hauses, in dem ich mich befand, bis zum Boden reichte, sonst würde Julian merken, dass etwas nicht stimmte.

Plötzlich gab es ein Geräusch an der Tür, das mich aufschreien ließ, obwohl ich so sehr bemüht war, ruhig zu bleiben. Es war ein ungewohntes Geräusch, aber eines, das ich sofort verstand – knackendes Holz. Julian war die Treppe hinuntergerannt und hatte sich etwas geschnappt, um die Tür aufzubrechen. Soweit ich wusste, hatten wir keine Äxte herumliegen, also konnte ich mir nicht sicher sein, was es war. Ich wusste nur, dass ich es zu Ende bringen musste, und zwar schnell.

Mit jeder zusammengebundenen Decke kam ein

Klopfen an der Tür, und ein kurzer Blick nach oben sagte mir, dass ich nicht viel Zeit hatte. Ich war verzweifelt und musste hoffen und beten, dass ich genug getan hatte. Schnell wickelte ich die letzte Decke um den Griff des Bettchens und trug meine Kreation zum Fenster hinüber. Ich fluchte leise vor mich hin, als sich das Fenster nicht rührte, da es scheinbar durch den frischen Anstrich, den wir dem Zimmer verpasst hatten, blockiert war.

Ich konnte das jetzt nicht gebrauchen, also eilte ich zurück zu Olivia, hob ihren zarten Körper auf und trug ihn zum Schrank hinüber. Auf dem Boden des Schranks gab es einen kleinen Schlupfwinkel, der gerade außerhalb des Blickfelds lag, wenn man ihn von vorne betrachtete. Er war durch ein behelfsmäßiges Stück Trockenwand versperrt, konnte aber leicht aus dem Weg geräumt werden, wenn der Elektriker Zugang brauchte. Ich arbeitete so schnell ich konnte, um den Hohlraum mit Decken zu füllen, um es so gemütlich wie möglich zu machen. Ich wusste, dass Olivia es nicht lange dort drin aushalten würde, aber das brauchte sie auch nicht.

Nicht, wenn alles funktioniert.

Als ich sie hinlegte und die kleine Tür so weit wie möglich zuzog, spürte ich, wie mein Herz brach. Das konnte nicht das letzte Mal sein, dass ich sie sah. Egal was passiert, das konnte nicht das Ende sein. Wir würden das durchstehen. Ich sagte es mir wieder und wieder, und mit jedem Mal fühlte ich meine Zuversicht und meine Wut wachsen. Wie konnte Julian es wagen, uns das anzutun! Wie konnte er es wagen, in unser Leben zu treten, nur um es zu zerstören! Nach allem, was ich erlitten hatte, nach jedem Schmerz, den ich erfahren hatte, hatte er sich nun entschieden, mich zu zerstören.

Das würde ich nicht zulassen.

Ich hatte schon vorher Schmerz erfahren. Ich hatte sterben wollen. Ich war auf alles gefasst, was er jetzt tun wollte.

Und ich würde ganz sicher nicht sterben.

Ich eilte zurück zum Fenster, gerade als ich Julian nach mir rufen hörte. Er war fast durch, und bald würde ich wissen, ob meine Bemühungen ausgereicht hatten. Ich kämpfte wieder und wieder mit dem Fenster und betete, dass die Farbe nachgeben würde und es sich öffnen ließe. Ich musste es schaffen. Ich musste ihn glauben lassen, dass ich es geschafft hatte.

Ich werde nie das Gefühl der Erleichterung vergessen, als ich das verräterische Knacken der Farbe hörte, selbst als die Tür hinter mir zu splittern begann. Ich riss das Fenster auf, so schnell ich konnte, packte das Bettchen zu meinen Füßen und warf es hinaus, wobei ich das Seil festhielt. Ich spürte, wie es sich einmal spannte und lächelte, als es hielt. Ich begann, das Bettchen vorsichtig herunterzulassen und flüsterte der Puppe, die ich unter ein paar Decken hineingelegt hatte, zu, dass alles in Ordnung kommen würde.

Die Tür hinter mir schwang gegen das Bücherregal, das ich davor heruntergerissen hatte, und ich konnte spüren, wie Julians Blick auf mich fiel. Ich ignorierte ihn, so gut ich konnte, und entschied mich nun, leise zu singen, während ich die Ablenkung herunterließ. Er schien nicht ganz zu begreifen, was ich tat, und warf sich noch einige Male gegen die Tür, bis das Bücherregal aus dem Weg war. Ich konnte seine Schritte hören, als sie auf mich zueilten, und ich machte mich auf das gefasst, was als Nächstes passieren würde.

„Was machst du da, du Schlampe?“

Ich warf einen letzten Blick auf das Bettchen und widerstand jedem Drang in meinem Körper, mich umzudrehen und den Schrank zu betrachten, bevor ich das Seil losließ. Es gab einen leisen Aufprall, als das Babybett auf dem Boden aufschlug, aber es war weit genug unten, damit der Inhalt nicht über den ganzen Rasen verteilt wurde. Bevor ich aufatmen konnte, war Julian schon auf mir. Seine Hände rissen an meinen Haaren und er wirbelte mich herum und warf mich zu Boden. Ich spürte einen scharfen Schmerz, als er mir in die Brust trat und mich anbrüllte.

In diesem Moment endete die Kakofonie aus den Spieluhren.

„Ich habe dich etwas gefragt, Ani! Was machst du da?“

„Unsere Tochter retten.“

Ein überraschter Blick legte sich auf Julians Gesicht, und er ließ mich los und ging zum Fenster hinüber. Ich war ebenso überrascht, als er anfing zu kichern, und ich tat mein Bestes, um meine Atmung zu beruhigen, auch wenn der Schmerz und die Angst, die ich fühlte, mich zu übermannen drohten.

„Hast sie aus dem Fenster geworfen, was? Du bist wirklich eine beschissene Mutter. Was denkst du, was das ändert? Du hast sie einfach auf den Rasen geworfen? Denkst du, sie wird irgendwo hingehen? Du hast das Unvermeidliche nur hinausgezögert."

Ich schluckte schwer, als ich zum letzten Teil meines Plans überging. Das Letzte, was ich tun konnte, um mich und meine Tochter vielleicht, nur vielleicht, vor diesem bösen Mann zu retten.

„Julian, bitte. Bitte tu ihr nicht weh. Ich könnte es nicht ertragen, wenn ihr etwas zustoßen würde."

Es war leicht, überzeugend zu klingen, weil es so wahr war, aber ich wusste, dass Julian mir glaubte, als ich ein böses Grinsen über sein Gesicht huschen sah. Er versetzte mir einen letzten Tritt in die Brust, bevor er zur Tür ging.

„Ich kann sehen, dass sie dir so viel bedeutet, Schatz. Also werde ich sie holen, damit ihr beide am Ende zusammen sein könnt. Ich möchte nicht, dass du das verpasst."

Damit drehte er sich um und eilte aus dem Zimmer. Ich wartete einen Moment, bis ich seine Schritte die Treppe hinunterlaufen hörte, bevor ich aufsprang, gegen den Schmerz ankämpfte und zum Schlupfwinkel hetzte.

Olivia war jetzt wach, lag aber ruhig da. Ich dankte ihr und Gott dafür, dass sie während Julians Wutausbruch still gewesen war und holte sie vorsichtig aus ihrem Versteck. Jetzt oder nie. Julian würde bald herausfinden, dass die ganze Sache nur eine Scharade gewesen war. Meine einzige Chance war, dass ich zum Auto kam, bevor er mich aufhalten konnte.

Wenn ich mit ihr entkommen kann ... vielleicht, nur vielleicht.

Ich hörte auf zu überlegen, rannte los und drückte

meine Tochter so fest an meine Brust, wie ich konnte. Ich durfte sie nicht fallen lassen, und ich durfte nicht stehen bleiben. Ich musste das Beste aus der wenigen Zeit machen, die mir noch blieb. Ich sprang die Stufen in einem beängstigenden Tempo hinunter und verlor auf der letzten fast den Halt. So schnell ich konnte, rannte ich in die Küche und schnappte mir Julians Schlüssel von der Insel. Aber ich war zu schnell und ließ sie auf den Boden fallen.

Oh, Scheiße.

Ich bewegte mich zu ihnen hinüber und ignorierte einen Schrei, von dem ich sicher war, dass er von draußen kam. Ich musste mich konzentrieren. Ich hatte so starke Schmerzen von den Tritten gegen meine Brust und zitterte immer noch von der Erkenntnis, dass meine gesamte Ehe ein einziger Schwindel gewesen war, aber ich konnte das schaffen. Julian war sicher vom Aufbrechen der Kinderzimmertür erschöpft. An jedem anderen Tag wäre er schneller gewesen als ich, aber nicht heute.

Nicht heute.

Ich schnappte mir die Schlüssel und hielt sie in der anderen Hand fest, während ich Olivia gegen meine Brust drückte. Ich rannte los, ohne Rücksicht auf alles, was sich mir in den Weg stellte. Ich spürte einen scharfen Schmerz in meinem Bein, als ich gegen einen der Hocker neben der Insel prallte, sodass er auf dem Boden klapperte, aber ich ignorierte ihn. Ich musste einfach nur zur Tür kommen. Wenn ich das geschafft hatte, blieb nur noch ein kurzer Lauf zum Auto. Ich könnte einsteigen und die Türen verriegeln. Olivia könnte auf meinem Schoß bleiben, bis ich weit genug weg war.

Ich schaffe das. Für sie.

Und für mich.

Ich bog um die Ecke in den vorderen Flur und hatte das Gefühl, dass der Abstand zur Tür irgendwie exponentiell gewachsen war. Ich konnte die Freiheit sehen und spürte, wie mein Herz tief und laut in meiner Brust schlug. Sein Klang schien meine eigenen Schritte widerzuspiegeln.

Bumm.

Bumm.

Bumm.

Ich streckte meine Hand nach dem Türknauf aus und spürte, wie ein Adrenalinstoß durch meine Adern rauschte. Meine Stimme zitterte, als ich meinem kleinen Mädchen zuflüsterte: „Mach dir keine Sorgen, Baby. Wir sind gleich da."

In einem Augenblick blieb mein Herz stehen, und ich musste mich vor lauter Angst fast übergeben. Ich sah entsetzt zu, wie sich der Knauf langsam drehte und die Tür aufschwang. Julian stand vor mir, seine Augen leuchteten vor Wut. In der einen Hand hielt er die Puppe, die ich im Bettchen verstaut hatte und deren Gesicht er in einem Wutanfall fürchterlich zerschlagen hatte. In der anderen hielt er dasselbe Schlachtermesser wie zuvor.

„Wo willst du hin?"

Seine Stimme war kalt und emotionslos, trotz der Wut in seinen Augen, und ich wurde wieder einmal an das Monster erinnert, das er geworden war.

Nein. Das Monster, das er immer gewesen war.

Ich war wenige Zentimeter von der Tür entfernt stehen geblieben, aber bevor ich einen Moment Zeit hatte, ihn zu überwältigen, ließ er die zerbrochene Puppe fallen und schlug mir hart ins Gesicht. Ich konnte Blut in meinem Mund schmecken, hatte aber keine Chance zu reagieren. Wieder schlug Julian mir hart ins Gesicht, sodass ich auf die Knie fiel. Ich umklammerte Olivia in der Gewissheit, dass es das letzte Mal sein würde, dass ich sie sehen würde, wenn ich sie losließe. Ich schrie vor Schmerz und Frustration auf, als Julian eine Handvoll meiner Haare packte und mich über den Boden zurück in Richtung Küche schleifte. Ich schrie und konnte spüren, wie Olivias sanfter Körper zu zittern begann, als sie selbst zu schreien begann.

Nein! Nicht mein Baby.

Dieses Geräusch war der Tropfen, der das Fass zum Überlaufen brachte.

Mit der Kraft, die ich noch in meinem Körper hatte, stieß ich einen markerschütternden Schrei aus und trieb die Autoschlüssel, die ich noch in der Hand hatte, tief in Julians Bein. Ich spürte sofort, wie sich seine Hand aus meinem Haar löste, als er brüllte und rückwärts stolperte. Ich kümmerte mich nicht darum, was er sagte, während ich mich auf die Beine kämpfte und auf die Hintertür zulief. Ich schaffte es gerade mal einen Meter, bevor er wieder auf mir war, aber dieses Mal fühlte ich mich selbstsicherer. Als er mich auf den Boden drückte, drehte ich mich um und trat gegen das Bein, in das ich gestochen hatte. Wieder stolperte Julian zurück und wieder ging er mit voller Wucht auf mich los.

Ich würde gerne behaupten, dass ich mich gut gewehrt habe, und vielleicht habe ich das auch, aber das spielte keine Rolle. Julian war stärker als ich, trotz seiner Verletzung und Erschöpfung. Er hatte viel zu lange auf diesen Moment gewartet, um zuzulassen, dass sich ihm etwas in den Weg stellte. Ich spürte, wie ich anfing, ohnmächtig zu werden, selbst während ich mich an einer nun schreienden Olivia festhielt, als sich Julians Hand um meinen Hals schloss. Seine andere Hand war hoch über meinen Kopf gehoben, das Messer zeigte nach unten. Es schien einen Moment im Licht des Raumes zu schimmern, und für den Bruchteil einer Sekunde wurde ich in die Nacht meines Selbstmordversuchs zurückversetzt.

Das ist es. So werde ich sterben.

Das tanzende Licht brachte mich durcheinander, aber ich hielt mich an der einen Sache fest, die vor all den Jahren nicht da gewesen war. Ich sah auf das schöne Gesicht meiner Tochter hinunter, das von Tränen der Verwirrung übersät war. Ich schaute an ihnen vorbei und versuchte, ihr Gesicht als das letzte, das ich jemals sehen würde, in meinem Geist zu versiegeln.

„Es tut mir leid, Baby."

Gerade als meine Sicht zu schwinden begann, hörte ich ein Geräusch, das ich nicht erwartet hatte.

Ein Klopfen an der Tür.

„Julian? Ani? Ich bin's, Hannah. Ich bin nur kurz vorbeigekommen, um ..."

Ihre Stimme ging in ein Keuchen über, als sie die Szene vor sich sah, und ich spürte, wie sich Julians Griff um meine Kehle lockerte, als er sich umdrehte und seine Schwester sah. Ein Lächeln breitete sich auf seinem Gesicht aus und ein wahnsinniges Lachen entwich seiner Lunge.

„Du kommst gerade rechtzeitig, Hannah! Sie ist es, hinter der ich her war. Ich habe sie endlich gefunden. Sag hallo zu der Person, die Dad ermordet hat!“

Kapitel Neunundzwanzig

2019

Ich hätte erleichtert sein sollen, Julians Schwester vor uns stehen zu sehen, aber mich überkam ein Gefühl des Grauens. Es war das gleiche Gefühl, das ich gehabt hatte, als ich sie zum ersten Mal gesehen hatte, vor all den Jahren in Mr. Irvings Haus. In den entscheidenden Momenten meines Lebens schien sie von mir angezogen zu werden, wie eine Art Pseudo-Schutzengel, und doch war ich weit davon entfernt, dass ihre Anwesenheit mich beruhigte.

Ich hatte eine plötzliche und tiefe Erkenntnis, dass sie und Julian vielleicht die ganze Zeit zusammengearbeitet hatten. Auch wenn ich wusste, dass Hannah für den Tod ihres Vaters verantwortlich war, bedeutete das nicht, dass sie nicht auch Rache wollte. War es möglich, dass sie sich irgendwie ausgedacht hatte, dass ich dafür verantwortlich war? Dass Julian sie genauso manipuliert hatte, wie er es bei mir getan hatte? Alles, was ich wusste, war, dass ich erleichtert hätte sein müssen, jemand anderen als Julian in der Tür stehen zu sehen, dass jede zusätzliche Person mir ein Gefühl der Sicherheit hätte geben müssen.

Aber das tat es nicht.

Ich konnte hören, wie Julian immer wieder von seinem Racheplan faselte, aber wieder einmal fühlte sich alles weit weg an. Das Licht, das die Klinge in seinen Händen einfing, tanzte durch den Raum, als er seiner Schwester seinen Plan erklärte. Durch die Sterne, die das erzeugte, bekam ich das Gefühl, dass alles friedlich und weit weg war. In meinen Gedanken waren nur Olivia und ich in dem langen Flur, der sich immer weiter ausdehnte, bis Hannah nur noch ein verschwommener Fleck am anderen Ende war. Ich schaukelte mein Baby sanft auf meinem Schoß, wobei mich jedes Schaukeln an die Schmerzen in meiner Brust und meinem Kopf erinnerte.

Aber ich ließ mich davon nicht beunruhigen.

Ich glaube, tief im Inneren hatte ich mich mit meinem Schicksal abgefunden. Ich hatte alles in meiner Macht Stehende getan, um uns beide vor dem Tod zu bewahren, der uns erwartete. Vor dem Tod, der mir schon so lange auf den Fersen war. Ich fragte mich, ob sich alles friedlich anfühlen würde, nachdem es geschehen war. Ob dieser Moment mit nur uns beiden ein Leben lang anhalten würde.

Vielleicht wäre das, nach allem, was passiert war, gar nicht so schlecht.

Olivias Schluchzen ging langsam in Kichern über, und ich spürte, wie ich anfing, mit ihr zu lachen. Ich lächelte meine Tochter an und sie lächelte zu mir hoch. Wäre da nicht der Geschmack von Blut in meinem

Mund und die Schmerzen in meinem Körper gewesen, hätte ich gedacht, dass das Ende gekommen war. Dass wir es gemeinsam zum Frieden geschafft hätten.

Dieser Gedanke wurde mir entrissen, als Julians Stimme meine Vorstellung durchschnitt wie das Messer in seiner Hand.

„Du lachst? Du bist wirklich übergeschnappt."

Ich wurde in die Realität zurückgerissen und sah den fassungslosen Blick, der auf Julians Gesicht lag. Es war klar, wie wenig er von mir hielt. Ich erwartete, den gleichen Blick in Hannahs Gesicht zu sehen, war aber überrascht, einen voller Wut und Enttäuschung zu sehen.

„Julian! Wie oft muss ich dir noch sagen, dass du aufhören sollst? Lass sie beide gehen!"

Hat sie gerade das gesagt, was ich glaube, dass sie gesagt hat?

„Und wie oft muss ich dir noch nein sagen? Hannah, sie hat Dad umgebracht! Sie war diejenige, die ihn aus unserem Leben gerissen hat. Sie hat uns alles gekostet, und du willst, dass sie wegkommt?"

„Ja, Julian. Das will ich. Sie hat nichts getan!"

„Schwachsinn! Sie ist eine Verrückte. Eine Irre! Du kannst die Briefe lesen, die sie an ihn geschrieben hat. Du kannst mit ihrer Mutter sprechen. Die wird dir alles erklären! Ani war immer in Mr. Irving verliebt, und als er es nicht erwiderte, hat sie ihn umgebracht! Sie hat immer in einer Fantasiewelt gelebt und sich in ihrem erbärmlichen Leben gerade so durchgeschlagen."

„Ju—"

„Halt die Klappe, Hannah! Sie hätte schon vor

langer Zeit sterben und uns alle vor ihrem idiotischen Selbst bewahren sollen."

Tränen brannten in meinen Augen, als ich zwischen den beiden hin und her sah. Ich wusste, dass ich alles Vertrauen, das ich noch hatte, in Hannah setzen musste. Sie war die einzige Möglichkeit, wie ich aus dieser Sache herauskommen konnte. Sie konnte Julian beruhigen. Ich wusste, dass sie es konnte.

„Hannah, bitte. Hilf mir."

Julian wirbelte herum, und ich wurde kurz von einem Lichtfleck geblendet, der von der Klinge des Messers reflektiert wurde.

„Wenn du oder der kleine Scheißer auch nur einen Mucks von sich geben, bringe ich euch auf der Stelle um!"

„Julian!", brüllte Hannah. „Genug!"

Es war mir klar, dass Julian seine Schwester noch nie so mit ihm reden gehört hatte, denn er war genauso schnell auf sie fixiert.

„Vorsichtig, liebe Schwester. Ich weiß, du hast Dad nie so sehr geliebt wie ich, aber du willst das nicht wirklich. Ani muss sterben. Das müssen sie beide. Das ist der einzige Weg, wie Dad in Frieden ruhen kann."

„Hör dir mal selbst zu, Julian! Du hast deinen Verstand verloren! Die einzige Möglichkeit, wie Dad ruhen kann? Du hast ihn nicht einmal gekannt!"

„Ich weiß, dass ich ihn nicht kannte! Du und Mom habt ihn mir verheimlicht, und dann hat sie mir jede Chance genommen, die ich gehabt haben könnte!"

Hannah schien sich ein wenig zu beruhigen, als sie langsam auf ihren Bruder zuging. Ich konnte ihr ansehen, dass sie wusste, dass sie sich auf dünnem Eis bewegte. Sie musste vorsichtig sein, sonst würde sich die Wut, mit der ich gerade konfrontiert war, auf sie übertragen.

„Julian, bitte hör mir zu. Ani hatte nichts mit Dads Tod zu tun. Dad war ein schlechter Mensch, klar? Mom hat nicht gelogen, als sie dir das gesagt hat. Ich kannte ihn. Wirklich. Ich wusste, was für ein Mensch er war. Du wolltest ihn nicht kennen, Julian. Du wärst damit schlechter dran gewesen. Die Wahrheit darüber, wer er war, hätte dich zerstört. Ich verspreche es."

Julian seufzte und begann wieder zu lachen. Ich konnte erkennen, dass die beiden Geschwister dieses Gespräch schon einmal geführt hatten. Hannah musste schon früher versucht haben, an ihren Bruder zu appellieren, aber es war klar, dass er ihr nie geglaubt hatte. So erschütternd es auch war, es zu hören, tat ich mein Bestes, um zu ignorieren, was Hannah über Mr. Irving sagte.

Sie versucht nur, Julian zum Zuhören zu bewegen. Das ist alles. Sie weiß, was sie tut.

„Du klingst jetzt genau wie Mom, Hannah. Aber das ist es doch, was du immer wolltest, oder? Genau wie sie zu sein. Du denkst, dass sie so stark war. Dass es richtig von ihr war, uns Dad wegzunehmen. Du hast keine Ahnung! Ihr beide habt euch immer gegenseitig den Rücken frei gehalten. Und was ist mit mir? Zu wem musste ich aufschauen? Zu dieser Lügnerin? Zu dir? Nein, Hannah. Ich hatte niemanden. Und jetzt stelle ich mich dem."

„Und was ist mit dem Kind, Julian? Olivia ist dein

Kind! Willst du sie auch töten? Was hat sie verbrochen, außer deine Tochter zu sein? Willst du ihr alles wegnehmen, was sie jemals haben wird, um dich an jemandem zu rächen, der nicht einmal für den Tod eines Fremden verantwortlich ist?“

„Ihr habt ihn zu einem Fremden gemacht! Du und Mom! Er war mein Dad! Er hätte mein Mentor sein sollen! Er hätte mein bester Freund sein sollen.“

„Er war nicht dein Dad, Julian! Er war dein Vater. Er war ein Scheißkerl, der dich genauso verprügelt hätte, wie er es mit Mom und mir getan hat!“

„Du nimmst das zurück, oder so wahr mir Gott helfe, ich werde dich als Nächstes zerstückeln!“

Es herrschte eine lange Stille, während die beiden Geschwister sich gegenseitig anstarrten. Ich sah zwischen ihnen hin und her und strapazierte meine Augen dabei. Ich hatte erwartet, dass Julian wütend auf Hannah sein würde, sobald sie anfing, über ihren Vater zu sprechen, aber ich hatte nicht erwartet, dass er so weit war, dass er ihr auch mit dem Tod drohen würde. Meine Optionen schwanden sehr schnell, und ich dachte darüber nach, wie wahrscheinlich es war, dass ich einen wilden Sprint zur Hintertür machen konnte. Das Blut lief immer noch langsam an Julians Bein herunter, aber er war näher an mir dran als an Hannah. Selbst wenn sie ihn lange genug ablenkte, dass ich zur Hintertür gelangen konnte, gab es keine Chance, dass ich ihm entkommen konnte, sobald ich draußen war.

Die Stille wurde durch ein Glucksen von Olivia gebrochen. Mein Blick schoss von ihr zurück zu Julian und Hannah. Als Julians Hand nach unten schnellte, um mich zu ohrfeigen, sah ich aus dem Augenwinkel, dass Hannah sich bückte, um ihre Handtasche vom Boden aufzuheben.

Will sie uns etwa so sterben lassen?

„Willst du die Wahrheit wissen, Julian? Über Ani und deinen Vater? Die Wahrheit ist, dass Ani nichts mit seinem Tod zu tun hatte. Sie war nicht einmal dort. Keiner war da. Außer mir."

„Ich weiß, du würdest alles sagen, um zu versuchen, sie zu retten, Hannah. Lass es einfach sein. Ich werde mir nicht länger anhören, wie du seinen Namen beschmutzt."

„Du musst nicht zuhören, aber ich werde es dir trotzdem sagen. Ich habe ihn getötet, Julian. Ich war es. Ich habe in dieser Nacht sein Haus angezündet. Mom hat mir alles erzählt, was er ihr angetan hatte. Er hat es verdient zu sterben, bevor er noch jemandem wehtun konnte. Glaubst du wirklich, dass ich während des Studiums eine Reise in den Westen unternommen habe? Ich habe ihn gesucht. Um genau das zu tun, was du Ani antun wolltest. Der einzige Unterschied ist, dass ich jemanden gewählt habe, der es verdient hat zu sterben. Du wähltest ein unschuldiges Mädchen."

„Du hältst die Klappe und nimmst das zurück! Wie kannst du es wagen?"

„Nein, du hältst die Klappe, Julian! Ich bin es leid, dass du über Dinge redest, die du nicht verstehst. Du hast dein ganzes Leben damit verschwendet, diese Frau zu jagen, die nichts damit zu tun hatte. Du hättest nach mir suchen sollen, Julian. Ich war die ganze Zeit da."

„Weißt du, was ich denke? Ich glaube, du und Ani

habt euch gegen mich verschworen! Ich glaube, ihr zwei habt euch zusammengetan, als du hier warst, und ihr habt zusammen gearbeitet, um ihn zu töten! Das wäre ganz typisch für euch beide, dass ihr zu viel Angst habt, etwas alleine zu tun, weil ihr beide so verdammt erbärmlich seid!“

Julians Stimme begann zu brechen, als sie sich zu einem Crescendo steigerte. Seine Arme fuchtelten herum und schickten Lichtsplitter durch den Raum. Seine Stimme überschlug sich, als seine Emotionen losbrachen. Er war mehr als wütend, und die kurzen Blicke, die ich in seine dunklen Augen werfen konnte, verrieten mir, dass sich die helle Wut von vorhin in schieren Wahnsinn verwandelt hatte. Julian, wie ich ihn gekannt hatte, war verschwunden. Vor mir stand ein Monster, das ich nicht wiedererkannte.

„Ich werde euch beide töten, habt ihr das verstanden? Euch alle drei!“

„Das glaube ich nicht, Julian.“ Hannahs Stimme war extrem ruhig geworden, und ich fand das beunruhigend. „Das glaube ich nicht.“

Julian lachte, und der Klang war ohrenbetäubend. Mit einem furchtbaren Schrei drehte er sich zu mir um und hob seine Klinge hoch über seinen Kopf.

„Du glaubst es nicht? Dann sag mir, was du davon hältst!“

Ich war gelähmt vor Entsetzen, als ich sah, wie Julian zustieß. Er hielt das Messer hoch über seinen Kopf, und es schien genauso grimmig zu lächeln wie Julian, als es seinen Weg nach unten suchte. Die einzige Bewegung, an die ich denken konnte, war, meine Augen zu schließen und mich umzudrehen, um Olivia so gut wie möglich abzuschirmen. Ich dachte, dass ich ihr vielleicht, nur vielleicht, noch ein paar Momente des Lebens bescheren könnte.

Als meine Augen sich schlossen und ich mein Baby umklammerte, rasten meine Gedanken zurück zu einem Moment, an den ich schon oft gedacht hatte. Der kalte Boden des Flurs fühlte sich genauso an wie das Badezimmer im Haus meiner Mutter. Der Lichtertanz des Glases und des Messers schien die Dunkelheit zu durchdringen, die ich versuchte, für mich zu schaffen. Ich glaubte sogar, den metallischen Gestank von Blut riechen zu können, so wie ich ihn in meinem Mund schmeckte. Ich ertappte mich dabei, dass ich es seltsam fand, dass ich in meinem Moment vor dem Tod an das einzige andere Mal dachte, als ich ihm nahe gewesen war.

Ich konnte mich selbst sehen, genauso wie ich es im Krankenhaus erlebt hatte. Ich war zusammengerollt, dicht an Olivia geschmiegt, während Julian in Zeitlupe auf uns herabkam. Ich war schweißgebadet und sah gleichermaßen angestrengt und erschöpft aus. Ich hätte denken sollen, dass ich erbärmlich aussah, wie schon so oft zuvor. Ich hätte denken sollen, dass ich eine Versagerin war. Ich konnte nicht nur mich nicht verteidigen, sondern auch meine Tochter nicht. Ich hätte denken sollen, dass ich dieses Schicksal verdient hatte.

Aber zum ersten Mal tat ich das nicht.

Ich sah stattdessen eine Mutter, die bereit war zu sterben, um ihr Kind zu schützen. Eine Frau, die in ihrem Leben so viel gelitten hatte und nun nur noch

Augenblicke vom Frieden entfernt war. Eine Person, die nach Jahren des Kampfes endlich die Ruhe finden konnte, die sie verdient hatte. Ich sah jemanden, der sein ganzes Leben lang ein Opfer gewesen war. Jemanden, der alles verloren hatte, immer und immer wieder. Ich sah mich selbst.

Dann wurde es dunkel, und ich spürte, wie mein Körper leicht zitterte, als ich dorthin zurückgebracht wurde, wo ich war. Ich weinte nicht, als ich mich auf den Aufprall des Messers vorbereitete, aber ich spürte, wie meiner Brust ein langer Seufzer entwich. *Das wird schmerzhaft*, dachte ich, *aber es wird das letzte Mal sein*.

Ich spürte, wie eine intensive Hitze über mich hereinbrach, als Julians Brüllen in etwas viel Mechanischeres und Kälteres überging. Es strömte über meinen Rücken und auf den Boden um mich herum und löste eine Woge dieses metallischen Geruchs aus, den ich nie hatte vergessen können, der sich über mich ergoss. Ich wusste, dass das endlich das Ende war. Mein eigenes Blut würde die letzte warme Umarmung sein, die ich jemals spüren würde.

Aber das war es nicht.

Ein leises Wimmern vom Flur her riss mich aus der Trance, in der ich mich befunden hatte. Ich konnte immer noch die Wärme des Blutes auf meinem Rücken und in meinen Haaren spüren, aber ich war überrascht, dass ich außer den Schmerzen von vorher kaum etwas spürte. Ich zwang meine Augen auf, als das Geheul lauter wurde, und drehte mich langsam um.

Julians Körper lag vor mir. Sein zertrümmertes und

aufgeplatztes Gesicht erinnerte mich an die Puppe, die er in seinem Wutanfall zerstört hatte.

Ich spürte, wie sich meine verwirrten Augen langsam von dem Anblick vor mir lösten und den Flur hinunter in Richtung der Quelle des Geschreis blickten.

Hannah kniete mit der noch rauchenden Pistole in der Hand an der Tür.

Kapitel Dreißig

2019

Ich starrte Hannah wer weiß wie lange an. Sie weinte weiter in ihre Hände und kauerte am Ende des Flurs. Ich wollte etwas sagen, ihr danken, dass sie mein Leben gerettet hatte, aber ich entschied mich stattdessen, schweigend dazusitzen.

Schließlich rührte sie sich, und ich sah erst wieder zu ihr auf, als ich das Geräusch der auf den Boden polternden Pistole hörte. Hannahs Gesicht war weiß wie Schnee, und wieder wurde ich daran erinnert, dass sie es gewesen war, die ich vor all den Jahren vor Mr. Irvings Haus gesehen hatte. Diesmal war es jedoch keine Angst, die mich erfüllte. Es war ungeheure Neugierde. Warum hatte sie getan, was sie getan hatte?

Ich konnte jetzt ihren traurigen Blick auf mir spüren, und sah auf. Sie sah aus wie jemand, der besiegt worden war, als ob etwas, das sie ihr ganzes Leben lang verzweifelt zu retten versucht hatte, gerade für immer verloren gegangen war. Als sie sprach, brach ihre Stimme und klang so zerrüttet, wie sie aussah.

„Es tut mir leid, Ani. Es tut mir leid, dass es so enden musste."

Ich wusste nicht, was ich sagen sollte oder wie ich die Gefühle, die ich empfand, ausdrücken sollte. Mein Mann und der Vater meines Kindes lag tot vor mir. Sein Leichnam war noch warm. Ich war von einer unglaublichen Traurigkeit erfüllt, aber so sehr ich mich auch bemühte, sie konnte das Gefühl des Friedens, das durch die Schüsse hervorgerufen worden war, nicht vertreiben. Ich wusste, dass es falsch war. Ich wusste, ich hätte mich schlechter fühlen müssen, als ich es tat, weil Julian tot war. Ich wusste, ich hätte in diesem Moment um ihn trauern müssen. Ich hätte in Wut ausbrechen und Hannah angreifen oder so schnell wie möglich von diesem grässlichen Ort wegrennen sollen.

Aber ich tat es nicht.

So sehr mein Verstand auch alle Ausreden durchging, die er für Julians Angriff aufbringen konnte, und so verzweifelt er auch versuchte, einen Weg zu finden, es zu rechtfertigen, wusste ich in meinem Herzen, dass es keine solche Erklärung gab. Mein Mann hatte versucht, mich zu töten. Er hatte versucht, unsere Tochter zu töten. Dafür gab es keine Rechtfertigung. Ich war es leid, mir selbst die Schuld zu geben. Es war höchste Zeit, dass ich ihm die Schuld für seine eigenen Taten gab.

Hannah muss gesehen haben, dass ich das alles noch verarbeitete, denn sie hörte auf zu sprechen und kniete weiter schweigend vor mir. Nach einer langen Zeit nahm ich endlich die Kraft zusammen, die ich noch hatte, und drehte mich zu ihr um.

„Ist es wahr?"

Es war eine einfache Frage, aber es war die Frage, auf die ich eine Antwort brauchte. Ich begann langsam, mir einen Reim auf die Dinge zu machen, aber ich musste es hören. Ich musste alles bestätigt bekommen.

Hannah stieß einen langen Seufzer aus und setzte sich auf den Boden.

„Ja, Ani. Es ist alles wahr. Jedes Wort davon. Es tut mir leid."

„Also ... Mr. Irving ..."

„Er war unser Vater. Julian hat es erst vor etwa acht Jahren herausgefunden. Unsere Mutter wollte es ihm nicht sagen, um ihn zu schützen, aber das war Julian nicht genug. Er musste es wissen. Nachdem Mom uns erzählt hatte, dass Dad gestorben war, drehte Julian durch und versuchte nicht nur herauszufinden, wer er war, sondern auch, wer dafür verantwortlich war. Ich versuchte so sehr, ihn zur Vernunft zu bringen, aber es gelang mir nie. Ich hätte es besser wissen müssen, als tatenlos zuzusehen, wie er dich heiratet. Ich dachte, dass er vielleicht endlich seinen Frieden gefunden hätte."

Es war schwierig zu verarbeiten, was Hannah sagte, aber schließlich hatte ich die Bestätigung, dass Julian mich schon lange gejagt und diese Rache geplant hatte. Jetzt machte alles einen Sinn – seine Beziehung zu seiner Mutter und seiner Schwester, seine Lügen über seinen Vater und seine Vergangenheit und seine Jagd auf mich. Ich war so dumm gewesen. Die ganze Zeit über war ich ein Narr gewesen.

„Es tut mir leid, dass ich ihn uns beide manipulieren ließ, Ani. Wenn ich nur eingesehen hätte, dass er sich nicht geändert hat, hätte ich sowohl dich als auch Olivia vor diesem Schicksal bewahren können."

Ich sah auf das wunderschöne Baby in meinen Armen hinunter. Ich hatte sie vor den Spritzern von Julians Blut geschützt, und dafür war ich dankbar. Ich wusste nicht, ob ich in der Lage gewesen wäre, mein Kind mit dem Blut ihres Vaters bedeckt zu sehen, selbst wenn ich davon durchtränkt dasaß.

„Ich weiß, warum Julian uns angegriffen hat, aber woher wusstest du, dass du zurückkommen musst?"

„Es war ein Gefühl, das ich nicht erklären konnte. Etwas an der Art, wie du mich ansahst. Ich weiß es nicht. Du schienst so verwirrt und verloren, dass es einfach etwas in mir entfachte. Es tut mir leid, dass ich nicht früher gekommen bin. Ich hätte das ... anders aufhalten können."

„Ich habe dich erkannt."

Hannahs Gesicht schoss wieder hoch und sie sah mich an, sobald ich das sagte. Ein verwirrter Blick ging über ihr Gesicht, und ich konnte erkennen, dass sie schnell verschiedene Möglichkeiten durchging, wie ich sie hätte erkennen können.

„Ich war dort. In der Nacht, als Mr. Irving starb. Ich war dort."

„W-was? Nein, das ist nicht möglich. Keiner war da. Das weiß ich. Ich habe mich davon überzeugt."

Ich schüttelte langsam den Kopf, unsicher, was für eine Reaktion meine Aussage hervorrufen würde.

„Ich war dort, Hannah. Ich habe bei Mr. Irving übernachtet, weil er mir das Leben gerettet hat. Ich hatte ihn angerufen, nachdem ich versucht hatte, mich umzubringen. Wenn er nicht gekommen wäre, wäre ich gestorben."

Ich erzählte weiter, wie verliebt ich in Mr. Irving gewesen war und wie besessen ich davon gewesen war, ihn dazu zu bringen, sich in mich zu verlieben. Ich erzählte Hannah alles. Jedes Detail über meine Kindheit und meine Begierde nach dem perfekten Mann. Ich erzählte ihr, wie einsam ich gewesen war und wie sehr ich davon überzeugt war, dass Mr. Irving derjenige sein würde, der mich im Sturm erobern würde. Ich erzählte ihr, dass ich sie in jener Nacht vom Küchenfenster aus gesehen hatte und dass ich mich immer gefragt hatte, wer sie war und was sie dort gemacht hatte. Ich sagte ihr, dass ich mich fragte, warum jemand Mr. Irving töten würde, den Mann, der mein Leben gerettet hatte.

Hannah lehnte sich zurück und hörte mir zu, als ich ihr alles erzählte. Sie weinte, während ich sprach, und wiederholte immer wieder, dass es ihr leidtat. Als ich endlich fertig war, fiel es ihr schwer, mir in die Augen zu sehen, stattdessen schaute sie auf den Boden vor sich und wiegte sich sanft hin und her.

„Es tut mir leid, Ani. Das tut es mir wirklich. Ich weiß, dass das für dich schwer zu glauben sein wird, genauso wie es das für Julian war. Er konnte sich nie mit dem Gedanken anfreunden, dass sein Vater ein schlechter Mensch war, aber bitte glaub mir, wenn ich dir sage, dass er es war. Er hat unsere Mutter furchtbar missbraucht und ihr Narben und blaue Flecken zugefügt. Ich werde mich immer an die erste Nacht erinnern, in der ich aufwachte und sie weinend im Badezimmer fand. Sie war am Boden zerstört, und obwohl ich noch sehr jung war, sagte ich mir, dass ich mich an dem Mann rächen würde, der ihr das angetan hatte.

Ich hatte nicht die Chance, dieses Versprechen wahrzumachen, bis ich auf die Uni ging. Ich spürte ihn auf und entdeckte, dass er sich ein neues Leben aufgebaut hatte. Vielleicht hatte er sich verändert, Ani. Vielleicht war er zu diesem Zeitpunkt wirklich der perfekte Mann. Aber das glaube ich nicht. Alles, was ich denken konnte, war, wie unfair es war, dass er sich da draußen vergnügte, ohne irgendwelche Sorgen. Ich folgte ihm und sah ihn auf Dates gehen und mit Freunden abhängen. Ich sah ihn jeden Tag zur Arbeit gehen, mit diesem selbstgefälligen Lächeln im Gesicht, das mich verrückt machte.

Wie konnte er es wagen, Ani? Wie konnte er es wagen, sich solche Dinge zu erlauben, während meine Mutter darum kämpfte, gerade so über die Runden zu kommen, während eines ihrer Kinder sie dafür hasste, dass sie das Richtige tat? Wie konnte er es wagen? Ich war wütend und handelte. Ich weiß, es war falsch von mir, das zu tun. Ich weiß, dass ich anderswo nach Gerechtigkeit hätte suchen sollen. Aber ich tat es nicht. Es fühlte sich gut an, diesen Ort brennen zu sehen. Es war kathartisch.

Wenn ich nur gewusst hätte, dass du da warst ... wäre ich nie auf die Idee gekommen, von dort wegzugehen. Es wäre so anders gelaufen. Es tut mir leid."

Ich hörte Hannahs Erzählung zu und dachte zurück an meine Zeit, in der ich von Mr. Irving besessen gewesen war. War es möglich, dass ich mich nach all dieser Zeit geirrt hatte? War Mr. Irving wirklich der

Mann meiner Träume gewesen? Oder war er nur ein Mann gewesen? Ein Mann, der in seinem Leben schreckliche Entscheidungen getroffen hatte und der zu einigen böse und zu anderen freundlich gewesen war? Was für ein Mensch war er gewesen? Was für ein Mensch war ich, dass ich mich in ihn verliebt hatte?

Ich dachte darüber nach, wie überzeugt ich von meiner Liebe sowohl zu Mr. Irving als auch zu Julian gewesen war. War ich wirklich so verzweifelt gewesen, die Leere mit Julian zu füllen, die mein Verstand geschaffen hatte, als ich Mr. Irving verlor? Oder hatte ich ihn wirklich geliebt? Ich wusste, dass die Antwort nicht einfach war und dass es etwas sein würde, womit ich für den Rest meines Lebens zu kämpfen haben würde. Ich dachte an Sam und unser Gespräch über Reue. Hatte ich erkannt, dass Julian und ich uns nicht mehr liebten, aber hatte ich mich dagegen gewehrt, es zuzulassen? Oder hatte ein Teil von mir immer gewusst, dass er zu gut war, um wahr zu sein?

Ich glaubte es nicht. Mir wurde jetzt klar, dass Julian mich von Anfang an manipuliert hatte, und das bedeutete, dass unsere Beziehung immer einseitig gewesen war. Es wäre einfach für mich gewesen zu sagen, dass ich ihn nie geliebt und mich nur selbst ausgetrickst hatte, aber ich glaube nicht, dass das wahr war. Stattdessen glaube ich, dass ich auf der Suche nach Liebe und so offen für die Idee war, dass Julian derjenige war, dass ich die entscheidenden Anzeichen ignorierte, dass er nicht das war, was er zu sein schien.

„Julian hätte dir niemals die Schuld für irgendetwas geben sollen, Ani. Ich hätte ihm schon vor langer Zeit die Wahrheit sagen sollen. Ich war immer so sehr damit beschäftigt, dass er erfährt, was für ein Mann sein Vater war, dass ich nie darüber nachgedacht habe, was für ein Mensch ich geworden bin. Eine Mörderin. Und jetzt habe ich meinen Vater und meinen Bruder umgebracht. Jetzt bin ich wirklich allein."

Bevor ich etwas sagen konnte, zog Hannah ihr Handy aus der Tasche und begann zu wählen.

„Ich werde der Polizei alles erzählen, Ani. Ich werde ihnen sagen, was ich vor all den Jahren getan habe und was ich heute getan habe. Ich werde nichts mehr geheim halten. Kannst du bis dahin einfach bei mir bleiben? Bis sie eintreffen? Ich will einfach nicht allein sein."

Langsam stand ich auf und hielt Olivia fest in meinen Armen, während ich zu meiner Schwägerin hinüberging. Ohne ein Wort zu sagen, zog ich sie auf die Füße und umarmte sie. Mehrere Minuten lang standen wir beide so da und weinten leise in die Arme des anderen und ließen endlich all unseren Gefühlen freien Lauf.

Am Ende stand Hannah zu ihrem Wort und erzählte der Polizei alles, als sie eintraf. Ich tat mein Bestes, um ihnen ebenfalls alles zu erzählen, was ich konnte, und entschied mich zum ersten Mal in meinem Leben dafür, nichts zu verschweigen. Es fühlte sich überraschend beruhigend an, und als ich das Haus verließ und mich auf den Weg zum Krankenhaus machte, hatte ich das Gefühl, als wäre mir eine immense Last von den Schultern genommen worden.

Ich drehte mich noch einmal um, als ich in den Krankenwagen stieg, und blickte zurück auf das gewaltige Haus, das nun wirklich leer war. Es stand jetzt als stiller Monolith in einem ruhigen Garten, und ich dachte daran, wie beeindruckend es die ersten paar Male gewesen war, die ich es gesehen hatte. Jetzt war es bedrückend und dunkel, und ich schwor mir, dass ich nie wieder dorthin zurückkehren würde.

Gerade als sich die Tür des Krankenwagens zu schließen begann, fiel mein Blick auf Hannah, die gerade auf den Rücksitz eines Streifenwagens verfrachtet wurde. Ich bat den Sanitäter, noch einen Moment zu warten, da ich noch eine letzte Sache zu erledigen hatte.

„Hannah", rief ich aus. „Danke. Danke, dass du mir das Leben gerettet hast. Du bist nicht mehr allein. Du wirst immer deine Schwester haben."

Ich sah ein kleines Lächeln auf Hannahs Gesicht erscheinen, als sie sich in den Wagen duckte. Ich wandte mich wieder dem Krankenwagen zu und blickte in das lächelnde Gesicht meiner wunderschönen Tochter.

Und du wirst immer deine Mutter haben.

DESHALB ERZÄHLE ICH DIR DAS, *Olivia. Deshalb habe ich versucht, mich an so viel wie möglich zu erinnern.*

Nicht, damit du eines Tages deinen Vater hassen kannst oder meine eigenen schmerzhaften Erinnerungen wiedererleben kannst. Nein. Ich erzähle dir das, damit du eines Tages verstehen kannst, wie sehr ich dich wirklich liebe und wie sehr ich mir wünsche, dass du dich selbst liebst.

Das habe ich den Großteil meines Lebens nicht erkannt. Ich war so sehr damit beschäftigt, mich selbst zu hassen, dass ich nicht erkannte, dass es eine Menge zu lieben gibt. Es war leicht für mich gewesen, mich selbst jedes Mal zu verurteilen, wenn es schwierig wurde, aber das hätte ich nicht tun sollen. Ich hatte Menschen, auf die ich mich hätte verlassen können, wenn ich Hilfe brauchte. Sie kamen auf mich zu, und ich wies sie immer wieder ab. Ich erfand Ausreden für die Menschen, von denen ich dachte, sie hätten die Pflicht, mich zu lieben, und ich ließ zu, dass diese Rechtfertigungen meinem eigenen Glück im Weg standen.

Erst als du in mein Leben kamst, habe ich wirklich verstanden, wie Liebe aussieht und sich anfühlt. Sie ist bedingungslos. Sie ist rein. Sie bedeutet so viel mehr als einen Kuss oder eine Umarmung oder irgendeine andere Form, die sie nur in Schubladen packt. Sie hat ein Eigenleben und sie wächst und schrumpft, wie es nötig ist. Liebe ist alles, was zählt, Olivia. Das ist es, was alles am Laufen hält. Liebe für einander und Liebe für sich selbst.

Ich habe mich selbst nie geliebt, und deshalb wollte ich auch nie woanders hin als dorthin, wo ich schon war. Ich war damit zufrieden, mein Leben an mir vorbeiziehen zu lassen, in der Hoffnung, dass es eines Tages besser werden würde. Es wurde besser. Ich bekam dich.

Du bist das Wichtigste in meinem Leben. Jetzt und für immer. Du bist es, die mich vor mir selbst gerettet hat. Du hast mich stark gemacht, als ich stark sein musste, und du hast mich dazu gebracht zu kämpfen, als ich kämpfen musste. Du hast mich gelehrt, wie wichtig es ist, bedingungslos zu lieben und wie bedeutungsvoll eine echte Beziehung ist.

Es wird Zeiten in deinem Leben geben, in denen du mich hassen wirst. Wir werden uns streiten. Es wird Zeiten geben, in denen du einfach in Tränen ausbrechen willst und du wirst feststellen, dass ich das Gleiche tun werde. Es wird Zeiten geben, in denen du einfach unglaublich unzufrieden mit dir selbst und mit mir bist und mit keinem von uns beiden etwas zu tun haben willst.

Aber ich werde dich immer lieben.

Ich werde immer für dich da sein, wenn du jemanden brauchst, der dich auffängt. Ich werde immer an deine Träume glauben und an das, was du tun willst. Ich werde dir überall hin folgen, Olivia, und dich den ganzen Weg über anfeuern.

Du bist meine Tochter und ich werde dich für alle Zeit lieben.

Eines Tages wirst du verstehen, was ich hier geschrieben habe. Du wirst die Gefühle verstehen, die ich hatte und die Strapazen, die ich durchgemacht habe. Du wirst meine Triumphe und meine Verluste verstehen und wie mein Verstand die meiste Zeit meines Lebens mein eigener schlimmster Feind war.

Eines Tages wirst du verstehen, warum wir in einer Wohnung auf der Nordseite von Seattle leben. Du wirst verstehen, warum deine Mutter nach deiner Geburt wieder zur Schule gegangen ist. Du wirst verstehen, warum sie beschloss, Englischlehrerin für sozial schwache Kinder zu werden. Du wirst sehen, warum deine Tanten, Sam und Hannah, zwei der stärksten Frauen sind, die deine Mutter kennt. Vielleicht wirst du sogar ein paar von meinen Gedichten verstehen!

Eines Tages wirst du verstehen, dass es, egal wie schlimm es wird, immer besser werden kann. Ganz gleich, wie weit deine Gedanken dich in den Kaninchenbau führen oder wie verzweifelt die Lage zu sein scheint, es gibt immer die Möglichkeit, dass alles besser wird.

Du wirst geliebt und wirst immer geliebt werden. Du bist meine Tochter. Das Licht meines Lebens.

Meine kleine Olivia.

Kapitel Einunddreißig

Registrieren Sie sich in meinem VIP Reader Club und erfahren Sie mehr über meine neuesten Veröffentlichungen, Giveaways und vieles mehr. Hier klicken!

Vorschau von Vermisst

Kapitel Eins

Ich rollte mit den Augen, als Ellen ihr Gesicht zum bestimmt hundertsten Mal diese Stunde in das babyblaue Bündel steckte. Sie flüsterte und gurrte das Ding mit kränklich-süßer Stimme an. Obwohl ich nicht wollte, dass sie so mit mir sprach, war mir langweilig und ich konnte einen erwachsenen Begleiter gebrauchen, der ab und zu das Schweigen brach.

Stattdessen starrte ich aus der Windschutzscheibe und sah zu, wie die grünen Blätter im Wind über dem Auto tanzten, als wir die ruhige Straße hinauffuhren. Schatten flimmerten über die Straße, da die warme Sonne teilweise durch das Vordach verschluckt wurde. Nach einer Weile fühlte ich, wie meine Gedanken abschweiften, als wir durch den Tunnel aus Bäumen auf die andere Seite fuhren. Erst als ich den leisen Schrei des Babys hörte, wurde mir bewusst, dass ich am Steuer saß.

„Oh, ist schon gut", sang Ellen mit hoher Stimme.

„Wir werden hier oben so glücklich werden. Die frische Luft und der Tapetenwechsel werden uns so guttun."

Sie brabbelte weiter in einer Sprache, die nur ihr Baby zu verstehen schien. Das Ding machte ein paar quietschende Geräusche, was Ellen zufrieden stellte.

Anscheinend hatte ich kein bisschen väterliche Zuneigung in meinem Körper. Ich sah, wie Ellen mit dem Haufen Decken interagierte. Ich hatte kein Interesse daran, das Kind auch nur anzuschauen, das sie so fest eingewickelt hielt. Seine schrillen Schreie machten mich nervös, und sein Lachen löste nichts in mir aus. Ich ertappte mich sogar bei der Hoffnung, dass sie mich nicht bitten würde, ihr mit dem Kind zu helfen. Ich war kein Monster, und ich wollte für sie da sein, aber gleichzeitig war ich an nichts interessiert, was auch nur im Entferntesten mit Vaterschaft zu tun hatte.

„Daniel, weißt du, wie lange wir noch unterwegs sind?", fragte sie und ich sah die Sorge in ihren Augen. „Ich glaube, das Baby kann sich im Auto nicht beruhigen."

Ich warf ihr einen Seitenblick zu. „Ich dachte, Babys mögen Autofahrten. Wir haben es fast geschafft. Soll ich anhalten?"

Sie schüttelte schnell den Kopf. „Nein, ich will einfach nur ankommen."

Ich nickte. Ich wollte auch zum Bed and Breakfast. Die Fotos von Land's Edge wurden dem Ort nicht gerecht.

Ellen drehte ihren dünnen Ring um den Finger, bis die Haut rot wurde. Ich wollte nicht, dass sie die ganze

Zeit, die wir zusammen waren, erschöpft war. So wäre es für keinen von uns ein angenehmer Ausflug.

„Was ist los?“, fragte ich und versuchte, meiner Stimme eine gewisse Besorgnis zu geben.

Sie seufzte und schaute aus dem Fenster. „Nichts.“

Ich schob meine Brille höher auf meine Nase. „Das klingt nicht nach Nichts. Willst du darüber reden, bevor wir im Hotel ankommen? Ich will nicht, dass du das ganze Wochenende schlecht drauf bist.“

Sie sah mich an, ihre großen, grauen Augen blinzelten schnell. „Ich schätze, ich bin einfach ein bisschen nervös wegen all dem.“

„Das musst du nicht“, sagte ich beruhigend. „Ihr beide seid bei mir sicher. Kann ich etwas tun, damit du dich wohler fühlst?“

Sie lächelte ein bisschen und schüttelte den Kopf. Ellen war absolut umwerfend, und ich hatte Glück, dass sie mit mir zusammen sein wollte. Ich strich mit meiner Hand über ihr glattes, kastanienbraunes Haar, bevor ich sie wieder ans Lenkrad legte.

„Es ist wunderschön hier draußen, nicht wahr?“, dachte sie laut.

„Ja, das ist es“, sagte ich leise. „Du wirst es hier lieben. Es gibt ruhige Wanderwege, auf denen wir lange Spaziergänge durch den Wald machen können. Ich weiß, es ist jetzt noch ziemlich warm, aber im Schatten ist es kühl.“

„Ich weiß nicht“, antwortete sie. „Vielleicht bleibe ich lieber beim Baby und entspanne mich. Ich bin so müde.“

Ich spitzte die Lippen und spürte, wie ich bereits ein

wenig ungeduldig wurde. Ich hoffte, dass sie nicht vorhatte, ihre ganze Zeit mit dem Kind zu verbringen. Andernfalls hätte ich sie wohl kaum hierher gebracht.

„Du wirst genug Zeit zum Ausruhen haben“, sagte ich. „Es gibt hier Entspannungsmöglichkeiten, für die du dich nicht mit dem Baby in deinem Zimmer einschließen musst. Ich bin sicher, dass es irgendwo einen Babysitter gibt, so kannst du dich mal alleine ... oder mit mir entspannen.“

„Nein“, sagte sie abrupt. „Wir haben viel durchgemacht, und ich habe nicht vor, mein Kind in die Hände eines Fremden zu geben. Ich weiß deine Sorge um mich zu schätzen, aber in meinem Job als Mutter habe ich eben nie frei.“

Ich schob mir die Brille erneut über den Nasenrücken. Ich begann mich zu fragen, ob das hier eine gute Idee gewesen war. Ich dachte, ein Ausflug aus der Stadt wäre gut für Ellen, aber ich konnte sie mit nichts dazu bringen, sich mal kurz zu entspannen. Ich wusste, dass sie ihre Gründe dafür hatte, so verkrampft zu sein, aber ich wollte unbedingt auch etwas von ihr haben.

„Musst du wirklich arbeiten?", fragte sie, wobei ihre Stimme jetzt etwas ruhiger klang.

„Es dauert nicht lange“, sagte ich beschwichtigend. „Ich wollte mich nur bei einem ehemaligen Kunden melden, während wir hier oben sind. Ich glaube, ich kann ihm eine Versicherung verkaufen.“

„Was macht er denn so?“, fragte sie.

„Ihm gehört ein Teil des Skigebiets. Ich habe früher eines seiner anderen Unternehmen versichert, aber er hat es aufgegeben. Wir hatten eine gute Geschäftsbeziehung, also dachte ich mir, ich statte ihm einen kurzen Besuch ab, um zu fragen, ob sie mit ihrer Versicherung zufrieden sind. Dort gibt es eine Menge Geld."

Sie zog die Augenbrauen hoch. „Das hätte ich nicht gedacht. Glaubst du, du ziehst den Auftrag an Land?"

Ich zuckte die Achseln. „Es ist einen Versuch wert. Aber ich mache mir keine Gedanken darüber. Ich hätte nichts dagegen ein bisschen was zu verdienen, aber ich komme auch ohne aus."

Sie lächelte. „Ich gewöhne mich nie daran, wie du über Geld redest. Ich bin mit so wenig aufgewachsen."

„Ich weiß", antwortete ich. „Du brauchst dir jetzt keine Sorgen mehr zu machen. Ich kümmere mich um dich."

Sie errötete. Ich spürte, wie sich mein Magen umdrehte. Dieses Mädchen hatte etwas an sich, das mich dazu brachte, ihr geben zu wollen, was sie wollte. Zum Glück wollte sie so wenig.

Sie freute sich schon, ein wenig Zeit in einem Bed and Breakfast zu verbringen. Wenn ich jetzt nur kurz mit ihr allein sein könnte. Ich nahm mir vor, sie davon zu überzeugen, nur für ein schönes Abendessen und einige Stunden danach einen Babysitter zu bestellen. Ich würde sogar ein zweites Zimmer für den Babysitter bezahlen. Ich würde alles tun, was nötig war, um etwas Zeit mit Ellen allein zu verbringen.

Sie schaute innerhalb der nächsten zehn Minuten dreimal über ihre Schulter. „Ich glaube, jemand folgt uns", sagte sie mit gesenkter Stimme.

Ich runzelte die Stirn und sah in den Rückspiegel. Ein paar Meter hinter uns entdeckte ich eine silberne

Limousine. Es war wohl das gewöhnlichste Auto der Welt. Wahrscheinlich waren wir von silbernen Limousinen umgeben.

„Das glaube ich nicht", sagte ich verächtlich. „Es waren verschiedene Autos hinter uns. Warum schließt du nicht einfach für einen Moment die Augen? Wir sind bald da."

Sie nickte, lehnte sich auf ihrem Sitz zurück und drückte das Deckenbündel an ihre Brust. Es dauerte jedoch nicht lange, bis sie ein Auge öffnete und es auf das Rückfenster richtete.

Ich sah noch einmal zurück. In meinem Blickfeld war kein Auto zu sehen. Meine Augen waren sehr schlecht, und selbst ich konnte sehen, dass uns niemand folgte. Das waren die Dinge, mit denen ich mich abfinden musste, wenn ich mit Ellen zusammen sein wollte. Ich würde die kleinen Verrücktheiten einfach akzeptieren müssen. Ich hoffte einfach, dass sich das alles auf lange Sicht lohnen würde.

„Ich verstehe, dass du nach allem, was dir im Leben passiert ist, Angst hast", sagte ich und brach das Schweigen. Ich schaute zurück in den Spiegel und fuhr mit einer Hand durch mein blondes Haar und vergaß dabei, dass ich nach dem silbernen Auto suchen wollte, vor dem sich Ellen fürchtete.

Sie fragte ängstlich: „Du glaubst, ich bilde mir das ein, oder?"

Ich biss mir auf die Zunge. Bis zu einem gewissen Grad dachte ich, sie machte aus einer Mücke einen Elefanten. Ich wusste, dass sie emotionalen Ballast zu bewältigen hatte, aber damit war es jetzt vorbei.

„Ich weiß nur, dass du dir jetzt keine Sorgen mehr machen musst“, sagte ich und legte eine Hand auf ihr Knie. Mich ermutigte die Tatsache, dass sie nicht zusammenzuckte oder vor mir zurückwich. Vielleicht wurde sie endlich lockerer.

Das Baby stieß ein leichtes Quietschen aus, und sie vergrub ihr Gesicht in der kleinen Öffnung zwischen den Decken.

„Ist schon gut“, gurrte sie. „Daniel sagt, alles wird gut.“

Zufrieden entspannte ich mich ein wenig auf meinem Sitz im Mietwagen. Vielleicht war es doch kein Fehler, nach Land‘s Edge zu fahren.

„Wie weit noch?“, fragte sie.

Ich untersuchte das am Spiegel angebrachte GPS des Autos. Mit zusammengekniffenen Augen konnte ich die kleinen Zahlen in der Ecke erkennen.

„Zehn Minuten“, sagte ich und war bereit, aus dem Auto auszusteigen und mir die Beine zu vertreten.

„Gut“, antwortete Ellen.

„Bist du bereit, die Berge zu genießen?“, fragte ich.

Sie schloss die Augen und nickte. Ich lächelte. Vielleicht machten wir endlich Fortschritte.

Kapitel Zwei

Ich wippte mein Baby auf meinem Schoß hin- und her, als wir die Auffahrt zum Bed and Breakfast erreichten. Das Baby wurde allmählich müde und launisch von der Reise, sodass ich mich darauf freute, aus dem Auto auszusteigen und ein Zimmer zu beziehen. Trotzdem sehnte ich mich danach, weiterzufahren, und sei es nur, um einfach vorwärtszukommen. Ich brauchte dringend einen Tapetenwechsel.

Ich streichelte mit meinen Fingern über das Gesicht meines Kindes und spürte seine wunderbar weiche Haut. Seine Augen waren geschlossen, als ich ihn dicht an meine Brust hielt. Man sagt, dass Babys vom Herzschlag ihrer Mutter beruhigt werden, denn das ist es, was sie die ganze Zeit im Mutterleib hören. Deshalb lege ich Wert darauf, dass er meinen Herzschlag so oft wie möglich hört.

Dieses Kind bedeutete mir alles. Ich hatte so viel Zeit damit verbracht, mich auf seine Ankunft vorzubereiten. Ich las jedes Buch über Schwangerschaft und

Elternschaft, das ich in die Finger bekam. Ich verbrachte Tage in der Bibliothek und versuchte, so viel wie möglich zu lernen. Ich war nervös, ein Leben zur Welt zu bringen, aber sobald ich den kleinen Kerl in meinem Bauch spürte, wusste ich, dass ich dazu bestimmt war, Mutter zu sein.

Manche Frauen sagen, dass sie keinen mütterlichen Instinkt haben. Das hatte ich auch gedacht, bis ich schwanger wurde. Für mich war es die Angst, die mich zurückhielt. Als ich die Tatsache akzeptierte, dass ich bald für einen winzigen Menschen verantwortlich sein würde, wurde ich mutig. Ich wusste, dass ich mein Kind um jeden Preis schützen wollte. Solange ich da war, würde meinem kleinen Baby nichts geschehen.

Von da an begann ich, an einem Plan zu arbeiten, um meinem Baby das bestmögliche Leben zu ermöglichen. Ich beschloss, nur zu stillen, damit ich meinem Kind die beste Ernährung bieten konnte, die es gibt. Das, und ich wusste, dass ich es mir vielleicht nicht leisten konnte, meinem Kind gute Babynahrung zu bieten. Wenn mein Baby begann, feste Nahrung zu essen, hatte ich vor, meine eigene Babynahrung aus frischem Obst und Gemüse zuzubereiten. Ich würde mein Baby zu jeder Untersuchung bringen und dafür sorgen, dass er seine Impfungen rechtzeitig bekommt. Ich würde meinem Baby jeden Abend vorlesen, damit es in der Schule gut vorankommt. Er würde gut gefördert werden, damit er eines Tages eine Arbeit finden könnte. Ich würde dafür sorgen, dass mein Kind eine bessere Zukunft hat, als ich sie je hatte.

Daniel war jetzt Teil dieses Plans. Zugegeben, ich

war sehr zögerlich gewesen, einen neuen Mann in mein Leben zu lassen, aber manche Dinge passieren einfach. Daniel kam genau zum richtigen Zeitpunkt in mein Leben. Er war der einzige Mensch, der sich wirklich um mich scherte, und dafür war ich ihm auf ewig zu Dank verpflichtet. Ich hatte ihm wirklich mein Leben zu verdanken. Ich war mir nicht sicher, ob er sich jemals so um mein Kind kümmern könnte, wie er sich um mich kümmerte, aber wir gehörten zusammen. Viele Männer würden nie eine Frau mit Kind akzeptieren. Zumindest wusste ich, dass Daniel nicht so dachte. Er wollte vielleicht kein Vater sein, aber er mochte mich für mich. Das war mehr, als ich von den meisten Männern in meinem Leben sagen konnte.

Während der Fahrt war ich nervös. Was, wenn wir doch nicht so sicher waren, wie Daniel dachte? Das Letzte, was ich wollte, war, mich von einem falschen Gefühl der Sicherheit täuschen zu lassen.

Ich war kurz abgelenkt durch das schöne Haus, dem wir uns am Ende der langen Auffahrt näherten. Wir standen vor dem größten Wohnhaus, das ich je in meinem Leben gesehen hatte. Eine riesige Veranda umgab das ganze Haus und war gespickt mit Schaukelstühlen. Ich drückte mein Baby etwas fester an meine Brust. Es würde ihm gefallen, dort mit mir zu sitzen. Plötzlich schien alles ein wenig leichter.

„Das Haus ist ja riesig“, flüsterte ich.

Er kicherte. „Ich habe dir doch gesagt, dass es dir hier gefallen wird. Dahinter ist ein Garten mit einem Springbrunnen, in den man hineinsteigen kann, wenn es nachmittags heiß ist. Wenn du einfach drinnen bleiben willst, kannst du dich in die Bibliothek setzen und lesen oder Spiele spielen. Es gibt sogar eine Bar und ein Café, falls du etwas trinken willst. Oder du lässt dir auf Bestellung etwas zu essen machen. Bestell dir, was immer du möchtest. Ich möchte, dass du dich entspannst und es genießt."

„Das ist sehr großzügig", sagte ich leise. Ich war es nicht gewohnt, dass jemand so viel Zeit oder Geld auf mich verwendete. „Aber im Moment trinke ich weder Alkohol noch Koffein."

Er schaute zum Baby. „Oh, richtig. Ich hoffe, es macht dir nichts aus, wenn ich etwas trinke ...", sagte er und wurde still.

„Nein, nein, das macht mir nichts aus", sagte ich fröhlich. „Natürlich sollst du dich auch amüsieren. Du bekommst bald einen neuen Kunden. Du hast es dir verdient."

Er schenkte mir ein Lächeln. „Du hast recht. Bevor wir reingehen, möchte ich dir ein wenig über die Stadt erzählen. Sie ist ein Brennpunkt für Touristen, aber die Einwohner sind Teil einer eng verbundenen Gemeinschaft. Es sind freundliche Leute, aber sie sind auch ziemlich konservativ. Wegen unserer ganzen Situation könnten manche ein komisches Gefühl dabei haben, wenn wir ein Zimmer zusammen nehmen."

Es schien ihm etwas unangenehm zu sein, dieses Thema anzusprechen. Ich wollte ihn wissen lassen, dass ich verstand, was er sagen wollte.

„Wir können ihnen sagen, dass wir Bruder und Schwester sind", schlug ich vor. „So wird keiner denken, dass das Baby von dir ist."

„Nein“, sagte er abrupt. „Ich will nicht, dass jemand denkt, dass wir Bruder und Schwester sind. Ich kümmere mich darum, okay? Ich wollte dich nur vorwarnen, damit du dich nicht unwohl fühlst, wenn sich die Leute etwas merkwürdig verhalten, verstehst du?“

Ich nickte ernsthaft und strich über die seidigen Haare meines Kindes. Solange ich untertauchen konnte, würde ich die sein, die er sich wünschte. Ich wollte niemandem auffallen.

„Ich verstehe.“

„Gut“, antwortete er. „Vertraust du mir?“

Ich hielt einen Moment inne. Es wäre übertrieben zu sagen, dass ich diesem Mann mein Kind und mein Leben anvertraut hätte, aber er war ein guter Mensch. Er hatte mir nie einen Grund gegeben, ihm nicht zu vertrauen.

„Ja, ich vertraue dir“, sagte ich höflich. Ich wusste, dass es ihn glücklich machen würde, das zu hören.

„Ausgezeichnet“, sagte er strahlend. „Lass uns auf unser Zimmer gehen.“

Daniel parkte den Wagen und führte uns zur Haustür. Im Inneren befand sich der Empfangsbereich mit einer lächelnden Frau an der Rezeption, die an ihrem Computer tippte. Sie war wahrscheinlich ein Jahrzehnt älter als ich, aber wirkte wie eine freundliche Mutter. Vermutlich war sie eher wie eine beschützende ältere Schwester. Ich bin mir nicht sicher, warum, aber sie schien mir wie jemand, von dem ich gern umarmt werden wollte; jemand der mir sagt, dass alles in Ordnung sein würde.

„Hallo, wir wollen nur kurz einchecken“, sagte Daniel schnell.

„Mr. und Mrs. O‘Brien?“, fragte die Frau. Ich öffnete meinen Mund, um sie zu korrigieren, aber Daniel sprach zuerst.

„Das sind wir“, antwortete er lässig.

„Großartig“, sagte sie und zog einen Schlüssel aus einer Schublade. „Ich bin Carla. Wenn Sie irgendetwas brauchen, lassen Sie es mich wissen. Möchten Sie eigentlich eine Wiege in Ihrem Zimmer haben? Wir haben welche frei.“

„Oh, das wäre wunderbar“, seufzte ich und war froh, dass das Baby nicht mit uns im Bett schlafen musste. Ich hatte viel über Babys gelesen, die im Schlaf erstickt wurden, und das machte mir eine Heidenangst.

„Kein Problem“, sagte Carla fröhlich. „Darf ich den Kleinen mal sehen?“

Ich errötete und trat einen Schritt näher an sie heran. „Ich hasse es, so ein Schwarzseher zu sein, aber ich lasse nicht gern zu, dass die Leute ihn auf den Arm nehmen. Er ist einfach zu klein“, sagte ich leise und wollte nicht zu viel Aufmerksamkeit auf mich lenken. Ich wollte auch nicht, dass Daniel mich für verrückter hielt, als er es wahrscheinlich schon tat.

„Ich verstehe das vollkommen“, sagte Carla und schaute mir über die Schulter. „Oh, er ist wirklich wundervoll“, sagte sie aufrichtig. „Wie geht es Ihnen seit der Geburt? Ich habe keine Kinder, aber ich habe Nichten und Neffen. Ich weiß, dass es viel Arbeit sein kann.“

Ich lächelte freundlich. „Danke der Nachfrage. Die

Leute interessieren sich immer so sehr für das Baby, aber sie denken kaum an die Mutter. Aber ich verstehe das." Ich lachte. „Mir geht es ziemlich gut. Er schläft die Nacht so gut durch, und er ist ziemlich ruhig. Er ist wirklich das perfekte Baby. Ich habe solches Glück."

Carla lächelte. „Das ist wunderbar."

„Gut", platzte Daniel heraus. „Ich brauche heute Nacht etwas Schlaf."

Carla runzelte die Stirn. Ich glaube sogar, dass sie Daniel böse ansah. Vielleicht dachte sie, er sei kein unterstützender Vater. Doch jetzt war es zu spät, um das Missverständnis aufzuklären. Ich tat so, als hätte ich ihre Reaktion nicht gesehen.

Seit ich Daniel kannte, hatte er nie darum gebeten, das Kind halten zu dürfen. Vielleicht dachte ich mir nichts dabei, weil ich nicht wollte, dass jemand außer mir mein Baby hielt, aber jetzt wurde mir langsam klar, dass er mein Baby nie auch nur angesehen hatte. Ich wollte nicht, dass er mein Baby bemutterte, aber es war schon ein wenig seltsam, dass er nicht wenigstens so tat, als interessiere er sich für ihn.

Manche Männer sind einfach nicht dafür geschaffen, Väter zu sein. Das konnte ich Daniel nicht unbedingt vorwerfen. Vielleicht würde er mit der Zeit mit dem Baby warm werden.

„Wo genau ist unser Zimmer?", fragte Daniel, ohne sich an Carlas finsteren Blick zu stören.

„Die Treppe rauf und den Flur runter. Es ist auf der rechten Seite des Flurs. Ich lasse sofort eine Wiege heraufbringen."

„Vielen Dank", sagte ich herzlich.

„Kein Problem, meine Liebe“, sagte sie. „Genießen Sie Ihren Aufenthalt hier. Wenn Sie irgendetwas brauchen, egal was, lassen Sie es uns bitte wissen.“

Sie legte ihre Hand auf meine Schulter, als sie das sagte. Ich schenkte ihr noch ein freundliches Lächeln, um sie davon zu überzeugen, dass es mir gut ging, und dann folgte ich Daniel die Treppe hinauf.

Als wir hinaufgingen, hielt ich das Baby in einem Arm und führte meine Hand mit dem anderen Arm das lackierte Holzgeländer hinauf. Ähnlich wie ich es als Kind gewesen war, war mein Sohn klein und leicht zu tragen. Nach der Geburt gab es Tage, an denen ich dachte, meine Arme würden abfallen, weil ich es nicht gewohnt war, ständig jemanden zu tragen. Jetzt war ich stark, und der kleine Knirps war keine Last für mich.

Die Einrichtung des Hotels stand ganz im Zeichen des Wildnisthemas. Jedes Stück war sorgfältig ausgewählt, aber es sah nicht wie eine Hotelkette aus. Es fühlte sich wirklich so an, als wäre es das Zuhause von jemandem – ein sehr dekadentes Zuhause. Ich hielt inne, um ein Gemälde in einem vergoldeten Rahmen zu bewundern. Darin standen ein Reh und ein Rehkitz auf einer ruhigen Wiese mit vergilbten Blättern zu ihren Füßen.

Über dem Bild hing ein Kronleuchter, der aus mehreren Geweihen gefertigt war. Er hing von der hohen Decke und beleuchtete den tiefgrünen Teppich zu unseren Füßen. Ich fragte mich, wie viel das alles wert war.

Mit einem Seesack in der einen und dem Schlüssel in der anderen Hand trat Daniel in den engen Flur und öffnete die Tür. Er drückte sie mit seinem Fuß auf und enthüllte eine geräumige Suite. Mein Mund öffnete sich. Aus irgendeinem Grund hatte ich ein malerisches Motelzimmer erwartet. Ich hatte vergessen, dass Daniel versprochen hatte, für mich zu sorgen.

Ich hielt das Baby an meine Brust, ging in das Zimmer und drehte mich langsam im Kreis, um alles aufzunehmen. Große Fenster nahmen die Fläche von fast zwei ganzen Wänden ein und boten eine fantastische Aussicht auf den Berg. Ein riesengroßes Himmelbett stand an einer tapezierten Wand, bedeckt mit Plüschdecken und so viele Kissen, dass ich nicht wusste, was ich damit tun sollte. Am Kamin befand sich eine kleine Sitzecke, von der aus man die Aussicht auf die Landschaft genießen konnte. Ich spähte sogar ins Badezimmer und bestaunte die geräumige Wanne mit eingelassenen Düsen an den Seiten.

„Es ist unheimlich schön hier", flüsterte ich meinem Kind zu. „Oh, ich wünschte, wir könnten für immer hier bleiben."

„Wir haben es nur für die nächsten Tage", stellte Daniel klar und brachte meine Luftblase zum Platzen. Ich wollte die Illusion so lange wie möglich bewahren. Zum ersten Mal in den letzten Tagen hatte ich vergessen, woher ich gekommen war und was mich erwartete, falls man mir jemals auf die Schliche käme. Ich fühlte mich wie eine wohlhabende Frau mit einer eigenen kleinen Familie. Ich lebte jetzt in einem Herrenhaus in den Bergen. Es war besser als alles, was ich mir je hätte erträumen können.

„Ich bin müde." Seufzend positionierte ich das Baby

anders in meinen Armen. Ich erschrak, als es an der Tür klopfte, aber Daniel schien nicht im Entferntesten erschrocken zu sein. Er öffnete die Tür für einen jungen Mann, der eine Wiege in seinen Armen hielt.

„Danke“, sagte Daniel, nahm dem Jungen das Bett ab und schloss die Tür hinter sich. Er stellte die Wiege in die Sitzecke, zwischen den Kamin und die Stühle. Ich fand, dass sie zu weit vom Bett entfernt war. Ich wollte mein Kind immer in Reichweite haben.

„Kann ich sie hierher stellen?“, fragte ich und deutete auf eine Stelle zwischen einer Wand und dem Bett.

Er sah mich seltsam an. „Aber wäre es am Feuer nicht wärmer für das Baby?“

Ich runzelte die Stirn. Es war Spätsommer, nicht mitten im Winter. Trotzdem wollte ich nicht, dass er mich für eine schlechte Mutter hielt, weil ich mein Kind frieren ließ. Wahrscheinlich würde ich es später verlegen, aber vorerst ließ ich ihn gewinnen. Schließlich begannen meine Arme schwer zu werden und ich wollte meinen Sohn ins Bett bringen.

„Okay“, murmelte ich, als ich mein Kind in das weiche Polster legte und es erneut einwickelte. Sobald es sich wohlfühlte, ließ ich mich in den nächsten Stuhl fallen.

„Warum kommst du nicht hier rüber?“, fragte Daniel schüchtern. „Das Bett ist sehr bequem. Kannst du dich hier nicht mehr entspannen? Wenn du willst, kannst du dir sogar ein Bad einlassen und baden.“

Ich streckte mich und gähnte, der Gedanke an die Entspannung im Bett ging mir durch den Kopf. Ich setzte mich auf die Bettkante und streifte meine Schuhe ab. Daniel setzte sich neben mich und legte einen schlaksigen Arm um meine Schultern.

„Diese offenen Fenster machen mich irgendwie nervös", sagte ich, während ich beobachtete, wie dunkle Wolken aufzogen.

„Dann schließen wir sie doch", sagte er nur, ging hinüber zu den breiten Fenstern und zog die schweren Vorhänge zu. Das schwache Licht des kleinen Kronleuchters über uns warf Schatten an die Wände. Zum Glück war der hier aus Kristall und nicht aus Geweihen. Mir gefiel der Gedanke an scharfe Gegenstände, die über mir hängen, nicht.

„Besser so?", fragte er. Ich zuckte mit den Schultern. Es ging mir ein bisschen besser dabei zu wissen, dass niemand mich von außerhalb des Zimmers beobachten konnte, aber das bedeutete nicht, dass nicht jemand draußen lauerte und auf mich wartete. Irgendwie war es so fast noch schlimmer, wenn ich niemanden sehen konnte.

„Ich denke schon", log ich und fühlte mich immer noch unbehaglich.

„Gut", sagte er und zog mich etwas näher an sich heran. „Ich möchte, dass du dich wohl und sicher fühlst. Deswegen habe ich dich mit hierher genommen."

Ich lächelte schwach. Ich wollte nicht undankbar erscheinen. Er brauchte das wirklich nicht für mich zu tun, aber er nahm mich unter seine Fittiche und nahm mich mit in die glamouröseste Unterkunft, die ich je gesehen hatte. Ich musste einen Weg finden, diese Angst hinter mir zu lassen, damit er das Interesse an mir nicht verlor. Es war mir jedoch unmöglich, mich an einem fremden Ort mit meinem Baby in einer Wiege zu entspannen.

„Okay“, sagte ich leise. „Ich werde mein Bestes tun, um mich zu entspannen.“

Er grinste. „Gibt es etwas, was ich tun kann, damit du dich wohler fühlst?“

„Oh, ich weiß nicht ...“, sagte ich und wurde still. Mir fiel nichts ein, um das ich bitten konnte. Außerdem hatte er mir schon viel zu viel gegeben. „Solange mein Baby und ich in Sicherheit sind, bin ich wohl wunschlos glücklich. Gibt es etwas, das ich für dich tun kann? Ich weiß nicht, wie ich mich je dafür revanchieren kann, dass du uns hierher gebracht hast.“

Er legte seine Stirn an meine Schläfe. Seine Brille berührte die Spitze meines Wangenknochens und ich spürte das kalte Metall in meinem Gesicht. Ich fühlte seinen warmen Atem an meinem Hals, als er mich fest an sich drückte. Ich hatte mich nicht sofort in Daniel verliebt, aber ich begann, Gefühle für ihn zu entwickeln. In seiner Umarmung fühlte ich mich sicher, was mehr war, als ich jemals für einen anderen Mann in meinem Leben empfunden hatte.

Plötzlich sah ich Daniel direkt an und sein Mund kam auf meinen zu. Ich ließ ihn mich auf die Lippen küssen, seine Berührung war überraschend sanft. Er sah mich einen Augenblick lang mit einem ehrfürchtigen Gesichtsausdruck an.

„Was ist los?“, fragte ich.

Er schüttelte leicht den Kopf. „Du bist einfach so

schön. Ich weiß nicht, wie ich das Glück hatte, dich zu finden."

Ich lachte, geschmeichelt von seinem Kompliment. „Ich bin die, die Glück hatte."

„Das hatten wir beide", räumte er ein, bevor er mich wieder küsste. Diesmal neigte ich mich zu ihm hin und ließ mich von ihm in eine innige Umarmung ziehen. Seine Hände wanderten an meinem Körper entlang, aber ich wich nicht zurück. Er wollte etwas von mir, und ich wollte etwas von ihm. Es war nur fair, dass er auch bekam, was er wollte.

Als wir zusammen in dem gigantischen Bett lagen, stellte ich fest, dass wir dasselbe wollten. Ich revanchierte mich für einen Gefallen, der mir weit mehr bedeutete, als ich je gedacht hätte. Als ich auf die Matratze zurückfiel, fühlte ich eine Befriedigung in meiner Seele, die ich schon lange nicht mehr gespürt hatte. Ich war eine Prinzessin, die in einem Schloss lebte. Mein Prinz küsste mich sanft, während mein Baby in seiner Wiege schlief. Ich war glücklich, und in meiner Welt herrschte Frieden.

Klicken Sie hier, um weiterzulesen Vermisst.

Über den Autor

Cole Baxter liebt es, psychologische Spannungsthriller zu schreiben. Es geht nur um die letzte Enthüllung, mit der er es liebt, Leser zu schockieren.

Er wuchs in New York auf, wo es überall Verbrechen gab. Er beschloss, das mit seiner Fiktion in etwas Positives zu verwandeln.

Seine Geschichten werden Sie durch die Nacht lesen lassen - sie machen süchtig!

Registrieren Sie sich in meinem VIP Reader Club und erfahren Sie mehr über meine neuesten Veröffentlichungen, Giveaways und vieles mehr. Hier klicken!

Für weitere Informationen besuchen Sie bitte die untenstehenden Links!

cole@colebaxterauthor.com

Bücher von Cole Baxter

Perfekte Illusion

Vermisst

Printed by Amazon Italia Logistica S.r.l.
Torrazza Piemonte (TO), Italy

67201786R00227